MIKE STEINHAUSEN

Rachebrüder

OFFENE RECHNUNG Andreas Bröckings Freunde hängen ihm den Mord an einer Prostituierten an. Er wird daraufhin verurteilt und verbüßt eine mehrjährige Haftstrafe. Kurz nachdem er die Strafe abgesessen hat, beschuldigt ihn eine Frau der Vergewaltigung. Als Wiederholungstäter kommt Bröcking in Sicherheitsverwahrung. Das heißt: unschuldig hinter Gittern, auf unbestimmte Zeit.

Der Ex-Bulle Robert Kettner, genannt Steiger, wird von einer attraktiven Frau aufgesucht, die ihren verschwundenen Vater sucht. Steiger lehnt den Auftrag zunächst ab, doch als der Mann tot aufgefunden wird, kann er nicht anders und nimmt sich des Falles an. Noch ahnt er nicht, welche Dimensionen sich dahinter verbergen.

Mike Steinhausen wurde 1969 in Essen geboren. Er ist Polizeibeamter und war mehrere Jahre als Zivilfahnder im Bereich der Drogenbekämpfung tätig. Sein Debüt als Autor gab er mit dem zeitgeschichtlichen Kriminalroman »Operation Villa Hügel«. »Rachebrüder« ist sein dritter Roman im Gmeiner-Verlag.

Bisherige Veröffentlichungen im Gmeiner-Verlag:
Schlagwetter (2014)
Operation Villa Hügel (2013)

MIKE STEINHAUSEN

Rachebrüder

Kriminalroman

GMEINER SPANNUNG

Besuchen Sie uns im Internet:
www.gmeiner-verlag.de

Im Ehnried 5, 88605 Meßkirch
Telefon 07575/2095-0
info@gmeiner-verlag.de

1. Auflage 2015

Lektorat: Sven Lang
Herstellung: Mirjam Hecht
Umschlaggestaltung: U.O.R.G. Lutz Eberle, Stuttgart
unter Verwendung eines Fotos von: © christophe papke / photocase.de
Druck: GGP Media GmbH, Pößneck
Printed in Germany
ISBN 978-3-8392-1759-7

Personen und Handlung sind frei erfunden.
Ähnlichkeiten mit lebenden oder toten Personen
sind rein zufällig und nicht beabsichtigt.

KAPITEL 1

Mit dem Tag unserer Geburt ist unser aller Schicksal besiegelt. An dieser Tatsache führt nichts vorbei. Ein naturgegebenes, unveränderbares Faktum. Es spielt keine Rolle, ob sich die existenzielle und latent vorhandene Grundangst vor dem Tod aus der Gewissheit nährt, dass es auf physischer Ebene nichts Ewiges gibt. Oder aus der Furcht, dass die Evolutionstheorie die unzähligen religiösen Schöpfungsgeschichten mit ihren teils abstrusen Lehren an die Wand argumentiert. Letzten Endes bleibt als einzige, greifbare Erkenntnis der sachlich nüchterne Beweis des Zerfalls jeglicher organischer Strukturen in ihre atomaren Bestandteile. Ohne Rücksichtnahme auf menschliche Hoffnungen oder Wünsche.

Rückwirkend betrachtet, konnte sich Hauptkommissar Hermann Welke nicht mehr an den Zeitpunkt erinnern, an dem jeglicher Glauben, jede Form der Erwartung – auf was auch immer – in ihm vergangen war. Für ihn war Religion ohnehin nichts weiter als Stoff, der rationale Lücken füllte, welche der menschliche Verstand hinterließ.

Manchmal schien es ihm, als hätte jeder einzelne Blick in die gebrochenen Augen der unzähligen Toten ihm ein Stück jener Hoffnung geraubt, welche die meisten Menschen davon abhielt, in Erkenntnis der eigenen Vergänglichkeit wahnsinnig zu werden.

Gleichzeitig hatte ihm all das Erlebte die Angst vor der Unumkehrbarkeit seines Schicksals genommen. Es zu einem pathologischen Phänomen degradiert, welches er angenommen hatte und auf seine eigene Art behandelte. Rational, sarkastisch und manchmal zynisch. Nein. Für ihn gab es keine religiöse Trostvorstellung. Der Tod, das Wissen um die eigene Vergänglichkeit an sich, war keine Bedrohung.

Das *Wie* war der entscheindende Punkt. Und auf diese Art, wie sie ihm hier begegnen sollte, war es einfach nur pervers. Abartig.

Wie so oft in den letzten 20 Jahren hatte man ihn mitten in der Nacht aus dem Bett geklingelt, mit lediglich der Information, dass eine junge Frau gefunden worden war. Ersten Schilderungen nach übel zugerichtet. Welke brauchte keine weiteren Informationen, um sich ein Bild davon zu machen, was ihn höchstwahrscheinlich erwartete. Dieselbe Geschichte, die er unzählige Male hatte miterleben müssen. Irgendein junges Ding, welches, in naiver Vertrautheit darauf, dass schlimme Dinge nur anderen passierten, eine einsame und unbeleuchtete Abkürzung genommen hatte oder in irgendein Auto eines Fremden gestiegen war.

Welke war, wie man so schön sagte, mehrfach chemisch gereinigt. Es gab nicht viele Dinge, die er nicht gesehen hatte. In beinahe 36 Jahren Polizeiarbeit hatte er mehrfach in die unterschiedlichsten und dunkelsten Abgründe der menschlichen Seele schauen müssen. Hatte sich mit unvorstellbarsten Taten auseinandergesetzt, zu denen ein Mensch fähig war. Er hatte begriffen, dass er sich, wollte er tatsächlich etwas bewirken, von all den moralischen und ethischen Wertevorstellungen verabschieden musste, die man allgemein hin als normal bezeichnete. Die Vielzahl der schrecklichen und kaum vorstellbaren Gewalttaten, die er im Laufe seines Dienstlebens kennengelernt hatte, ließen ihn mittlerweile daran zweifeln, dass es so etwas wie Normalität überhaupt gab.

Der 56-jährige Hermann Welke, der mit vollen Namen eigentlich Klaus Günther Hermann Welke hieß, was nur die wenigsten wussten, und dessen Dienstgrad genau genommen Erster Kriminalhauptkommissar lautete, fuhr auf den wenig einladenden Schotterparkplatz nahe des Ruhrwanderweges im Stadtteil Essen-Kupferdreh. Er stellte seinen Wagen hinter einen Streifenwagen ab. Am rechten Außenspiegel hatte jemand rot-weißes Absperrband befestigt. Es erstreckte sich über die gesamte Breite der Auffahrt bis hin zu einem knorrigen Baum. Welke schaltete den Motor aus und griff nach dem Türöffner. Er nickte den uniformierten Beamten zu, die den Tatort weiträumig abgesperrt hatten. Sie hielten einige Fotografen und einen übernächtigt wirkenden Kameramann auf Distanz, die, in der Hoffnung verwertbare Bilder zu bekommen, den Bereich hinter der Absperrung mit ihren lichtstarken LED-Aufsatzlampen ausleuchteten. Welke zog den Kragen seiner Jacke nach oben und tauchte – begleitet von den Klickgeräuschen einiger digitaler Spiegelreflexkameras – unter dem Flatterband hindurch, bevor die Journalisten ihn erreichten und mit unangenehmen Fragen belästigten. »Die sollen sich, verflucht noch mal, an die Pressestelle wenden«, knurrte er vor sich hin.

Es gehörte zwar zu seinem Beruf, sich mit Journalisten auseinanderzusetzen, aber er tat das äußerst ungern unvorbereitet. Er war weit davon entfernt, sie alle über einen Kamm zu scheren. Ein Tatort zog sie zuverlässig an wie einen Schwarm Schmeißfliegen. Vor Jahren hatte er sich von einer regional bekannten Zeitung zu einem unüberlegten und eher emotional geprägten Statement hinreißen lassen. Er hatte damals die Vertretung des Dienstgruppenleiters auf der Kriminalwache übernommen. Ein jugendlicher Intensivtäter hatte einer alten Dame auf einem Friedhof die Handtasche entreißen wollen. So, wie es unzählige Male am Tag im Ruhrgebiet geschah. Als sie nicht losließ, trat der Jugendliche auf sie ein, während die Frau am Boden lag. Der Täter konnte zeitnah in Tatortnähe gestellt werden. Er leistete erheblichen Widerstand bei der Festnahme und es bedurfte drei gestandener Polizeibeamter, um ihn festzunehmen. Dabei verletzte er sich und einen Kollegen nicht unerheblich. Die Presse unterstellte Polizeigewalt und begründete ihre Anklage aufgrund einer fragwürdigen Zeugenaussage. Welke beschwerte sich in seiner recht lautstarken und wenig diplomatischen Art vor laufender Kamera darüber, dass es die Zeitungen einen Scheißdreck zu interessieren schien, dass ein Kollege und eine alte Dame im Krankenhaus lagen. Und da er dabei war, sich in Rage und vor allem um Kopf und Kragen zu reden, wetterte er gegen die Journalisten und Politiker, die die Verteidigung des Täters übernahmen, ihn nachträglich als Opfer sahen, dem man helfen müsse, sich wieder in die Gesellschaft zu integrieren. Und während der Täter sinnbildlich zu zwei Wochen Fernsehverbot in einer Jugendarrestanstalt verurteilt worden wurde, oder man ihm anbot, in einem mehrwöchigen mediterranen Urlaub an seinem Sozialverhalten zu feilen, lag das Opfer wochenlang im Krankenhaus und litt aufgrund der Gewalttat mitunter den Rest seines Lebens psychisch und physisch.

Welkes offene Art bescherte ihm nicht nur einen Prominentenstatus, auf den er gern verzichtet hätte. Die Presse fiel über ihn her, als hätte es in der Welt nichts Spektakuläreres gegeben, über das man hätte berichten können. Und es schien niemanden zu interessieren, dass dem vermeintlichen Zeugen nachgewiesen werden konnte, dass er gelogen hatte. Die Geschichte führte zu einem Sturm der Entrüstung in den Führungsriegen der Polizei und schlug Wellen bis zum Ministerium. Die Schelte, die dem Vorfall folgte, würde ihn einen solchen Fehler nicht mehr wiederholen lassen. Obwohl es der einzige war, dem man ihm bis dahin hatte vorwerfen können. So war es nun mal. Jegliches persönliches Interesse eines Beamten war dem Ansehen der Polizei unterzuordnen. Er hatte seine Lektion gelernt. Dass seine Karriere ab diesem Zeitpunkt nur schleppend voranging, wunderte niemanden ernsthaft. Als derselbe Täter kurze Zeit später wegen versuchten Totschlages erneut vor Gericht stand, fühlte Welke keine Genugtuung. Vielmehr Wut. Er hatte die bevorstehende, landesweite Einführung des digitalen und abhörsicheren Funks mit der Hoffnung, verbunden dass in dieser Hinsicht bald Ruhe einkehren würde und sie von den Attacken der Boulevardpresse verschont blieben.

Welke manövrierte um einige schmutzige Pfützen des unbefestigten Untergrundes herum und hauchte kurz in seine Hände. Der Dezember war zwar ungewöhnlich mild in diesem Jahr, doch die Kälte potenzierte sich bei Müdigkeit. Er bewegte sich, als ging er über rohe Eier. Aus gutem Grund. Der Platz war nur mäßig ausgeleuchtet. Es war einer dieser Orte, an dem es nach Urin roch, wo verschmutzte Papiertaschentücher, benutzte Kondome und andere unschöne Dinge einen daran erinnerten, dass man gut daran tat aufzupassen, wo man seinen Fuß hinsetzte.

Der Berufsverkehr der nahen, mehrspurigen Hauptstraße nahm minütlich zu, durchschnitt die Ruhe des Morgens und erhöhte den Pulsschlag der Stadt. Die Abgase der Blechlawine verwandelten die Luft des Ruhrgebietes in eine schwere, giftige Atmosphäre, die allmählich zu ihm rüberschwappte. Rußpartikel wanderten aufdringlich in die Atemwege und reizten seine Bronchien. In weniger als einer Stunde würde das Meer aus Fahrzeugen die Industriemetropole an den Rand eines Verkehrskollapses bringen. Wie jeden Tag.

Frank Tetzlaf, der in dieser Nacht Mordbereitschaft hatte, kam ihm in einem weißen Spurensicherungsanzug entgegen. Seine dienstlich gelieferten, gelben Gummistiefel waren verdreckt und der zähe Uferschlamm der Ruhr hatte sich tief in das schwarze Grobprofil gedrückt. Tetzlaf musste aufpassen, nicht auszurutschen, als er den aufgeweichten Hang hinaufschritt, um seinem Chef entgegenzugehen. Welke fand, er sah müde aus, was durch die künstliche Beleuchtung der Einsatzfahrzeuge verstärkt wurde. Dunkle Schatten lagen unter seinen Augen. Das Gesicht war unrasiert.

Sie begrüßten sich wortlos mit kräftigem Händedruck.

»Erzähl, Frank«, sagte Welke mit ernster Stimme. Die beiden Männer gingen mit langsamen Schritten über den asphaltierten Leinpfad und blickten hinunter zur Ruhr. Das Gewässer war deutlich wärmer als die Umgebungstemperatur. Dicke Nebelschwaden waberten über die Oberfläche und der Dunst reflektierte das Licht der Scheinwerfer, die man um den Fundort aufgestellt hatte, dass man glaubte, auf eine kompakte Wolkendecke zu blicken. Alles wirkte trist und melancholisch. Das beinahe schwarz aussehende Wasser drängte kaum merklich gegen die glitschigen Basaltsteine, zwischen denen Schilf wuchs. Der Fluss sah an dieser Stelle ruhig aus, beinahe wie ein stehendes Gewässer. Nur einige kleine Strudel durchbrachen die Oberfläche und zeugten von seiner Kraft. Welke wusste, die verschiedenen Strömungsschichten waren tückisch und hatten so manchen Übermütigen, der sich in den warmen Monaten alkoholisiert mit der Ruhr messen wollte, erst Tage später an einem der vielen Wehren wieder auftauchen lassen. Er zog fröstelnd seinen Reißverschluss höher. Die Kälte drang allmählich durch seine Kleidung, und der Dunst legte sich wie ein nasses Tuch über sein Gesicht.

Tetzlaf zog sich den Mundschutz nach unten. Sein Atem kondensierte, als er sprach. »Tamara Schlickreiter. 29 Jahre alt. Anhand ihres Ausweises zweifelsfrei identifiziert.«

»Habt ihr was Näheres über sie?«

Tetzlaf blieb für einen Moment stehen und sah zum Fluss. »Mehrere Verstöße gegen das Betäubungsmittelgesetz aktenkundig. Offensichtlich Prostituierte. Zumindest hat sie ein gutes Dutzend Kondome dabei.«

»Wer hat sie gefunden?«

Tetzlaf wandte sich wieder Welke zu. »Ein Lkw-Fahrer. Er hat den Rastplatz angefahren, weil er mal pissen musste, und sich im Anschluss die Beine vertreten. Dabei hat er sie gefunden. Das war so gegen 5 Uhr. Wir haben ihn zum Präsidium gebracht und vernehmen ihn gerade. Der Leichenfundort ist nicht der Tatort. Es scheint so, als wenn sie hier einfach abgelegt wurde. Altenkamp …«, Tetzlaf nickte in Richtung eines älteren Herren, der erwartungsvoll zu ihnen herüberblickte, »sagt, dass es sich um ein Sexualdelikt handelt. Gefunden haben wir nicht viel. Ihren Personalausweis, ein Smartphone, etwas Bargeld.«

»'ne Junkiebraut?«, fragte Welke.

Tetzlaf schüttelte den Kopf. »Eher nicht. Wenn, dann Koks oder Speed. Sieht nach 'ner Edelnutte aus. Zumindest wenn man von den Klamotten ausgeht. Könnte mal hübsch gewesen sein.«

»Könnte?«

Tetzlaf zuckte mit den Schultern. »Sieh's dir selbst an.«

»Was ist mit dem Kapitalstaatsanwalt?« Welke setzte sich wieder in Bewegung und betrachtete seinen Kollegen.

Dieser nickte. »Hat Kenntnis und wartet auf deinen Rückruf. Ich hab ihm gesagt, dass es wenig Sinn hat, wenn er herkommt und sich bei der Kälte die Eier abfriert.«

Welke zog skeptisch eine Augenbraue hoch. »Das hast du ihm gesagt?«

»Sinngemäß.«

»Habt ihr die Angehörigen verständigt?«

»Wir ermitteln sie gerade. Machen wir im Anschluss«, erwiderte Tetzlaf.

Welke blieb erneut stehen. »Was ist mit den Spuren?«, fragte er weiter in seiner wortkargen Art.

»Die KTU ist soeben durch. Wir haben nur auf dich gewartet. Viel ist nicht bei rumgekommen. Einige Schuheindruckspuren ohne auswertbares Profil. Der Boden ist zu matschig. Sie können vom Täter stammen, genauso gut auch von dem Zeugen und den Kollegen der Inspektion, die als Erste am Tatort waren. Was wir bisher vermuten, ist, dass es ein Kerl gewesen sein muss, der sie hier abgelegt hat. Zumindest weist alles darauf hin. Wir haben keine Schleifspuren. Er wird sie getragen haben. Eventuell können wir ein paar Rückschlüsse auf sein Gewicht und seine ungefähre Größe ziehen, wenn eine der Eindruckspuren von ihm stammt. Ob wir Faser oder DNA-Spuren an der Leiche finden, müssen wir abwarten. In der Vagina konnten wir Sekret feststellen. Es könnte Sperma sein.«

Welke runzelte die Stirn. »Wer ist denn heutzutage so blöd?«

»Wenn sie Zufallsopfer war, und der Täter mächtig Druck im Untergeschoss hatte … Vielleicht hat er sie hier übereilt abgelegt, weil ihm die Nerven in die Knie gegangen sind.

Oder er wurde gestört, als er sie in den Fluss schmeißen wollte.«

Hermann Welke nickte und ließ den Blick schweifen. Dann schritt er mit unsicheren Schritten den Hügel hinab. Die Wiese war nass und rutschig, sodass der aufgeweichte Boden bei jedem Schritt schmatzte. Welke verfluchte sich, weil er vergessen hatte, sich Stiefel anzuziehen. Es war nur eine Frage der Zeit, bis das Wasser sich seinen Weg durch das dünne Leder bahnen würde. Seine Gummisohlen gaben so gut wie keinen Halt, und er war Tetzlaf dankbar für dessen Unterarm, den er ihm entgegenhielt. Ein durchaus komödiantisches Bild, da Welke Tetzlaf nicht nur um fast einen Kopf überragte. Neben seiner bulligen Erscheinung und seinen 140 Kilogramm Lebendgewicht wirkte Tetzlaf geradezu knabenhaft, denn Welke übertraf seinen Kollegen um mindestens 100 Pfund.

Welke schlüpfte in einen weißen Spurensicherungsanzug, zog die Kapuze über den Kopf und setzte sich einen Mundschutz auf. Langsam, beinahe so, als wollte er die Ruhe der Szene aus Respekt nicht stören, trat er an den Leichnam heran. Er drehte sich in alle Richtungen, sah sich einen Moment lang den Tatort an und ließ die Eindrücke auf sich wirken. Anschließend kniete er sich hin und justierte seine Gleitsichtbrille auf der Spitze seiner Nase, während er das Gesicht der jungen Frau betrachtete. Oder vielmehr das, was dieser Dreckskerl davon übergelassen hatte. Welke nahm die Eindrücke auf. Das Bild ihres zerstörten Antlitzes, vom Morast des Ufers bedeckt, den Geruch der Umgebung, des Ruhrwassers, der sich mit dem des Parfums der Toten zu einem abstoßenden Duft verband.

Schwerfällig erhob sich der Kripomann, verharrte kurz in der Bewegung, weil er auf den stechenden Schmerz seiner lädierten Bandscheiben wartete, der gnädigerweise ausblieb, bis er sich zu seiner vollen Größe von beinahe zwei Metern aufrichtete.

Dr. Herbert Altenkamp, Rechtsmediziner und langjähriger Weggefährte, hielt sich mit einer geradezu philosophischen Ruhe zurück, bis Welke seinen Blick von dem Leichnam abwandte. Der Arzt wusste, wann der Zeitpunkt gekommen war, an dem der Polizeibeamte aus dem inneren Konflikt zurückkehrte, der sich bei dem Anblick eines solchen brutalen Verbrechens auch bei hartgesottenen Ermittlern einstellte.

Welke atmete deutlich hörbar aus, trat einen Schritt auf den Fluss zu und ließ seinen Blick über die Oberfläche gleiten. »Kaum zu glauben«, sagte er nachdenklich.

»Was meinen Sie?« Altenkamps Wangen waren durch die Kälte gerötet.

Welke nickte zum Wasser, während er Altenkamp die Hand zur Begrüßung hinhielt. »Die Ruhr. Mittlerweile eine der saubersten Flüsse Europas.«

»Baden würde ich trotzdem nicht darin.«

Er drehte sich und sah Altenkamp an. »Hat uns früher auch nicht umgebracht. Und da war sie dreckig wie ’ne Grubenpfütze. Was können Sie mir erzählen, Doktor?«

Altenkamp, ebenfalls in einem Spurensicherungsanzug, nahm die Latexhandschuhe entgegen, die ihm Tetzlaf hinhielt und zog sie sich über, während er in die Hocke ging. »Sie wurde auf dem Bauch liegend vorgefunden, ich kann ausschließen, dass sie im Fluss lag. Die Mundhöhle ist zwar voller Wasser und Pflanzenreste gewesen. Aber das ist der ufernahen Lage geschuldet. Die Bekleidung war auf dem Rücken trocken. Zumindest nur klamm. Von der Luftfeuchtigkeit. Wir haben sie entkleidet, die Sachen asserviert und die Tote für die Leichenschau auf den Rücken gedreht. Sie hat eine Fraktur des linken Jochbeins. Der erste Tastbefund lässt vermuten, dass der Unterkiefer linksseitig gebrochen, zumindest infolge erheblicher Gewalteinwirkung ausgerenkt wurde. Ich tippe auf Fausthiebe. Die Zunge lag während der Schlagausübung offenbar zwischen den Zahnreihen. Sie ist links bis zur Mitte beinahe durchtrennt.«

Altenkamp drückte mit dem Handballen den Unterkiefer etwas nach unten. Offenbar war die Leichenstarre in diesem Bereich deutlich ausgeprägt. Er zog die Unterlippe herunter und wischte mit seinem Daumen etwas von dem fast schwarzen Schlamm weg, der sich zwischen den Zahnreihen befand.

»Die hintere Mundhöhle und der sichtbare Teil des Rachenraums sind mit einer größeren Blutmenge gefüllt, vermutlich aufgrund der Zungenverletzung. Einige Zähne, insbesondere die oberen Schneidezähne, sind gelockert. Die aufgeplatzten Lippen lassen vermuten, dass sie mehrere Faustschläge ins Gesicht bekam. Hier.« Altenkamp klappte die Oberlippe um und deutete mit seinem Zeigefinger auf die dunklen Unterhautblutungen. »Zahnabdrücke an der Innenseite der Schleimhäute. Das Nasenbein ist ebenfalls gebrochen. Zumindest dem ersten Tastbefund nach.«

Altenkamp zeigte auf den entkleideten, erdverschmierten Oberkörper der Leiche.

»Mehrere schwere Hämatome auf dem Torso. Der Brustkorb ist fest, die unteren Rippenbögen wirken mir asymmetrisch. Wie viele Rippen gebrochen sind, vermag ich nicht abzuschätzen. Sie scheint sich mächtig gewehrt zu haben.«

»Dann finden wir möglicherweise was unter den Fingernägeln«, grummelte Welke.

Die Spurensicherer hatten über den Händen der Toten Tüten gestülpt, um Mikrospuren zu sichern, die sich auf der Haut und unter den Nägeln befinden könnten. Altenkamp drehte die junge Frau auf den Bauch und fuhr mit seinen Ausführungen fort.

»Petechien in den unteren Lidern. Ob sie an der Einwirkung auf ihren Hals starb, kann ich nicht sagen. Derzeit gehe ich von einem Sexualdelikt aus. Wobei sie erstaunlicherweise keine massiven Verletzungen im Vaginalbereich aufweist.«

Herrmann Welke fuhr sich mit seiner Zunge über die rauen Lippen, während er weiter die junge Frau betrachtete. »Also eventuell einvernehmlich? Ein Freier, der nach dem Schäferstündchen aus irgendeinem Grund austickte?«

Altenkamp zuckte mit den Schultern. »Das müssen Sie rauskriegen.«

Welke blickte von der Toten auf. »Todeszeitpunkt?«

Der Rechtsmediziner verzog abschätzend das Gesicht. »Leichenstarre im Kiefergelenk deutlich ausgeprägt. In den Extremitäten ebenfalls, wenn auch überwindbar. Leichenflecken sind nicht mehr wegdrückbar.« Kurz sah der Doktor auf seine Uhr. »Wir haben 6.45 Uhr. Aufgefunden wurde die Tote nach Aussagen Ihrer Kollegen gegen 5 Uhr. Die Leiche weist eine rektal gemessene Körperkerntemperatur von 26 Grad auf. Zurückgerechnet, unter Einbeziehung der Umgebungstemperatur, würde ich unter Vorbehalt den Todeszeitpunkt auf circa 21 Uhr des vergangenen Abends legen. Wenn die Leiche tatsächlich unmittelbar nach ihrem Tod hier abgelegt wurde. Näheres nach der Obduktion.«

Welke schob seine Brille wieder etwas höher. »Heute?«

»Sobald sie in der Rechtsmedizin liegt und der Staatsanwalt das Okay gibt.«

Der Hauptkommissar nickte wie in Gedanken versunken und wandte sich dann seinem Kollegen zu. »Gut. Frank, wenn ihr mit dem Tatort so weit fertig seid, bringt sie weg. Was ist mit dem Umfeld?«

»Wir klären gerade, welche Hundertschaft Landeseinsatzbereitschaft hat und werden sie in Planquadraten durchjagen. Einen Mantrailerhund hätten wir ab 8 Uhr in Stuckenbrock. Vielleicht lässt sich damit der Weg der Toten rückwärts bis zum eigentlichen Tatort verfolgen. Allerdings haben wir ihn nicht angefordert.«

»Taucher?«, warf Welke ein.

Tetzlaf verzog abschätzend das Gesicht. »Hab ich auch dran gedacht, konnte mich letztendlich nicht dazu durchringen. Das ist definitiv nicht der Tatort.«

Welke schüttelte nachdenklich den Kopf. »Trotzdem. Man kann nicht so abstrakt denken, wie manche handeln. Es wäre unprofessionell und ich will mir später nicht nachsagen lassen, wir wären nachlässig gewesen. Vielleicht hat der Täter irgendwas in die Ruhr geworfen, was uns weiterbringt. Ich ruf gleich die Leitstelle an und frag, ob die Entenpolizei einen Frosch klarmachen kann.«

Hermann Welke zog sein Handy aus der aufgesetzten Tasche seiner Jacke und tippte die Nummer seines Kollegen Matthias Heimke ein, der auf der Dienststelle verblieben war und auf weitere Instruktionen wartete. »Morgen, Heimchen. Hermann hier. Du bist so weit eingewiesen? Gut. Das erste Team, welches auf der Dienststelle erscheint, fährt zur Wohnanschrift des Opfers und macht die Bude. Sie sollen einen Trupp von der KTU mitnehmen. Schick vorsorglich einen Streifenwagen hin. Die Kollegen sollen die Wohnung bis dahin absichern. Und kümmere dich um die Beschlüsse für Funkzellenauswertung. Außerdem will ich ein Date mit den Jungs von der IT. Wir brauchen alle Daten aus ihrem Handy, wenn die Spurensicherung mit dem Teil fertig ist.« Welke beendete das Gespräch und starrte mit zusammengepressten Mundwinkeln auf den toten Körper, bis ihn die Scheinwerfer des Vertragsbestatters aus seinen Gedanken rissen. Die Männer hatten sich die Schutzanzüge übergezogen und näherten sich dem Leichenfundort.

Stumm beobachtete Welke, wie sie im Scheinwerferlicht eine dicke, weiße Folie neben dem Leichnam ausbreiteten. Als sie den leblosen Körper anhoben, sackte der Kopf der Frau nach hinten. Wieder sah Welke in den gebrochen Blick des bleichen und wächsernen Gesichtes, wie so unzählige Male zuvor. Das nasse Haar klebte strähnig am Kopf und der Lidschatten war verschmiert. Die Männer des Beerdigungsinstitutes schlugen die Plane um die sterblichen Überreste, um sie im Anschluss in einen dickwandigen, grauen Transportsack zu verfrachten. Die Realität hatte etwas Hartes. Etwas verdammt Hartes.

»So werden wir alle mal abgeholt«, murmelte er leise vor sich hin. Welke strich sich nachdenklich über seinen dunklen, grau melierten Vollbart und schaute den Bestattern nach, als Frank Tetzlaf telefonierend und aufgeregt winkend auf ihn zulief.

»Das war die Leitstelle«, sagte dieser sichtlich irritiert.

Welke zog die rechte Braue hoch. »Mach es nicht so spannend.«

»Die Kollegen wurden zu einem Suizidversuch gerufen. Man hat einen Abschiedsbrief gefunden.«

»Was bedeutet, wenn ich das richtig verstanden habe, dass die Person nicht tot ist, oder? Was ist daran so wichtig, dass dir die Farbe aus dem Gesicht läuft?«

Tetzlaf sah seinen Chef fassungslos an. »Der Suizident …

er ist Richter. Und in seinem Abschiedsbrief steht, dass er eine Tamara Schlickreiter getötet hat.«

*

Robert Kettner faltete einen weiteren Karton eines großen nordischen Möbelhauses zusammen, dessen Schränke nach dem Aufbau den Eindruck einer zweifelhaften Standfestigkeit boten. Die meisten Leute nannten ihn Steiger. Einen Spitznamen, den er während seiner aktiven Zeit als Kriminalbeamter erhalten hatte und auf den er mittlerweile zuverlässiger reagierte, als auf seinen richtigen Namen. Steiger stellte die Verpackung zu den anderen, als er Schritte im Hausflur vernahm, die unmittelbar vor seiner Bürotür zum Stehen kamen. Beinahe zeitgleich klopfte es. Er wischte sich die Handinnenflächen an seiner alten Jeans ab, die dermaßen voller getrockneter Farbe und Kleisterreste war, dass er sie in eine Ecke hätte stellen können, ohne dass sie umgefallen wäre. Auf dem Weg zur Tür blickte er durch die staubige Fensterscheibe seines Büros auf die Straße und suchte nach dem Wagen des Paketdienstes, auf den er den ganzen Morgen ungeduldig wartete. In der Regel scherten sich die Fahrer nicht darum, ob sie mit ihren Kastenwagen den Verkehr zum Erliegen brachten, wenn sie in zweiter Reihe parkten. Hier, in der engen und zugeparkten Seitenstraße des Haumannviertels, in dem auf einen Quadratmeter Boden gefühlt mehr Rechtsanwälte angesiedelt waren, als irgendwo sonst auf diesem Planeten, überlegten sie es sich offenbar zwei Mal, wo sie hielten.

Das Wohnumfeld stand in einem krassen Widerspruch zu seinen Einkommensverhältnissen der letzten Monate. Eigentlich hätte er sich diese Wohnung nicht leisten können, wenn die Versicherung nicht erstaunlich schnell die Schadenssumme ausgezahlt hätte, nachdem einige russische Terroristen seine letzte Bleibe in Schutt und Asche gelegt hatten. Steiger spekulierte darauf, von seiner etablierten Nachbarschaft zu profitieren. Wer hier sein Büro hatte, musste erfolgreich sein. Die Wohnung war eine glückliche Fügung. Sie war groß und befand sich in der zweiten Etage eines Altbaus aus der Gründerzeit. Sie hatte den perfekten Schnitt der es ihm ermöglichte, Wohnraum und Büro miteinander zu verbinden. Er hatte diesen Treffer seiner Exfrau Claudia zu verdanken. Wie so vieles in den vergangenen Monaten. Eine Kollegin Claudias, ebenfalls Rechtsanwältin, hatte die Wohnung aufgegeben, um sich einer Gemeinschaftskanzlei anzuschließen. Beinahe drei Jahre waren vergangen, seit er sich aus dem aktiven Polizeidienst verabschiedet hatte. Eine Entscheidung, die er bewusst und überlegt getroffen hatte. Auch wenn viele – eigentlich die meisten – der festen Überzeugung waren, dass er den Verstand verloren hatte. Weil es in ihren Augen eine absurde Vorstellung war, sich nicht in das stets straff gespannte Netz der staatlichen Unkündbarkeit fallen zu lassen. Insbesondere, wenn man 25 Jahre Dienst auf dem Buckel hatte und mit der Entscheidung zu kündigen, den Verlust beinahe der Hälfte der Pensionsansprüche in Kauf nahm.

Wieder klopfte es. Diesmal etwas kräftiger.

»Herr Kettner?«, hörte er die Stimme einer Frau. Sie war hell und klar, offenbar jung. »Ich wäre Ihnen dankbar, wenn ich Sie für einen Moment sprechen dürfte.«

Steiger stutzte. Er hatte die Wohnung erst vor wenigen Tagen bezogen und die Adresse war nicht im Branchenbuch verzeichnet. Eine Klientin konnte es somit nicht sein. Wer suchte ihn hier auf? Eine Nachbarin, die sich von dem Renovierungslärm der vergangenen Tage gestört fühlte? Steiger bahnte sich weiter seinen Weg durch leere Farbeimer, Tapetenreste und Müllsäcke, schritt durch die schmale Diele und öffnete die Tür.

Vor ihm stand eine Frau. Ein hochgewachsenes, junges Ding, schätzungsweise Ende 20. Sie war blond, mit einem hübschen, fein geschnittenen und dezent geschminkten Gesicht. Sie hatte eine schmale Nase, hohe Wangenknochen und volle Lippen. Ihre Pupillen waren ungewöhnlich. Ein intensives Grün, so präsent, dass er für einen Moment daran zweifelte, ob es natürlich war. Die Frau taxierte ihn auf eine scheue und zugleich neugierige Art. Sie war genau sein Typ, wenn auch nicht unbedingt seine Altersklasse. Wenn ihre Figur, die er durch ihre Winterkleidung erahnte, nur halb so viel hielt, wie sie versprach …

»Mein Name ist Annabelle Cüppers«, unterbrach sie seine Gedanken, bevor diese auf ein moralisch unanständiges Niveau sinken konnten. »Ich würde mich gern mit Ihnen unterhalten. Über einen Auftrag.«

Steiger warf einen Blick zurück auf das Chaos in seiner Wohnung. »Hören Sie … ich bin mitten im Renovierungsstress, wie Sie sehen. Momentan kann ich keine Aufträge …«

»Bitte. Ich werde Sie bestimmt nicht lange aufhalten. Es ist wichtig. Enorm wichtig. Geben Sie mir fünf Minuten.«

Einen Augenblick zögerte Steiger, bevor er mit den Achseln zuckte und die Tür weiter aufstieß.

»Danke.« Annabelle Cüppers trat an Steiger vorbei in die Diele, blieb stehen, weil sie nicht wusste, wie weit sie sich ungefragt in den Raum begeben konnte und sah sich unsicher um. »Sieht nach viel Arbeit aus«, sagte sie beinahe verlegen.

Steiger ging an seinem ungebetenen Gast vorbei. »Bin erst seit ein paar Tagen drin. Passen Sie auf, wo sie hintreten. Die Farbe werden Sie kaum aus Ihrem Mantel kriegen«, sagte er unhöflicher, als beabsichtigt. Er schritt voran in die Küche, nahm eine Rolle Malerkrepp und einige Pinsel von der Sitzfläche eines der beiden Stühle und deutete seinem Gast mit einer Handbewegung sich zu setzen.

»Schießen Sie los. Was kann ich für Sie tun?« Steiger lehnte sich zurück und verschränkte die Arme vor seiner Brust.

»Es geht um meinen Vater. Manfred Cüppers.«

»Was ist mit ihm?«

»Er ist verschwunden.«

»Waren Sie bereits bei der Polizei?«

Annabelle Cüppers nickte kaum merklich, während sie ihre dünnen Lederhandschuhe auszog und sie auf ihren Schoß legte. Ihm fielen ihre langen und gepflegten Hände auf. »Man hat mich wieder weggeschickt. Es ist aus ihrer Sicht kein Vermisstenfall.«

Steiger hasste diese Art von Aufträgen, wenngleich ihm auch klar war, dass ein Leben als Privatdetektiv bedeutete, sich seine Brötchen größtenteils mit der Recherche in Vermisstenfällen und den Problemen irgendwelcher gehörnter Ehepartner zu verdienen. Diese ewig gleiche Litanei. Stundenlanges, stupides Warten bei schlechter Bezahlung. Er hätte liebend gern auf einem anderen Weg sein Geld verdient, nur hatte er nichts anderes gelernt und – so viel Überheblichkeit gestand er sich zu – es war das Einzige, wozu er Talent hatte. Steiger wusste selbst, dass die Polizei die Leute nicht aus purer Lustlosigkeit nach Hause schickte, sondern eine Gefahrenanalyse im Rahmen einer Einzelfallbewertung vornahm und sich dabei auch Möglichkeiten bediente, derer sich der Anzeigenerstatter nicht bewusst war. Es war für viele äußerst schwer zu verstehen, dass zunächst jeder Erwachsene das Recht hatte, seinen Aufenthaltsort frei zu wählen und niemanden davon zu unterrichten. Und dass sich eine rechtliche Handhabe erst ergab, wenn neben der Tatsache, dass jemand seinen gewohnten Lebenskreis verließ, eine objektiv erkennbare Eigen- oder Fremdgefährdung vorlag. Unwahrscheinlich, dass er zu einem anderen Urteil kam.

Er spürte, wie sich sein Interesse von dem eigentlichen Anliegen immer mehr zur Attraktivität der Frau verlagerte und er ihren Schilderungen nur mit einem Ohr folgte. Obwohl er sich selbst mit seinen etwas über 40 Lebensjahren nicht als alter Sack bezeichnen wollte, wurde ihm in Gegenwart der jungen Frau bewusst, dass er nicht mehr ganz taufrisch war. Etwas, was ihm zunehmend öfter auffiel. Man sagte ihm zwar, dass er jünger aussah. Aber das war eine Meinung, die er nur bedingt teilte, auch wenn er nach wie vor am liebsten in Jeans, T-Shirt, Lederjacke und Bikerboots herumlief. »Dann wird Ihnen die Polizei bestimmt eine Erklärung dafür gegeben haben, warum sie keine Möglichkeit sieht, aktiv zu werden.«

»Hat sie. Ich würde gern Ihre Meinung dazu hören«, erwiderte die junge Frau.

Steiger deutete ihr mit einer Geste an, fortzufahren.

»Ich habe vor einer Woche meinen Vater besucht.« Annabelle senkte den Kopf und blickte auf ihre manikürten Fingernägel. »Ich muss gestehen, unsere Beziehung ist etwas … wie soll ich sagen? Distanziert. Ich glaube, das trifft es. Mein Vater las die Tageszeitung, erhob sich plötzlich, nahm seinen Mantel und verließ wortlos das Haus. Seitdem ist er verschwunden.«

Steiger schob einige Rechnungen und anderen Papierkram zur Seite und kratzte einen angetrockneten Farbklecks von der Tischoberfläche. »Wie steht es um seine Gesundheit?«

Annabelle Cüppers lehnte sich zurück. »Ich weiß, dass Sie ein Expolizist sind. Ich kann somit davon ausgehen, dass Sie mir dieselben Fragen wie Ihre Kollegen stellen.«

»Das ist wahrscheinlich.«

Sie nickte. »Ich fasse also die Antworten auf die Fragen der Beamten zusammen. Nein. Er ist nicht krank, braucht somit keine Medikamente und er hat auch keine Suizidabsichten geäußert. Er scheint mir auch nicht der Typ dafür. Keine Auffälligkeiten in seinem Verhalten. Er stand einfach auf und ging. Ich habe keine Ahnung von möglichen Anlaufadressen. Ein Handy besitzt er nicht und ob er Bargeld dabei hat, weiß ich nicht. Mein Vater war früher Rechtsanwalt. Seit dem Tod meiner Mutter hat er sich aus dem Berufsleben zurückgezogen. Er lebt von Erspartem und von der Summe, welche die Lebensversicherung ihm ausgezahlt hat. Ich habe in seiner alten Kanzlei angerufen. Dort hat man seit Jahren keinen Kontakt mehr.«

Steiger sah sie skeptisch an. »Was meinen Sie mit ›distanziert‹?«

»Ich meine damit … wir haben keinen engen Kontakt. Ich bin vor Jahren nach Stuttgart gezogen, und wir sehen uns nur wenige Male im Jahr. Zurzeit wohne ich bei einer Freundin. Mein Vater und ich sprechen auch nicht über Dinge, die uns bewegen. Also Persönliches oder so. Er lebt sein Leben und ich meins.«

»Gründe?« Steiger zog fragend eine Braue hoch.

Annabelle nickte, während sie auf ihre Hände blickte, die sie in den Schoß gelegt hatte. »Nach dem Tod meiner

Mutter vor 15 Jahren hat er sich zurückgezogen. Ich hab's irgendwann akzeptiert. Hin und wieder schaue ich nach ihm. Er macht es mir nicht leicht …«

»Somit, wenn ich Sie recht verstehe, könnte es durchaus Anlaufadressen geben und auch Gründe, diese aufzusuchen, von denen Sie nichts wissen.«

Annabelle sah wieder auf. Sie öffnete die aufgesetzte Tasche ihres Mantels und holte einen Zeitungsartikel hervor, den sie auseinanderfaltete, auf den Tisch legte und glatt strich. Dann schob sie ihn Steiger hin. Es war eine Todesanzeige. Mit einem Stift eingekreist. ›Raimund. Zur Erinnerung. Marie.‹

»Kennen Sie diesen Raimund? Oder eine Marie?« Steiger schob ihr das Papier zurück.

»Nein. Ich habe keine Ahnung. Zweifelsfrei spüre ich, dass sein Verschwinden mit dieser Annonce zusammenhängt. Er wirkte, als stünde er unter Schock, als er die Wohnung verließ.«

Steiger starrte die junge Frau einen Moment lang an, bevor er den Kopf schüttelte. »Ich kann Ihnen nicht helfen.«

»Ich kann Sie bezahlen.«

»Davon gehe ich aus. Alles andere würde unsere Zeit verschwenden. Ich will Ihnen nichts vormachen. Derzeit ist das Einzige, was wir als Tatsache haben, der Umstand, dass Ihr Vater seit einer Woche für Sie nicht zu erreichen ist. Wir haben keine konkretisierbare Eigengefährdung. Sie sagen selbst, dass Sie nur oberflächlichen Kontakt haben, mögliche Hintergründe also nicht einschätzen können. Und Sie können mir keinen Ermittlungsansatz bieten. Keine möglichen Aufenthaltsorte nennen. Nichts.«

»Sie haben ja recht, trotzdem …«

»Wo sollen wir ansetzen?«, unterbrach er sie. »Es kann

alles sein. Er hat sich eine Zeit lang abgesetzt. 'ne Liebschaft, von der Sie nichts wissen. Weiß der Geier. Sehen Sie sich um. Ich habe jede Menge zu tun. Ich kann Ihren Auftrag momentan nicht annehmen.«

»Nennen Sie mir eine Summe.«

Wieder schüttelte Steiger seinen Kopf. »Es schickt sich nicht, nur weil man eine gute Bezahlung in Aussicht gestellt bekommt, dass man einem Klienten vorspielt, man würde sich für die Klärung des Falls den Arsch aufreißen.«

»Meine Güte! Was zum Teufel ist mit Ihnen los?«, fauchte sie. »Sie sind Privatdetektiv. Ich will Sie engagieren. Es kann Ihnen scheißegal sein, wofür ich Sie buche! Wenn Sie nichts finden … okay. Sie sollen es nur versuchen.«

»Wenn ich einen Fall annehme, dann arbeite ich in der Regel rund um die Uhr daran, bis ich ein Ergebnis liefern oder absehen kann, dass weitere Bemühungen zwecklos sind.« Steiger erhob sich. »Hören Sie. Lassen Sie mich ehrlich zu Ihnen sein. Ich habe hier mehr Arbeit, als ich mir wünschen kann. Sehen Sie mir es nach, ich habe keinen Golddukaten kackenden Esel in der Garage, dass ich es mir erlauben kann, alles stehen und liegen zu lassen, um für eine Runde Hartgeld einer Vermisstensache nachzulaufen, die sich allem Anschein nach so oder so in Wohlgefallen auflösen wird. Ich muss mit dieser Baustelle hier fertig werden.«

»Das ist Blödsinn. Nennen Sie mir Ihren Preis.«

Steiger schüttelte energisch den Kopf. »Ich nehme generell keine Aufträge an, wenn sie meinem persönlichen Empfinden von Vernunft wiedersprechen.«

Annabelle Cüppers stand auf, strich über ihren Mantel und äußerte einige Worte des Bedauerns, bevor sie sich in Richtung Ausgang begab. Als er ihr die Tür aufhielt, blickte sie ihn mit diesen ausdrucksstarken grünen Augen auf eine Art an, dass er kurz versucht war, ihrem Wunsch nachzugeben. Steiger verabschiedete sich. Es wäre schlichtweg blödsinnig gewesen, diesen Auftrag anzunehmen. Wieder schritt er zum Fenster und sah auf die Straße nach dem Paketdienst. Dann ging er in die Küche und nahm die Rolle Malerkrepp. »›Raimund. Zur Erinnerung. Marie‹«, las er die Todesanzeige vor.

*

Über all die Jahre habe ich mir immer und immer wieder die Frage gestellt, was einen Menschen zu einem Verbrecher macht. Versucht, die dunkelsten Geheimnisse zu ergründen, die das Böse in uns weckt. Sind es Kleinigkeiten, Nichtigkeiten, die tief in jedem von uns verborgen schlummern und die uns durch einen Schlüsselreiz in das verwandeln, was wir sonst fürchten? Wecken sie das Monster in unserem Innersten oder ist diese Bestie tatsächlich ein Teil von uns? Sicher verwahrt durch Erziehung und moralische Wertevorstellungen? Durch göttliche Sanktionen? Oder nur durch die bloße Angst vor Bestrafung? Ich habe immer geglaubt, dass all die Geheimnisse in unserer – nennen wir es ruhig Seele –, dass all das Verborgene in ihr ein evolutionäres Überbleibsel darstellt. Wie ein Blinddarm. Vorhanden und zu einem nutzlosen Anhängsel verkümmert. Eine rudimentäre Eigenschaft, die sich unserem freien Willen zu unterwerfen hat.

Mit der Zeit kam ich immer mehr zu der Erkenntnis, dass alles eine Daseinsberechtigung hat. Die Fähigkeit, unvorstellbar schreckliche Dinge zu tun, ist ein Teil unseres naturgegebenen Schicksals. In gewissen Situationen vielleicht überlebensnotwendig. Wir haben gelernt, unsere Fantasien zu kompensieren, zu kanalisieren und das Untier in uns in Schach zu halten. Es ist eine gerissene Kreatur. Sie faucht nicht, wirft sich nicht voller Wut und Hass in die Ketten, die sie halten. Sie verlockt. Reizt dich. Zieht dich in ihren Bann.

Es stellt keine Rechtfertigung für mein Handeln dar. Vielmehr ist es der Versuch, meine Tat zu verstehen. Für mich selbst nachvollziehbar zu machen. Ergebnislos. Es bleibt nur blankes Entsetzen vor mir selbst.

»Ich schwöre … nach bestem Wissen und Gewissen ohne Ansehen der Person zu urteilen und nur der Wahrheit und Gerechtigkeit zu dienen, so wahr mir Gott helfe.«

Jahrzehnte habe ich an diesen Eid geglaubt, über andere und ihre Taten gerichtet. Es ist an der Zeit, mich selbst dieser Verantwortung zu stellen.

Ich hoffe, durch die Entscheidung, freiwillig aus dem Leben zu scheiden, ein Stück weit Gerechtigkeit wiederhergestellt zu haben, für die Gewalt, die ich Tamara Schlickreiter angetan habe und für den Tod, den sie durch meine Hand fand.

Bernhard Wehner

Hermann Welke faltete den Brief wieder zusammen, steckte ihn zurück in den Papierumschlag und sah nachdenklich zu dem jungen Uniformierten, der mit seiner ebenso jungen Kollegin als Erster am Einsatzort eingetroffen war.

»Da biste 35 Jahre bei der Schmiere, meinst, du hast alles gesehen, und dann kommt immer wieder mal einer, der ein Schippchen drauflegt«, murmelte er mehr zu sich selbst.

Die beiden Polizisten beäugten ihn argwöhnisch. Die Schutzpolizei hatte von jeher ein schwieriges Verhältnis zur Kriminalpolizei. Während die meisten Kripobeamten irgendwann mal bei der Schutzpolizei angefangen und diese Seite des Jobs zumindest kennengelernt hatten, war es umgekehrt anders. Die Ablehnung, die ein großer Teil der uniformierten Kollegen der Kripo gegenüber an den Tag legten, beruhte in erster Linie auf Unkenntnis. Gut gemeinte Ratschläge der Kriminalbeamten, die mitunter ein Verfahren sicherten, wurden als oberlehrerhaft zurückgewiesen. Die Frischlinge lernten diese Abneigung von den alten Kollegen. Welke nahm es nicht persönlich. Er hatte einst ebenso empfunden. ›Sag mir, welches Brot du isst, und ich sag dir, an welche Religion du glaubst.‹ Dieser Spruch würde bei der Polizei ewig Bestand haben.

Und manchmal prägte die Arroganz eines Kriminalbeamten einen jungen Polizisten für lange Zeit und bestärkte ihn in der vorgelebten Antipathie. Ein leidiges und nie endendes Thema.

»Was könnt ihr mir erzählen?« Welke schlug sein Notizbuch auf, suchte eine freie Seite, drückte die Mine aus seinem Kuli und malte hektisch einige Kreise, um die eingetrocknete Spitze des Kugelschreibers zum Leben zu erwecken.

Der Beamte vor ihm blickte konzentriert auf sein Klemmbrett. »Das Landgericht Essen hat sich um 9.15 Uhr auf der Leitstelle gemeldet. Richter Wehner war nicht in seinem Büro erschienen. Er hatte sich nicht krankgemeldet und auch sonst keinen Kontakt zu seinem Büro aufgenommen.«

»Wer hat angerufen?« Welke machte sich Notizen.

»Seine Sekretärin, Frau Schumacher. Als sie gegen 7.30 Uhr ins Büro kam, ging sie zunächst davon aus, dass er verschlafen hatte, wollte dies nicht so recht glauben, da das in ihrer neunjährigen Zusammenarbeit nie vorgekommen war und er heute Sitzungstag hatte.« Der Beamte blätterte eine Seite weiter. »Frau Schumacher hatte dann ab 8.30 Uhr mehrfach versucht, ihn über Handy und Festnetz anzurufen, weil er um 9 Uhr die erste Verhandlung hatte. Er ging nicht dran.«

»Sie hat dann die Polizei gerufen?«

»Ja.« Der Uniformierte sah wieder auf seine Notizen. »Den Einsatz haben wir um 9.20 Uhr bekommen und sind um 9.27 Uhr eingetroffen. Wir haben bei den Nachbarn geschellt, die uns ins Haus gelassen haben. Ihren Aussagen zufolge lebt er allein.«

»Warte.« Wieder malte Welke Kreise auf dem Blatt. »Scheiß Kuli! Dieses verdammte …«

»Hier.« Der junge Kollege reichte Welke einen Kugelschreiber. »Kannste behalten.«

Welke nickte ihm dankbar zu. »Okay. Wie ging es weiter?«

»Die Rollladen seiner Wohnung waren heruntergelassen und in der Tiefgarage stand sein Wagen. Die Tageszeitung lag im Briefkasten. Wir haben zunächst wie die Weltmeister geklingelt. Dann hat uns der Nachbar eine Leiter gegeben. Uns gelang es, die Rollladen auf der Straßenseite ein Stück hochzuschieben. Man kann von dort aus ins Wohnzimmer sehen. Das Licht war an. Also haben wir die Feuerwehr gerufen, die den Zylinder gezogen hat. Der Richter lag in seinem Bett. Er war nicht mehr ansprechbar. Neben ihm die leeren Medikamentenschachteln. Der Notarzt hat dann schwache Vitalfunktionen festgestellt und ihn unter Reanimationsmaßnahmen dem Klinikum zugeführt. Der Brief lag auf seinem Nachttisch.«

Welke machte sich weiter Notizen. »Sonst Feststellungen?«

Der Beamte schüttelte den Kopf. »Wir haben nichts verändert. Nachdem der Richter abtransportiert wurde, haben wir die Wohnung zugezogen und auf euch gewartet.«

Hauptkommissar Welke schlug seinen Notizblock zu. »Gut. Fahrt rein und gießt das Ganze auf Papier. Und bitte so detailliert wie möglich. Sobald ihr fertig seid, faxt ihr mir euren Vermerk auf die Dienststelle. Und ich möchte, dass ihr eure privaten Erreichbarkeiten hinterlegt, falls sich nach Dienstschluss Fragen ergeben.«

Welke öffnete die angelehnte Wohnungstür. Andre Kaminski und Klaus Grewe von der KTU befanden sich, eingehüllt in Schutzanzug, Mundschutz und Handschuhen, im Schlafzimmer, das bereits mit nummerierten Spurenschildern zugestellt war. Die beiden verpackten gerade die Bekleidung in große, braune Papiertüten. Welke schritt durch das Wohnzimmer und ließ seinen Blick durch den Raum schweifen. So lebte also ein Richter, ging es ihm durch den Kopf. Die Einrichtung war so gar nicht klischeehaft. Keine Regalwand aus schwerem, dunklem Holz, in dem sich unzählige Bücher befanden. Keine Sammlung alter Platten mit klassischer Musik und auch keine außergewöhnlichen Kunstgegenstände. Das Mobiliar war eher neutral. Weder altbacken noch modern. Die Wohnung war auffallend sauber und ordentlich. Untypisch für einen Mann, zumindest für einen alleinstehenden, wie er fand. Es sei denn, er war homosexuell, was im vorliegenden Fall auszuschließen war. Etwas, was ihm immer wieder aufgefallen war: Homosexuelle schienen irgendwie eine Abneigung gegen Unordnung zu haben, zumindest konnte sich Welke nicht daran erinnern, bei den Jungs mal einen Saustall gesehen zu haben. Es war tatsächlich so, dass seiner Erfahrung nach gewisse Gruppierungen und auch Nationalitäten Gemeinsamkeiten aufwiesen. Bei Türken und Jugoslawen konnte man in der Regel vom Boden essen. Dagegen wirkten deutsche Haushalte meistens … bewohnter. So drückte sich Welke immer aus, wenn sich die Dame des Hauses für die momentane Unordnung entschuldigte. Welke drehte sich und ließ den Rest des Raumes auf sich wirken. Er tippte auf eine Putzfrau und notierte sich diesen Aspekt in seinem Notizbuch. Dann ging er zur Fensterfront und blickte durch den schmalen Spalt der hochgeschobenen Rollläden in den nach hinten gelegenen Garten. Während er nach draußen sah, wippte er auf den Zehenspitzen auf und ab und verschränkte seine Arme hinter seinem Rücken. Er tat dies oft, wenn er überlegte. Gleichzeitig auch, weil er neben seinen durchgescheuerten Bandscheiben Plattfüße hatte und längeres Stehen für ihn anstrengend war. Die Blautannen am Ende des lang gezogenen und mit einem feinen Maschendrahtzaun eingefriedeten Grundstückes hatte man ihrer Spitzen beraubt. Eine stumpfe, unästhetische Amputation. Wahrscheinlich wegen des Lichteinfalls, dachte Welke. Man hätte sie ganz fällen und die Fläche neu bepflanzen sollen, fand er.

Der Wetterbericht hatte unbeständiges Wetter angesagt und in der Tat schien es der Sonne an Kraft zu fehlen, um sich durch die diesige Luft zu brennen und die Menschen mit ihren hellen Strahlen aus der Winterdepression zu holen. Was wollte man um diese Jahreszeit erwarten? Die Zeiten, wo die Stadt um die Weihnachtszeit unter einer dicken weißen Schneedecke erstickte, waren lange vorbei. Welke roch die Heizungsluft, die ihn müde machte und den Rotz aus seiner verstopften Nase löste. Das Kratzen in seinem Hals wurde zwar nicht schlimmer, hielt sich leider hartnäckig und belegte seine Stimme allmählich mit einer leichten Heiserkeit. Die Grippewelle arbeitete sich wie eine Fräse durch die Kollegenriege und hatte dazu geführt, dass die Personaldichte derzeit recht überschaubar war. Welke hasste diese Jahreszeit. Seine Frau meinte, er sollte den Wintermonaten etwas Positives abringen, weil dann kaum Pollen flogen, die ihm im Sommer das Leben mitunter zur Hölle machten. Er fragte sich, worüber er froh sein sollte? Er hatte zwar keinen Heuschnupfen, dafür ständig eine Erkältung. Und wenn ihm schon das Wasser aus der Nase lief, dann lieber bei Sonnenschein.

Er beobachtete einige Spatzen, die sich an einer Futterstelle im Garten um ein paar Sonnenblumenkerne stritten, und fragte sich, wann er das letzte Mal so viele auf einem Haufen gesehen hatte. Früher waren die schmalen Gassen der Arbeitersiedlungen im Essener Norden erfüllt von dem typischen, wenig melodiösen Gesang dieser unscheinbaren Vögel. Es wirkte, als wären sie mit dem Untergang des Bergbaus ebenso verschwunden, wie die alten Schlackehalden, auf denen nichts weiter wuchs außer Birken und Brombeersträucher. Welke hörte gedämpfte Schritte auf dem Teppich, riss sich aus seinen Gedanken und sah zum Schlafzimmer.

»Seine Klamotten und sein Handy hab ich. Wir pinseln die Bude ein und schauen, ob wir Fingerabdrücke und DNA von der toten Nutte finden. Brauchst du sonst was?«

Klaus Grewe sah Welke erwartungsvoll an. Der passionierte Hobbyjäger war schätzungsweise 1,85 Meter groß, von schlaksiger Gestalt, mit dunklem lichtem Haar und kompetenter Ansprechpartner, wenn es um waffenrechtliche Fragen ging. Er war Anfang 50, wirkte jedoch deutlich jünger.

»Was ist mit seinem Wagen?« Eine rhetorische Frage. Welke wusste, dass er sich mit Sicherheit darum gekümmert hatte.

Grewe nickte. »Ich hab die Kollegen informiert. Wir schleppen den Wagen zur KTU und checken ihn da.«

Welke wusste, er konnte sich auf die beiden Spurensicherungsspezialisten verlassen. »Warte«, sagte er sodann.

Grewe verharrte in der Bewegung und drehte sich zu Welke.

»Gesetz den Fall, der Typ war es. So ein Ding ist keine Spontanaktion. Nicht mit so einer Gewaltanwendung. Er wird sich irgendwo mit seinen Fantasien beschäftigt haben«, erklärte dieser.

»Du meinst, er hat mehr Scheiße am Schuh?«

Welke machte einen abwägenden Gesichtsausdruck. »Keine Ahnung. Durchsucht die Hütte ein weiteres Mal. Nach … was weiß ich. Gewaltpornos. Irgendetwas in der Art. Stellt seinen Rechner sicher. Vielleicht ist da was drauf. Ich spreche mit dem Staatsanwalt. Wir brauchen Beschlüsse für sein Büro.«

Grewe nickte. »Ist das alles?«

Das Telefon klingelte. Welke fingerte das Gerät aus seiner Tasche, nahm das Gespräch an. Zeitgleich antwortete er Grewe mit einem Nicken. »Welke!«

»Chef. Matthias hier.«

»Wat hasse, Heimchen?«

»Ein Team ist in der Wohnung von dieser Schlickreiter. Ich geh rüber zur Staatsanwaltschaft und anschließend zum Gericht die Beschlüsse abholen.«

»Warte damit einen Moment, Heimchen. Ich muss gleich mit dem Staatsanwalt telefonieren. Es deutet alles darauf hin, dass Wehner tatsächlich damit drinsteckt. Wir werden ein paar weitere Beschlüsse brauchen. Hat Altenkamp sich gemeldet?«

»Ja. Die Obduktion der Toten erfolgt laut seiner Aussage gegen 11 Uhr.«

»Was ist mit Schlickreiters Telefon?«

»Das Handy wird gerade ausgewertet«, erwiderte Heimke. »Nach ersten Informationen ist Wehners Anschluss im Telefonbuch des Gerätes verzeichnet. Ein Gespräch hat offenbar gestern Abend zwischen den beiden stattgefunden.«

Welke klemmte sich sein Mobilfunkgerät zwischen Kinn und Schulter und faltete ein Salbeibonbon aus dem Papier. »Gibt's was Neues aus dem Krankenhaus?«

»Habe gerade mit dem Oberarzt gesprochen. Wehner ist stabil, trotzdem besteht Lebensgefahr. Man bestätigt zumindest eine Intoxikation. Die Laboruntersuchungen laufen. Übrigens, der Kriminalgruppenleiter …«

Der alternde Hauptkommissar rollte genervt mit den Augen. Er konnte es nachvollziehen, dass seine Vorgesetzten ein aufrichtiges Interesse an diesem Fall hatten, der eine gewisse Tragweite besaß. Dabei traten sie seinem Empfinden nach bei jeglicher Einmischung in einer Art und Weise auf, die seiner Auffassung nach nicht natürlichen Ursprungs, sondern nur das Ergebnis einer ausbildungsbedingten Gehirnwäsche sein konnte. Welke musste an Steiger denken. Dieser hatte von jeher die Begabung gehabt, sich selbst auf spiegelglattes Eis zu führen, um sich mit einer fast präzisen Regelmäßigkeit in einer Pirouette vor versammelter Mannschaft zu Fall zu bringen. Was ihn im Übrigen nicht daran gehindert hatte, aufzustehen und Anlauf für den nächsten Fauxpas zu nehmen. Irgendwann hatte Welke es aufgegeben, Steigers unberechenbare Ehrlichkeit in geordnete Bahnen zu lenken, um Schaden von ihm abzuwenden, zumindest abzuschwächen. Mehrfach hatte Steigers Verhalten ihre kameradschaftliche Beziehung auf eine harte Probe gestellt. Manchmal hatten seine derben Äußerungen den Nagel auf den Kopf getroffen. Man sollte dem höheren Dienst auflauern und aus dem Hinterhalt niederstrecken.

»Ja«, antwortete er resigniert. »Ich komm erst mal rein.«

*

Plötzlich war er hellwach. Schlagartig. Es war kein Erwachen wie nach einem tiefen Schlaf. Dieses angenehme Hinübergleiten. Der Punkt, wo sich die Realität langsam ins Bewusstsein schlich und die Grenzen zwischen Traum und Wirklichkeit verschmolzen. Es geschah so abrupt, als hätte jemand einen Schalter betätigt.

Wo, verdammt, bin ich?

Es war ruhig, das Licht war gedämpft. Und es roch. Nach etwas Chemischem. Zur Desinfektion. Irgendwo hinter ihm ertönte ein Geräusch – gleichmäßig.

Wo befand er sich?

In einem Winkel des Raumes bemerkte er eine Person, hörte das Rascheln von Bekleidung und das quietschende Geräusch eines Gummiprofils auf stumpfer Oberfläche.

Etwas in seinem Gesicht juckte ihn. Er griff sich an die Nase, trotzdem wich der Reiz nicht. Wieder versuchte er es. Auch nach seinem erneuten Versuch blieb die erwartete Linderung aus. Plötzlich erfasste ihn eine unsagbare Angst. Hätte er seine Hand nicht sehen müssen? Unmittelbar vor seinem Gesicht? Ihn beschlich ein unheimlicher Verdacht. Er wollte seine Arme heben, hatte das Gefühl, es zu tun. Doch sie bewegten sich nicht. Als verpuffe der Nervenreiz irgendwo auf dem Weg vom Rückenmark zu seinen Muskeln. Seine Angst steigerte sich. Panik. Er wollte schreien, um sich schlagen. Seinen Körper zu irgendeiner Reaktion zwingen. Er hörte seine Worte nicht. Erneut formulierte er seine Gedanken, formte sie zu Fragen, konzentrierte sich darauf. Aber er hörte nichts. Hatte er seinen Mund überhaupt bewegt? Ein weiterer Versuch: Er richtete seine Aufmerksamkeit auf seine Lippen. Nichts.

Das Geräusch wurde lauter. Die Abstände kürzer. Ein aufdringlicher hoher Ton.

Der Lichtstrahl traf ihn wie ein glühender Nagel, den man ihm in den Augapfel stieß. Wo war sein Reflex, der seinen Kopf zur Seite riss. Seine Lider schlossen?

»Was ist, Herr Doktor?«, hörte er eine Stimme.

Der Mediziner führte die kleine Stabtaschenlampe abwechselnd von einem zum anderen Auge. »Ich weiß es nicht genau. Irgendwas hat seinen Puls in die Höhe schnellen lassen. Es kann sich um eine willkürliche Reaktion handeln. Gesteuert durch das vegetative Nervensystem. Oder etwas hat unseren Herrn Wehner beunruhigt. Ein Traum oder etwas hier im Zimmer. Ich werde ihm etwas zur Beruhigung geben.«

Wieder sprach der andere. »Sie meinen, er bekommt eventuell was mit?«

»Wir wissen es nicht. Es ist nicht auszuschließen, dass er unter einem Locked-in-Syndrom leidet.«

»Das da wäre?«

»Ein komaähnlicher und bewusstseinswacher Zustand. Der Patient ist darüber hinaus vollständig gelähmt. Er bekommt alles mit, kann sich allerdings nicht mitteilen. Daher Locked-in. Frei übersetzt also Eingeschlossensein. Die Grenzen zum Wachkoma sind fließend und es bedarf einiger Untersuchungen, um das abzugrenzen.« Der Mediziner zog eine Spritze auf, deren Inhalt er in den Venentropf injizierte.

»Wie kommt so etwas?«

»Laut des Notarztprotokolls handelt es sich aller Wahrscheinlichkeit nach um eine Medikamentenvergiftung. Darin könnte die Ursache liegen. Wir müssen weitere Befunde abwarten. Dann kann ich Genaueres sagen.«

Das ist ein Krankenhaus. Du liegst auf einer verdammten Intensivstation!

Wieder hörte er den anderen Mann. »Ist das ein dauerhafter Zustand?«

»Sie meinen, ob er flüchten könnte? Oder ob er in absehbarer Zeit vernehmungsfähig ist?« Der Mediziner kontrollierte erneut den Tropf.

Ein Polizist! Der andere ist Polizist! Hoffnung keimte in ihm auf.

»Beides.«

»Das kann keiner so genau sagen. Dazu sind weitere Untersuchungen nötig. Egal ob nun Koma oder Locked-in … die Wahrscheinlichkeit ist eher gering. Sehr gering.«

Der Polizist sagte nichts. Der Arzt ergriff erneut das Wort.

»Unabhängig davon … so, wie er sich hier zeigt … Eine Bewachung wird nicht erforderlich sein. Selbst wenn sich sein Zustand bessert, dann ganz allmählich. Er wird sicher nicht plötzlich und unerwartet aus dem Bett springen können.«

Bewachung? Warum bewacht man mich?

»Ich verstehe«, hörte er den Beamten. »Sieht nicht gut aus, wenn hier Polizisten sitzen.«

»Ja. Ich meine, die Angehörigen unserer Patienten haben Sorge genug.«

Die Polizei ist hier. Sie wird ihn fassen.

»Werden wir nicht drum herumkommen. Immerhin steht der Mann unter Mordverdacht. Ich werde das mit dem Staatsanwalt erörtern und zumindest versuchen, die Beamten bei der nächsten Ablösung durch Zivilpolizisten zu ersetzen.«

Mordverdacht? Du sollst jemanden ermordet haben? Kaltes Entsetzen durchfuhr ihn. Und plötzlich überrollte ihn seine Erinnerung wie eine Lawine.

KAPITEL 2

»Guten Morgen, Herr Welke.« Oberstaatsanwalt Christian Beising lief wie immer – gekleidet in einen schlechten, weil viel zu groß sitzenden Anzug – in seiner typisch gebeugten Haltung einige Schritte auf Welke zu, schüttelte dessen Hand und bat ihn mit einer Geste, einzutreten. Er schloss die Tür und setzte sich hinter seinen Schreibtisch. »Bitte«, sagte er und zeigte auf einen freien Stuhl.

Hermann Welke nahm Platz und legte die Ermittlungsakte auf die Arbeitsplatte.

Beising wischte einige Krümel von der glänzenden Oberfläche seines Schreibtisches und blickte einen flüchtigen Moment auf die in einem rötlichen Einband befindliche Akte.

»Das ging ja schnell«, sagte er.

Welke nickte und betrachtete seinen Gesprächspartner. Dessen eng stehende Augen, über denen ungewöhnlich dichte Brauen wucherten, gaben ihm einen listigen, vielleicht sogar verschlagenen Ausdruck. Die spitze Nase stach aus einem aknevernarbten Gesicht hervor und das schüttere Haar, welches an den Seiten zu lang war und ungepflegt abstand, rundete den unsympathischen Gesamteindruck ab. Dieser Eindruck täuschte und so mancher hatte in der Vergangenheit den fatalen Fehler begangen Beising zu unterschätzen.

Welke mochte den Staatsanwalt. Fachlich äußerst kompetent und von einer beeindruckenden Auffassungsgabe. Immer wieder kam es vor, dass er Akten zurücksandte, in seiner ihm eigenen, nicht einfachen Art Kritik übte und Nachbesserung forderte.

Eine Eigenschaft, die ihn gerade bei jüngeren Kollegen zum Tintenpisser abstempelte. Welke wusste, es handelte sich nicht um Gängeleien. Seine Einwände hatten stets Hand und Fuß. Sie sicherten das Strafverfahren. Es stand für Welke außer Frage: Sein penibles Hinterfragen hatte so manche Gerichtsverhandlung gerettet.

»Eine bedauerliche Geschichte«, erwiderte Welke.

»In der Tat. Für alle Beteiligten. Sie können sich sicher vorstellen, dass die Betroffenheit sehr groß ist. Ich habe so manches Gefecht mit ihm ausgestanden. Wie man sich täuschen kann …«

Der Hauptkommissar nickte. »Ich habe mit den behandelnden Ärzten gesprochen. Sein Zustand in unverändert. An eine Langzeitprognose wagt sich niemand heran.«

Beising lehnte sich zurück und legte die Beine übereinander. »Mir scheint, die Indizienkette ist auch ohne sein Geständnis erdrückend.«

Welke schlug den Aktendeckel auf. »In einer Form, die keinen Raum für Zweifel lässt.« Kurz blätterte er einige Seiten durch. »Tamara Schlickreiter, tatsächlich eine Edelprostituierte, starb nach Aussage des Obduktionsprotokolls anhand massiver Gewaltanwendung auf den Halsbereich mit Unterdrückung des Blutrückflusses. Deutliche Unterhautblutungen in Form einer zirkulären Strangulationsfurche am Hals. Die übrigen Verletzungen, voranging durch stumpfe Gewalt in Form von Faustschlägen, überspringe ich mal, da die Auflistung den Rahmen hier sprengen würde.«

Beising beugte sich nach vorn und legte die Ellenbogen auf der Tischplatte ab. »Was ist mit der Vergewaltigung? Meinen Sie, die Tötung war eine Vertuschungstat?«

»Das wissen wir nicht. Spermaspuren wurden in der Vagina gesichert, wobei nichts auf eine Vergewaltigung hinweist. Die extrahierte DNA ist mit der von Wehner identisch.«

»Also hat er …« Beising lehnte sich wieder zurück.

»Ja. Es hat definitiv Verkehr zwischen den beiden stattgefunden. Darüber hinaus haben wir auf einer Jacke von Wehner, die wir in seiner Wohnung sicherstellten, lange Haare mit intakter Wurzel gefunden. Sie stammen eindeutig von Schlickreiter.«

»Beising blickte kritisch. »Bis dahin steht nur fest, dass er sie kannte und mit ihr verkehrte. Im doppelten Sinne …«

»Stimmt. Eine Funkzellenauswertung der Telefonanschlüsse des Opfers und Wehners zeigt auf, dass beide am Tattag Kontakt hatten. Seine Nummer ist in ihrem Telefonbuch gespeichert. Und nicht nur das. Beide Geräte lockten sich zur gleichen Zeit in denselben Funkmast ein. Der Ortungswinkel ist identisch. Die Uhrzeit deckt sich in etwa mit dem errechneten Todeszeitpunkt.«

Beising zog eine Augenbraue hoch und blickte den Hauptkommissar kritisch an. »Wenn es keine Vergewaltigung war, was könnte der Grund sein, dass Wehner eine solche Gewalt anwandte? Ich verstehe das nicht …«

»In seinem Wagen lag ein Damenschal. Er gehörte Schlickreiter. Die Analysen stehen aus. Es deutet alles darauf hin, dass es sich um den Schal des Opfers handelt und dass es damit stranguliert wurde. Und dann haben wir als gewichtigstes Indiz Wehners Suizidversuch und seinen Abschiedsbrief, in dem er die Tötung einräumt«, erklärte Welke weiter.

»Er stammt eindeutig von ihm?«, Beising wirkte zunehmend betroffener. »Ich meine den Brief.«

»Das forensische Gutachten bestätigt die Echtheit der Unterschrift.«

Der Staatsanwalt kniff die Lippen zusammen. »Gut. Ich gehe die Akte durch und bereite die Anklage vor. Aufgrund der Verhandlungsunfähigkeit ist zumindest eine vorläufige Einstellung des Verfahrens sicher. Wenn es überhaupt jemals eines geben wird.«

*

Erneut schreckte er auf. Und wie bei dem Erwachen zuvor war er schlagartig wach.

Mordverdacht, schoss es ihm durch den Sinn. Instinktiv wollte er sich aufrichten, war aber weiter bewegungsunfähig.

Unmittelbar darauf drang etwas in sein Blickfeld. Das Gesicht eines Arztes, verdeckt durch einen Mundschutz. Der Mann näherte sich ihm und beobachtete ihn auf ungewöhnliche Weise. Seine Augen betrachteten ihn nicht in der sachlich nüchternen Art, mit der ein Mediziner in der Regel einen Patienten begutachtete. Es lag etwas Persönliches in diesem Ausdruck. Eine Vertrautheit. Ihn beschlich das Gefühl, diese Augen zu kennen. Langsam näherte sich das Gesicht, verschwand aber wieder aus seinem Sichtfeld. Er spürte den warmen Atem des Mannes ganz nah an seinem linken Ohr. So nah, dass sich die Härchen seines Nackens aufrichteten.

»Erinnern Sie sich an mich, Richter Wehner?«, flüsterte der Fremde.

Oh mein Gott!

Er kannte diese Stimme.

Wieder hörte er den rhythmischen, schnell ansteigenden Ton des Herzfrequenzmessers hinter sich. Die anbrandende

Woge des Adrenalins schoss in sein Nervensystem wie ein Stromschlag, elektrisierte all seine Sinne und formte eine einzige Empfindung: Angst.

Der Mann richtete sich wieder auf und blickte kurz in Richtung der intensivmedizinischen Geräte, die sich hinter dem Bett befanden.

»Ihr Puls sagt mir, dass Sie sich erinnern«, sagte er mit zufriedenem Unterton.

Der Mann zog den Mundschutz nach unten und lächelte. Es war kein warmes Lächeln. Es war kalt. Gewissenlos.

»Wissen Sie … es hätte ein so schönes Leben werden können«, fuhr der Fremde leise, beinahe rücksichtsvoll fort. »Leider war mir dieses Glück nicht beschieden. Nicht weil ich es durch falsche Entscheidungen verpfuscht hätte. Es war auch keine göttliche Fügung oder ein mir vorbestimmtes Schicksal. Es war Verrat. Schlicht und ergreifend Verrat.«

Der Mann schritt langsam um das Krankenbett und setzte sich neben den Liegenden wie ein Angehöriger, der Anteil an dem Leid des Patienten nahm. Der Fremde sah ihn an und in seinen Augen lag etwas Endgültiges.

»Es geht nicht nur um die zehn Jahre, die ich im Gefängnis verbracht habe. Die ich unschuldig einsaß. Es geht um all das, was ich nie erfahren, nie erleben durfte. Das Gefühl, stolz zu sein. Auf das, was man geleistet hat. Anerkennung. Es geht um die Familie, die ich nie hatte. Freunde. Und das Gefühl des Vertrauens. Wissen Sie wie schlimm es ist, nicht vertrauen zu können? Welche Einsamkeit daraus resultiert?«

Langsam, beinahe bedächtig stand er auf und schritt erneut um das Bett auf die andere Seite.

»Für etwas zu Unrecht bestraft zu werden, ist etwas, woran man zerbricht. Diese Hilflosigkeit. Die Gewissheit, dass dir niemand glaubt. Dass niemals die Wahrheit ans Licht kommt, die dich rehabilitiert. Haben Sie auch nur annähernd eine Vorstellung davon, wie es ist, Tag für Tag, Jahr für Jahr nur mit den eigenen Gedanken eingesperrt zu sein, die einen quälen? Haben Sie eine Ahnung, was es bedeutet, für immer gebrandmarkt zu sein? Gesellschaftlich ausgeschlossen? Wie es ist, wenn sich alle von einem abwenden, man für ein Monster gehalten wird? Können Sie sich vorstellen, wie sich das anfühlt?«

Der Fremde schüttelte den Kopf.

»Sie wissen nicht, wie das ist.«

Der Mann trat zu dem Infusionsständer und zog ihn etwas zu sich heran. Er blickte konzentriert, beinahe wie in Gedanken versunken auf die halbvolle Plastikflasche, während er weitersprach.

»Nach all dem, was ich erleiden musste, wurde ich erneut für etwas verurteilt, was ich nicht begangen habe. Von Ihnen verurteilt. Weil ich den Makel der Vergangenheit trug, von dem Sie sich haben beeinflussen lassen. Ich wurde wieder verraten. Von der Gesellschaft. Von der Justiz. Von Ihnen. Ich hätte nie gedacht, dass man so zu hassen lernen kann.«

Der Fremde griff in die Außentasche seines weißen Arztkittels und beförderte eine Spritze hervor.

»Sie stellen sich sicher die Frage, warum ich Sie nicht in Ihrer Wohnung getötet habe.«

Er nahm die Schutzhülle von der Spitze, steckte sie in die Tasche, führte die Nadel in das Infusionsgefäß und drückte langsam und gleichmäßig die klare Flüssigkeit in den Behälter. Dann betrachtete er den Tropf mit einem zufriedenen Lächeln.

»Es wird etwas dauern. Einige Minuten. Zumindest hat man mir das gesagt, werden Sie nicht leiden. Nicht, dass mir etwas daran liegt. Schmerzen würden Sie von dem Ziel ablenken. Ihrem Ziel nachzudenken.«

Wieder umrundete der Fremde das Bett und setzte sich erneut auf die Matratze.

»Die Polizei hat eine Prostituierte tot aufgefunden. Sie war eine Schlampe. Wertlos. Zweifelsfrei Opfer eines Gewaltdeliktes. Und soll ich Ihnen etwas verraten? Man hat in ihr Sperma sichern können. Ihr Sperma, mein lieber Herr Richter. Sie glauben es nicht? Weil Sie keinen Kontakt zu Nutten pflegen?« Sein Grinsen wirkte höhnisch.

Der Mann führte sein Gesicht ganz nah an das des anderen. »Sie sind gelähmt. Regungen lassen sich an den Pupillen ablesen. Was sagt Ihnen der Name Josefine?«

Der Fremde legte den Kopf etwas zur Seite, betrachtete einen Moment die Augen seines Gegenübers, bevor er lächelte. »Es stimmt. Ihre Pupillen weiten sich. Josefine. Ich muss Sie enttäuschen. Sie heißt nicht Josefine. Es ist auch nicht die Frau, in die Sie sich offenbar verliebt haben. Es ist niemand anderes als eine professionelle Schlampe. Sie haben richtig gehört. Eine Nutte. Ein billiges Flittchen, das ich auf Sie angesetzt habe.«

Der Mann wandte seinen Blick von der Person auf dem Krankenbett und beäugte die Infusionsflasche. Anschließend konzentrierte er sich wieder auf das Gesicht vor ihm.

»Eine hervorragende Schauspielerin. Das muss man ihr lassen. Bei der Stange Geld, die sie von mir bekam … Sie lebt nicht mehr. Genau nach der Nummer, die Sie mit ihr zuletzt in Ihrem Wagen geschoben haben. Das mag bedauerlich sein, war trotzdem notwendig. Ich habe Sie in Ihrer Wohnung ein Schriftstück unterschreiben lassen, Richter Wehner. Es war ein Geständnis, in dem Sie den Mord an Tamara Schlickreiter, so hieß unsere Josefine in Wirklichkeit, einräumen. Das Rohypnol, welches ich Ihnen verabreicht habe, war mit einigen anderen Mitteln verschnitten. Daher Ihr Zustand. Man lernt viel im Knast, wenn man mit Drogenabhängigen und anderem gesellschaftlichem Abschaum seine Zeit verbringt.«

Der Fremde erhob sich.

»Das, was Sie mir angetan haben, ist mit einem simplen Tod nicht wiedergutzumachen. Ihre Strafe, Richter Wehner, finden Sie in der Tatsache, dass Sie in der Gewissheit sterben, dass man Sie eines Mordes für schuldig erachtet. Eine Tat, die Sie nicht begangen haben. Daran wird man sich erinnern. An einen Mörder. Sie werden das gleiche Schicksal teilen, welches Sie mir durch Ihr Fehlurteil aufgebürdet haben. Sie werden untrennbar mit diesem Verbrechen in Verbindung gebracht werden. Bis in alle Tage.«

KAPITEL 3

Das Handy läutete. Es dauerte einen Moment, bis er das Geräusch zuordnen konnte. Steiger öffnete die Augen. Langsam, da die Reste des Schlafmittels weiter ihre lähmende Wirkung ausübten. Der Raum war stockdunkel, er sah nicht einmal die Hand vor Augen, und die einzige Lichtquelle, die einen optischen Fixpunkt bot, war die grüne Anzeige seines Weckers. Er beschloss, das Telefon zu ignorieren.

Für viele Menschen war völlige Dunkelheit etwas Bedrohliches. Für ihn hatte sie in letzter Zeit etwas Tröstendes, und manchmal sehnte er sich sogar nach der Nacht, um betäubt von Schlaftabletten oder Alkohol nicht über seine Vergangenheit grübeln zu müssen. Wieder klingelte das Telefon.

Steiger sah erneut zur Anzeige und anders als beim ersten Blick, waren die Zahlen nicht mehr verschwommen. 5 Uhr. Er atmete tief ein, schlug seine Daunendecke zur Seite und richtete sich langsam schlaftrunken auf. Seine Hand tastete ungelenk nach der Schublade seines Beistelltisches und öffnete sie. Er griff nach seinem Handy und nahm das Gespräch entgegen.

»Kettner«, meldete er sich. Seine Stimme hörte sich tief und heiser an.

»Hallo, Herr Kettner.« Die Frauenstimme kam ihm bekannt vor, trotzdem hielt er einen Anruf um diese Zeit für einen Scherz und verspürte einen Anflug von Empörung.

»Annabelle Cüppers hier. Ich war vor drei Tagen bei Ihnen.« Ihr Name ließ ihn aus seiner Trance erwachen, minderte seine Verärgerung nur geringfügig.

»Die Frage, die ich mir stelle«, sagte er mit ungewollter Schärfe, »ist, ob Ihre oder meine Uhr im Eimer ist. Zumindest meine zeigt 5 Uhr an. Morgens, wenn ich das hinzufügen darf.«

»Ihre Uhr ist nicht defekt. Sie wird die gleiche Zeit anzeigen wie meine. Ich weiß, dass es 5 Uhr morgens ist.«

Steiger rieb sich einige Sandkörner aus den Augenwinkeln. »Woher haben Sie meine Nummer?«

»Es lag eine Rechnung bei Ihnen auf dem Küchentisch. Von Ihrem Provider. Ich konnte mir Zahlen immer gut merken.«

Müde fuhr er sich mit halb geschlossenen Lidern über das Gesicht. »Hören Sie. Ich habe Ihnen bereits vor drei Tagen gesagt, dass ich Ihren Auftrag …«

»Darum geht es nicht«, unterbrach sie ihn energisch. »Sie brauchen meinen Vater nicht mehr zu suchen.«

Eine böse Vorahnung schoss ihm eiskalt durchs Hirn und ließ seine Müdigkeit in Sekundenbruchteilen verschwinden.

»Er ist tot«, sagte Annabelle Cüppers. »Und ich habe allen Grund dazu, anzunehmen, dass man ihn ermordet hat.«

»Wo sind Sie, Annabelle?«

»Direkt vor Ihrer Tür.«

*

»So plötzlich?« Frank Tetzlaf und Matthias Heimke blickten den Mediziner der Intensivstation an, dem seine Übermüdung deutlich anzusehen war.

»Sagen wir mal so … überm Berg war er zu keinem Zeitpunkt. Rechnen musste man damit.«

Heimke blickte auf den entkleideten Toten. »Todesursache?«

Neben dem Krankenbett stand ein Infusionsständer mit leerem Plastikbeutel. Schläuche steckten in Harnröhre, Nasenöffnung und in beiden Armbeugen. Die Wand aus digitalen Überwachungsmonitoren war ausgeschaltet. Auf dem Torso befanden sich mehrere kardiale Messpunkte und deutlich war die violett-rote Stelle zu erkennen, wo die Mediziner den Defibrillator angesetzt hatten.

»Wir konnten ihn nach seiner Einlieferung vorübergehend stabilisieren, die hohe Menge an Medikamenten, die er eingenommen hatte, hat insbesondere seine blutfilternden Organe mächtig in Mitleidenschaft gezogen. Absolute Gewissheit kann nur eine Obduktion geben. Ich persönlich tippe auf multiples Organversagen.«

Tetzlaf schlug seine Schreibmappe auf und machte sich Notizen. »Wer hat es bemerkt?«

»Schwester Barbara, unsere Stationsleiterin. Der Alarm der Überwachungsgeräte hat sie aufmerksam gemacht. Sie hat mich sofort gerufen.«

»Ist sie im Dienst?«, unterbrach ihn Heimke.

»Nein. Sie ist nach Hause gegangen. Sie kann ohnehin nichts sagen. Ich habe ihre Erreichbarkeit, wenn Sie sie brauchen.«

Tetzlaf sah von seiner Schreibmappe auf. »Was waren Ihre Feststellungen?«

Der Arzt nestelte an seinem Stethoskop, welches ihm um den Hals hing. »Ich war gerade unten in der Ambulanz, weil sich ein Betrunkener mit einem Linienbus angelegt hat und wider Erwarten zweiter Sieger wurde. Als ich zu dem Patienten Wehner kam, hatte er bereits keine Vitalfunktionen mehr. Wir haben die Reanimation nach 40 Minuten abgebrochen.«

Tetzlaf schrieb mit. »Haben Sie den Totenschein ausgestellt?«

»Bin ich nicht zu gekommen. War ’ne unruhige Nacht. Ich kann es gleich machen. Wollen Sie so lange warten?«

Tetzlaf winkte ab. »Lassen Sie sich Zeit. Ich kann den Wisch auch nachher abholen. Was tragen Sie als Todeszeitpunkt ein?«

Der Arzt schlug die Patientenakte auf und blätterte darin. »Alarmiert wurde ich um 6.38 Uhr. Die Reanimation haben wir um 7.26 Uhr abgebrochen.«

»Also Todeszeitpunkt 7.26 Uhr?«

»Ja.«

Tetzlaf schlug die Mappe zu und steckte seinen Kugelschreiber in die Innentasche seiner Jacke.

»Okay. Sie kennen das ganze Prozedere wahrscheinlich, ich muss es trotzdem anführen. Wir leiten ein Todesermittlungsverfahren ein. Bis dahin ist der Leichnam formal beschlagnahmt. Wenn wir hier fertig sind, möchte ich Sie bitten, den Verstorbenen in die Prosektur zu überführen. Ich persönlich gehe davon aus, dass die Staatsanwaltschaft eine Obduktion anordnen wird, weil der Patient eine Vorgeschichte hat, in der wir ermitteln. Das kläre ich gleich ab. Die Krankenakte nehmen wir mit. Es sei denn, Sie haben etwas dagegen, dann muss ich kurz telefonieren und ich werde das Teil im Anschluss beschlagnahmen. Kommt im Grunde genommen auf dasselbe raus, dauert nur länger.«

Der Arzt winkte ab und reichte Tetzlaf die Dokumente. »Sollten Sie ihn nicht aufmachen lassen, würden wir das gern tun«, fügte er hinzu, bevor der die Aufzeichnungen losließ.

»Verstehe«, erwiderte Heimke. »Universitätsklinikum. Forschungsauftrag. Das müssten Sie dann mit den Angehörigen ausmachen. Solange die Leiche nicht freigegeben wird …«

Der Arzt hob beschwichtigend beide Hände. »Keine Angst …«

»Ich meine ja nur.« Heimke reckte mahnend den Zeigefinger und zwinkerte dem Mediziner zu.

*

Sie saßen in der Küche. Steiger schenkte Annabelle Kaffee ein. Er betrachtete sie. Andere Menschen hätte es gewundert, keine Spur der Trauer zu erkennen. Keine geröteten, verheulten Augen mit verwischtem Kajal. Keine gerötete Nase oder zittrige Hände, die ein zerknülltes Taschentuch hielten. Sie wirkte gefasst, beinahe gleichgültig, als wäre ihr Interesse rein sachlicher Natur. Steiger wusste, dass Leute unterschiedlich mit dem Verlust von Angehörigen umgingen. Hatte sie nicht gesagt, dass ihr Verhältnis zu ihrem Vater distanziert war?

»Ich weiß, was Sie denken. Sie halten mich für sonderbar. Mein Vater ist tot und da sollte man erwarten, dass ich hier rumheule, stimmt's?«

Steiger wusste, Frauen hatten generell mehr Gespür für Stimmungen, trotzdem fühlte er sich ertappt.

»Sie sind mir keine Rechtfertigung schuldig«, antwortete er mit gesenkter Stimme.

»Nein, das bin ich nicht.« Annabelle Cüppers drehte an dem Ring ihres linken, kleinen Fingers, während sie Steiger in die Augen sah. »Heuchelei liegt mir nicht.«

Dieser zuckte mit den Schultern und trank schlürfend einen Schluck Kaffee. Er tat ihm gut und verdrängte das pelzige Gefühl in seinem Mund.

»Meine Mutter ist verstorben. Ist 15 Jahre her.«

Steiger nickte und trank einen weiteren Schluck ab. »Ich erinnere mich. Haben Sie erzählt.«

»Sie hatten einen Autounfall. Mein Vater und meine Mutter. Ich war damals 16. Zugegeben. Ich war nicht einfach. Pubertäre Trotzphase.«

»Wie es aussieht, ein bisschen mehr als das.« Steiger musterte sie mit ernster Miene.

»Wie kommen Sie darauf, Herr Kettner?«

»Ihre Unterarme verraten einiges über Sie.«

Annabelle Cüppers blickte auf die unzähligen, haarfeinen Narben, die quer über ihre Unterarme und über zwei kleine, verwaschene Tätowierungen verliefen, die offenbar mit Kulitinte selbstgestochen wurden. Es waren Buchstaben. Steiger entzifferte ein ›M‹ und ein schiefes ›O‹. Vielleicht war es auch ein ›D‹. Annabelle zog leicht verlegen die Ärmel ihres Pullis herunter.

»Ja. Ich habe mich geritzt. Mein Vater ist nach dem Tod meiner Mutter in ein tiefes Loch gefallen. Er hatte sich die Schuld an dem Unfall gegeben, weil er am Steuer gesessen hatte. Ich hasste ihn dafür, weil er nur an sich selbst dachte. Anstatt für mich da zu sein, heulte er rum und ersoff förmlich in Selbstmitleid.«

»Er wird es auch nicht leicht gehabt haben.« Steiger stellte seine Tasse hin.

»Natürlich denke ich heute anders darüber. Damals widerte er mich an. Es ist für ein Teenager nicht leicht, ein bestimmtes Leben führen zu müssen, obwohl man sich ein anderes wünscht.«

Ein bitteres Lächeln zeichnete sich für einen flüchtigen Moment auf seinem Gesicht ab. »Gilt nicht nur für Jugendliche …«

Annabelle ignorierte seine Bemerkung. »Ich bin dann an so einen Typen geraten. Heute weiß ich, dass er scheiße war. Damals … ich kann Ihnen gar nicht beschreiben, wie das war, als ich ihn das erste Mal sah. Er verstand mich, wusste auf alle meine Fragen eine Antwort. Gemeinsam gegen die ganze Gesellschaft, diesen beschissenen Staat … Solche Geschichten. Es folgten neongrüne Fingernägel, pinke Haare, Alkohol. Kiloweise bewusstseinserweiternde Pilze und so ein Scheiß. So Punksachen, wenn Sie verstehen.«

Ihre Aussage überraschte Steiger. Auf ihn wirkte sie, als wäre sie einem Modemagazin entsprungen. Ihm gelang es nicht, sich die junge Frau als Punkerin vorzustellen.

»Man verkraftet das in dem Alter nur sehr schwer, wissen Sie? Unzählige Nächte, in denen man schreiend aufwacht, in denen sich Angst vor der Dunkelheit derart steigert, dass man sich fürchtet, erneut einzuschlafen. Ich kam mir vor wie ein winziges Insekt, das man als Kind in ein Glas mit Wasser geworfen hat. Mit deren Schicksal man spielt. Das sich orientierungslos hin und her bewegt, wenn man große Wellen mit seinen Fingern erzeugt, und das man gespannt beobachtet, ob es nun untergeht oder sich doch über Wasser hält.« Ein Anflug von Verbitterung lag um ihre Mundwinkel. »Vielleicht ist Gott ja genauso pervers. Oder ein überlebensgroßer Clown mit einem etwas sarkastischen Humor. Mal sehen, was die Kleine so den Rest ihres Lebens macht, wenn ich ihr die Mutter nehme. Du gehst an deiner Hilflosigkeit, deiner Ohnmacht zugrunde. Es treibt dich in den Wahnsinn, dass du niemanden anklagen kannst, niemandem deine Wut ins Gesicht schreien darfst. Kennen Sie das Gefühl, was man hat, wenn man auf dem Fenstersims steht und überlegt, ob man springt oder nicht?«

»Ja. Wie ging es weiter?«

»Irgendwann habe ich aufgehört zu trauern. Es gibt nichts, wobei man so viel an Kraft verliert. Also ließ ich es bleiben. Mein Vater hat mich ein paar Mal von den Bullen suchen lassen. Ich bin danach sofort wieder abgehauen. Bis es ihm irgendwann zu viel wurde und er mich in so eine Jugendeinrichtung brachte. Zu irgendwelchen Möchtegernpädagogen, die dich volllabern. Die dir erzählen, dass sie dir helfen wollen, dich letztendlich immer mehr in die Enge treiben.«

»Ihr Vater wird Sie sicher nicht da hingegeben haben, um Sie zu ärgern.«

»Keine Ahnung, warum er mich da reinsteckte. Vielleicht weil er sich davon versprach, dass man mich da wieder auf den rechten Weg bringt, oder weil er zu sehr mit sich selbst beschäftigt war. Heute weiß ich natürlich, dass er mich geliebt und dass es ihm an Kraft gefehlt hatte. Ich vermute, Sie kennen so Storys.«

Steiger lächelte. »Jede Menge.«

»Jedenfalls … ich hab ihm das lange nicht verziehen. Als bei mir der Verstand wieder einsetzte, habe ich versucht, mich ihm wieder anzunähern. Er hatte sich verändert. So, wie ich mich auch. Bis zuletzt war unser Verhältnis nicht so, wie man sich eine Vater-Tochter-Beziehung im Allgemeinen vorstellt.« Annabelle Cüppers hob ihre Tasse an und trank in kleinen Schlucken, obwohl der Kaffee mittlerweile nicht mehr heiß war.

»Was ist passiert?«, fragte Steiger schließlich, um die unangenehme Stille zu unterbrechen.

»Die Polizei hat mich angerufen. Letzte Woche. Man hatte ihn gefunden. Unweit seiner Wohnung. Er hatte sich erhängt. Die Polizei sagte, es wäre eindeutig Suizid gewesen.«

»Sie zweifeln?«

Um ihre Mundwinkel bildete sich ein spöttisches Grinsen. »Er hat sich nicht umgebracht. Er hat es auch nicht getan, als er allen Grund dazu gehabt hatte. Als seine Frau starb.«

»Die Polizei …«

»Die Polizei«, unterbrach sie ihn lautstark. »Die Polizei ist sich sicher, dass es Selbstmord war. Genau wie sie sich sicher war, dass es kein Vermisstenfall war.«

Steiger stellte seine Tasse erneut auf den Tisch. »Okay. Es ist scheiße gelaufen. Trotzdem, es gibt eine Definition, wann ein Vermisstenfall vorliegt. Das Ganze steht in der sogenannten PDV, also in der Polizeidienstverordnung. Zum Zeitpunkt, als Sie …«

»Drauf geschissen! Mein Vater ist tot. Weil sich einige Sesselfurzer auf ihre verfluchte … wie hieß das? Auf ihre PDV beriefen.«

Ihre Blicke trafen sich und das intensive Grün ihrer Augen brannte sich förmlich in sein Gewissen. Steiger fühlte sich unwohl, weil darin eine Botschaft lag. Eine Aussage, die eindeutig war: ›Tot! Weil du dich auf diese verfluchte PDV berufen hast.‹

»Er wurde gestern bestattet«, fuhr sie fort.

»So schnell?«

Sie nickte. »Ich komme aus Stuttgart und bin zurzeit bei einer Freundin untergekommen. Ich bin also dankbar, dass das Krematorium mir so schnell einen Termin zur Einäscherung anbieten konnte. Er kam auf eine anonyme Streuwiese. Die Friedhofsverwaltung hatte somit keine Mühe und wir konnten die Beerdigung so zeitnah durchführen. Das alles hat mir keine Ruhe gelassen. Ich bin aus einem ganz bestimmten Grund zu Ihnen gekommen, Herr Kettner. Ich hoffe, dass Sie mich dieses Mal nicht hängen lassen. Ich möchte, dass Sie den Tod meines Vaters aufklären. Und bevor Sie mich ein weiteres Mal abweisen, lesen Sie das.«

Annabelle Cüppers legte Steiger eine Tageszeitung auf den Tisch. »Seite zwölf. Lesen Sie.«

Für einen Moment verharrten seine Augen auf ihrem Gesicht. Dann schlug Steiger die Zeitung auf. Es waren die Todesanzeigen. Eine Annonce war mit einem roten Stift eingekreist. ›Manfred. Zur Erinnerung. Marie.‹

*

»Versteh mich nicht falsch, Robert, das hört sich nach einer verdammt abgefahrenen Geschichte an.« Welke nahm seine Brille ab, hauchte gegen die Gläser, bevor er sie mit einem Tuch polierte und das Gestell gegen das Licht hielt.

Steiger verzog ratlos das Gesicht und ließ seinen Blick durch Welkes Büro schweifen. Der Raum war so vollgestellt wie ein Krämerladen. Die Wände waren mit Bildern und Fotokollagen aus alten Zeiten zugepflastert und überdeckten das Grau der ehemals weißen Wände. Neben dem Schreibtisch stand eine alte Schaufensterpuppe, die eine antike Polizeiuniform trug, und in jeder Ecke stapelten sich alte Kartons.

»Ich weiß nicht, ob da was dran ist, Hermann. Vergleiche die Todesanzeigen. Auf den Wortlaut identisch. ›Zur Erinnerung, Marie‹. Nur mit anderen Vornamen.«

Welke setzte die Brille wieder auf. Seine Augen wanderten für einen flüchtigen Moment zu den beiden Zeitungsschnipseln, die vor ihm lagen.

»Was mich stutzig macht, ist, dass die Anzeige im Fall Manfred Cüppers am Tage seines Auffindens veröffentlicht wurde«, fuhr Steiger fort. »Sie muss, sofern tatsächlich unser Mann gemeint ist, vor dessen Tod aufgegeben worden sein. Und was würde das bedeuten?«

Welke atmete lang gezogen aus, als würde er somit seine Zweifel unterstreichen wollen. »Es würde bedeuten, dass man in Betracht ziehen muss, dass jemand von der Suizidabsicht wusste.«

»Oder nachgeholfen hat«, vollendete Steiger Welkes Gedanken.

Dieser zuckte kurz mit den Schultern. »Wir wissen nicht mal, ob Cüppers gemeint ist.« Seufzend warf Welke einen erneuten Blick auf die Anzeigen. »Was ist das für ein Zeichen?« Er tippte auf ein Emblem am rechten unteren Rand. »Es ist auf beiden Anzeigen abgebildet.«

Steiger lehnte sich vor und besah sich die Stelle. »Hab ich mich auch gefragt. Es ist, wie man mir mitteilte, ein sogenannter Charonspfennig.«

»Charonspfennig? Ich bin ja bekanntlich was älter, doch den kenn ich nicht.«

»Ist auch was älter als du«, antwortete Steiger. »Das ist die Münze, die der Fährmann Charon in der griechischen Mythologie von jedem Toten verlangte, bevor er ihn über den Totenfluss Acheron in die Unterwelt Hades brachte.«

»Verstehe. So ein Symbolkram.«

Einen Augenblick später griff Welke nach dem Telefonhörer und drückte eine Kurzwahltaste. »Heimchen? Sei mal bitte so scheißfreundlich und kram mir aus der Ablage die Durchschrift in der Leichensache Manfred Cüppers raus. Muss letzte Woche gewesen sein. Ob ich sie sofort brauche? Wie kommst du denn da drauf?«

Welke sah Steiger an und rollte theatralisch mit den Augen. Bei ihm von einem Geduldsfaden zu sprechen, war generell die falsche Bezeichnung. Der Begriff der Zündschnur kam der Sache deutlich näher. »Nein. Reicht völlig, wenn du sie zwischen Weihnachten und Neujahr reinreichst.« Welke nahm die Brille ab, ließ demonstrativ den Kopf hängen und sein Gesichtsausdruck changierte zwischen Fassungslosigkeit und Verzweiflung. »Schwing die Hufe! Wenn du nicht in zwei Minuten hier bist …« Er legte auf und grinste. »Muss man nur vernünftig mit reden.« Welke goss Steiger Kaffee nach. »Hab gehört, du hast hier um die Ecke ein Büro bezogen?«

Steiger nickte. »Claudia hat mir die Hütte besorgt.«

»Sie passt auf dich auf«, stellte Welke fest.

Es klopfte und die Bürotür wurde geöffnet. Ein junger Mann mit Nickelbrille, schütterem rötlichem Haar und leichtem Bauchansatz streckte seinen Kopf in den Raum und lächelte seinen Chef beinahe unterwürfig an. »Hi, Robert.«

»Moin, Heimchen. Alles geschmeidig?«

Matthias Heimke nickte verlegen und versuchte dabei so gekünstelt cool zu wirken, dass es etwas Komödiantisches hatte. Steiger hatte ihn nach einer Russengeschichte auf Zollverein kennengelernt, der er den Verlust seiner letzten Wohnung zu verdanken hatte. Er hatte nichts gegen Heimke, oder Heimchen, wie ihn Welke stets nannte. Wenn er ihn sich so ansah, dann zweifelte er aufrichtig an dessen Urteilsfähigkeit. Das Härteste an dem Typen war seine Gürtelschnalle, und je länger Steiger ihn betrachtete, desto mehr kam er zu der Erkenntnis, dass die Zeit echter Bullen offensichtlich vorbei war. Steiger wusste von Heimke lediglich, dass er ledig war, allein lebte und vorher bei der Bezirksregierung inhaltslose Verfügungen verfasst hatte. Also ein Typ, der Steiger zu Schulzeiten nur aufgrund seiner Erscheinung gehänselt hätte.

Einige Augenblicke stand Heimke wortlos wie ein Oberkellner neben seinem Chef, bis dessen tadelnder Blick Heimke wachrüttelte.

»Meine Fresse!«, entfuhr es Steiger, nachdem Heimke die Tür geschlossen hatte.

Welke grinste. »Ich weiß, was du meinst, Robert. Der Junge kann zwar keinen Furz lassen, ohne sich die Buchse einzusauen … Glaub mir. Er hat durchaus seine Stärken.«

»Ja. Sicher …«

Hermann Welke schlug die Akte auf, blätterte darin und überflog einige Textpassagen, bevor er die Dokumente auf seinen Schreibtisch legte und sie Steiger zuschob. »Dieser Cüppers hat sich aufgehängt. Sauberer Knoten in korrekter Position, traumhafte Schlingenführung …«

Steiger nahm die Papiere und las die Vermerke von hinten nach vorn. Akten waren stets so aufgebaut, dass die letzte Seite den aktuellsten Eintrag beinhaltete.

Welke lehnte sich zurück und bog mit seinen riesigen Händen eine Büroklammer auseinander. »Wie du siehst, ist die Leiche bereits freigegeben. Absolut keine Hinweise auf ein Fremdverschulden.« Er gab Steiger einen Augenblick Zeit, den Polizeibericht zu überfliegen, und drehte den Kupferdraht zwischen seinen Fingern.

»Auch der Rechtsmediziner hat einen Blick drauf geworfen und hat auch nichts Ungewöhnliches festgestellt. Es sieht nach einem ganz gewöhnlichen Suizid aus.«

Steiger hob kurz seinen Kopf. »Warum sollte er es getan haben?«

Welke schmiss den Metallfaden in den Papierkorb. »Gründe gab es genug. Seine Frau verstarb vor einigen Jahren, womit er nie richtig klarkam. Nach Aussage einer Nachbarin hatte er kaum nennenswerte Sozialkontakte.«

Erneut sah Steiger für einen Moment von der Akte auf. »Gibt es Hinweise auf psychische Probleme?«

»Er hatte einen Hausarzt. Bei dem war er letztmalig

vor drei Jahren. Der Doc beschrieb ihn als introvertiert, wenn nicht sogar depressiv verstimmt. Auf jeden Fall war er kein Partykönig«, erklärte Welke. »Wie du siehst, war seine Tochter hier und hat seine persönlichen Sachen und die Freigabebescheinigung für den Bestatter mitgenommen. Wir haben ihr die Sachlage erläutert. Es ist nicht die erste Angehörige, die nicht wahrhaben will, dass hinter einem Suizid kein Verbrechen steckt.«

»Kannst du mir einen Gefallen tun, Hermann? Schmeiß mal deine Kiste an und recherchier, ob in den letzten Tagen eine Person …«

»Mit dem Vornamen Raimund den Stoffwechsel eingestellt hat?« Welke lächelte. »Hab ich bereits. In Essen oder Mülheim nicht. Hast du mal bei der Zeitung nachgehakt?«

»Ja. Beide Anzeigen wurden online aufgegeben. Die Bezahlung erfolgte offenbar per Bareinzahlung bei der Sparkasse Essen. Wir haben somit keinen Namen.«

Welke verzog missmutig das Gesicht. »Hat die Zeitung irgendwelche Kontaktdaten? E-Mail? IP-Adresse?«

Steiger schüttelte nachdenklich den Kopf.

»Und seine Tochter kennt definitiv keinen Raimund und keine Marie?«

»Nein.«

»Warst du in seiner Wohnung?«, fragte Welke.

»Nein. Annabelle hat sie unmittelbar entrümpeln lassen. Sie wollte so schnell wie möglich mit allen belastenden Erinnerungen abschließen.«

Welke sah ihn ernst an. »Wir haben nichts. Das weißt du?«

»Ja. Weiß ich.«

Welke nickte. »Ich kann dem Staatsanwalt nur schwer klarmachen, dass wir einen abgeschlossenen Fall mit einer bereits eingeäscherten und verstreuten Leiche wieder aufnehmen, weil die Tochter mutmaßt, dass zwei im Wortlaut gleiche Todesanzeigen, die darüber hinaus keinen Bezug zueinander aufweisen, ein Indiz für ein Tötungsdelikt darstellen könnten. Zumal eine der Annoncen lediglich mit dem Vornamen Cüppers identisch ist und ein Sterbefall einer Person, die Raimund heißt, polizeilich nicht bekannt ist. Darüber hinaus haben sich für die Ermittlungsbeamten und auch für einen Rechtsmediziner keine Hinweise auf Fremdverschulden ergeben.«

»Nein, Hermann. Das wirst du ihm schlecht verkaufen können. Könntest du mir einen Gefallen tun?«

»Solange ich in keinen dienstlichen Konflikt gerate …«

»Sicher nicht. Ich würde dich nicht um so etwas bitten. Kannst du beim Standesamt nachfragen, ob in den vergangenen 14 Tagen eine Person mit dem Vornamen Raimund verstorben ist. Würdest du das für mich tun?« Steiger erhob sich. Welke tat es ihm gleich und schüttelte ihm die Hand zum Abschied.

»Ich melde mich bei dir, Robert.«

KAPITEL 4

Binnen Minuten verdunkelte sich der Himmel. Als hätte jemand das Licht ausgeschaltet. Der Blitz krachte direkt über ihren Köpfen, schien die monströse Wolkendecke zu spalten und tauchte die Szene vor ihnen für einen flüchtigen Moment in ein kaltes Licht. Das dumpfe Grollen des Donners folgte augenblicklich und als wäre das nicht genug, begann es schlagartig zu regnen. Sintflutartiger Niederschlag ergoss sich über die Ruhrwiesen, verwandelte den Erdboden binnen Sekunden in Matsch, während sich ein weiterer Blitz direkt über ihren Köpfen entlud. Schritt für Schritt, gegen den orkanartigen Wind kämpfend, näherten sie sich vorsichtig der Stelle, wo sich die uniformierten Kollegen mit LED-Lampen befanden.

»Was, um alles in der Welt, ist das für ein beschissenes Wetter?«, fluchte Jens Schüttler vor sich hin, während er – nach vorn gebeugt – versuchte, die Kapuze seiner Regenjacke tiefer ins Gesicht zu ziehen. Wie zum Hohn krachte der nächste Donner über ihnen. Die dicken Tropfen auf seiner Brille nahmen ihm die Sicht und die Strahlen der Taschenlampen brachen sich darin, was ihn zusätzlich behinderte.

Dicht hinter ihm ging seine Kollegin Simone Schürmann. Sie trug ihre schwere Einsatztasche über der linken Schulter und hielt sich die rechte Hand schützend vor die Augen.

Nach einer gefühlten Ewigkeit erreichten sie den Leichenfundort. Zwei Kollegen der zuständigen Polizeiinspektion und ein Zivilist erwarteten sie. Die Kollegen waren in Regenmänteln gehüllt und hatten die Kapuzen über ihre Schirmmützen gezogen.

»Glück auf«, begrüßte sie einer der beiden Polizisten. »Der Typ hängt hier hinter dem Gebüsch. Herr Pawlak …«, der Kollege zeigte auf den Zivilisten, der einen tarnfarbenen Regenponcho übergezogen hatte, »ist Angler. Er hat ihn gefunden.«

Schüttler nickte dem Mann kurz zu. »War der Notarzt da?«

»Ja«, sagte der Polizist und reichte Schüttler den roten Totenschein. »Der ist sofort wieder abgezogen. Hat sich nicht gelohnt. Der Typ ist gut abgehangen.«

Schüttler wandte sich Pawlak zu. »Mein Name ist Schüttler. Kriminalwache. Dann erzählen Sie mal.«

Der Mann verzog das Gesicht. »Ich kann nicht viel sagen. Wollte halt angeln. Auf Rotauge. Ich bin also durch dat Gestrüpp und da hing er. Der Kopf war ganz blau. Fast schwarz, soweit ich dat sehen konnte. Mir war sofort klar, dat der hinüber ist. Also hab ich die Polizei gerufen.«

»Haben Sie etwas verändert?«

»Ich? Um Gottes willen. Bin da direkt wieder weg. Wat meinen Se, wat ich mich erschrocken hab. Mich bringt zwar nichts so schnell aus der Fassung, aber dat …«

»Wann war'n Se denn das letzte Mal hier?«

Der Mann zuckte mit den Achseln. »Vor zwei Wochen. Ungefähr. Brauchen Sie mich noch? Ich mein … trockener werden wir hier nicht.«

»Is gut«, erwiderte Schüttler. »Ihre Erreichbarkeit haben wir ja. Wir melden uns, sollten wir Fragen haben.«

Der Angler verabschiedete sich, und Schüttler wandte sich wieder seinem uniformierten Kollegen zu. »Eintreffsituation?«

Der Beamte wischte sich über das nasse Gesicht. »Einsatzvergabe durch die Leitstelle um 16.20 Uhr. Eingetroffen sind wir um 16.35 Uhr. Kamen aus der Innenstadt. Die Feuerwehr war da. Der Notarzt war bereits wieder weg. Die Jungs vom Rettungswagen haben uns den Totenschein übergeben und angeführt, dass man nichts verändert hat.«

»Außer wahrscheinlich wie immer mit einem ganzen Löschzug den Tatort umgepflügt zu haben.«

Der Kollege lächelte. »Sie haben nun mal andere Prioritäten.«

Schüttler winkte ab. »Sonst was?«

»Nein. Braucht ihr uns weiter? Die Unfälle stapeln sich. Es knallt bei dem Scheißwetter jede Minute.«

Schüttler blickte zum Himmel und wartete einen lang anhaltenden Donner ab, bevor er antwortete. »Bleibt bitte ein paar Minuten. Kann sein, dass wir eure Hilfe benötigen.«

Der Baum war eine alte Weide, deren Äste sich über den Fluss erstreckten. Das Ufer war im Wurzelbereich ausgewaschen und der Stamm hatte sich im Laufe der Jahre Richtung Gewässer geneigt. In den unteren Ästen hingen vertrocknete Pflanzenreste aus den vergangenen Hochwassern. Das Seil, aus einem synthetischen Material, wie es zum Klettern verwandt wurde, war vielleicht fingerdick. Trotzdem war es stark genug, um das Gewicht eines Erwachsenen zu tragen. Der Strick war in geschätzten zwei Metern über dem Boden an einem der knorrigen Äste gebunden worden. Es regnete in Strömen und die Kraft des Windes reichte, um die vor Nässe triefende Leiche hin und her pendeln zu lassen. Die Polizisten leuchteten in das Gesicht des Toten. Es war schwärzlich verfärbt. Die aufgequollene, grün verfärbte Zunge ragte zwischen den Lippen heraus. Die

Augen waren bereits den wenigen Insekten oder aasfressenden Vögeln zum Opfer gefallen, die um diese Jahreszeit unterwegs waren. Die Fingerkuppen der schwarz verfärbten Hände, zu Fäusten geballt, waren, soweit erkennbar, vertrocknet und die Zehenspitzen zeigten zum Boden. Ein makabres und gleichzeitig alltägliches Bild für die Beamten.

Simone Schürmann schoss einige Übersichtsbilder und näherte sich der Leiche, um im Anschluss in die Makroaufnahmen zu gehen. Beinahe wäre sie auf dem matschigen Lehmboden ausgerutscht. »Wenn es überhaupt Spuren gegeben hat, dann hat der Regen alles weggewaschen«, sagte sie, während sie sich umblickte.

»Da hat er sich draufgestellt.« Sie nickte zu einem schwarzen Speiseimer, der umgekippt einen halben Meter weiter lag.

Der uniformierte Kollege verzog das Gesicht. »Das wird schön lange gedauert haben.«

Schürmann zuckte mit den Achseln, während sie ihn wenig überzeugt ansah und dann einige Aufnahmen von dem Eimer fertigte. »Muss nicht. Das Seil unterbindet die Blutzufuhr zum Gehirn. In der Regel sind das wenige Sekunden, bis die Lichter ausgehen und man das Bewusstsein verliert. Das Zappeln ist dann mehr ein unbewusster Reflex.«

Schüttler zog sich ein Paar blaue Einweghandschuhe an und trat zum Leichnam. Er stieß einen leisen Pfiff aus. »Der hängt mit Sicherheit was länger. Guckt euch den Hals an. Mächtig lang. Sieht so aus, als wenn das Seil bis zum Halswirbel durchgedrungen ist.« Schüttler erfasste einen Arm des Toten und hob ihn etwas an. »Steif ist er nicht mehr. Was haben wir denn hier?« Er ging in die Knie. »Seht euch mal die Schuhe an. Vorne schön perforiert. Da hat ein

Fuchs bereits sein Glück versucht.« Der Kripomann zog das T-Shirt des Toten hoch. »Deutliche Verfärbungen im Bauchbereich. Stark aufgeblähtes Abdomen.«

Der uniformierte Kollege betrachtete den Leichnam mit interessiertem, gleichzeitig leicht angewidertem Ausdruck. »Warum ist der Typ so grünlich?«

Schüttler hob die Oberbekleidung noch etwas höher. »Die im Darm befindlichen Mikroorganismen beginnen das Hämoglobin zu zersetzen und färben den Bauchbereich zunächst grünlich ein. Ihre rasante Vermehrung führt zu einer Nachzeichnung des Adern- und Venengeflechtes, welche im weiteren Verlauf grün bis bläulich durch die Haut schimmert.«

Der Streifenpolizist nickte bedächtig, während er mit gerunzelter Stirn weiter auf den Toten starrte. »Und wieso ist er so aufgebläht?«

Schüttler ließ das Shirt wieder los. »Bei dem Stoffwechselvorgang produzieren diese Bakterien Gase, die zu dem typischen Aufblähen eines verwesenden Körpers führen und die Weichteile im Inneren des Körpers nach und nach verflüssigen.« Schüttler ließ das Shirt wieder los. »Also, ich leg mir den Typen nicht über die Schulter. Schlage vor, wir schälen ihn so wie er ist aus den Klamotten und rufen dann den Bestatter. Der soll von unten einen Sack rüberziehen und dann schneiden wir ihn ab. Den Rest machen wir in der Rechtsmedizin. Einverstanden?«

Schürmann nickte. »Hepp!« Sie warf Schüttler eine Spezialschere zu. Zunächst begutachtete er die Kleidung, da er wusste, dass tödliche Verletzungen wie Stich- und Schusswunden bei fortgeschrittener Fäulnis mitunter auf dem Körper nicht zu entdecken waren, die Eintrittsstellen einer Waffe dagegen mitunter verräterische Spuren in Stoff und Leder hinterließen. Danach trennte er die Ärmel der Jacke auf und warf das durchnässte Bekleidungsstück seiner Kollegin zu.

Simone Schürmann fing es auf.

Schüttler trat einen Schritt zurück und atmete mit abgewandtem Kopf und offenem Mund tief ein. »Puh. Der gammelt mächtig. Denke, er baumelt hier gut und gerne eine Woche.« ›Legen Sie sich zwei Pfund frisches Hackfleisch eine Woche lang bei circa 20 Grad Raumtemperatur zu Hause auf Ihren Wohnzimmertisch‹, hatte ihm sein Kriminalistiklehrer während seiner Ausbildung auf seine Frage hin geantwortet, wie man sich den Geruch eines Leichenfundortes vorzustellen hatte. ›Wenn Sie dazu in der Lage sind, dann denken Sie nicht an zwei Pfund, sondern an durchschnittlich 140 bis 200 Pfund.‹

Sein erster Einsatz mit einem Stinker, wie eine verwesende Leiche intern genannt wurde, zeigte ihm, er hatte es sich nicht vorstellen können. Der Geruch breitete sich nicht nur in der Nase aus. Er legte sich auch auf die Zunge, klammerte sich an Haar und Kleidung fest. Und er hatte nichts mit dem süßlichen Duft zu tun, der so oft beschrieben wurde. Eine Leiche roch nicht süß, und genauso wenig führte dieser Geruch dazu, dass sich die Leute reihenweise übergaben. Schüttler jedenfalls hatte es selten erlebt, dass ein neuer Kollege bei dem Geruch gekotzt hatte. Wahrscheinlich bediente man sich solcher Klischees, um den Ekel hervorzuheben. Egal, wie der Einzelne damit klarkam. Es war einer der widerlichsten Gerüche.

»Guck mal, ob du in den Klamotten einen Hinweis findest, wer der Kerl ist«, wies Schürmann ihren Kollegen an.

Während Jens Schüttler mit angehaltenem Atem die

Hosenbeine auftrennte und dabei immer wieder mal zum Luftholen einige Schritte nach hinten trat, durchsuchte seine Partnerin die Jacke.

»Fuck!«

Schürmann blickte ihren Kollegen an.

Dieser verzog angewidert das Gesicht. »Der hat die halbe Unterhose voller Maden. Und das um die Jahreszeit. Unglaublich.«

Schürmann lächelte amüsiert. »Stell dich nicht so an. Wir haben deutlich unter acht Grad. Zappeln dürften sie somit nicht mehr.«

»Trotzdem irre, dass wir welche finden. Ich sag's ja immer. Klimaerwärmung. Ist nicht normal. Ruft den Angler zurück.« Schüttler grinste breit in Richtung der uniformierten Kollegen, während er mit staksigen Schritten um die Fliegenlarven tänzelte, die aus dem Hosenbein des Toten fielen.

»Mein Gott, bist du pietätlos«, wies ihn Simone Schürmann zurecht. Mit Sarkasmus ließen sich in der Regel solche Erlebnisse besser überstehen.

»Sieh es positiv, Jens. Das Gewitter scheint abzuziehen und zumindest haben wir einen Hinweis darauf, wer unser Mann ist«, sagte sie, während sie eine Brieftasche in die Höhe hielt.

Schüttler blickte mit verzogener Miene nach oben. Der Regen ließ tatsächlich nach und an manchen Stellen klarte der Himmel bereits.

Schürmann öffnete die Mappe und zog einen Personalausweis hervor. »Dann schauen wir mal, wie unser Freund hier heißt.«

*

»Sie?« Steigers Stirn legte sich in Falten und er bereute augenblicklich diesen unterschwellig abweisenden Ton in seiner Stimme.

Annabelle Cüppers schien darüber hinwegzusehen und antwortete mit einem warmen Lächeln, dass er sich automatisch zu einem hölzernen ›Tut mir leid. Ich wollte nicht unhöflich sein‹ hätte verpflichtet fühlen müssen, was er nicht aussprach.

»Ich dachte, ich helfe Ihnen.« Da Steiger keine Anstalten machte, etwas zu sagen, hielt sie ihm beinahe hastig und viel zu spät die Hand zur Begrüßung hin, als könnte sie so die unangenehme Pause überbrücken. Vielleicht wollte sie ihm auch nur entgegenkommen, ihn in seiner unbeholfenen Art unterstützen.

Steiger ergriff ihre Hand, die sich angenehm weich und zart anfühlte. Er zwang sich zu einem freundlichen Lächeln, doch er hatte das Gefühl, dass seine Mundwinkel eher eine Grimasse formten.

»Hier! Habe ich Ihnen mitgebracht.« Sie zauberte hinter ihrem Rücken einen kleinen, geschmückten Kunstweihnachtsbaum hervor. Steiger blickte kurz drauf und ignorierte das Geschenk.

»Helfen? Wobei?«

»Na, beim Renovieren. Ich dachte mir, Sie könnten vielleicht etwas Hilfe brauchen. Immerhin halte ich Sie mit meinem Fall von der Arbeit ab.« Ohne auf eine Antwort zu warten, trat sie an ihm vorbei und blieb in der Diele stehen, ihm den Rücken zugewandt.

Steiger blickte unwillkürlich an ihr herunter. Ihre Attraktivität war ihm bereits bei ihrer ersten Begegnung aufgefallen. Jetzt, wo sie das lange blonde Haar offen trug und ihre Beine in dieser engen Jeans steckten, wurde ihm bewusst, diese Frau verfügte über mehr Reize, als ihm lieb war. Reize, die ihn daran erinnerten, dass sein letzter Sex verdammt lange zurücklag.

Annabelle Cüppers drehte sich um, und wieder blickte er in dieses intensive Grün ihrer Augen. Das Make-up war so dezent aufgetragen, Wimpern und Lippen waren nur leicht betont. Ein zartes Lächeln umspielte ihren Mund, während ihr Blick auf Steiger ruhte.

Bevor sie ihn komplett aus dem Konzept bringen konnte, erlangte seine schroffe Art wieder das Zepter. »Ich weiß nicht, ob ich das für eine gute Idee halte.«

Sie warf mit einer leichten Kopfbewegung das Haar nach hinten, ohne dass sich die Fältchen um ihre Mundwinkel veränderten. »Weil ich eine Frau bin und diese Hände …«, sie stellte das Bäumchen ab und hob ihre gepflegten Finger mit den rot lackierten Nägeln in die Höhe, »nicht so aussehen, als könnten sie arbeiten?«

»Das ist es nicht«, sagte er knapp und frostig in ihre Richtung.

»Ich verstehe.« Ihr Lächeln fiel langsam zusammen. »Man pflegt mit einer Mandantin keinen weiteren Kontakt über den beruflichen hinaus. Das wollten Sie sagen, oder?«

Er legte den Kopf schief und musterte sie hart.

»Ich kenne den Grund Ihrer ablehnenden Haltung nicht, Herr Kettner. Vielleicht tue ich Ihnen auch Unrecht und Sie verfügen einfach nicht über den notwendigen Charme, um Leute nicht mit jedem Wort vor den Kopf zu stoßen. Zur Erinnerung. Ich habe meinen Vater verloren.« Für einen Moment sah sie an ihm vorbei, bevor sie Steiger erneut fixierte. »Auch wenn unsere Beziehung nicht die beste war, heißt das nicht, dass er mir nicht fehlt. Weil, ob es nun absurd ist oder nicht, ich zumindest das

Gefühl habe, mich nicht genug um ihn gekümmert zu haben. Ein bisschen Ablenkung würde mir guttun. Ich wollte nur nett sein.«

»Und was wollen Sie dann von mir? Soll ich Ihnen einen Welpen kaufen? Sie haben mich engagiert, um Ihrem Verdacht nachzugehen. Und nicht um Sie zu trösten.«

Sie drängte sich an ihm vorbei und trat durch die offen stehende Wohnungstür in den Hausflur. Sie drehte sich zu ihm um, schüttelte den Kopf und sah ihn um Selbstbeherrschung ringend an. »Wenn man eins in diesen beschissenen Jugendheimen lernt, dann ganz sensible Antennen für die Launen anderer zu entwickeln. Weil es überlebenswichtig ist, die Personen, von denen man abhängig ist, einschätzen zu können.«

»Und was soll mir das sagen?«

Ihre Augen verengten sich und sie sog die Luft mit zusammengepressten Lippen tief ein. »Dass Sie sich in ein verdammtes Loch verkrochen haben. So einen ... emotionalen Luftschutzbunker. Damit ja keiner einen Blick auf Ihre verwahrloste Seele werfen kann. Und wenn man einen auf unnahbaren, arroganten Bock macht, läuft man auch nicht Gefahr, dass man demaskiert wird. Soll ich Ihnen was sagen? Mir ist es völlig egal, ob Sie ein saublödes Arschloch sind ...« Ihre Kiefermuskeln verspannten sich sichtbar. Es wirkte, als ob sie nur mit Mühe ihre Wut hinunterschlucken konnte.

Stille breitete sich aus, in der sich die beiden wie zwei Boxer vor einem Kampf betrachteten.

»Wow!« Steiger lächelte amüsiert.

Sie stemmte die Hände in die Hüften und blickte ihn mit leicht schräg geneigtem Kopf an. »Wie, wow? Wollen Sie mich auch verscheißern?« Ihr Blick hatte etwas Bohrendes.

Steigers Mundwinkel wuchsen zu einem breiten Grinsen. »Ich koche uns einen Kaffee«, sagte er, drehte sich um und wirkte dabei so, als ob es ihm nicht ansatzweise in den Sinn kommen könnte, dass sie ihm nicht folgen würde.

»Sie haben mich ganz schön auf die Palme gebracht«, sagte Annabelle, während Steiger sich ihr gegenüber setzte und ihr einen Becher Kaffee zuschob.

»Ich kann mir grundsätzlich in meinem Job keine Sentimentalitäten leisten.« Seine Antwort wirkte beinahe gleichgültig.

Sie trank einen Schluck. »Missachten Sie bewusst ungeniert alle Höflichkeitsgepflogenheiten oder haben Sie autistische Züge?«

Spontan musste er lachen, was sich beinahe fatal erwies, da er nur mit Mühe und vorgehaltener Hand den Kaffee an seiner Luftröhre vorbei in den Magen beförderte.

»Sieh an. Der Herr ist ja tatsächlich zu anderen Emotionen fähig, als nur zu einem ›Ich reiß dir den Kopf ab und kack dir in den Hals‹-Ausdruck.«

Er stutzte einen Moment, dann brach er in schallendes Gelächter aus. Diesmal ungehemmt, da ihn kein voller Mund daran hinderte. Ein befreiendes Gefühl. »Für 'ne junge Dame haben Sie eine verdammt rustikale Ausdrucksweise. Respekt.«

Ihr Lächeln kehrte zurück und zum ersten Mal fiel ihm auf, dass sie Grübchen hatte. »Ich bin eine Expunkerin, wenn Sie sich erinnern.«

»Richtig. So 'ne schwer erziehbare Göre, die ihre Wut nicht unter Kontrolle hatte.«

»Oh, ich sehe da durchaus Fortschritte bei mir. Immerhin habe ich Sie nicht angegriffen.«

Steiger lächelte.

Annabelle Cüppers setzte sich aufrecht hin. »Was halten Sie davon, wenn wir neu durchstarten? Offenkundig liegt es, neben ihrer zynischen Weltanschauung, vornehmlich an ihrem gestörten Kommunikationsverhältnis und Ihrer mangelnden Kompetenz Frauen inhaltlich zu verstehen. Das machen Sie übrigens sehr geschickt. Nicht nur, dass Sie damit nach außen hin stets die Fassung bewahren, um von Ihren zutiefst deprimierten Seelenleben abzulenken. Ich muss gestehen, dass Sie sich damit zumindest etwas interessant machen.«

Steiger übte sich in einem überraschten Gesichtsausdruck. »Versteh ich nicht.«

»Männer sehen sich seit Anbeginn der Zeit als Jäger. Und auch heute ist für sie ein Flirt eine Form des Beutemachens. Dabei merkt ihr Kerle nicht, dass ihr die Opfer seid. Wir Frauen bestimmen, wen wir an uns ranlassen. Wir weisen zurück, locken ein Stück … wir spielen. Glauben Sie mir. Jede Frau, die umworben wird, tut nichts rein zufällig. Jede Bewegung, jede kleine Geste wird bewusst eingesetzt. Und ihr Männer reagiert darauf zuverlässig. Ihr seid in der Hinsicht echt rudimentär. Man könnte auch sagen: einfach gestrickt.«

Steiger sah sie einige Augenblicke an. Ihm fielen ihre langen, beinahe seidig wirkenden Wimpern auf. Dann schüttelte er leicht den Kopf. »Versteh ich immer noch nicht.«

»Es kommt selten vor, dass eine Frau auf ihr naturgegebenes Recht, umworben zu werden, verzichten muss. Ein Affront. Und darin liegt die Herausforderung.«

Diesmal nickte Steiger. »Ich glaub, ich hab's kapiert. Ich wusste nicht, dass Sie umworben werden wollten. Ich dachte, Sie wollten renovieren.«

Diesmal lachte Annabelle lauthals. »Das stimmt. Ich wollte Ihnen helfen. Mehr nicht. Trotzdem ... das gibt Ihnen nicht das Recht, sich nicht von mir angezogen zu fühlen.«

»Sollte ich das?«

»Natürlich nicht! Ich sehe. Sie sind ein hoffnungsloser Fall.«

Steiger versuchte eine Antwort auf die Frage zu finden, ob ihr Hilfsangebot tatsächlich ihrer eigenen Ablenkung diente oder ob es eine Masche war, hinter der eine Absicht stand, die er nicht durchschaute. Er musste sich eingestehen, sie hatte ihn mit ihrer direkten Art beeindruckt. Natürlich würde er den Teufel tun, sich das anmerken zu lassen. Sie war eine verdammt attraktive Erscheinung und der Gedanke daran, vielleicht mit ihr ins Bett zu gehen, wollte sich nicht aus seinem Hirn drängen lassen. Er musste aufpassen, dass sich seine Fantasie nicht verselbstständigte. Er hatte immer noch Prinzipien: nichts mit Kundinnen anfangen.

Steiger schob seine Tasse weg und stand abrupt auf. »Dann mal los«, sagte er. »Wir haben genug getrödelt.« Er zog ein T-Shirt aus dem Trockner und warf es ihr hin. »Sie streichen. Ich werde in der Zeit ...« Sein Handy klingelte. »Kettner.« Während er seinem Gesprächspartner zuhörte, verhärtete sich seine Miene. »Ich komme.« Steiger legte auf und sah Annabelle ernst an. »Gestrichen ist heute gestrichen.«

»Was ist passiert?«

»Es gibt Nachrichten. Von Raimund.«

*

Welke stand auf und drückte sein Kreuz durch.

»Wieder die Bandscheibe?«, fragte Steiger seinen Exkollegen.

Dieser nickte mit schmerzverzerrtem Gesicht und atmete tief aus.

»Bekommst du keine Spritzen mehr?«

»Die letzte …«, sagte Welke, setzte sich auf die Kante des Schreibtisches und ließ ein Bein baumeln, »hat dazu geführt, dass mein ganzer Arsch taub war. Die Schmerzen waren zwar besser, laufen konnte ich trotzdem nicht, weil mir bei jedem Schritt das Bein wegknickte. Ich bin hier über den Flur gewankt, wie Kapitän Ahab über die Planken der Pequod.«

»Ich hätte dich eher in der Rolle von Moby Dick gesehen …«

»Sehr witzig.« Welke stand auf und verzog beleidigt das Gesicht. »Ihr Hänflinge lasst auch keine Gelegenheit aus, einen Gewichtswitz zu platzieren. Zu anderen Zeiten wärst du verhungert.«

»Hey«, Steiger hob beschwichtigend die Hände, »in einigen Gebieten Asiens wärst du ein Sexsymbol.«

»Was heißt hier wärst …?«, donnerte Welke, während er sich erhob und anschließend auf seinen Schwerlaststuhl fallen ließ.

Steiger atmete resigniert aus. »Okay, Wonneproppen. Was macht eigentlich das Cholesterin?«

Welke winkte ab. »Bei all den Pillen, die ich schlucken muss, hat mein Blut 'ne Viskosität wie Leichtlauföl. Außerdem hab ich diesen Monat zwei Äpfel gegessen.«

»In Blätterteig?«

Erneut strafte ihn Welke mit einem grimmigen Gesichtsausdruck. »Nein. Roh. Es war fürchterlich. Ich bleibe dabei. Mit Obst und Gemüse füttert man Essen.«

Steiger verkniff sich ein Grinsen. Er wusste, Welkes Frau war eine hervorragende Köchin. Sie vertrat die Meinung, dass Fett der bedeutendste Geschmacksträger war und ein Essen in erster Linie schmecken sollte. Vor Jahren war er mal zu Gast gewesen und die Portionen, die sie ihm damals vorgesetzt hatte, hätten ausgereicht, ein Rudel hungriger Wölfe ins Suppenkoma zu befördern.

»Erzähl, Großer. Was hast du rausbekommen?«

»Wir gehen davon aus, dass es Raimund Gassmann ist. Der Typ hat sich an der Ruhr weggehangen.«

»Er ist nicht zweifelsfrei identifiziert?«

Welke schüttelte den Kopf. »Nach erster Einschätzung baumelte er dort locker eine Woche. Dementsprechend sah er aus. Die Kollegen haben einen Personalausweis in seinen Klamotten gefunden. Natürlich hatte er nach einer Woche an der frischen Luft keine Ähnlichkeit mehr mit dem Bild. Lediglich die Körpergröße stimmt.« Welke öffnete einen Umschlag, auf dem ›Lichtbildstelle‹ stand, und zog einige Bilder heraus. »So haben sie ihn gefunden. Wie du siehst, sind ihm die Gesichtszüge etwas … entglitten. Kein Wunder, bei den milden Temperaturen. Dazu in Gewässernähe mit hoher Luftfeuchtigkeit … ein Festschmaus für alle Saprobionten und Nekrophagen. Nach der ersten Tatortbefunderhebung weist alles auf einen Suizid hin. Dementsprechend dünn ist natürlich die Spurenauswertung.«

Steiger betrachtete die Farbaufnahmen. Als Polizist war er an unzähligen Tatorten, daher wusste er, so täuschend echt die Fotos sein mochten, sie gaben doch nie das wieder, was der Ort mit einem machte und wie er auf einen wirkte – mit allen Sinnen.

Welke gab Steiger einen Moment Zeit, um den Inhalt zu überfliegen, bevor er weitersprach. »Alle Ermittlungsergebnisse weisen auf Selbstmord hin, wenn sie auch nicht abschließend sind. In der Hose des Toten wurde ein Schlüssel gefunden, der zu seiner Wohnung passte. Sie war in einem tadellosen Zustand. Er war laut der Nachbarschaft recht kontaktarm und hat offenbar keine Angehörigen. Zumindest hat ihn niemand besucht. Laut Auskunft des Standesamts sind die Eltern verstorben. Geschwister hat er keine. Wir haben DNA aus seiner Bürste. Zurzeit ermitteln wir über die Krankenkassen, wo er zuletzt beim Zahnarzt war, um an ein Zahnschema zu kommen. Eines von beiden wird uns Sicherheit geben.«

Steiger legte die Bilder zurück auf den Schreibtisch. »Womit hat er seine Brötchen verdient?«

Welke verschränkte die Arme hinter dem Kopf. »Gassmann war Frührentner. Soweit ich mich erinnere, war er Volljurist und hat früher ’ne Rechtsabteilung eines Pharmakonzerns geleitet. Da ist er vor Jahren verabschiedet worden.«

»Was denkst du, Hermann?«

»Über deinen Fall?« Welke schlug die Akte mit einem Knall zu.

»Ja.«

Welke beugte sich nach vorn, als suche er die richtigen Worte, um seine Gedanken zu erklären. »Ich habe mit dem Staatsanwalt über die Todesanzeigen gesprochen. Er war von dieser These, sagen wir mal … wenig überzeugt. Ich konnte ihn zumindest so weit bekommen, dass er eine Obduktion anordnet. Sollte diese ebenfalls ein Fremdverschulden ausschließen, werde ich ihn nur schwer zu weiteren Ermittlungen überreden können. Mehr kann ich zunächst nicht tun, zumal wir die MK ›Leinpfad‹ laufen haben. An der Ruhr wurde eine Nutte gefunden. Sie wurde misshandelt und erdrosselt.«

»Deiner Mimik entnehme ich, dass die Ermittlungen nicht rund laufen.«

»Das ist es nicht«, erklärte Welke. »Der Fall hat eine gewisse … politische Tragweite. Es erfordert ein hohes Maß an Sensibilität, wenn du verstehst.«

Steigers Lächeln zeigte deutlich ironische Züge. »Dein Spezialgebiet.«

»Hm«, murmelte Welke mürrisch. »Der Kriminalgruppenleiter beehrt mich beinahe stündlich. Man legt im Hause sehr viel Wert darauf, in jedes Detail eingewiesen zu werden.«

»Das hört sich ja fast so an, als würde da ein Vorwurf in deiner Stimme mitschwingen.«

Welke winkte genervt ab. »Themenwechsel, sonst krieg ich Vorkammerflimmern. Die Obduktion von Gassmann ist … lass mich nachsehen …« Welke blätterte in seinem Tischkalender und tippte mit der Spitze seines Kulis auf einen eingekreisten Eintrag. »Übermorgen. Ich denke, dass ich dir dann zum frühen Nachmittag ein Ergebnis mitteilen kann.«

Steiger erhob sich und reichte Welke zum Abschied die Hand. »Danke. Du erreichst mich zu Hause. Und du solltest wirklich zusehen, dass du was von dem Gewicht runterbekommst, Hermann.«

KAPITEL 5

Wer auch immer über das Schicksal bestimmte, hatte offenbar eine perverse Freude daran, diejenigen, die bereits alles hatten, mit mehr zu segnen. Dr. Alexander Gießler schien einer dieser Günstlinge zu sein. Ihm war der Erfolg in die Wiege gelegt worden.

Anerkennung definierte sich seiner Vorstellung nach nicht aus erbrachter Leistung. Die erreichte Position war einzig und allein das, was seiner Auffassung nach den Rang im sozialen Gefüge der Gesellschaft ausmachte. Der Weg dorthin war zweitranging. Und die Einstellung, ob das Ziel durch moralisch bedenkliche Mittel erreicht wurde, war lediglich ein Resultat der Erziehung. Oder des Neids. Wobei die Schamgrenze der Kritiker und Neider mit jeder Stufe des eigenen Aufstieges abnahm. Ohnehin interessierte ihn das Denken der anderen einen Dreck.

»Es geht nicht um Recht oder Unrecht. Nicht um Moral. Auch nicht um Schuld«, hatte sein Vater ihm beigebracht. »Alles ist eine Sache der Begründung. Sie bestimmt, ob eine Tat ein Verbrechen ist oder ob sie gesellschaftlich legitimiert wird. Sogar die Bibel widerspricht dem fünften Gebot, beschreibt Tod und Verderben im Namen Gottes. Sieh dich um! All das, was ich erreicht habe, baut man sich nicht auf, indem man sich einer Illusion hingibt. Die Welt ist schlecht und du wirst sie nicht zum Besseren ändern. Unser Beruf ist ein Handwerk. Merke dir das und ziehe deinen Nutzen daraus.« Sein Vater hatte recht. Er verteidigte nicht den Straftäter, um ihn um seine gerechte Strafe zu bringen. Er hinterfragte die Anklage, nahm ihre Beweise unter die Lupe und deckte die Schwachstellen auf. Fehler bei der Spurensicherung oder einfach nur ein übereifriger Zeuge, der in seiner Wahrheitsliebe die Grenzen zwischen Tatsache und Eigeninterpretation nicht zu trennen vermochte und so leicht unglaubwürdig wurde. Das war es, was er tat. Damit verdiente er sein Geld. Und er verdiente verdammt viel. Weil er grundsätzlich jedes Für und Wider einer Entscheidung abwog und einen hervorragenden Instinkt dafür hatte, das Richtige zu tun. Er war in der Tat ein Mann, dem das Glück in geradezu unverschämter Art und Weise zur Seite stand. Ausschweifende Partys, seine Oldtimersammlung, all der ganze Luxus war das, wofür es sich seiner Meinung nach lohnte, über rechtsmoralische Bedenken hinwegzusehen. Und so hatte er auch kein Problem damit, dass die Gelder, die auf sein Konto überwiesen wurden, von Drogendealern und anderen zwielichtigen Gestalten stammten.

»Wenn es einen Gott der Dekadenz gibt, dann bin ich sein Tempel«, pflegte er spaßeshalber zu sagen, wenn er vor seinesgleichen mit seinem verschwenderischen Lebensstil protzte.

Gießler hatte eine unruhige Nacht hinter sich. Er hatte gestern Abend eindeutig zu viel getrunken, beinahe eine halbe Flasche Weinbrand in sich hineingekippt. Der Erfolg, den er sich erhofft hatte, davon in einen tiefen Schlaf zu fallen, hatte sich nicht eingestellt.

Alexander Gießler sah aus dem großen Panoramafenster über den Baldeneysee, der sich harmonisch in die bewaldete Hügellandschaft des Essener Südens bettete. Die schrägen Lichtstrahlen der kraftlosen Sonne spiegelten sich in den kleinen Wellen und ließen den See wie geschmolzenes Silber schimmern. Er sah hinüber zur Villa Hügel, die majestätisch über der Region thronte.

Gießler öffnete die Terrassentür und trat nach draußen. Sein Atem kondensierte und die Kälte ließ ihn frösteln. Der frische Sauerstoff, der in seine Lungen strömte, tat ihm gut, nahm zu seinem Bedauern nichts von dem Druck, der auf seinem Brustkorb lag. Er sah zum Himmel. Vergeblich hatte der böige Wind versucht, die schmutziggraue Wolkendecke in Fetzen zu reißen. Im Westen zog ein Unwetter auf, im Gepäck Regen, den das Tiefdruckgebiet über dem Atlantik eingesammelt hatte. Eine Zeit lang starrte er auf das Gewässer, auf denen einige Ruderer ihre Bahnen zogen. Gießler beobachtete Möwen, die ohne einen erkennbaren Flügelschlag aufstiegen und deren Kreischen wie spöttisches Gelächter klang. Die Kälte drang durch sein dünnes Oberhemd und er begann zu frieren. Er drehte sich um und ging zurück. Die warme Kaminluft schlug ihm entgegen. Er spiegelte sich in der Terrassentür und sah in das übernächtigte Gesicht eines attraktiven, stets perfekt gekleideten 53-Jährigen, der wusste, dass das äußere Erscheinungsbild ebenso viel zum Erfolg beitrug wie fachliche Kompetenz. Auch in dieser Hinsicht hatte es das Schicksal gut mit ihm gemeint. Er war hochgewachsen, beinahe 1,90 Meter groß, schlank und hatte beneidenswert volles Haar für sein Alter. Ohne Weiteres hätte man ihm die Rolle eines Dressmans abgenommen, wie man sie aus den Katalogen elitärer Modehäuser kannte, die Anzüge jenseits der 1.000 Euro anboten. Normalerweise umspielte sein Gesicht eine gewisse Souveränität, etwas Triumphierendes. Aber heute fehlte jegliche Dynamik, jeder Elan, mit dem er sich sonst durch das Leben bewegte. Etwas lag schwer auf seinem Gemüt.

Etwas, was ihm Unbehagen bereitete. Wenngleich es mehr eine Vorahnung war.

Er schloss die Terrassentür hinter sich und ging die Treppe hinauf. Sein Arbeitszimmer lag in der ersten Etage des Hauses, welches ihm sein Vater vor nunmehr 16 Jahren vererbt hatte. Zusammen mit einem nicht unerheblichen Vermögen. Er trat zu dem wuchtigen Schreibtisch, von dem er sonst die herrliche Aussicht über das Ruhrtal genoss. Dr. Alexander Gießler setzte sich und wieder wanderten seine Augen unter dem Licht einer warm leuchtenden Designerlampe zu den zwei ausgeschnittenen Zeitungsartikeln, die akkurat nebeneinanderlagen und deren Worte sich wie ein stählernes Band um seinen Hals legten. ›Zur Erinnerung. Marie.‹

*

»Was war der Grund für Ihre Scheidung? Einfach auseinandergelebt?«

Steiger hatte keine Vorstellung davon, wie oft ihn Claudia mit ihrer Redseligkeit an den Rand des Wahnsinns getrieben hatte. Es war durchaus nicht so, dass sie ständig ohne Unterlass auf ihn eingeredet hatte. Es war dieses permanente Fordern, was ihn mürbe gemacht hatte. Dieses Gestellt-Werden – mit dem Rücken zur Wand. Das unermüdliche Einklagen einer Antwort. Man konnte einen Mann nicht zwingen, sich zu öffnen. Steiger war da keine Ausnahme. Es führte unweigerlich dazu, dass er sich zurückzog und abschottete. Selbst im 21. Jahrhundert konnte niemand von ihm verlangen, sein Seelenleben nach außen zu stülpen. Ihm diese Distanziertheit absprechen zu wollen, sein Verhalten als Fehler, gar als Charakterschwäche abzutun, war etwas, woran er zugrunde gehen konnte. Diese stets wiederkehrenden Vorwürfe waren ein Sterben auf Raten gewesen.

Er wäre gern mit Claudia verheiratet geblieben. Aber er konnte sich nicht in eine Form pressen lassen und sich unter Aufgabe jeglichen Selbstwertgefühls zu einer Person entwickeln, die er nicht war. Und auch nicht sein wollte. Dabei war ihm nicht sein Stolz im Weg, der ihm sonst das Leben öfter unnötig schwer gemacht hatte. Nach einer schier endlos langen Phase des Streites folgte Müdigkeit, die irgendwann in belastendes, unerträgliches Schweigen überging und das Schicksal ihrer Ehe besiegelt hatte.

Die folgenden Monate hatte er auf Erleichterung gewartet. Dieses Gefühl hatte sich jedoch nicht eingestellt. Eigentlich hatte er nichts gefühlt, war wie betäubt gewesen. Es hatte lange gedauert, bis das Wissen um die Endlichkeit ihrer Beziehung auch in die Tiefen seiner Psyche durchgedrungen war. Immer wieder hatte er sich dabei ertappt, dass ihn diese so ersehnte Stille zu erdrücken schien. Und selbst die wenigen Affären, die er nach ihrer Scheidung hatte, hatten nichts daran geändert. Die Welt war farblos. Er befand sich auf einer Reise durch die Dunkelheit. Bis heute.

»Wir hatten unsere Gründe«, antwortete er kurz angebunden.

Annabelle Cüppers schob ihren Hut hoch, den sie sich aus Zeitungspapier gefaltet hatte, und legte den langen Pinsel weg, mit dem sie den Übergang von Wand zur Decke gestrichen hatte. Vergeblich wartete sie auf eine weitere Erklärung. »Hey. Ich will Sie nicht ausfragen. Es interessiert mich nun mal. Ich meine … wenn zwei Menschen sich entscheiden, den Rest ihres Lebens gemeinsam zu gehen … Diesen Schritt wagt man vermutlich nur mit einem Menschen, den man meint, besser zu kennen, dem man mehr vertraut als jeder Person zuvor. So etwas macht man nicht unüberlegt. Na ja, zumindest in den meisten Fällen. Sollte man annehmen.«

»Wenn solche Entscheidungen tatsächlich rational getroffen werden würden, dann hätten wir nicht eine Scheidungsrate von annähernd 50 Prozent«, erwiderte Steiger mürrisch.

Annabelle setzte sich auf die oberste Stellfläche der kleinen Trittleiter. »Verändern wir uns tatsächlich derart, dass wir nach Jahren eine andere Persönlichkeit angenommen haben? Also zu jemandem werden, der mit dem Menschen, zu dem man sich einst hingezogen fühlte, nichts mehr gemein hat? Das macht mir echt Angst …«

Steiger zuckte mit den Achseln und begann mit zugekniffenen Augen staubiges Kleisterpulver in einem Wassereimer einzurühren.

»Lieben Sie Ihre Exfrau?«

Er verharrte in der Bewegung und sah sie tadelnd an. »Sie stellen zu viele Fragen.«

»Auch 'ne Antwort …« Annabelle erhob sich, tauchte den langstieligen Pinsel in die Farbe und strich die weißen Borsten an einem Plastikgitter ab. Steiger betrachtete sie einige Male aus den Augenwinkeln. Sie trug seine alte Latzhose, die nichts von ihrer atemberaubenden Figur erahnen ließ. Vielmehr wirkte sie darin beinahe knabenhaft.

»Was ist mit Ihrer Familie? Ihren Eltern? Haben Sie Geschwister?«

Steiger zog den abgebrochenen Besenstiel, mit dem er den Kleister rührte, aus dem Eimer und hielt ihr die tropfende Spitze wie einen Degen unter die Nase. »Ich habe Ihnen bereits gesagt, dass Sie zu viele Fragen stellen.«

Unbeeindruckt drückte sie das Holz mit dem Zeigefinger beiseite. »Ich habe kapiert, dass Sie sich für den letzten

Ihrer Art halten. Neben Clint Eastwood natürlich. Der Einzige, der außer Ihnen ebenfalls Napalm pisst.«

Steiger bemerkte, wie sich das Zucken seiner Mundwinkel auf den Kleisterstab übertrug, den er in ihre Richtung hielt.

»Der Iceman ringt um Fassung.« Ihr süffisantes Grinsen gab ihm den Rest.

Steiger senkte den Stiel und ließ seine Gesichtsmuskeln das tun, wogegen er ohnehin nicht angekommen wäre. Er lächelte. Wie das sprichwörtliche Honigkuchenpferd. Und plötzlich wurde ihm bewusst, dass er errötete. Schnell drehte er sich weg und marschierte Richtung Küche.

»Ich nehme auch einen«, rief sie ihm hinterher.

»Was nehmen Sie?«

Er hörte ihre raschelnden Schritte auf der Abdeckplane hinter sich.

»Na, einen Kaffee, den Sie kochen wollten. Klar, dass es ein Alibi ist. Es ist okay.«

Steiger blieb stehen und drehte sich abrupt um. Annabelle war direkt hinter ihm und beinahe wäre sie gegen ihn geprallt. Er roch ihr dezentes Parfüm und unbewusst atmete er tiefer ein.

»Was für ein Alibi?« Zumindest seine Mimik hatte zur alten Griesgrämigkeit zurückgefunden.

»Sie waren verlegen.«

»Quatsch!«

»Waren Sie.« Dieser Umstand schien sie sehr zu erheitern.

»Das ist Blödsinn!« Er schüttelte hektisch den Kopf. Annabelles siegessicheres Grinsen zeigte sich von seiner Vehemenz unbeeindruckt.

Steiger wandte sich peinlich berührt ab und trat tatsächlich an die Kaffeemaschine, was er insgeheim augenblicklich verfluchte.

»Sagen wir … das Schicksal hat mir die üblichen Lasten des Lebens erspart«, begann er mit ernstem Gesicht.

»Was heißt das?« Sie legte den Kopf leicht schief, wie ein junger Hund, der etwas nicht verstand.

»Ich bin geschieden, muss mich also nicht mehr mit einer Frau rumplagen, habe keine unterhaltspflichtigen Kinder, für die ich mein halbes Gehalt abdrücken muss und die darüber hinaus kein weiteres Interesse an mir haben. Meine Eltern sind tot. Und da ich ohnehin der Meinung bin, dass alles, was über eine Handvoll Freunde hinausgeht, dummes Zeug ist, bleiben mir irgendwelche unliebsamen Verpflichtungen erspart.«

Annabelle lächelte. Vielleicht amüsiert, vielleicht auch verbittert. Es war nicht genau zu erkennen. »Sie sind also ein Optimist, in dem Sie daran glauben, was Sie erzählen.«

Er drehte sich zu ihr. »Und wie kommt Frau Hobbypsychologin zu dieser Annahme?«

Sie strich sich eine Strähne aus dem Gesicht, die sie hinter ihr Ohr klemmte. »Weil es nicht in der Natur des Menschen liegt, sich von allen Sozialkontakten zu lösen und ein zurückgezogenes, farbloses Dasein zu fristen.«

»Sie mögen es als farblos betrachten. Ich nenne es Unabhängigkeit. Und ich kann keinen Gefallen an einem Reihenmittelhaus mit Hypothek und einem vollfinanzierten Familienkombi finden. Sonst 'ne Frage, die Ihnen auf der Zunge liegt?«

Sie setzte sich an den Küchentisch. »Okay. Ich lasse Sie in Ruhe. Aber etwas würde mich noch interessieren. Darf ich Sie noch was fragen?«

»Bringt es etwas, wenn ich Nein sage?« Steiger legte zwei Pads in das Gerät und drückte einen Knopf. Der Automat begann zu dröhnen und der Löffel in der Tasse zitterte.

»Warum sind Sie kein Polizist mehr?«

Steiger antwortete nicht sofort, sondern lud die Kaffeemaschine erneut und wartete, bis auch die zweite Tasse gefüllt war. Dann setzte er sich zu Annabelle an den Tisch.

»Mein Vater war ein Mann gewisser Prinzipien, wenn man so will. Er hatte seine eigene Philosophie. Sie baute auf Ehrlichkeit auf. Er glaubte an Integrität, an Anstand. Und er erzog mich, bei jedem Menschen zunächst vom Gleichen auszugehen. Wie sagte er immer? ›Betrachte jeden Menschen als gut, bis er dir das Gegenteil beweist.‹«

Annabelle rührte nachdenklich in ihrer Tasse. »Ist das nicht eine wünschenswerte Art, seine Kinder so zu erziehen?«

Steiger blickte auf. »Mein Vater war nicht naiv. Er stand durchaus im Leben. Er glaubte an die strikte Trennung von Gut und Böse. An Gerechtigkeit. Und an den Willen der Gesellschaft, nach dieser Gerechtigkeit zu streben.«

Sie ließ den Löffel in der Tasse, während sie einen Schluck trank. »Und deshalb sind Sie Polizist geworden. Weil Sie so erzogen wurden und dafür eintreten wollten.«

»Wahrscheinlich. Ja.«

»Was hat zu dem Bruch geführt? Die Belastung des Jobs? Weil Sie nicht das bewirken konnten, was Sie sich vorgestellt hatten? Das wäre für mich nachvollziehbar. Wenn man so die Presse verfolgt, sich vor Augen führt, was manche so anstellen und wie dann die Strafe aussieht … Da fragt man sich ernsthaft, wo die Gerechtigkeit bleibt.«

Steiger verzog die Mundwinkel. »Mit der Gerechtigkeit ist das so eine Sache. Manchmal hat man zumindest das Gefühl, dass es keinen Ausgleich gibt. Die Rechtstaatlichkeit ist ein so hohes Gut, dass der Gerechtigkeit manchmal nicht Genüge getan wird.«

Annabelle lehnte sich zurück. »Die Verurteilungen stehen oftmals nicht im Verhältnis zur Schwere der Tat. Ich bin der Meinung, dass der Täter genau das durchmachen sollte, was er seinem Opfer angetan hat. Nicht mehr, nicht weniger.«

Steiger sah sie tadelnd an. »Willkommen im Mittelalter.«

»Sagen Sie das den Opfern und denjenigen, die sich nicht auf der Sonnenseite des Lebens befinden und die sich nicht die Spitzenanwälte leisten können.«

Er schüttelte den Kopf. »Meine Eltern hatten nicht viel Geld. Ich bin in einer dieser 70er-Jahre-Plattenbauten aufgewachsen. Ich komme also nicht vom Ponyhof. Mir wurde schnell klar, dass man als Bulle nur etwas bewirken kann, wenn man mindestens genauso abgezockt ist wie sein Gegenüber. Man muss nur auf der richtigen Seite stehen und darf das nie vergessen. Nebenbei … eine aussterbende Generation.«

»Also eine Sinnkrise?«

»Vielleicht.« Steiger erhob sich und stellte die leere Tasse in die Spüle. »Auf eine andere Art. Der Beruf war derselbe. Die Rahmenbedingungen veränderten sich.«

»Inwiefern?« Sie lehnte sich zurück und verschränkte die Arme vor der Brust.

Er blickte von der Tasse auf, die er gerade in der Spüle säuberte. »Der Laden wurde konsequent runtergewirtschaftet. Kriminalität nahm zu, Personal wurde abgebaut. Straftaten werden größtenteils verwaltet. Nicht mehr bekämpft. Die Kollegen gehen an dem Vorgangsdruck kaputt. Es bleibt keine Zeit mehr für Ermittlungen. Mal abgesehen davon, dass mein ehemaliger Dienstherr mit der Art und Weise, wie er mit seinen Beamten umgeht, auch den letzten dermaßen demotiviert hat, dass die Stimmung meiner Meinung nach nicht mehr und wenn dann nur sehr schwer ins Positive zu kippen sein wird. Jeder einzelne Polizist hat aktenkundige Narben, seelische wie körperliche, blickt auf eine Vielzahl posttraumatischer Erlebnisse zurück, die sich in psychosomatischen Erkrankungen widerspiegeln. Man trägt dem Rechnung, indem man den Betroffenen mit Polizeidienstuntauglichkeit und Entfernung aus dem Dienst droht. Irgendwann wurde es mir einfach zu viel. Ich hatte die Schnauze gestrichen voll von dieser politischen Selbstbeweihräucherung irgendwelcher Dilettanten in den obersten Sphären, die nie Polizisten waren, mit dessen weltfremden Entscheidungen wir klarkommen mussten. Die Ausbildung als Polizist müsste Grundvoraussetzung sein. Nur um zu wissen, wie es ist, was man zu ertragen hat.«

»Haben Sie den Schritt jemals bereut?«

Steiger rieb sich nachdenklich das unrasierte Kinn und stellte die gespülte Tasse auf den Kopf, bevor er sich Annabelle zuwandte. »Nein. Ich habe andere Sorgen. Dafür bin ich jetzt selbst verantwortlich. Und es liegt in meiner eigenen Hand, das zu ändern.«

»War denn die Erkenntnis, am Anfang des Monats immer einen festen und einplanbaren Betrag auf seinem Konto zu haben, nicht etwas, was Sie vermissen?«

Steiger zuckte mit den Schultern. »Zumindest bewahren mich meine finanziellen Möglichkeiten davor, mich in ein reiches, arrogantes Arschloch zu verwandeln.«

Annabelles Mundwinkel formten ein Lächeln. »Ich sehe, wir haben einiges gemeinsam.«

»Wir beide? Was zum Beispiel?«

»Rebellion gegen das System.«

Steiger sah an ihr vorbei und dachte einen Moment nach. »Unter Rebellion verstehe ich, mich gegen ein System aufzulehnen, es zu bekämpfen. Das tue ich nicht. Und ich verspüre auch nicht den Drang, mir die Haare grün zu färben, 'ne Ratte auf die Schulter zu setzen und No-Future-Sprüche an jede Wand zu pinseln. Ich zieh lediglich mein Ding durch.«

Steigers Handy läutete und riss ihn aus seinen Gedanken. Er warf einen kurzen Blick aufs Display und schaute Annabelle ernst an. »Gleich sind wir ein Stückchen schlauer«, erklärte er, bevor er das Gespräch annahm. »Erzähl, Hermann«, sagte er statt einer Begrüßung. Eine Zeit lang hörte er zu, ohne zu antworten. Dann bedankte er sich knapp und beendete das Gespräch. Wieder suchten seine Augen die von Annabelle Cüppers. »Das war Hermann Welke. Gassmann wurde heute Morgen obduziert.«

»Und?«

»Man hat keinen Hinweis auf ein Fremdverschulden finden können. Die toxikologischen Untersuchungen sind nicht abgeschlossen. Weder die Polizei noch die Rechtsmediziner gehen davon aus, dass die Laboranalysen etwas anderes hervorbringen werden.«

Annabelle nahm ihren Papierhut ab und strich sich eine ihrer blonden Strähnen aus dem Gesicht. »Trotzdem. Das ist kein Zufall! Ich bleibe dabei. Was ist, wenn diese Marie, oder wer auch immer hinter diesem Namen steckt, meinen Vater und Gassmann zum Selbstmord gezwungen hat?«

Steiger setzte sich wieder. »Daran habe ich auch gedacht.«

»Und zu welchem Ergebnis sind Sie gekommen?«

»Dass es zwischen beiden Personen eine Beziehung gibt, ist unstrittig. Die Frage ist, welche Gemeinsamkeit die beiden verbindet. Was könnte so gravierend sein, dass man sich das Leben nimmt?«

Annabelle überlegte angestrengt. »Schuld«, sagte sie schließlich. »Diese Marie verfügt über ein Wissen, welches so schambehaftet ist, dass mein Vater und Gassmann freiwillig aus dem Leben schieden. Weil …«, sie stockte einen Moment, »beide in ihrer Vergangenheit eine Schuld auf sich geladen haben, die so gewichtig ist, dass sie lieber den Freitod wählen, als sich erneut dem stellen zu müssen. Eine Tat, die beide verbindet.«

»Exakt.« Steiger zeigte mit dem Zeigefinger auf Annabelle.

»Erpressung? Das wäre das Einzige, was für mich Sinn ergibt«, führte sie an. Annabelle stand auf. »Wir müssen diese Marie finden, oder die Person, die hinter Marie steckt.«

Steiger wirkte, als wäre er mit seinen Gedanken woanders. Dann schüttelte er leicht den Kopf. »Ich glaube nicht, dass Marie dahintersteckt«, erwiderte er schließlich.

»Sie meinen, es ist ein Pseudonym? Mister Unbekannt?«

»Nein. Ich vermute etwas anderes.« Er sah sie ernst an. »Ich glaube, Marie ist der Grund.«

KAPITEL 6

Sie hatten sich am Hauptbahnhof getroffen. Obwohl die gerade erst zurückliegenden Umbaumaßnahmen dem Bahnhof ein neues und attraktives Äußeres beschert hatten, änderte sich nichts an der Tatsache, dass auch der Essener Bahnhof wie die meisten Hauptbahnhöfe ein Magnet für sozial Gestrandete war. Nach wie vor verursachten die großen Gruppen Obdachloser und Suchtkranker bei vielen Fahrgästen und auch bei den Geschäftsleuten einen faden Beigeschmack, drückten auf das subjektive Sicherheitsgefühl der Bürger. Annabelle hatte sich instinktiv etwas fester bei ihm eingehakt, als sie über den Vorplatz, der sogenannten Platte, in Richtung des Willy-Brandt-Platzes gingen. Dem Tor zur weitläufigen Fußgängerzone der Einkaufsstadt, wie Essen sich zu Recht selbst bezeichnete.

Die tief hängenden dunklen Wolken, aus denen sich immer wieder einige Tropfen lösten, hatten sich wie eine schwere Decke über die City gelegt. Ein kühler Wind fuhr in Böen durch die Häuserschluchten, zerrte an den Jacken und Schirmen der Menschen und bog die wenigen Bäume zu allen Seiten, als hätte er Schwierigkeiten, sich für eine Richtung zu entscheiden. Es war früher Nachmittag und das Tageslicht schwand bereits. Bei gutem Wetter wimmelte es in der Fußgängerzone von Menschen. An diesem nasskalten Dezembertag mit Temperaturen knapp oberhalb des Gefrierpunktes hielt sich niemand länger als unbedingt erforderlich draußen auf. Sogar die vielen Nichtsesshaften und Junkies, die sonst in großen Gruppen rumlungerten und die Passanten in teils aggressiver Art um Kleingeld anschnorrten, hatten sich in die Tiefen der U-Bahnstationen zurückgezogen, um hier mit zittrigen Händen ihre Drogen zu konsumieren. Und auch die Taschendiebe und die Diebesbanden würden an diesem Tag keinen richtigen Umsatz machen. Eigentlich hasste Steiger diese hektischen und lauten Innenstädte wie die Pest. Auf Menschenansammlungen reagierte er beinahe allergisch. Ein Überbleibsel aus seiner aktiven Polizeizeit. Als Beamter wurde er darauf gedrillt, selektiv zu sehen. Zu erkennen, wenn jemand bei Rot über die Straße ging und nicht bei Grün. Während andere in Kneipen die ausgelassene Stimmung wahrnahmen, sah er automatisch die Aggressionen. Er ertrug zu viele Personen auf engem Raum nicht. Die Wintermonate ließen die nassen Fassaden und die Gebäude schmutzig erscheinen und verstärkten diese depressive Atmosphäre, den tristen Eindruck, den die Innenstadt auf Steiger machte. Es gab weitaus schönere Orte. Zu vorweihnachtlichen Zeiten verwandelte sich Steigers Einstellung ein wenig, da es der Stadt tatsächlich gelang, seinen Bewohnern etwas von der Friedfertigkeit der Adventzeit zu vermitteln. Man hatte Essen in beeindruckender Weise herausgeputzt. Die imposante und europaweit einzigartige Beleuchtungskunst der traditionellen 65. Essener Lichterwochen, die auch in diesem Jahr wieder bis zu fünf Millionen Besucher anlocken würde, tauchte die weitläufige Fußgängerzone in ein Meer aus bunten Motiven und Themenbildern. Zusammen mit der teils liebevollen Schaufenstergestaltung der mehr als tausend Einzelhändler und Warenhäuser verdrängte der festliche Lichtschmuck das ansonsten deprimierende Grau dieser Betonwüste bis zum nächsten Morgen. Steiger und Annabelle passierten den riesigen Tannenbaum, der mit seinen über 20.000 Lichterkerzen die Besucher auf die festlich geschmückte Innenstadt einstimmte. Sie blieben auf dem Willy-Brandt-Platz vor dem hell erleuchteten Titelbild des diesjährigen Gastlands Belgien stehen, welches über den geschmückten Weihnachtsbuden hing. Es erstrahlte in den Farben der Nationalflagge, die im Jahr 1831, nach der Revolution im Vorjahr und der daraus resultierenden Unabhängigkeit von den Niederlanden, offiziell anerkannt wurde. Als sie die anschließende – mit einem Sternenhimmel überdachte – Kettwiger Straße entlangliefen, ertönte das Essener Glockenspiel. Fasziniert betrachteten sie mit einigen wenigen Passanten das historische, 1949 errichtete Kunstwerk. Steiger verspürte eine besondere Beziehung zu dieser Sehenswürdigkeit und das nicht nur, weil er Kindheitserinnerungen damit verband. In der obersten Etage des vierstöckigen Glockenturms, hoch über den meisten Dächern der Innenstadt, kündigte eine kupferne Bergmannsfigur mit dem Schlag eines Schlegels, auf eine von insgesamt 26 gusseisernen Glocken, die volle Stunde an. Im Anschluss erklangen, wie jedes Jahr zur Adventzeit, Weihnachtslieder. Außerhalb dieser Zeit spielte der Glockenturm diverse Volkslieder, darunter auch das alte Bergmannslied ›Glück auf! Glück auf! Der Steiger kommt‹.

Nachdem sie einer leiernden Tonbandaufnahme zugehört hatten, die ›Stille Nacht, heilige Nacht‹ gespielt hatte, erklärte Steiger Annabelle die Geschichte des Glockenspiels, welches ursprünglich 1928 erbaut und zunächst an einem anderen Gebäude in Essen angebracht worden war. Nach Ausbruch des Krieges hatten die Essener das demontierte Wahrzeichen unter anderem auf verschiedenen Bauernhöfen im Sauerland versteckt, um es vor dem Zugriff der Nationalsozialisten zu schützen.

Als der alte Bergmann die Stunden angeschlagen hatte, hieben zwei Figuren in bürgerlicher Tracht eine Etage darunter auf zwei weitere, Patina überzogene Glocken, um die Ankunft dreier weiterer Figuren anzukündigen, die sich ein Geschoss tiefer zeigten. Geschichtsinteressierte wussten, dass es sich bei den dargestellten Personen um keine Geringeren als den Gründer der Stadt Essen, Bischof Altfrid, darüber hinaus Kaiser Heinrich III. und der Äbtissin Theopanu handelte, die von der Übernahme des Stiftes im Jahr 1039, diesen bis zu ihrem Tod 1058 leitete und als einer der bedeuteten Äbtissinnen in der Essener Stadtgeschichte gilt.

Kurz darauf tauchten darunter zwei Fanfarenbläser und drei weitere berühmte Figuren der Stadtgeschichte, bevor der Abschluss des Schauspiels, das die Beobachter mit seinen trägen und abgehackten mechanischen Bewegungen in die Vergangenheit geführt hatte, sich in einer animierten Darstellung eines altertümlichen Werkstattbetriebs einer Goldschmiede fand.

Sie liefen weiter durch die festlich geschmückte Fußgängerzone, vorbei an stimmungsvollen Sternenbögen, trompetenden Lichtgestalten und strahlenden Weihnachtsbäumen. Als Annabelle das hell erleuchtete, 45 Meter hohe Riesenrad auf dem Burgplatz erblickte, zog sie ihn spontan in eine der Gondeln. Die Stadt wirkte von hier oben fast unwirklich, wie ein liebevoll gestaltetes Modell in einem Schaufenster eines Spielwarengeschäftes, an dem sich die Kinder die Nasen platt drückten. Steiger war derart fasziniert, dass er sogar seine Höhenangst vergaß und die heftigen Windböen, die an den Fahrkörben zerrten, kaum wahrnahm. Vor ein paar Tagen hatte er in der Zeitung gelesen, dass bei diesen Lichterwochen eine neue, nahezu emissionslose, da nur durch Strom aus Windkraft betriebene Beleuchtungstechnik zum Einsatz kam, die mit sogenannten Flashlights funkelnde Akzente setzte. Diese sollte den Bildern eine gewisse Lebendigkeit bescheren. In der Tat wirkte es auf Steiger von so hoch oben, als schaue er auf ein Meer aus unzähligen, funkelnden Diamanten.

Beinahe vergaßen sie den eigentlichen Grund, warum Annabelle Steiger sehen wollte. Sie setzten sich in ein Café am Kennedyplatz, von wo aus sie einen herrlichen Blick auf den Essener Weihnachtsmarkt hatten.

Steigers Augen wanderten an der lang gestreckten Theke vorbei. Annabelle kehrte von der Toilette zurück. Aus ihrem Dutt hatten sich einige blonde Strähnen gelöst, die ihr ins Gesicht hingen. Der Wechsel von der Kälte ins Warme des Cafés hatte ihre Wangen auf betörende Art gerötet. Ihr eng anliegender, cremefarbener Rolli betonte ihre Weiblichkeit. Steiger betrachtete ihren anmutigen Gang und fragte sich dabei, wie lange das gut ging. Sie waren zum Du übergegangen und er hatte das Gefühl, mit der Aufgabe der daraus resultierenden Distanziertheit etwas von seiner Selbstkontrolle verloren zu haben. Er wurde aus seinen eigenen Gefühlen nicht schlau. Mit jeder Stunde, die er mit ihr verbrachte, schwand seine Beherrschung und er musste höllisch aufpassen, dass sich seine Interessen nicht mehr als ohnehin vom Beruflichen zum Privaten verschoben.

Sie lächelte, als sie auf ihn zuschritt. Dabei verlor sie ihren Schlüssel. Sie drehte sich um, bückte sich und für einen Moment starrte Steiger ungeniert auf den Rand ihres schwarzen Spitzenhöschens, das unter der Jeans hervorlugte. Er ertappte sich dabei, wie er tief ausatmete. Annabelle erhob sich, zog den Stuhl vom Tisch, um sich zu setzen. Für einen flüchtigen Augenblick drang etwas von ihrem Parfüm zu ihm und überlagerte dezent den typischen Kaffeehausduft.

Er wurde sich bewusst, dass er immer mehr ihrer Details wahrnahm. Ihr Lächeln, die Art, wie sie den Kopf leicht neigte, wenn sie ihm zuhörte. Es gefiel ihm, was er sah, aber nicht, dass es ihm gefiel. Allerdings konnte er sich selbst nicht erklären, warum er sich gegen seine Gefühle so wehrte.

»Was hast du rausgekriegt?«, fragte sie, während sie nach der Bedienung winkte. »Blöde Tussi!« Annabelle sah Steiger verärgert an. »Die hat genau gesehen, dass ich etwas bestellen will.«

Steiger schmunzelte innerlich. »Gassmann und deinen Vater verbindet, dass sie gemeinsam Jura studierten. Sie stammten beide aus dem Ruhrgebiet. Dein Vater aus Bochum und Gassmann aus Duisburg. Da sie vom Alter her nur ein Jahr auseinanderliegen, war es wahrscheinlich, dass sie zur gleichen Zeit dieselbe Uni besuchten.«

Die Bedienung, ein unscheinbares Ding mit zu kurzen Beinen und zu breiter Hüfte, kam, quälte sich zu einem Lächeln, welches Annabelle süffisant erwiderte, und nahm die Bestellung auf, ohne ihre Kundin eines Blickes zu würdigen. Ihre Ablehnung, worauf auch immer sie sich begründete, war fühlbar.

»Und? Haben sie?«, fragte Annabelle weiter, als die Dame sich entfernt hatte.

Steiger nickte. »Das war relativ problemlos über die Rechtsanwaltskammer herauszubekommen. Beide studierten in Bochum.«

»Also kannten sie sich?«

»Keine Ahnung. Es werden vor fast 30 Jahren keine Hundertschaften Jurastudenten über den Campus gepilgert sein. Ja. Ich gehe davon aus, dass sie sich kannten.«

Annabelle zog fragend eine Braue hoch. »Bringt uns das weiter?«

»Nein. Daher habe ich weitere Ermittlungen bei der Kammer und den Kanzleien getätigt. Nicht so einfach, wie du dir sicher vorstellen kannst. 'ne misstrauische Truppe. Jedenfalls haben die beiden zu keiner Zeit zusammengearbeitet.«

Die Bedienung kam und stellte das Tablett auf den Tisch ab. Annabelles Gesicht schaltete abrupt auf gekünstelte Freundlichkeit und sie machte keinen Hehl daraus, dass sie wusste, dass die Kellnerin die Unaufrichtigkeit in ihren Zügen erkannte. Diese antwortete mit einem feindseligen Blick.

»Es tut mir leid«, sagte Annabelle in einer Art, als würde sie mit einer Schülerpraktikantin reden, die ihren ersten Tag hatte. »Ich hatte den Kakao ohne Sahne bestellt.« Die Bedienung stockte in der Bewegung, stellte dann die Tasse zurück auf das Tablett und blickte auf ihren Computer. Mit Befremden nahm Steiger zur Kenntnis, dass die Zeiten der guten alten Notizblöcke und der Bleistiftstummel offenbar vorbei waren.

»Hier steht«, sagte die Kellnerin leicht verunsichert, »ein Kakao mit Sahne.«

Annabelle hielt ihr Lächeln aufrecht. »Das müssen Sie falsch verstanden haben. Es ist sicher nicht leicht, ständig Verzicht zu üben …« Annabelle zuckte mit den Schultern und legte einen betont unschuldigen Blick auf. »Was tut man nicht alles für seine Kleidergröße? Das kennen Sie sicher, oder?«

Die Mimik der Bedienung versteinerte.

»Wenn Sie so freundlich wären, mir ein Getränk ohne Sahne zu bringen?«

Einen Moment lang sah Steiger der Dame nach. »War das nötig?«, fragte er schließlich.

»Du bist ein Mann. Das verstehst du nicht.«

»Du musst aufpassen, dass sie dir nicht in die Tasse spuckt.«

»Ich habe nicht vor, ihn zu trinken«, erwiderte sie, holte aus ihrer Handtasche eine kleine Tube und drückte sich etwas Creme auf die Handinnenfläche.

Steiger lehnte sich zurück, verschränkte die Arme hinter dem Kopf und atmete hörbar aus. »Whatever ...«

Sie ignorierte seine Bemerkung. »Wie willst du weiter vorgehen?«

»Ehrlich gesagt, weiß ich das momentan nicht so genau. Gesetz den Fall es handelt sich bei beiden Suiziden ...«

»Sofern es welche sind«, unterbrach sie ihn und massierte die Feuchtigkeitscreme in ihre Hände.

Steiger hob beschwichtigend die Hände. »Nicht um einen Zufall«, fuhr er fort, »so bleibt das Problem, dass wir nicht wissen, ob es eine Verbindung zwischen beiden Männern gab und ob diese nun beruflicher Natur war oder rein privater. Oder beides zusammen. Wenn wir nun weiterspekulieren und die Studienzeit als möglichen Zeitraum des Kennenlernens nehmen, verbleibt bis zum Zeitpunkt beider Tode eine Spanne von 30 Jahren.«

Sie nagte nachdenklich an ihrer Unterlippe. »Ich verstehe ...«

»Ich brauche etwas, wo ich ansetzen kann, Annabelle. Was ist mit dem ganzen Besitz deines Vaters geschehen?«

Die Bedienung kam, stellte das Getränk mit ausdrucksloser Miene ab, Annabelle bedankt sich höflich, als wäre nichts geschehen, und schob anschließend, nachdem die Kellnerin weg war, die Tasse beiseite.

»Ich wollte das alles so schnell wie möglich hinter mich bringen. Die Beerdigung und die Wohnungsauflösung. Ich kann nicht ewig bei meiner Bekannten wohnen. Ich habe so eine Entrümpelungsfirma bestellt. Die hat sich die Wohnung angesehen, den Wert geschätzt und dann ausgeräumt.«

»Wie heißt die Firma?«

Annabelle schüttelte den Kopf. »Die haben nur die Möbel, seine Kleidung und solche Dinge rausgeschleppt. Seine privaten Notizen, wenn du das meinst, habe ich mitgenommen.«

Steigers Gesicht schaltete auf Verärgerung. »Schön, dass du mir das sagst. Gibt es sonst was, was ich wissen sollte? Was ist mit seinen Kontoauszügen? Seiner Einkommenssteuererklärung? Private Notizbücher, Telefonbücher, Tagebücher, Briefe?«

Sie zögerte, wirkte verunsichert, weil sie seine Verärgerung zu spüren schien, schüttelte dann den Kopf. »Einkommenssteuererklärungen und so einen Kram habe ich weggeschmissen. Ich habe seine wenigen Versicherungen gekündigt, seine Konten aufgelöst, ebenso Strom, Telefon und all das abgemeldet.«

Ein Anflug von Verlegenheit war in ihren Zügen zu erkennen.

»Viel ist nicht übrig geblieben. Alle Erinnerungen an meine Mutter hat er vor langer Zeit weggegeben. Nicht mal ein Foto hat er behalten. Es hat ihn wahrscheinlich zu sehr geschmerzt. Wenn du so willst, hat er kein privat dokumentiertes Leben. Das war typisch für ihn.«

»Inwiefern?«, fragte Steiger schroff.

»Er war immer der Meinung, dass man keinen Ballast anhäufen sollte. Also ein Bekenner der ›Was du ein halbes Jahr nicht suchst, brauchst du nicht mehr‹-Fraktion.«

Steiger überlegte einen Moment. Sein Ärger verflog und

leichte Schuldgefühle schlichen sich bei ihm ein. Er wurde sich bewusst, dass er ihr unrecht tat. Eine junge Frau besaß nicht die gleiche Aufmerksamkeit für Details wie er. Sie dachte nicht wie ein Ermittler. Nein. Sie traf keine Schuld. Er war der Profi und hätte sie besser leiten müssen, weshalb er sich zu einer Besänftigung durchrang. »Hör zu. Ich wollte dir keine Vorwürfe machen …«

Annabelle holte ihre große Handtasche hervor und legte etwas vor Steiger auf den Tisch.

»Was, zum Teufel, ist das?«

»Der Grund, warum ich mich mit dir treffen wollte.«

Steiger betrachtete die dunkelbraune Ledermappe. Die Oberfläche war speckig und die Nähte an den Kanten an einigen Ecken ausgefranst. Die Oberfläche wirkte abgegriffen und rissig. Kurz sah er zu Annabelle, die ihm zunickte, dann öffnete er die Tasche und zog den Inhalt hervor.

»Heilige Scheiße!«, entfuhr es ihm, während er mit verdüstertem Gesicht gebannt auf die vergilbten Seiten in seinen Händen schaute.

*

Claudia legte den ersten Gang ein und ließ die Kupplung schleifen, um das Pedal wenige Augenblicke wieder durchzutreten und mit dem anderen Fuß vom Gas auf die Bremse zu wechseln. ›Stehender Verkehr ist sicherer Verkehr‹, ging es ihr durch den Kopf. Was für ein beschissener Spruch, dachte sie. Wie viele Herzinfarkte auf Kosten der A 40 gingen, wusste nur der liebe Gott. Und ebenso war er wahrscheinlich der Einzige, der eine ungefähre Vorstellung davon hatte, wie viele Baustellen hier täglich wie die Pilze aus dem Boden schossen und für Chaos sorgten. Sie drückte die Umlufttaste, weil die Abgase der Fahrzeuge bei ihr langsam zu einem leichten Spannungskopfschmerz führten. Vielleicht lag es auch an ihrer Unterzuckerung. Die Verhandlung vor dem Essener Amtsgericht war ermüdend lang gewesen und der Vorsitzende Richter schien offenbar nichts von dem Gerücht gehört zu haben, dass ein Körper zur Aufrechterhaltung der wichtigsten Vitalfunktionen zumindest ein Minimum an Nahrungsmitteln benötigte. Und von diesem scheiß Berufsverkehr, der den sogenannten Ruhrschleichweg zum größten Parkplatz im gesamten Bundesgebiet machte, hatte er, wie es aussah, ebenfalls nie was mitbekommen, fluchte sie vor sich hin. Nicole würde das so schnell nicht wiedergutmachen können. Anderseits konnte sie nichts dafür. Es war ihr Fall, die Entscheidung, sie zu vertreten, hatte Claudia allein getroffen, obwohl sie selbst genug zu tun hatte. Für jede Mandantenakte, die sie von ihrem Stapel unten wegzog, kamen zwei oben drauf. Nervös trommelte sie mit dem Fingern auf das Lenkrad und wartete darauf, die nächsten paar Meter zurücklegen zu können. Da es nicht weiterging, ergriff sie ihre Handtasche, zog den Reißverschluss auf und schüttete den Inhalt auf den Beifahrersitz. Irgendwo musste etwas Essbares sein, dachte sie gereizt. Das Einzige, was sie erbeutete, waren einige Kaugummis, deren krümelige Konsistenz vermuten ließ, dass sie aus der Zeit vor der Währungsumstellung stammen mussten. Claudia atmete resigniert aus. Wieder fuhr sie an, um nach wenigen Metern erneut zum Stehen zu kommen. Sie drehte den Innenspiegel in ihre Richtung und kontrollierte kurz ihr Make-up. Der Tag hatte bereits schlecht angefangen. Typischer Bad-Hair-Day. Mit jedem Bürstenstrich hatten sich ihre Haare am Morgen mehr aufgerichtet, sodass ihr nichts übriggeblieben war, als sich einen

Pferdeschwanz zu binden. Normalerweise war sie recht willensstark und – je nachdem in welcher Zyklusphase sie sich befand – auch recht streitsüchtig. In den letzten Tagen verspürte sie eine Erschöpfung, die nicht nur auf den Schlafmangel zurückzuführen war. Sie brauchte dringend eine Auszeit. Und ihr dunkler Haaransatz erinnerte sie recht uncharmant daran, dass sie sich in der vergangenen Zeit zu wenig um sich selbst gekümmert hatte. »Vielleicht solltest du mal wieder Urlaub machen«, murmelte sie vor sich hin. Der Wagen vor ihr setzte sich in Bewegung und stieß eine dunkle und übel riechende Wolke Dieselabgase aus.

Eine Lücke tat sich auf und Claudia zog auf den rechten Fahrstreifen, bevor die Chance verstrich. Kurz blickte sie in den Rückspiegel und sah eine zugegebenermaßen gut aussehende Blondine, die gerade ihren Spiegel wieder in die richtige Position brachte und anschließend einen Lippenstift zudrehte.

Ihr rumorender Magen machte sich lautstark bemerkbar. Sie seufzte, blicke genervt auf ihre Uhr, riss spontan das Lenkrad nach rechts, weil eine glückliche Fügung ihr die zweite Lücke innerhalb weniger Meter bescherte und folgte den anderen Autofahrern, die über den Standstreifen zur wenige hundert Meter entfernten Ausfahrt fuhren. A 40 im Berufsverkehr bedeutete Krieg. Da blieb kein Platz für Verkehrsregeln. Sie musste etwas essen. Sonst bestand die Gefahr, dass jemand sein Leben ließ.

Das Telefon klingelte. Während sie lenkte und ihre Augen hektisch zwischen Fahrbahn und Beifahrersitz hin und her sprangen, tastete sich ihre Hand durch den Berg undefinierbarer Dinge, die inhaltlicher Bestandteil einer wahrscheinlich jeden Damenhandtasche waren. Ihre Hand umschloss das vibrierende Smartphone. Sie warf einen Blick auf das

Display, das einen unbekannten Teilnehmer ankündigte, und nahm das Gespräch an. »Claudia Wind.«

»Ich bin's. Ich brauche deine Hilfe.«

»Robert? In was auch immer du wieder steckst, es ist dein Problem. Und ich werde es nicht zu meinem machen.«

Steigers Anwesenheit, ob nun gedanklich oder persönlich, reichte, um bei ihr das Gefühl eines Blutsturzes auszulösen. Seit ihrer Scheidung und der anschließenden, beinahe zwei Jahre anhaltenden Funkstille, hatte ihre Beziehung nicht nur an Kompliziertheit verloren. Das Dilemma, in das Steiger vor einigen Monaten hineingeraten war und bei dem sie ihm zur Seite gestanden hatte, hatte beiden ein Stück des längst als verloren gegangen geglaubten Vertrauensverhältnisses zurückgegeben. Sie waren auf einem guten Weg, wohin auch immer dieser sie führen würde.

»Hast du deine Tage?« Seine Stimme klang nicht ironisch oder vorwurfvoll, sodass sie stutzte und für einen Moment unsicher war, wie sie seine Bemerkung einschätzen und vor allen Dingen darauf antworten sollte.

Nach kurzem Zögern entschied sie sich für ein: »Nein, du Arsch.«

»Okay«, sagte er gelassen. »Ruf mich bitte zurück, wenn du etwas gegessen hast. Es ist wichtig.«

»Das ist eine Unverschä…« Empört sah sie ihr Telefon an. Steiger hatte aufgelegt.

30 Minuten später ging Steiger nach dem zweiten Klingeln ran. »Und? Besser?«

»Cheeseburger. 'ne mittlere Pommes und einen Schokoshake, der allein den Tageskalorienbedarf eines Bergmannes deckt«, erwiderte Claudia.

»Danke für deinen Rückruf.«

»Was ist passiert, Robert? Oder anders ausgedrückt ... was hast du dieses Mal für einen Mist verbockt?«

»Bisher nichts. Ich brauche eine Auskunft.«

Claudia seufzte. »Schieß los.«

»Wie lange werden Akten bei der Staatsanwaltschaft aufbewahrt?«

»Kommt darauf an, um welches Delikt es sich handelt. Zwischen fünf und 30 Jahren. Das kannst du selbst nachlesen. Paragraf 474 folgende StPO, wie du sicher weißt.«

»Ich sitze in einem Café. Da hab ich keine Strafprozessordnung dabei.«

»Du hast dein Handy«, erwiderte Claudia leicht trotzig.

Das stimmt, dachte er und beschloss, dass es taktisch klüger wäre, sich auf keine weitere Diskussion einzulassen und klein bei zu geben.

»Du hast ja recht.«

»Natürlich habe ich recht. Also, was willst du genau?« Sie klang weiter gereizt.

»Das ist am Telefon nicht so einfach zu erklären.«

»Ich wusste, dass da ein Haken ist. Versuch's trotzdem«, forderte sie ihn resolut auf.

»Es geht um ein Tötungsdelikt, welches beinahe 30 Jahre her ist.«

»Und du willst, wenn ich dich richtig verstehe, dafür Akteneinsicht beantragen?«

Steiger nickte, obwohl sie ihn nicht sehen konnte. »Ja. Und dafür brauch ich eine Rechtsanwältin.«

»Nach beinahe 30 Jahren wirst du in der Akte vermutlich nichts mehr finden, Robert. Zumindest nicht, wenn die Strafe abgegolten ist. Dann wird sie gesundgeschrumpft, um die Aktenhaltung in einem überschaubaren Rahmen zu halten. Vernehmungen und Zeugenaussagen werden in der

Regel entfernt. Gehe mal davon aus, dass die Akte lediglich das Urteil beinhalten wird. Warum willst du dich überhaupt mit einem Fall auseinandersetzen, der über ein Vierteljahrhundert her ist?«, fragte sie irritiert.

»Weil ich glaube«, Steiger machte eine kurze Pause, »weil es sein kann, dass deshalb zwei Personen ihr Leben ließen.«

Die kunstvolle Beleuchtung in Form eines riesigen Netzes, welches sich über den traditionellen Weihnachtsmarkt des Kennedyplatzes spannte, warf mit seinen annähernd 100.000 Lichtpunkten zarte Schatten. Die Dunkelheit hatte die Stadt eingenommen, und in der Tat schufen die feierlich geschmückten, annähernd 250 Weihnachtsbuden, die unzähligen Christbäume und die weihnachtliche Musik eine abwechslungsreiche, stimmungsvolle Kulisse. Der zähe Verkehr hatte Claudia nicht weit aus der Innenstadt kommen lassen, sodass sie sich entschlossen hatten, sich auf dem Weihnachtsmarkt auf eine Tasse Glühwein zu treffen. Claudia hatte sich erst gar nicht auf das Abenteuer Parkplatzsuche eingelassen, sondern ihren Wagen abgestellt und die U-Bahn genommen. Annabelle hatte sich entschuldigt, da sie einige Termine wahrnehmen musste.

Steiger brachte zwei dampfende Tassen mit einem, wie er fand, recht geschmacklosen Weihnachtsmotiv zu einem überdachten Stehtisch.

»Um wen geht es?« Claudia betrachtete Steiger neugierig, gleichzeitig auch skeptisch, während sie über das heiße Getränk pustete.

»Das weiß ich nicht.«

»Du willst Akteneinsicht über einen Fall, von dem du nicht weiß, um wen es sich handelt?«

»Das finde ich heraus.« Steiger schob seinen Becher beiseite, legte die Mappe auf den Tisch und entnahm die Zeitungsausschnitte, die Annabelle bei ihrem Vater gefunden hatte. Er schob sie zu ihr rüber.

»Was ist das?« Claudia beugte sich vor und betrachtete die vergilbten Seiten.

»Zeitungsartikel.«

Claudia sah Steiger an. »Das sehe ich selbst«, erwiderte sie spöttisch. »Worum geht es?«

Steiger stützte sich mit beiden Unterarmen ab. »Okay. Ich fasse mal zusammen. Vor 29 Jahren kam es zu einem Tötungsdelikt einer jungen Prostituierten am Baldeneysee. Die Art und Weise, wie man sie fand, ließ offenbar keinen Zweifel daran, dass ein Tötungsdelikt vorlag. Im Rahmen der Ermittlungen konnte der Täter relativ schnell festgenommen werden. Ein junger Student, der nach einer Feier mit der Dame losgezogen war. Er wurde durch andere Studenten aus dem engeren Bekanntenkreis schwer belastet. Letzten Endes wurde er zu einer mehrjährigen Haftstrafe im Rahmen verminderter Schuldfähigkeit verurteilt. Ein Indizienprozess. So schildert es zumindest der Journalist.«

Claudia überflog die ausgeschnittenen Zeitungsartikel. »Warum willst du den Fall wieder ausbuddeln?«

»Eine Mandantin von mir hat mich beauftragt, den Tod ihres Vaters aufzuklären.«

»Moment.« Claudia stützte den Ellenbogen auf und legte ihr Kinn auf die Hand. »Normalerweise klärt die Polizei so was auf. Ich vermute, er ist eines natürlichen Todes gestorben und sie glaubt nicht daran. Und du denkst, es hat was mit diesem Mordfall aus den 80ern zu tun. Hab ich recht?«

»Äußerst scharfsinnig, junge Frau. Sieh dir das an.« Steiger schob ihr die zwei Todesanzeigen zu. »Manfred ist vermutlich der Vater meiner Mandantin.« Er hielt seinen Zeigefinger auf den Namen. »Offiziell Suizid durch Erhängen. Der zweite Typ, dieser Raimund, heißt aller Wahrscheinlichkeit nach Raimund Gassmann. Er wurde ebenfalls erhängt aufgefunden.«

»Auch Selbstmord?«

Steiger nickte. »Zumindest nach der Tatbefunderhebung der Polizei. Auch die Rechtsmediziner kamen zu keinem anderen Ergebnis. Bis dahin also unspektakulär.«

»›Zur Erinnerung. Marie‹«, las Claudia die betreffende Stelle vor. »Beide Anzeigen weisen denselben Text auf«, stellte sie fest.

»Nicht nur das, Claudia. Beide Anzeigen erschienen vermutlich am Tag des Todes. Und hier.« Steiger zeigte auf die zwei Charonspfennige. »Was bedeutet das?«

Claudia zuckte mit den Schultern. »Keine Ahnung. Was?«

»Dass sie nicht nur von ein und derselben Person, sondern vor dem Tod der beiden Männer aufgegeben wurden.«

Claudia verschränkte die Arme vor der Brust. »Die Anzeigen weisen lediglich die Vornamen auf. Eine sehr unsichere Spur, findest du nicht? Bist du dir sicher, dass es sich bei diesem Manfred um den Vater deiner Mandantin handelt?« Ihrem Ton war deutlich zu entnehmen, was sie von seiner Geschichte hielt.

Steiger drehte die vergilbten Zeitungsartikel etwas zu sich. »Beweisen kann ich es nicht. Meine Mandantin, sie heißt im Übrigen Annabelle, hat bei der Wohnungsauflösung ihres Vaters eine alte Ledermappe gefunden. In ihr waren diese Artikel. Und lies dir mal das Kleingedruckte unter dem Bild durch.«

Claudia zog erneut die Artikel zu sich und betrachtete den Text unter der Schwarz-Weiß-Aufnahme, die den Baldeneysee zeigte. »›Leichenfundort von Marie D.‹«, las sie ab.

KAPITEL 7

Dr. Andrea Feldkamp lief auf den Hauseingang des unter Denkmalschutz stehenden Hauses der Plaschkestraße zu. Sie mochte diese weiß getünchten Gebäude mit ihren roten Ziegeldächern und den alten Fachwerkbalken, die unterhalb der Firste zu erkennen waren. Die blauen Fensterläden bildeten einen ansprechenden Kontrast zu den in weißen Holzrahmen eingefassten Fenstern. Besonders die kunstvoll geschnitzten und hellgrün gestrichenen Holzgeländer der rückwärtig gelegenen Balkone, von denen man einen Blick auf die Gärten werfen konnte, hatten es ihr angetan.

All diese Eindrücke, einzeln für sich bewertet, wären geeignet gewesen, dem Betrachter die Idylle einer gepflegten Arbeitersiedlung aus dem Anfang des 19. Jahrhunderts zu präsentieren. Den nostalgischen Charakter zerstörten allerdings die annähernd sechs Meter hohen Ziegelmauern mit Stacheldraht. Sie grenzten an den Enden der lang gestreckten Gärten an und besaßen sechs, rund um die Uhr besetzte Beobachtungstürme an allen neuralgischen Punkten des dahinter liegenden Geländes.

Und spätestens bei Betrachtung der drei Hafthäuser, die Platz für über 800 Insassen boten, war dem Beobachter klar, dass es sich nicht um eine altehrwürdige Wohngegend mit historischen Gebäuden handelte, sondern um die Dienstwohnungen der Justizvollzugsbeamten, die beim Bau des ehemaligen königlich-preußischen Centralgefängnisses vor über 100 Jahren im nordrheinwestfälischen Werl errichtet wurden.

Andrea Feldkamp blieb vor der Haustür stehen, vergewisserte sich anhand des Namensschildes auf dem Briefkasten, dass sie sich an der richtigen Adresse befand, und drückte die Klingel. Während sie wartete, strich sie das Oberteil ihres Hosenanzuges glatt. Ihre Kleidung, die eher zu einer Geschäftsfrau passte, als zu einer Gefängnispsychologin, ihre hochgesteckten Haare und die kaum wahrnehmbare Schminke täuschten nur bedingt darüber hinweg, dass sie eine durchaus attraktive Erscheinung war. Gerade im Umgang mit intensiven Sexualstraftätern war es von besonderer Bedeutung, optische Zurückhaltung zu üben. Wenngleich sie auch wusste, dass es vielen ihrer Patienten nicht ausschließlich um die sexuelle Befriedigung ging, sondern um Machtausübung, um Erniedrigung ihres Opfers und dass das Äußere nicht unbedingt bei der Wahl an erster Stelle stand. Mehrfach hatte sie mitbekommen, dass Gefangene sich bewusst lautstark darüber unterhielten, wie sie es ›der Psychotante gern mal besorgen würden‹. Auch wenn sie den Begriff nie in den Mund nehmen würde, wusste sie, dass es Tiere waren, die sich hinter einer harmlosen, sogar liebenswerten Art versteckten, aber sich hinter ihrem Rücken die Zähne leckten.

Feldkamp sah auf die braune Fußmatte, ohne sie wirklich wahrzunehmen, lauschte auf Geräusche aus dem Inneren, hörte nichts und drückte wiederholt auf den Knopf oberhalb eines getöpferten und lasierten Willkommensschildes. Erneut vernahm sie die zweitönige Schelle und im selben Moment erkannte sie hinter der Butzenscheibe der Haustür eine Bewegung.

»Einen Augenblick«, hörte sie. Ein Schlüssel wurde umgedreht, anschließend öffnete sich die Tür.

»Guten Tag, Herr Neumann.« Ihr Lächeln war aufrichtig. »Was macht Ihr Bein?«

Kai Neumann sah kurz auf seinen Gehgips. »Zwei Wochen. Dann kommt er runter. Juckt fast unerträglich.«

Neumann führte Feldkamp in die Küche, bot ihr etwas zu trinken an, was sie ablehnte, und setzte sich ihr gegenüber.

Wieder lächelte Feldkamp. »Danke, dass Sie Zeit für mich einräumen konnten.«

»Mein Bewegungsradius ist mit einem Gipsbein nicht gerade groß. Da bin ich für jede Ablenkung dankbar. Sie sagten am Telefon, es geht um Bröcking?«

Feldkamp wusste durch Neumanns Kollegen, dass er in Scheidung lebte. Seine beiden Töchter wohnten bei der Mutter, die in irgendein Kaff am Niederrhein gezogen war. Er sah sie offenbar selten, und Feldkamp meinte, Alkohol in seinem Atem zu riechen. Sie nickte, sah ihn nicht an und schlug stattdessen die Akte auf, die sie mitgebracht hatte.

»Ja.« Sie blätterte einige Seiten um.

»Was ist mit ihm?«

Die Psychologin atmete tief aus und lehnte sich zurück. »Er zeigt eine plötzliche Verhaltensänderung auf, die ich mir nicht erklären kann.«

»Inwiefern?«

Feldkamp beugte sich wieder etwas vor. »Seine Haftstrafe ist in 13 Monaten rum. Sie wissen, dass Bröcking Sicherungsverwahrung bekommen hat. Bisher hatte ich das Gefühl, eine stabile therapeutische Beziehung zu ihm aufgebaut zu haben. Wir waren auf einem guten Weg. Dachte ich bisher zumindest. Wenngleich seine Bereitschaft zur Selbstreflexion begrenzt war, zeigte er Fortschritte im Umgang mit seinen destruktiven Denkprozessen.«

Neumann nickte. »Ich weiß, dass der anstaltspsychologische Dienst seine Motivation und Therapieeignung überprüft und ihn als bedingt therapiewillig eingestuft hat.«

»Stimmt. Es war geplant, trotz einer eingeschränkten Kooperationswilligkeit eine entsprechende Indikation zu stellen und ihn zunächst probeweise in die Gruppenarbeit einzuführen, um seine sozialen Interaktionen in einem engeren Umfeld bewerten zu können.«

»Und er macht dicht?«

Andrea Feldkamp warf einen Blick auf ihre Notizen. »Ja. Seit ungefähr sechs Wochen scheint er ein völlig anderer Mensch zu sein. Nicht nur, dass er seine Arbeit verweigert. Er isst schlecht und hat etliche Kilos abgenommen, obwohl er laut Krankenakte völlig gesund ist. Er verweigert sich jeglicher Zusammenarbeit. Und das in einer unerklärbaren Vehemenz. Ich habe das Gefühl, einem Fremden gegenüberzusitzen. Natürlich bin ich den Fall mit meinen Kollegen durchgegangen, wir stehen vor einem völligen Rätsel.«

»Introvertiert war er immer«, führte Neumann an.

»Das stimmt.« Sie nickte. »Zugänglich. Wenn auch nur oberflächlich. Der Grund, Sie zu Hause aufzusuchen, ist, dass ich in einigen Wochen ein Zwischengutachten vorlegen muss, und wie es aussieht, kann ich alle bisher zusammengetragenen Ergebnisse nicht verwenden. Es ist mein erstes Gutachten, das ich allein erstelle.«

»Verstehe …«

»Wie lange arbeiten Sie mit ihm, Herr Neumann?«

Er dachte nach. »Seit seiner Inhaftierung. Wenn mich nicht alles täuscht, müssten das ungefähr sechs Jahre sein.«

»Ist Ihnen etwas aufgefallen? Ich meine … gab es vielleicht Anzeichen?«

»Dann hätte ich das in meinen Berichten dokumentiert.«

»Davon gehe ich aus. Das meine ich nicht. Ich erhoffe mir einen Hinweis, der mir hilft, wieder Zugang zu ihm zu finden. Wenn mir das nicht gelingt, wird es aus forensischsexualmedizinischer Sicht schwierig, eine vorläufige Legalprognose zu erstellen. Ich muss gestehen, dass Bröcking ohnehin schlecht bis gar nicht einer Typologie zuzuordnen ist. So ist das mit der Theorie und der Praxis.«

Neumann schüttelte den Kopf. »Er machte bisher keine Probleme. Zumindest bis zu meinem Krankenschein. Er distanzierte sich von Anbeginn an von den anderen Mithäftlingen.«

Feldkamp machte sich ein paar Notizen. »Sie kennen ihn am längsten. Ihre Kollegen sagen Ihnen nach, dass Sie ein gewisses Vertrauensverhältnis zu ihm aufbauen konnten.«

Neumann verzog abwiegelnd das Gesicht. »In letzter Konsequenz ist er Gefangener und ich Vollzugsbeamter. Von daher führt der Begriff Vertrauensverhältnis zu weit. Wir redeten mehr belangloses Zeug. Meistens über seine Arbeit. Er ist in der Tischlerei beschäftigt. Das hat ihm Freude bereitet. Er ist den anderen Beamten gegenüber deutlich abweisender als mir gegenüber.«

»Was meinen Sie mit abweisend? Unterschwellig aggressiv?«

Neumann schüttelte leicht den Kopf. »Eher gleichgültig.«

»Sexualstraftaten in dem Ausmaß, wie Bröcking sie begangen hat, setzen im Vorfeld die Überwindung interner Hemmungen voraus. Die psychologischen Tests zeigten keine Anzeichen einer Psychose, die auf eine mangelnde Impulskontrolle hinweist. Auch keine narzisstischen Wesenszüge. Von daher liegt der Verdacht nahe, dass Bröcking in der Vergangenheit auf eine Erfahrung zurückblickt, die zu einer Abstumpfung seines Gewissens geführt hat.«

»Sie meinen, es hat entwicklungspsychologische Gründe?«

»Könnte möglich sein«, erwiderte Feldkamp. »Therapeutisch setzen wir routinemäßig auch an dieser Stelle an. Wir wissen, dass seine Mutter alleinerziehend war und er offenbar nie eine männliche Entwicklungsprägung erfuhr oder durch mögliche, wechselnde Männerbekanntschaften seiner Mutter eine Fehlprägung erlitt.«

»Das heißt genau?«, fragte Neumann.

»Dass Personen dieser Tätergruppe in der Regel gebildet sind und über eine hohe intellektuelle Leistungsfähigkeit verfügen, gepaart mit einer stark ausgeprägten Durchsetzungsbereitschaft. Also eine gesteigerte Autonomiebestrebung zeigen. Bröcking ist hochintelligent. Besitzt einen messerscharfen Verstand.«

»Soweit ich weiß, hat er mal ein Jurastudium begonnen. Seine Kindheit war nicht einfach. Ich vermute, man entwickelt sich entweder zu einem Duckmäuser oder man härtet ab. Lernt, sich durchzusetzen. Von daher könnte Ihr Bild passen, Frau Feldkamp.«

»Genau, Herr Neumann. Eine Rolle, die er bei der Begegnung mit seinen Opfern gegebenenfalls gefährdet sah und die somit zu einem temporären Zusammenbruch psychischer Kontrollinstanzen führte, die sich in seinen Taten widerspiegelten.«

Neumann legte die Stirn in Falten und dachte nach. »Mir ist da nichts aufgefallen. Als Gefangener muss man sich eigentlich permanent unterordnen. Wenngleich wir bestrebt sind, uns nicht auf einen Machtkampf einzulassen, so ist es in wenigen Fällen unvermeidbar. Schließlich können wir uns nicht auf der Nase herumtanzen lassen. Eine Überreaktion, ob nun in psychischer oder physischer Hinsicht, ist mir nicht aufgefallen oder bekannt. Er hat auch nie den Eindruck erweckt, eigene Interessen auf Kosten anderer durchzusetzen.«

»Das habe ich auch nicht erwartet. Eine solche Grundaggressivität hätte man bei dem Patienten offengelegt. Man kann mit bestimmten Suggestivfragen und Techniken versteckte Verhaltensweisen aufdecken. In der Regel geht man in ein Therapiegespräch mit einer gewissen Erwartungshaltung. Das gilt sowohl für den Therapeuten als auch für den Patienten. Insbesondere wenn man sein eigenes, scham- und schuldbehaftetes Verhalten aufarbeiten soll. Selbst wenn man alle Karten offenlegen will, was bei Bröcking sicher nicht der Fall ist, so wird man sich, ob bewusst oder unbewusst, etwas sperren.«

»Ich verstehe«, sagte Neumann. »Sie suchen nach Situationen, in denen er sich mir anvertraut hat, Aussagen, die seine jetzige Haltung erklären könnten.«

»Genau. Nuancen, die Ihnen möglicherweise erst bei genauer Überlegung bewusst werden.«

Neumann nahm eine Stricknadel, die auf dem Tisch lag, und bekämpfte damit den Juckreiz unter seinem Gips. »Nein«, sagte er und zog die Nadel wieder hervor. »Er hat seine Taten, also auch das Tötungsdelikt vor Jahren, stets abgestritten.«

»Das ist richtig. Bröcking unterliegt nach wie vor einer kognitiven Verzerrung. Er ist davon überzeugt, es nicht getan zu haben. Immer redet er von der Tat, wegen der er verurteilt wurde. Er weigert sich zu sagen, wegen der Vergewaltigung, die ich begangen habe«, unterbrach ihn Feldkamp.

»Ja. Zu einer Verantwortungsübernahme ist er sicher nicht bereit.«

»Haben Sie mal über persönliche Dinge geredet? Über seine Mutter? Freunde? Wünsche oder Träume?«

»Lassen Sie mich überlegen … Nein. Das Einzige, was

mir einfällt, ist ein gesteigertes Interesse an medizinischen Dingen?«

»Zufälligerweise Psychologie?«

Neumann grinste. »Nein. Wenn ich mich nicht irre, dann hat er sich Bücher über internistische Fachbereiche ausgeliehen. Das können Sie ja in der Bücherei nachprüfen.«

Feldkamp lehnte sich nachdenklich zurück, während sie in Gedanken versunken an dem Druckknopf des Kulis spielte. »Wie erklären Sie sich dieses Interesse?«

Neumann zuckte mit den Schultern. »Ich habe ihn gefragt, ob er krank ist. Das ist er nicht, wie er sagt. Er behauptet, ein allgemeines Interesse an Medizin zu haben.«

Feldkamp presste die Lippen aufeinander und starrte einen flüchtigen Moment ins Nichts. Sie schlug ihre Mappe zu.

»Wie es aussieht, konnte ich Ihnen nicht weiterhelfen«, sagte Neumann.

»Einen Versuch war es wert, antwortete Feldkamp, während sie aufstand. »Wenn Ihnen etwas einfallen sollte …«

Neumann nickte. »Versprochen. Ich denke darüber nach.«

KAPITEL 8

Eingebettet in den Schellenberger Wald, einen Steinwurf vom alten gleichnamigen Schloss entfernt, glich das Augustinum eher einem Luxuswohnkomplex als einer Anlage für betreutes Wohnen. Auf der Hinfahrt hatte er die Gegend fast nicht wiedererkannt. Der heftige Pfingststurm 2014 hatte dem Wald ein dauerhaft verändertes Aussehen verpasst und eine Schneise der Verwüstung in den alten Baumbestand getrieben. Bereiche des Waldes waren gesperrt und dicke, abgebrochene Stämme ragten immer noch teils bizarr in den grauen Himmel.

Er suchte sich einen Parkplatz. Das Wetter konnte sich wie in den vergangenen Wochen nicht für einen dauerhaften Wert unterhalb oder oberhalb des Gefrierpunktes entscheiden. Die Sonne schien und ließ dabei den nassen Asphalt glänzen. Ein trügerisches Bild, gerade in schattigeren Bereichen, wo sich unter der Wasseroberfläche Eisflächen versteckten.

Steiger schritt in den großzügigen Eingangsbereich des Augustinums. Er meldete sich am Empfang, der den Eindruck einer Hotellobby erweckte. Die überaus freundliche Dame in einem Kostüm, das tatsächlich der einer Hotelangestellten ähnelte, bat ihn, im hellen und einladenden Wartebereich Platz zu nehmen. Er setzte sich auf einer der bequemen, bordeauxroten Ledercouchen und blätterte relativ uninteressiert durch eine Broschüre des Augustinums, als er eine Dame mit beinahe weißen Haaren bemerkte, die lächelnd auf ihn zuschritt. Er legte das Prospekt beiseite und erhob sich.

»Herr Kettner, nehme ich an?«

Steiger war überrascht. Allein der Gedanke, sich in einer Anlage für betreutes Wohnen zu befinden, weckte in ihm die Erwartung, einer gebrechlichen Seniorin zu begegnen, die ihm mit leicht zitterndem Kopf und kraftlosem Händedruck entgegentrat. Umso erstaunter war er, dass die Frau eine Energie ausstrahlte, die es ihm schwer machte, ihr tatsächliches Alter zu schätzen. Die Kleidung war sportlich elegant, ohne übertrieben jugendlich zu wirken. Ihre Haltung, die gesamte Körpersprache und insbesondere ihre lebendigen, wachen Augen, vermittelten den Eindruck von Vitalität. Ohne Frage. Sie entsprach dem Seniorentyp, der auf Werbefotos keinen Verdacht aufkommen ließ, dass die Zeit im Alter zu den schönsten überhaupt gehörte. Die beiden Grübchen unter ihren hohen Wangenknochen und die ebenmäßige Nase ließen vermuten, dass sie früher sehr hübsch gewesen sein musste. Ihr Händedruck war kräftig.

»Guten Tag, Frau Nolte. Danke, dass Sie so kurzfristig Zeit für mich einräumen konnten.« Steiger bot seiner Gesprächspartnerin mit einer Handbewegung an, Platz zu nehmen. Sie setzte sich, kerzengerade, ohne sich anzulehnen.

»Möchten Sie etwas zu trinken?«, fragte sie.

Steiger schüttelte den Kopf. »Vielen Dank. Ich will Sie wirklich nicht lange aufhalten.«

»Sie sind also Privatdetektiv?« Ihr Lächeln wirkte nicht minder aufrichtig, trotzdem hatte er das Gefühl, als schwinge ein Unterton in dieser Frage mit. *Zu mehr hat es nicht gereicht?* Vielleicht bildete er sich das auch nur ein.

»Ja«, antwortete er knapp und selbstbewusst. Er schlug die alte Ledermappe auf, die ihm Annabelle überreicht hatte.

Steiger entnahm die vergilbten Zeitungsseiten und legte sie so auf die Glasplatte des Tisches, dass Frau Nolte sie betrachten konnte. Sie setzte ihre Brille auf, die an einer dezenten, goldenen Kette um ihren Hals hing, und betrachtete die Artikel.

»Ich erinnere mich daran«, sagte sie und legte die Papiere ordentlich nebeneinander zurück auf den Tisch. »Wenn auch nicht mehr im Detail.« Sie nahm die Brille ab. »Warum haben Sie nach all den Jahren Interesse an dem Fall?«

»Ich arbeite im Auftrag einer Mandantin, Recherchen über diesen Fall zu tätigen.«

»Inwiefern?«

»Das kann ich Ihnen nicht im Einzelnen sagen. Das Delikt liegt beinahe 30 Jahre zurück. Es gibt neue Erkenntnisse in der Sache. Die Verjährung tritt in wenigen Monaten ein. Ich habe die Ehre, alle vorhandenen Fakten zusammenzutragen.«

Die alte Dame machte eine kurze Pause, während sie Steiger ansah. Es war kein wirklich misstrauischer Blick. Vielmehr schien sie abzuwägen, ob seine Intention aufrichtig war. Er spürte ihre Vorbehalte.

Einen flüchtigen Moment lang ruhten ihre Augen weiter auf Steiger. Dann entspannten sich ihre Gesichtszüge, sie lehnte sich zurück und nahm eine bequeme Haltung ein.

»Es ist wirklich lange her.« Sie starrte vor sich hin, während ihre Gedanken in die Vergangenheit drifteten. Sie schaute wieder auf. »Ich meine, es war 1985. Eine junge Prostituierte. Marie … Marie Diekmann, wenn ich mich recht erinnere. Der Fall hatte damals für Aufsehen gesorgt, weil die Frau erhängt wurde. Der Täter hat sie hier am Baldeneysee …«, sie beugte sich vor und tippte auf das verblichene Foto, »in der Nähe des Jachthafens an einem Baum aufgeknüpft. Man sieht ja die Boote im Hintergrund. Den Mörder hatten vermutlich die Kräfte verlassen.«

»Was heißt das?«

»Er hat sie nicht ganz hochgezogen. Sie stand auf den Zehenspitzen. Bis sie irgendwann vor Erschöpfung nicht mehr konnte.« Die alte Dame wirkte leicht betroffen. »Es muss lange gedauert haben. Eine unschöne Art zu sterben«, fügte sie hinzu.

Gab es eine schöne?, fragte sich Steiger. »Wissen Sie etwas zu den Ermittlungen?«

Wieder verlor sich ihr Blick irgendwo zwischen sich und Steiger. »Studenten. Richtig, ich erinnere mich. Es waren Studenten. Sie gaben an, auf einer Feier gewesen zu sein. Offenbar hatte man dazu auch einige Damen eingeladen. Sie wissen ...«

Steiger nickte.

»Jedenfalls hat sich die später Ermordete mit einem der jungen Männer entfernt. Eine weitere Prostituierte hatte ausgesagt, dass sie mit dem Täter auf der Feier körperlichen Kontakt hatte. Was auch immer sie damit gemeint hatte. Später sei dieser Student nach Aussage seiner Kommilitonen dann völlig aufgelöst wieder erschienen und hatte irgendetwas von einem Unglück geredet. Er stand, soweit ich mich erinnere, unter Drogeneinfluss. Das Opfer wurde von Spaziergängern gefunden. Man hat im Milieu ermittelt. Der Rest war dann Routine.«

»Erinnern Sie sich an Namen?«

»Des Täters?«

»Ja.« Steiger tippte auf eine Textstelle. »Hier in Ihrem Artikel steht Andreas B.«

»Andreas ... Wie war sein Name?«, murmelte sie abwesend. »Ich komme nicht drauf«, sagte sie schließlich. »Lassen Sie mich überlegen … Böck… Brökling. Nein. Bröcking. Genau. Er hieß Andreas Bröcking.«

»Sagt Ihnen der Name Manfred Cüppers etwas? Oder Raimund Gassmann?«, fragte er höflich.

Sie überlegte. Dann schüttelte sie den Kopf. »Nein. Tut mir leid, Herr Kettner. Diese Namen sagen mir nichts. Das ist zu lange her. In welchem Zusammenhang darf ich diese Personen sehen?«

»Das versuche ich herauszufinden. Könnte es sein, dass es sich bei den Männern um einige der Studenten handelt, die Sie erwähnten?«

»Möglich.« Die alte Dame zuckte mit den Schultern. »Wenn Sie das genau wissen wollen, dann sollten Sie mit Herrn Lübke sprechen.«

»Herrn Lübke?«

»Ja. Er hatte damals die Ermittlungen geleitet.«

Das Wetter schlug erneut um und Steiger hatte das Gefühl, dass die Temperatur wieder sank. Der Wind frischte auf, verteilte das braune Laub auf den Straßen und gleichzeitig setzte feiner Nieselregen ein, der sich wie ein klammer Film über sein Gesicht legte. Als er nach oben sah, erkannte er, wie sich dunkelgraue, fast schwarze Wolken am Himmel zusammenballten. Weiter entfernt vernahm er dumpfes Grollen.

Steiger schritt drei alte Granitstufen hinauf und drückte im Schutze eines altmodischen Windfangs mit Milchglasscheiben eine messingfarbene Klingel. Das alte Einfamilienhaus stand im Stadtteil Essen-Eiberg, einem kleinen Wohngebiet im äußersten Osten der Stadt, das von der nahen Grenze zu Bochum nur durch ein paar Felder und Pferdekoppeln getrennt war. Das Haus wirkte auf den ersten Blick gepflegt, bei genauerem Hinsehen erkannte man erste Blasen unter dem weißen Putz und auch die Dachpfannen waren zu einem Großteil mit Moosen und Flechten überzogen. Wenige Augenblicke später öffnete ihm eine kleine pummelige Frau, die sich mit ihrer mausgrauen Kleidung und ihrer Kurzhaarfrisur das farblose Aussehen einer Pastorentochter verpasst hatte. Ein überdimensionales großes und vor allen Dingen dickes Muttermal neben dem linken Nasenflügel, das auf den ersten Blick wie eine Warze aussah, gab ihr etwas Strenges. Nur ihr viel zu großer Busen passte nicht zu seinem Klischee. Denn Pastorentöchter waren in Steigers Vorstellung allesamt flachbrüstig. Sie hatte ein erstaunlich faltenloses Gesicht, sodass er nicht mit Bestimmtheit sagen konnte, ob sie deutlich älter war als er. Er schätzte sie auf irgendwas zwischen Mitte 40 und Anfang 60 und fragte sich, ob sie irgendwann mal zu früheren Zeiten so etwas wie eine attraktive Erscheinung gewesen war, und kam zu dem Ergebnis, dass das nicht der Falle gewesen sein konnte.

»Guten Tag«, sagte Steiger.

Sie musterte ihn einen flüchtigen Augenblick mit strenger Miene. »Guten Tag. Sie müssen Herr Kettner sein?«, fragte sie in einem unterkühlten Tonfall.

»Richtig.«

Sie öffnete die Tür weiter und trat zur Seite. »Kommen Sie bitte rein. Herr Lübke erwartet Sie.«

»Danke.« Steiger streifte sich pflichtbewusst die Schuhe an der dicken Fußmatte ab, während der Blick der Frau weiter auf ihm haftete.

»Sind Sie die Tochter von Herrn Lübke?«, fragte er, während er in die Diele schritt.

»Ich bin seine Haushälterin«, sagte sie knapp und distanziert. In ihrer Mimik lag ein Anflug von Empörung. Sie schloss die Tür hinter ihm, drängte sich vorbei und führte ihn in das Wohnzimmer. Es war ein Raum, der irgendwann in der Vergangenheit stehen geblieben war. Dunkle, rustikale Eichenmöbel, einige Kupferstiche an den Wänden. Wohin man auch sah, herrschte peinliche Sauberkeit.

»Komm rein, mein Junge! Komm rein.« Der alte Mann beugte sich nach vorn, winkte in seine Richtung, stützte sich auf seine Gehhilfe und erhob sich schwerfällig aus seinem alten Sessel. Seine Stoffpantoffel schlurften hörbar in kleinen Trippelschritten über das alte Fischgrätenparkett. Es bedurfte seiner vollen Konzentration die Beine so weit hochzuheben, dass er nicht an der Kante des alten Orientteppichs hängen blieb. Lübke war erkennbar nur Haut und Knochen, mit einem runden Rücken, fast kahlem Kopf, nur mit einem Kranz silberner Haare versehen. Das Alter hatte tiefe Furchen in seine Haut gegraben. Sein verschmitzter Gesichtsausdruck ließ vermuten, dass sich sein Geist seinem alten Körper nicht unterordnen wollte. Er wirkte so, als hätten über 40 Dienstjahre seine Heiterkeit nicht vergiften können.

»Ich sach dir was, Junge. Dieses Altwerden ist eine Seuche. Für nichts gut, wenne mich fragst. Der einzige Vorteil, den man hat, ist der, dass man kein Blatt mehr vor den Mund nehmen muss, weil dich jeder sowieso für senil und bekloppt hält.«

Steiger fühlte sich hilflos und er hätte keine fünf Euro darauf gewettet, dass der Alte es bis zu ihm schaffte. Ratsuchend blickte er die Haushälterin an, die sich in dem Moment gleichgültig abwandte und den Raum verließ.

»Ham die mir glatt vor einigen Wochen die Galle rausgenommen. Und das mit 81. Stell dir das vor. Meine Alte, diese dusselige Kuh, hat sie auf dem Gewissen. Ich mein die Galle. Zusammen mit ihrer ganzen missratenen Sippschaft. Zum Teufel mit denen.« Lübke blieb vor ihm stehen und reichte ihm die Hand. Sie war warm und die Kraft war aus ihr lange verschwunden. Steiger fiel auf, dass die Finger arthritisch verformt waren. Er erkannte eine Vielzahl feiner, fast violetter Äderchen auf seiner Nase. Der Senior roch nach Veilchenseife.

»Der liebe Gott hatte ein Einsehen. Obwohl …« Lübke winkte ab. »Der wird das wahrscheinlich bereits bereut haben, dass er sie zu sich geholt hat. Tja, Pech!« Ein breites Grinsen wuchs in seinem Gesicht. »Umtauschen kann er sie nicht mehr. Zumindest nicht bei mir.« Lübke zwinkerte. »Setz dich, mein Junge. Setz dich.« Lübke drehte sich um und wankte zurück zu seinem Sessel, neben dem ein kleiner Beistelltisch stand. Darauf lagen akkurat und säuberlich geordnet einige Zeitungen und eine Medikamentenbox voller bunter Pillen. Steiger wartete, bis er dort angekommen war, und nahm auf der Couch ihm gegenüber Platz.

»Du bist also ein Exkollege, mein Junge?« Es war eindeutig eine Feststellung.

»Sie haben sich schlaugemacht?«

Lübke nickte. Sein Grinsen hatte sich nicht aus seinem Gesicht gelöst. »Sicher. Ich hab so meine Kontakte …«

Steiger schmunzelte.

»Du hast es ihnen gezeigt, stimmt's, Junge?« Lübke lächelte und zeigte Steiger seinen Mittelfinger. Seine permanenten Mundbewegungen verrieten eine schlecht sitzende Prothese. »Gezeigt hast du es ihnen. Ja, früher. Da war das ein anderer Haufen. Kerle aus echtem Schrot und Korn. Ohne Weiber.« Der alte Mann blickte nach vorn, irgendwo ins Nichts.

Die Tür wurde geöffnet und die Hauswirtschafterin trat ein. »Möchten Sie etwas trinken?« Ihre Miene war ausdruckslos, als sie Steiger ansah.

»Ein Bier«, sagte Lübke lautstark.

Die Frau schloss betont vorwurfsvoll und langsam die Augenlider, um sie in genau dem gleichen Tempo wieder zu öffnen. Sie wirkte dabei wie eine Ärztin, die einen uneinsichtigen Patienten tadelte. »Der Herr Doktor hat Ihnen jeglichen Alkohol verboten.«

»Zum Teufel mit diesem Quacksalber!«

Sie wandte sich wieder Steiger zu.

»Nein, danke«, sagte dieser.

»Diese Hexe hat ein höllisches Vergnügen daran, mir den letzten Rest an Lebensfreude zu nehmen«, zeterte Lübke leise, als die Frau wieder weg war.

Steiger zog eine Braue hoch. »Offenbar braucht es jemanden, der auf sie achtgibt.«

»Auf mich achtgeben?« Lübke lehnte sich zurück und lachte. »Ja sicher. Mit 81 sollte man auf seine Gesundheit achten, das Rauchen aufhören und viel Sport treiben.« Wieder lachte er lauthals. Seine Augen verengten sich zu Schlitzen, die nahtlos in ein Delta aus tiefen Lachfalten übergingen. Steiger hätte seiner Stimme nicht eine derartige Kraft zugetraut.

»Genau! Vielleicht gründe ich noch mal 'ne Familie.« Wieder lachte er, warf dabei den Kopf in den Nacken und schlug sich mit der flachen Hand auf seinen dünnen Oberschenkel, als hätte er soeben den Witz des Jahrhunderts gerissen. »Junge, selten so gelacht. Ich glaub, mein Bruch tritt raus.« Lübkes Pupillen schienen in Wasserpfützen zu schwimmen. Steiger beobachtete ihn besorgt, da Lübke sich verschluckt hatte und husten musste wie ein alter Bergmann. Der alte Mann sammelte sich mühsam und widmete sich wieder seinem Gast. Er wischte sich die Tränen ab und sein Gesicht verfinsterte sich. Geheimnisvoll flüsterte er in Steigers Richtung.

»Weißt du, Junge, diese Häkelschwester steckt mit diesem Schamanen unter einer Decke. So ein, wie sagt man heute? Farbiger? Na, du weißt … So ein Vollpigmentierter.« Wieder folgte ein Hustenanfall, dieses Mal etwas abgeschwächter, sodass Steiger von seiner Absicht, Lübke vielleicht etwas dosiert auf den Rücken zu klopfen, Abstand nahm. »Die ganze Familie von dem pennt in 'ner Astgabel und er schleicht hier als Doktor rum. Pah! Diese ganze Schonkostscheiße. Gut. Er ist nicht so schlecht, der Bursche. Trotzdem. Ach, wenn ich nur mal wieder raus und mich so richtig besaufen könnte. Sie schrubbt die Bude wie der Teufel.« Er lehnte sich wieder zurück und grinste schelmisch. »Ich glaub, der geht beim Putzen einer ab.«

Steiger war amüsiert, ohne auf die Bemerkungen einzugehen. Er öffnete die Ledermappe, entnahm die Zeitungsartikel und reichte sie Lübke.

»Die Reporterin, die diesen Bericht verfasst hat, hat mir gesagt, Sie hätten damals in dem Fall ermittelt?«

Lübke legte die Seiten kurz auf seinen Schoß und setzte sich mit zittrigen Händen seine Brille auf. Er schlug seine spindeldünnen Beine übereinander und las. »Schlimme Geschichte war das … Wie lange ist das her? 25 Jahre?«

»29«, erwiderte Steiger. »Fast 30.«

»Wie die Zeit vergeht … Warum interessierst du dich für den Fall, mein Junge?« Aus dem Gesicht des pensionierten Kriminalbeamten war schlagartig jeder Humor gewichen. Er wirkte ernst.

Steiger berichtete ihm von Annabelle, den Todesanzeigen, den bisherigen Ermittlungen und seinen Vermutungen. Lübke unterbrach ihn nicht ein einziges Mal.

»Das ist allerdings alles sehr merkwürdig«, sagte er, nachdem Steiger geendet hatte.

»Was denkst du? Welches Motiv könnte jemand haben?«

»Rache«, sagte Steiger. »Das würde jedem als Erstes einfallen.«

Lübke nickte. »Marie wurde am Jachthafen gefunden. Von einem der Bootsbesitzer. Weiß der Geier, was der um die Uhrzeit da zu suchen hatte. Jedenfalls, nachdem diese Marie gefunden wurde, haben wir in derselben Nacht im Milieu ermittelt. Damals musste jede Nutte einen Bockschein haben. Die Pferdchen waren also nummeriert, und wir hatten aus unserer Zusammenarbeit mit dem Gesundheitsamt einen recht guten Überblick über die Rotlichtszene. Die Mädels liefen damals an der Hauptpost in der Innenstadt rum. Es hatte sich schnell rumgesprochen, dass die Polizei nach Marie fragte. Eine Kollegin von ihr hat sich dann an uns gewandt und angegeben, dass sie Marie vermisst. Sie wäre am Abend mit ihr unterwegs gewesen und seitdem hätte sie sich nicht mehr gemeldet. Wir haben sie mit auf die Wache geschleppt und vernommen. So sind wir auf eine Studentengruppe gekommen, die an dem besagten Abend eine ausschweifende Party gefeiert hatte, bei der die Zeugin und Marie … eingeladen waren.«

Lübke nahm die Brille ab und faltete die Bügel zusammen.

»Die Jungs, drei waren es insgesamt, sind dann relativ schnell eingeknickt. Alle, also die Studenten und auch die Zeugin haben ausgesagt, dass Andreas Bröcking bereits auf der Feier mit Marie angebandelt hatte. Irgendwann ist die Truppe losgezogen. Ohne Bröcking und Marie. Wir sind dann in die Wohnung eines der Studenten, der die Feier geschmissen hatte.« Der Alte trank einen Schluck Wasser, bevor er fortfuhr. »In der Wohnung fanden wir Bröcking. Voll wie ein Pisspott. Wir haben ihn natürlich gezapft. Der hatte jede Menge Restalkohol und Drogen im Blut. Nebenbei fanden wir in der Nähe des Tatortes die Jacke von Bröcking. Sein Studentenausweis lag darin. Die Verteidigung hat dann ein renommierter Topanwalt aus Düsseldorf übernommen. Keine Ahnung, wie Bröcking sich den leisten konnte. Letztendlich hat dieser einen Deal mit dem Richter und dem Staatsanwalt gemacht. Bröcking hat gestanden und nicht den vollen Einzelzimmerzuschlag bekommen, sondern nur sechs Jahre wegen verminderter Schuldfähigkeit.«

»Und zwei dieser Studenten hießen …«

»Gassmann und Cüppers«, unterbrach ihn Lübke. »Richtig.«

Steiger wirkte nachdenklich. »Was stimmt an dieser Geschichte nicht, dass Gassmann und Cüppers sich das Leben nehmen?«

»Ich weiß es nicht, mein Junge. Ich weiß es nicht. Tatsache ist, dass Bröcking die Tat bis zu seinem Geständnis bestritten hatte. Er sagte immer, dass er verarscht wurde. Gut. Das ist natürlich nicht ungewöhnlich. Sagt am Anfang fast jeder. Kennste ja. Die Anklage beruhte in erster Linie auf den Zeugenaussagen. Den genetischen Fingerabdruck gab es zumindest in Deutschland damals nicht. Der wurde erstmalig 1988 in einem Strafverfahren anerkannt. Tatsächlich sprach alles gegen Bröcking. Und dann sein Geständnis …«

»Hatten Sie Zweifel an seiner Schuld?«

Der alte Mann machte ein abwiegelndes Gesicht. »Schwer

zu sagen. Es stand für alle viel auf dem Spiel. Der Rechtsanwalt hatte dafür gesorgt, dass die anderen nicht in den Beschuldigtenstatus rückten. Und als Zeugen brauchten sie sich nicht selbst zu belasten. Jede unserer Fragen wurde durch den Anwalt beantwortet, jeder Vorhalt widerlegt. Wie du weißt, hat ein Verteidiger bei einer Zeugenvernehmung das Recht der Anwesenheit. Wir kamen an die Burschen erst gar nicht so nah ran, dass wir ihre Aussagen auf den Prüfstand stellen konnten.«

Steiger schrieb mit, während er dem pensionierten Kriminalbeamten zuhörte.

»Okay«, sagte er und sah Lübke an. »Es könnte somit eine Falschaussage im Raum stehen, mit der Bröcking derart in die Enge getrieben wurde, dass letzten Endes nur die Möglichkeit blieb, ein Geständnis abzulegen, um nicht für 15 Jahre oder mehr wegen eines Tötungsdeliktes einzufahren.«

»Könnte …« Der Alte hob abwägend beide Hände. »Bröcking hätte somit ein Motiv. Warum nach beinahe 30 Jahren?«

Steiger zuckte mit den Schultern. »Das versuche ich herauszufinden. Egal, was ihn antreibt. Die Verjährung der Tat tritt in wenigen Monaten ein. Nach 30 Jahren. Wenn Bröcking also eine Rehabilitierung anstrebt, dann muss er sich sputen.«

Lübke trank erneut einen Schluck und wischte sich mit einem Papiertaschentuch den Mund ab. »Er hat … könnte etwas herausgefunden haben, was von solcher Bedeutung ist, dass zumindest zwei der damals Beteiligten sich das Leben nehmen. Vielleicht etwas, was die anderen belastet.«

»Und das bedeutet gleichzeitig, dass Bröcking, sofern er dahintersteckt, auch an die anderen herantreten wird, weil die Zeit drängt. Wenn er es nicht bereits getan hat. Wie heißt der letzte Zeuge, Herr Lübke? Können Sie sich noch an ihn erinnern?«

Der alte Mann dachte nach. »Bahlke. Stefan Bahlke.«

Steiger erhob sich.

»Was hast du vor, Junge?«

»Ich werde mir diesen Bahlke mal zur Brust nehmen.« Steiger schritt um den Tisch und reichte Lübke die Hand.

»Pass auf dich auf, mein Junge. Und versprich mir, dass du mich auf dem Laufenden hältst.«

»Versprochen«, antwortete Steiger.

Steiger wollte seine Hand zurückziehen, als der alte Mann sie zu sich zog. »Warte! Wenn du mal wiederkommst, Junge, dann bring mir ein Bier mit. Machst du das? Und lass dich nicht von dem alten Drachen erwischen.«

Steiger zwinkerte Lübke zu. »Versprochen.«

»Der Typ heißt Bröcking. Andreas Bröcking.«

»Wen meinst du, Robert? Den Täter?« Claudia presste das Telefon zwischen Kinn und Schulter, während sie in ihrer Küchenschublade nach einen Stift suchte.

»Richtig. Ich habe mich zunächst mit der Reporterin getroffen, die damals den Artikel verfasst hat. Sie konnte mir nicht viel Neues berichten. Sie erinnerte sich nur an den Namen des Beamten, der die Ermittlungen damals führte. Er heißt Günther Lübke. Ich war bei ihm. Ein alter Kauz, seit 20 Jahren pensioniert. Im Kopf ist er fit, wenn auch nicht mehr ganz so rüstig. Er hat 'ne Haushälterin, die ihm die Hütte wienert und dafür sorgt, dass er nicht ins Altenheim muss.«

»Was hat er gesagt?«

»Zusammengefasst, dass Bröcking die Tat bis zuletzt

bestritten hat. Lübke hatte das Gefühl, dass der Rechtsanwalt mit dem Gericht einen Deal aushandelte, infolgedessen Bröcking, obwohl unschuldig, die Tat gestand, um Strafmilderung rauszuholen. Letzten Endes war es ein Indizienprozess und die Verurteilung erfolgte aufgrund der Zeugenaussagen und durch das Geständnis.«

»Was denkst du, Robert?«

»Keine Ahnung. Kommen wir zur 100.000-Euro-Frage. Der Verteidiger soll so ein Staranwalt gewesen sein, den Bröcking sich niemals hätte leisten können. Gut möglich, dass die Eltern einer der anderen Jungs ihn beauftragt hatten, den Fall zu übernehmen. Und warum tut man so etwas? Aus Mitleid?«

»Du meinst, dass dieser Rechtsanwalt einen der Jungs aus irgendeiner Scheiße geholt hat und Bröcking das Bauernopfer war?«

»Ich weiß es wirklich nicht. Es ist natürlich reine Spekulation. Wenn Bröcking damals zu Unrecht verurteilt wurde und er nun Beweise für seine Unschuld gefunden hat … Beweise, die möglicherweise die anderen belasten, dann könnte darin sein Motiv begründet liegen.«

»Du meinst, er hat Gassmann und Cüppers damit derart unter Druck gesetzt, dass sie sich aus Scham das Leben nehmen?«

»Denkbar. Zumindest bei Cüppers wissen wir, dass er psychisch labil war. Wenn Bröcking tatsächlich eine Rehabilitation fordert, dann bleibt ihm nicht viel Zeit.«

»Wie willst du vorgehen?«

»Es waren insgesamt drei Studenten und eine Prostituierte, die Bröcking belastet hatten. Zwei Studenten sind tot. Bleibt der letzte im Bunde, der nach Aussage von Lübke Stefan Bahlke heißen soll. Er ist im Telefonbuch verzeichnet. Ich bin gerade auf dem Weg zu ihm. Mal sehen, was ich rausbekomme.«

»Hast du ihn angerufen?«

»Nein. Ich will ihm keine Gelegenheit geben, sich auf meine Fragen vorbereiten zu können.«

»Wenn er sie überhaupt beantwortet«, entgegnete sie.

»Richtig. Das weiß ich erst, wenn ich es versucht habe. Und mach dir keinen Kopf. Ich habe bereits mit Annabelle gesprochen, ich setze deine Rechnung mit auf die Spesen. Irgendetwas ist faul an der Sache. Und ich will rauskriegen, was …«

KAPITEL 9

Sein Gesicht war schweißüberströmt und die salzige Suppe lief ihm in die Augen. Es lag nicht an der Temperatur. Es war die Angst, die er verspürte, die ihn immer und immer wieder übermannte. Der abstoßende Geruch seiner Körperausdünstungen stieg ihm in die Nase. Verzweifelt klammerte er sich an die periodisch wiederkehrenden Momente des Bewusstseins, in denen ihm klar war, dass er halluzinierte, dass da niemand war. Niemand da sein konnte. Er konzentrierte sich auf seinen Herzschlag, der dumpf in seinen Ohren dröhnte, lauschte auf seine beschleunigte Atmung, als könnte er so verhindern, dass sie zurückkehrte. Panik erfasste ihn bei dem Gedanken. Dass sie kam, stand außer Frage. Und davor fürchtete er sich.

Seine Augen wanderten zu der LED-Lampe auf dem Tisch, die in einem gleichbleibenden Rhythmus ihre Farben wechselte. Langsame, harmonische Übergänge. Rot schmeckte anders als Grün. Und Gelb unterschied sich deutlich von Blau. Müsste er das Aroma der Farben beschreiben, er hätte es nicht gekonnt. Nichts, was er bisher in seinem Leben gekostet hatte, war vergleichbar. Rot war am intensivsten. Es überdecke den metallischen Geschmack in seinem Mund am besten.

»Du musst es tun!«, befahl sie.

Ein dünner, kraftloser Schrei löste sich aus einer Kehle. Seine Augen weiteten sich. Wie aus dem Nichts war sie erschienen. Ihre Stimme traf ihn körperlich. Wie scharfe, in sich drehende Messer drang sie in sein Hirn. Er sah ihren

Schatten, der sich von ihr löste und sich vollkommen lautlos in seine Richtung bewegte, um nach ihm zu greifen. Er spürte ihn wie Spinnweben über seinem Gesicht. Die LED-Lampe wechselte zu Blau. Ihm würde übel. Blau schmeckte fürchterlich. Nach Erbrochenem.

»Tu es!«

Er schnellte hoch und drückte sich an die Wand. Seine Hände tasteten sich daran entlang. Das Mauerwerk war weich. Eine zähe Masse, in die er eindrang und die ihn festhielt. Er presste sich an den Stein, da er fürchtete, sie könnte plötzlich hinter ihm auftauchen.

»Du bist tot!«, giftete er ihr entgegen.

Sie lachte. Eine hohe Stimme, hell und kalt.

Er wischte sich den Rotz seiner Nase mit dem Ärmel weg, ohne sie aus den Augen zu lassen.

Wieder änderte sich das Licht und er schien durch ein Kaleidoskop zu schauen. Sie war nun überall. Wohin er auch sah. Zeitgleich waren die Ameisen wieder da, die ihn vor einer Weile bereits heimgesucht hatten. Und während er seinen Blick nicht von ihr abwenden konnte, kratzte er sich ohne Unterlass. Die Gegenstände im Raum gerieten in Bewegung. Keine Kontur blieb gerade. Alles schwankte, als betrachte er die Dinge durch eine klare, sich bewegende, träge Flüssigkeit.

Die Äste des Baumes vor seinem Fenster wuchsen in die Höhe, bildeten lange Tentakeln aus, die sich langsam wispernd auf ihn zu bewegten. Plötzlich war ihr Gesicht ganz nah. Er konnte ihren Atem spüren, den Geruch aus ihrem Mund. Sie veränderte sich. Alterte im Zeitraffer. Rasend schnell. War sie eben eine junge Frau, warf ihre Haut nun Falten. Im Nu waren es tiefe Furchen. Die Zähne färbten sich dunkel. Ein Grau, was rasend schnell in ein Schwarz überging. Ihre Haare bewegten sich. Wie die Schlangen auf dem Kopf der Medusa. Und mit einem Mal roch sie faulig. Nach Verwesung. Sie roch nach Tod.

»Geh!«, schrie er, während er zusammensackte und gekrümmt auf dem Boden kauerte. Er neigte den Kopf zur Seite, zog die Knie an und hielt seine Hände schützend über seine Ohren, wollte sie nicht ansehen, nicht hören. »Lass mich in Ruhe!« Sein Atem ging keuchend. Er weinte. Schluchzte wie ein kleines Kind. Seine Stimme klang verzerrt, wie hämisches Gelächter hallte sie in seinem Kopf nach.

»Dann tu es«, sagte sie in einem warmen und verständnisvollen Ton. Langsam öffnete er die Augen. Sie stand nun wieder mitten im Raum, wirkte wie ein Engel. Ein warmes, gelbliches Licht umgab sie. Es schmeckte rein. Keine der Farben zuvor war so angenehm.

Ein sanftes Lächeln umgab ihre Mundwinkel. »Lass mich dir helfen.«

Langsam erhob er sich. Seine Beine fühlten sich kraftlos an.

»Komm zu mir.« Sie hob ihren rechten Arm und hielt ihm die Hand hin.

Der Raum war in Bewegung, als er auf sie zuschritt. Sie stand ruhig da, geleitete ihn durch das Chaos, bis er sich vor ihr befand.

»So ist es gut.« Ihre bestärkenden Worte wirkten aufrichtig, Mut machend.

Seine Angst war verflogen. Eine Welle der Euphorie überkam ihn. So gewaltig, dass er einen Moment innehielt, sich ganz darauf konzentrierte und diese Woge nie zuvor empfundener Emotionen aufnahm.

Alles um ihn herum begann sich zu drehen. Der Raum raste um ihn herum. Immer schneller. Nur der Stuhl vor ihm stand ruhig da. Er lächelte zufrieden, als er langsam den ersten Fuß auf die Sitzfläche setzte. Sie stützte ihn, als er sich vollständig darauf stellte. Die frische Luft, die durch das doppelflügelige Fenster in den Raum drückte, schien ihn anzuheben wie eine Feder. Einen Moment lang verharrte er auf dem schmalen Sims im dritten Stock des Hauses und betrachtete die Menschen, die zu ihm aufsahen. Wieder erfasste ihn ein Luftsog, und als er nach unten sah, erkannte er, dass er schwebte. Ein Glücksgefühl übermannte ihn. Er breitete die Arme aus, beugte sich nach vorn und ließ sich fallen.

*

Wieder setzte Regen ein. Die Lichter der Straßenbeleuchtungen, der Ampeln und das der entgegenkommenden Fahrzeuge brachen sich in den Tropfen auf seiner Windschutzscheibe und blendeten ihn. Vor Kurzem hatte er einen Bericht über Lichtverschmutzung gelesen, an den er in diesem Moment denken musste. Die künstliche Beleuchtung der Großstädte, die aus dem All betrachtet wie radioaktiv eingefärbte Metastasen wirkten. Steiger justierte an dem Intervallschalter des Scheibenwischers, um einen geeigneten Rhythmus zu finden, der ihm freie Sicht ermöglichte. Er zog ein Taschentuch aus einer Packung und rieb beim nächsten verkehrsbedingten Stopp mit hektischen Bewegungen über das Glas, da ihn die unzähligen kreisrunden Abdrücke, die der Saugnapf seines mobilen Navigationsgerätes hinterlassen hatte, irritierten. Er hatte nie verstanden, wie man einen so hochtechnischen Apparat, der mit einem Satelliten oben im Weltall kommunizierte, mit einer derart stümperhaften Befestigungsmethode ausrüsten konnte.

Zuverlässig sorgte sie dafür, dass einem das Navi während der Fahrt in den Fußraum fiel. Egal, wie fest man es zuvor gegen die Scheibe gepresst hatte.

Der abendliche Berufsverkehr ebbte allmählich ab. Trotzdem, von entspannter Verkehrslage konnte man im Ruhrgebiet vielleicht mitten in der Nacht sprechen. Einer dieser großen, mit Werbefolien zugepflasterten Gelenkbusse fuhr – auf seinen Vorrang beharrend – von der Haltestelle, dröhnte rechts an ihm vorbei und presste seine warmen Dieselabgase durch die Belüftung seines Wagens. Steiger drückte die Umlufttaste und schaltete die Klimaanlage ein, deren muffiger Geruch ihn daran erinnerte, dass eine Wartung längst überfällig war. Sie tat ihren Dienst und sorgte für freie Sicht. Der Bus fuhr so langsam, dass Steiger sicher war, neben ihm herjoggen zu können. Er saß seit nicht mal 20 Minuten im Auto und seine Laune sank. Jeder Autofahrer, der sich berufsbedingt durch den Ruhrgebietsverkehr quälen musste, kannte das Gefühl des permanenten und nicht versiegenden Adrenalinausstoßes. Steiger musste sich dazu zwingen, nicht mit seinem Handballen auf die Hupe zu drücken. Es hätte sowieso nichts gebracht. Der Fahrer vor ihm würde nicht schneller fahren und die nächste Haltebucht war nicht allzu weit entfernt. Außerdem hatte er sein Ziel fast erreicht, wie ihm ein Straßenschild verriet. Nur wenige Meter bis zur Hausnummer 48. Der Bus vor ihm hielt mit laut zischenden Druckluftbremsen an. Wieder fühlte er einen leichten Anflug von Aggression. Wie viele Fahrer des öffentlichen Personennahverkehrs schien auch jener vor ihm einfach auf der Straße zu halten, anstatt die Haltestelle anzufahren.

Ballungsräume machten krank, da war er sich sicher. Wer nicht paranoid, schizophren oder in anderer Weise psychisch auffällig war, wurde es hier unter Garantie. Angriff und Fluchtverhalten. Diese beiden Urinstinkte beherrschten die Menschheit und spulten ihr Programm gnadenlos herunter. Das Dilemma war, dass keiner dieser beiden Triebe umsetzbar war und man sich unweigerlich in einem ewigen Kreislauf psychosomatischer Symptome wiederfand, die einen auf Dauer jeglichen Energiefluss nahmen, um sich früher oder später in diversen, chronischen Erkrankungen zu manifestieren. Wieder ermahnte er sich in Gedanken zur Besonnenheit. Er fragte sich, warum der Bus sich nicht absenkte und warum keine Fahrgäste ein- oder ausstiegen.

Ihm fiel auf, dass die Passanten auf der Straße stehen geblieben waren. In ihren Gesichtern spiegelte sich Neugier, Fassungslosigkeit. Als er genauer hinsah, stellte er fest, dass sie alle zum selben Punkt blickten. Steigers Augen folgten denen der Umstehenden, bis ihm das gewaltige Heck des Busses die Sicht nahm.

Steiger blickte in den Rückspiegel. Der Autofahrer hinter ihm hatte die Fahrertür geöffnet und stand neben seinem Fahrzeug, während er wie hypnotisiert, den Kopf in den Nacken gelegt, nach oben sah.

Steiger stellte den Motor aus und zog den Zündschlüssel ab. Dann stieg er aus. Genau in dem Moment, als etwas unmittelbar vor ihm auf das Dach eines geparkten Pkw aufschlug.

Die Wucht, mit welcher der Körper auf die Fahrzeugfront aufprallte, war so gewaltig, dass Steiger die Druckwelle förmlich spürte. Wie in Zeitlupe beobachtete er, wie der Wagen sich absenkte. Das Verbundglas der sonst durchsichtigen Windschutzscheibe trübte binnen Millisekunden milchig ein und formte ein bizarres Spinnennetz an der Stelle, wo der Mann mit dem Kopf aufgeschlagen war. Die Schreie der Schaulustigen drangen nur dumpf zu Steiger durch. Wie in Trance blickte er die Hausfassade hoch zu dem weit geöffneten Fenster in der dritten Etage. Dann löste sich seine Starre. Langsam schritt er auf den wenige Meter entfernten Wagen zu, dessen Warnblinklicht die Szene gespenstig ausleuchtete. Der Mann lag auf dem Rücken. Der Hinterkopf befand sich auf der eingedrückten Scheibe, das Becken hatte einen tiefen Keil in die Motorhaube geschlagen. Er muss sich in der Luft gedreht haben, fuhr es ihm durch den Sinn. Sonst läge er bäuchlings, mit dem Kopf zum Stoßfänger. Steiger trat an den Mann heran. Blut sickerte irgendwo vom Hinterkopf über die Glassplitter und vermischte sich dort mit dem Nieselregen zu dünnen Rinnsalen. Steiger legte zwei Finger an den Hals des Mannes und fühlte ein zartes Pochen unter seinen Kuppen. Er blickte auf den Oberkörper und erkannte ein kaum merkliches Heben und Senken des Brustkorbes. »Er lebt! Ruft einen Notarzt!«

Seine Stimme schien die umherstehenden Passanten aus ihrem Schockzustand zu reißen. Ein Mann und eine Frau eilten zu ihm, während ein anderer sein Handy ans Ohr presste.

»Bewegt ihn nicht«, sagte Steiger. Er hielt es für unwahrscheinlich, dass die Wirbelsäule bei der Fallhöhe keinen Schaden genommen hatte. »Stützt ihn leicht und seht zu, dass er nicht runterrutscht.«

»Rettungswagen ist unterwegs«, hörte er eine Stimme von hinten. Steiger trat etwas zurück und sah wieder die Fassade hinauf zu dem Fenster. Gerade, als er sein Augenmerk abwenden wollte, vernahm er eine Bewegung zwischen den Vorhängen. Er hätte schwören können, einen Kopf gesehen zu haben. Ihm war, als hätte jemand kurz nach unten geschaut. Während Steigers graue Zellen auf Hochtouren liefen, fiel sein Blick auf den Eingangsbereich des Hauses. Nummer 48, las er ab. Für einen flüchtigen Moment blieben seine Augen auf den Ziffern haften. Dann rannte er los.

Die Haustür war geschlossen. Wahllos drückte er mehrfach mit der flachen Hand auf die Klingelleiste. Eine gefühlte Ewigkeit später ertönte der Summer. Er stieß die Tür auf, nahm mit jedem Schritt drei Stufen auf einmal. Sekunden später war er bereits im ersten Geschoss, drängte sich rüde an einem älteren Mann vorbei, der in Jogginghose und Feinrippshirt im Flur stand. Steiger zog sich am Handlauf hoch, vernahm hinter sich die Proteste des Bewohners und nahm die letzten Stufen zur dritten Etage. An beiden Wohnungen waren keine Namensschilder angebracht worden. Einen Wimpernschlag überlegte er, dann drehte er sich nach rechts und trat in Höhe des Knaufs gegen die Tür. Der Fallkopfriegel des Schlosses riss das metallene Schließblech aus der Holzzarge, welches mit einem lauten Poltern auf das Parkett fiel. Die Tür schwang auf, schlug im Inneren der Wohnung gegen ein Hindernis und prallte zurück. Steiger stieß sie erneut auf, stürmte in die Wohnung und schnappte sich einen Schirm, der am Eingang in einer Blumenvase steckte. Niemand war ihm entgegengekommen, und die Tür war verschlossen. Wen er auch immer am Fenster gesehen hatte, musste sich somit in der Wohnung befinden. Er schritt durch die lang gezogene Diele, von der alle anderen Räume abzugehen schienen. Die Geräusche der Straße kamen von links. Von Weitem näherte sich hörbar ein Rettungswagen. Er atmete tief durch, dann trat er beherzt in den ersten Raum, den Schirm fest umschlossen in seiner Hand, bereit, damit einen Angreifer niederzustrecken.

Vor dem geöffneten Fenster stand ein Stuhl. Die Vorhänge wehten weit in den Raum hinein. Plötzlich vernahm er Schritte. In schneller Reihenfolge. Er fuhr herum. Das dumpfe Poltern kam eindeutig aus dem Hausflur. Steiger rannte los. In der Diele stolperte er über die Holzsplitter des zerborstenen Türrahmens, trudelte, konnte einen Sturz so gerade eben verhindern und ergriff das hölzerne Geländer. Er spähte nach unten, sah eine Person, die hinunterlief, und rannte los. Die letzten Stufen sprang er. Steigers Vorwärtsschwung wurde jäh gestoppt. Im Hausflur stand die halbe Mieterschaft dicht gedrängt im Eingangsbereich und befriedigte ihre Neugier. Unmöglich, dass der Flüchtige hier durchgedrungen war. Er drehte sich um und beschleunigte auf die offen stehende Kellertür zu. Tief musste er sich ducken, um sich nicht an der Gewölbedecke den Kopf zu stoßen, während er die alten, ausgetretenen Treppen hinunterschritt. Steiger rannte den Gang entlang, stieß eine angelehnte Hintertür auf und stand plötzlich in einem gepflasterten Hof, dessen rote, vielleicht zwei Meter hohe Ziegelmauern das Grundstück einfriedeten. Links, auf der anderen Seite, hörte er wieder schnelle Schritte. Er nahm Anlauf, zog sich auf den Mauersims hoch und sprang auf der anderen Seite hinunter. Gerade noch sah er eine Person, die durch eine Einfahrt sprintete und dann nach links aus seinem Blickfeld verschwand. Die Person hatte schätzungsweise 20, vielleicht 25 Meter Vorsprung. Steiger nahm die Verfolgung auf. Doch etwas irritierte ihn. Der Flüchtende trug lange Haare. Steiger hatte bisher nur sehr wenige Männer gesehen mit einer derartigen Haarpracht. Aber er, war sich sicher, dass diese zu einer Frau gehören mussten. Die eckigen Bewegungen, die gesamte Statur des Flüchtenden ließen ihn jedoch auf einen Mann schließen. Steiger hielt gleichen Abstand. Aus Erfahrung wusste er, dass jeder Verfolgte Reserven freisetzte, die ihn über sich hinauswachsen ließen. Investierte er zu Beginn zu viel Energie, würde seine Muskulatur nach kurzer Zeit übersäuern und der andere entkam. Es war ratsamer, sich seine Kräfte einzuteilen und darauf zu warten, dass der andere ermüdete. Denn so sehr Angst am Anfang auch Leistungen freisetzte, zu denen man unter normalen Umständen nicht fähig war, so schnell schwand sie auch wieder.

Aber die Distanz blieb gleich. Zu sehr wurde der andere durch sein körpereigenes Doping nach vorn gepuscht. Unvermittelt schlug er einen Haken und rannte über die Straße. Mit einem ohrenbetäubenden Quietschen krallten sich die Reifen eines Wagens in den Asphalt. Das Fahrzeug kam dem Mann so nahe, dass dieser sich instinktiv dem Auto zuwandte und sich für einen Moment mit den Händen auf die Motorhaube abstützte. Ein Reflex, der ihm wertvolle Zeit kostete. Den Bruchteil einer Sekunde später knallte der Wagen dahinter in das Heck des ersten Fahrzeuges, was den Flüchtenden auf die Motorhaube auflud und ihn seitlich wieder abwarf. Er rappelte sich auf und rannte weiter.

Steiger beschleunigte seinen Lauf, sprang über die Front des Peugeot, dessen Fahrer auf die Hupe drückte und »Bist du bescheuert, du Arschloch?« rief.

Steiger hatte etwas aufgeholt, doch seine Lungen brannten, und er spürte, dass seine Beine müder wurden. In seinen Ohren rauschte es. Sein Gesichtsfeld schien sich einzuengen und bald würden die ersten Lichtblitze vor seinen Augen erscheinen. Lange konnte er dieses Tempo nicht mehr gehen.

Irrwitzigerweise musste er in dieser Situation an die zahlreichen Actionfilme denken, in denen sich die Darsteller im Sprint über ganze Blocks verfolgten, ohne erkennbar außer Atem zu sein.

Auch die Beine des anderen wurden schwerer. Er setzte bereits mehr und mehr den ganzen Fuß auf und nicht mehr nur den Ballen und die Zehen. In einer geradezu quälenden Langsamkeit näherte sich Steiger. Er war bereits so nah, dass er den schweren Atem seines Gegners hören konnte und an dessen hektischen Kopfbewegungen sah, dass er verzweifelt nach einer Möglichkeit suchte zu entkommen. Unvermittelt riss dieser einen Passanten zu Boden, sodass Steiger über den vor ihm liegenden Mann zu Boden stürzte. Sofort schoss ein starker Schmerz in seine Schulter. Für den Bruchteil einer Sekunde überlegte er, ob er aufgeben und die Verfolgung abbrechen sollte. »Den Wichser hol ich mir!«, knurrte er stattdessen, erhob sich und setzte sich wieder in Bewegung. Der Vorsprung war nun wieder deutlich größer. Zu groß, um ihn einzuholen. Steiger wusste, seine einzige Möglichkeit bestand darin, dranzubleiben, bis die Kräfte seines Widersachers zu Ende waren.

Und dessen Reserven waren aufgebraucht. Denn er stützte sich kurz an einer Mauer ab und blickte zurück, bevor er in eine Einfahrt bog und für einen Moment aus Steigers Sicht verschwand. Sie befanden sich auf der Rückseite eines Lebensmittelgeschäftes. Eine Sackgasse, umgeben von angrenzenden Gebäuden. Ein großer Scheinwerfer sprang an und leuchtete den Hof taghell aus. Unzählige Europaletten hatte man an die seitliche Mauer eines eingeschossigen Anbaus gestapelt, zwischen denen Steiger eine große Metalltür für die Warenannahme sah. Der Mann gab nicht auf und kletterte einen dieser Stapel hinauf. Steiger lief hinzu und mobilisierte die letzten Reserven. Der Schmerz in seiner Schulter durchfuhr ihn wie ein Stromschlag, als er sich hastig hochzog. Gerade als der Flüchtende auf das Dach kriechen wollte, bekam Steiger dessen Knöchel zu fassen. Doch seine Kraft reichte nicht aus, seinen Gegner zurückzuziehen. Dieser trat unkontrolliert um sich, befreite sich aus seinem Griff und erhob sich schwerfällig.

Steiger tat es ihm nach, zog sich hoch. Unruhig tasteten seine Augen das Dach ab. Der Mann mit der wallenden Mähne stand an der anderen Seite des Gebäudes und starrte hinunter. Er atmete schwer, blickte nach links und nach rechts und verharrte. Langsam drehte er sich um.

Steigers Brustkorb hob und senkte sich in einem Tempo, das nicht auszureichen schien, sein Sauerstoffdefizit auszugleichen. Seine Schulter schmerzte weiter höllisch. Der Fremde ging langsam und entschlossen auf ihn zu, griff hinter sich und zog ein Messer. Steiger betrachtete den Stahl, der im Licht des Fluters aufblitzte. Und obwohl sein Unterbewusstsein aufschrie, gelang es seinem Verstand nicht, dessen Botschaft umzusetzen und ihn aus seiner Starre zu lösen.

Der Fremde war nun ganz nah. Beinahe in Reichweite. Die Perücke saß schief. Das Gesicht des Mannes war geschminkt. Der Schweiß hatte das Make-up verwischt und gab dem Fremden ein dämonisches Aussehen. Er sah Steiger einen Augenblick lang an. Der erste Angriff kam unvermittelt. Beinahe ansatzlos. Steiger spürte den Luftzug nahe an seinem Gesicht, während er reflexartig nach hinten auswich. Der Mann atmete schwer durch den geöffneten Mund. Er schien älter als Steiger zu sein, sofern dieser das durch die Schminke hindurch beurteilen konnte, und seine körperliche Erschöpfung war deutlich größer. Langsam bewegten sie sich im Kreis. Steiger hatte das Gefühl dafür verloren, wo in etwa sich die Europaletten befanden. Es war zu gefährlich, einfach so ins Nichts zu springen. Der Anbau war gut und gerne drei Meter hoch. Die Höhe war ausreichend, um sich sämtliche Knochen zu brechen. So blieb ihm nichts anderes übrig, als abzuwarten und auf seine Chance zu hoffen. Steigers Ziel war es, sich unauffällig und langsam in den Bereich zu bewegen, in dem er den Holzstapel vermutete und über den er möglicherweise entkommen konnte. Immer wieder blinzelte sein Gegner, versuchte mit hektischen Bewegungen seines freien Armes die immense Menge an Schweiß von seiner Stirn zu wischen, der ihm mit der Schminke in die Augen lief. Weiter drehten sie sich. Einige Male vollführte der andere Scheinangriffe ohne in eine bedrohliche Nähe zu kommen. Die Art, wie er die Klinge hielt, wie er das Messer führte, zeigte Steiger, dass er ungeübt im Umgang mit einer solchen Waffe war. Steiger wusste, dass es höchstwahrscheinlich nicht die Absicht dieses Kerls war, mit ihm zu kämpfen. Sonst hätte er sich ihm viel früher gestellt. Er hatte sein Gegenüber in die Enge gedrängt, jeglicher Fluchtmöglichkeit beraubt musste er zum Angriff übergehen. Und hier sah Steiger seine Chance.

»Okay, Kumpel. Du hast gewonnen«, sagte er ruhig, während er sich weiter langsam rückwärts bewegte. Der andere reagierte nicht. Seine Augen waren weiter auf ihn gerichtet, als würde er auf einen faulen Taschenspielertrick warten.

»Ich habe nicht vor, mich mit dir anzulegen. Deine Argumente reichen mir.« Der andere reagierte nicht, sondern ging weiter langsam auf ihn zu.

»Vorschlag! Du machst dich vom Acker und ich bleib hier oben. Was hältst du davon?« Steiger lief weiter langsam rückwärts. Der andere folgte ihm, das Messer vor sich haltend.

Plötzlich spürte Steiger eine Unebenheit. Automatisch blieb er stehen und sah zur Seite. Er befand sich am Ende des Daches. Wieder suchten seine Augen den Blickkontakt mit seinem Angreifer. Genau in diesem Moment stürmte dieser auf ihn zu.

Steiger verharrte in seiner Starre. Wie in Zeitlupe beobachtete er, dass der Arm des Fremden sich streckte, die Klinge des Messers auf seinen Oberkörper ausrichtete, als plötzlich der helle Scheinwerfer erlosch. Für den Bruchteil einer Sekunde war der Angreifer irritiert und blickte in Richtung der erloschenen Lichtquelle. Steiger reagierte blitzschnell, wenige Zentimeter, bevor das geschliffene Metall in seinen Brustkorb dringen konnte, drehte sich dieser zur Seite, sodass die Schneide seinen Unterarm touchierte, das Leder seiner Jacke durchtrennte und in das Fleisch seines linken Unterarms schnitt. Mit seiner anderen Hand ergriff Steiger seinen Gegner am Ärmel und zog ihn zu sich. Dieser riss den Kopf herum, taumelte mit weit geöffneten Augen nach vorn und stürzte kopfüber in die Tiefe. Steiger vernahm den dumpfen Aufprall.

Er fühlte eine warme Flüssigkeit, die an seinen Fingern heruntertropfte, während er sich leicht nach vorn beugte und nach unten ins Schwarze sah. In einiger Entfernung hörte er ein Martinshorn, was sich zügig näherte. Seine Augen versuchten die Dunkelheit unter ihm zu durchdringen. Er legte den Kopf schief und lauschte, vernahm jedoch nichts.

Ein weiteres Signalhorn näherte sich aus einer anderen Richtung. Plötzlich wurde es erneut taghell. Jemand hatte den Bewegungsmelder des Scheinwerfers ausgelöst.

»Keine Bewegung! Polizei!« Es bestand für Steiger kein Zweifel, dass der Beamte, der mit gezogener Waffe auf ihn zulief, es ernst meinte. Langsam hob Steiger seinen gesunden Arm über den Kopf.

*

Die Ärzte und das Pflegepersonal des Alfried-Krupp-Krankenhauses hatten alle Hände voll zu tun. Das scheinbare Chaos einer Unfallambulanz zeigte sich so, wie man es aus amerikanischen Serien kannte. Das unberechenbare Wetter der vergangenen Tage hatte stellenweise zu Glatteis geführt. Das Eis taute tagsüber, neuer Niederschlag kam hinzu und gegen Abend zogen die Temperaturen wieder an. Das Ergebnis saß in Form diverser Knochenfrakturen in den Warteräumen oder lag in Krankenbetten, die mangels ausreichenden Personals und freien Zimmern – zumindest für Kassenpatienten – auf den Fluren geparkt waren. Einige der Unfallopfer hatten bereits ihre Röntgenbilder in den Händen und warteten vor den Verbandsräumen auf ihren Gips oder darauf, auf eine der Stationen gebracht zu werden. Steiger saß auf einer Liege, die mitten im Raum stand und mit einer grünen, abwaschbaren Kunststoffmatratze bezogen war. Der Behandlungsraum roch nach einer Mischung aus Desinfektionsmitteln, Schweiß und ein bisschen nach Pisse. Vielleicht drang dieser Geruch auch vom Flur durch die halb geöffnete Schiebetür in den Raum, wo ein besoffener Obdachloser mit einer notdürftig verbundenen Kopfplatzwunde – das Kinn auf die Brust gelegt und laut schnarchend – in einem Rollstuhl saß.

Man hatte Steigers T-Shirt heruntergeschnitten. Es lag in der Ecke auf dem grauen Linoleumboden. Er kannte die beiden uniformierten Polizeibeamten nicht, die sich vor dem Behandlungsraum aufgebaut hatten und ihn aufmerksam beobachteten, während ein Arzt ihn behandelte. Es waren zwei junge Polizisten, die nach seiner Zeit zur Behörde gekommen sein mussten. Zunächst wollten sie seiner Geschichte keinen Glauben schenken. Insbesondere, da sie keine weitere Person an der Stelle aufgefunden hatten. Ein Anwohner hatte zwei Einbrecher auf dem Anbau eines Lebensmittelgeschäftes gemeldet, und von diesem Tatbestand waren die beiden jungen Polizisten vorerst nicht abzubringen, sodass Steiger jegliche Erklärungsversuche unterließ und sein Recht einforderte, seinen Anwalt zu informieren. Claudia gelang es letztendlich, die Kollegen am Telefon davon zu überzeugen, dass keine weiteren rechtlichen Voraussetzungen vorlagen, ihn weiter festzuhalten. Zunächst hatten die Beamten sich uneinsichtig gezeigt. Als sie ihnen klarmachte, dass sie keinen Tatort gefunden und somit auch keine vorwerfbare Straftat hatten, wenn man mal von der Lappalie eines möglichen Hausfriedensbruchs absah, knickte der Dienstgruppenleiter ein.

Den Cut an seinem Unterarm hatte man zunächst, örtlich betäubt, gesäubert und dann geklammert. Das Anästhetikum hatte nachgelassen, sodass es um die Wunde spannte und unter dem Verband unangenehm brannte. Steiger betrachtete die dunklen Reste des rötlichen Desinfektionsmittels zwischen seiner Nagelhaut. Schlimmer war die Fraktur des Schlüsselbeins.

»'n Abend.« Die beiden Beamten traten zur Seite und Steiger erkannte Claudia, die sich den jungen Polizisten gegenüber vorstellte. Sie sah Steiger mit einer Miene an, die eine Mischung aus Sorge und Vorwürfen widerspiegelte. Das interessierte ihn nur bedingt, weil das schmerzhafte Gezerre des Arztes und der Krankenschwester hinter ihm seine Aufmerksamkeit forderte.

Sie wechselte einige Worte mit den Polizisten, die sich anschließend davonmachten, nicht ohne Steiger mit unverhohlener Verachtung anzusehen. Für sie hatte er Dreck am Stecken, und die Tatsache, dass sie von dannen ziehen mussten, ohne ihm etwas nachweisen zu können, störte sie offenbar sehr.

Wieder traf Steiger Claudias tadelnder Blick. Er rang sich ein Lächeln ab. Bevor er etwas sagen konnte, verzog er schmerzverzerrt das Gesicht. »Verflucht!«, entfuhr es ihm.

»Da müssen Sie durch«, sagte der Arzt recht emotionslos.

Claudia stellte sich daneben und betrachtete die Arbeit des Mediziners. »Sieht ja toll aus. Was ist das? Eine Fallschirmausrüstung?«

Der Arzt blickte nicht auf, sondern arbeitete konzentriert weiter. »Das nennt man einen Rucksackverband.«

»Interessant. Und wofür ist der?«

Der Mediziner beendete seine Arbeit und überließ die restlichen Handgriffe der Schwester. »Herr Kettner hat sich infolge eines Sturzes eine sogenannte Klavikulafraktur zugezogen.«

Claudia musterte Steiger, der mit angespanntem Gesichtsausdruck zur Seite sah. »Wirkt sich das auf sein Gehirn aus?«

»Weniger«, erwiderte der Arzt. »Es handelt sich um einen Bruch des Schlüsselbeins. Meiner Meinung nach gehört Herr Kettner auf die Station. Er …«, der Arzt sah Steiger anklagend an. »Herr Kettner zeigt sich etwas … uneinsichtig.«

Claudias Grinsen war eindeutig süffisant. »Sie meinen, er ist ein verdammter Starrkopf?«

»Ist gibt keinen definierten, medizinischen Fachausdruck dafür. Ja, ich kann diese Bezeichnung gelten lassen«, sagte der Mediziner und wandte sich wieder Steiger zu. »Der Rucksackverband muss täglich – ich betone täglich – nachgespannt werden, sonst bringt uns die Aktion nichts. In einer Woche führen wir ein Kontrollröntgen durch.«

»Wie lange muss ich das Teil tragen?«

»Mindestens vier Wochen. Dann sehen wir weiter. In Ihrem eigenen Interesse sollten Sie sich schonen. Damit meine ich, so wenig wie möglich bewegen. Wobei ich mir sicher bin, dass die Schmerzen, die in den kommenden Stunden einsetzen werden, Ihnen Ihre Grenzen ohnehin aufzeigen werden. Kommen Sie morgen wieder. Die Schwester wird Ihnen gleich einige Tabletten und die AU mitgeben. Wenn Sie mich entschuldigen …«

Claudia nickte dem Unfallchirurgen zu, wartete, bis dieser den Behandlungsraum verlassen hatte, und drehte sich dann wieder ihrem Exmann zu. »Dann bin ich mal gespannt, was du mir so zu erzählen hast.«

Vor dem Krankenhaus hielt sie ihm die Tür ihres SUV auf. Der hohe Einstieg kam ihm gelegen. Trotzdem bekam er eine Kostprobe davon, wie sich die kommenden Tage gestalten würden, als er versuchte, sich anzuschnallen. Wenn die Schmerzen nur ein Vorgeschmack auf das waren, was der Arzt im prophezeit hatte, würde er tatsächlich nicht viel ausrichten können. Er fluchte innerlich. Seine Wohnung war lange nicht fertig und eine Auszeit von mehreren Wochen konnte er sich nicht erlauben. Steiger war froh, dass er für solche Fälle eine sündhaft teure Versicherung abgeschlossen hatte. Wenn sie denn zahlte.

Auf der Fahrt zu seiner Wohnung, die ungefähr fünf Minuten Fahrzeit vom Krupp-Krankenhaus entfernt lag, schilderte Steiger Claudia die letzten Stunden.

»Hast du der Polizei davon erzählt?«, wollte sie wissen.

Steiger schüttelte den Kopf. »Den beiden Pamperspolizisten? Ich bitte dich … ich würde nicht hier in deinem Auto sitzen, sondern im Zentralen Polizeigewahrsam und auf die Vorführung zum Haftrichter warten.«

»Die Tatsache, dass sich offenbar jemand in der Wohnung befand, als die Person aus dem Fenster fiel, und der Umstand, dass aus genau dieser Wohnung eine zu allem entschlossene Person floh, ist sicher etwas, was die Polizei wissen sollte. Findest du nicht?« Claudia bremste den Wagen und sah Steiger an. »Denn ich vermute, du denkst ebenso wie ich, dass es vielleicht kein Suizidversuch war.«

»Natürlich denke ich das. Der Typ ist entkommen. Wenn ich ehrlich bin, hätte ich früher auch niemandem eine solche Geschichte abgekauft. Hast du es vergessen? Ich hab die Tür von der Bude eines Mannes eingetreten, der halbtot auf der Straße lag, flüchte anschließend und werde dann mit einer Stichverletzung und gebrochenem Schlüsselbein von der Polizei auf einem Anbau gestellt. Ist nicht gerade ein normales Verhalten. Ich muss dringend mit Welke reden.«

»Ruhig, Brauner!« Claudia hielt vor Steigers Haus. »Erst solltest du nachdenken, wie es weitergeht. Welke mag mit dir befreundet sein. Trotzdem ist er ein Polizeibeamter und muss gegen dich ermitteln, wenn du die Sache falsch angehst. Am besten ist es, wenn du zur Ruhe kommst. Du kannst morgen früh mit Welke sprechen. Die Ermittlungen liegen sowieso auf Eis. Wenn es Bahlke ist, der den Seemannsköpper gemacht hat, dann hat der momentan andere Sorgen, als sich mit der Polizei zu unterhalten. Es brennt also nichts an. Ich hole dich morgen früh ab und wir fahren gemeinsam zum Präsidium. Einverstanden?«

Einen Moment zögerte er. Dann sah er sie an und nickte.

KAPITEL 10

Welke trommelte gereizt mit den Fingern auf seinen Schreibtisch. Er überlegte, ob Tetzlaf überhaupt jemals in ihrer mehrjährigen Zusammenarbeit pünktlich zu einer Besprechung erschienen war. Darüber hinaus fragte er sich, was schlimmer war: seine permanente Unpünktlichkeit oder seine Entschuldigungen, die grundsätzlich ein plötzliches und unerwartetes Verkehrschaos auf der A 40 zu Zeiten des Berufsverkehrs als Grund anführten. Tetzlaf war für Welke ein Phänomen. Er hatte selten jemanden erlebt, an dem Kritik so abperlte. Bescheidenheit und Demut waren Eigenschaften, die bei ihm nur rudimentär ausgebildet waren. Anders als bei vielen Kollegen beruhte Tetzlafs Verweigerungshaltung nicht auf einer bewussten Auflehnung. Es war keine Form niederer Rebellion. Er ließ jegliche Zurechtweisung einfach nicht an sich ran. Beinahe jeder empfand eine von Welke geäußerte Kritik als Ohrfeige. Er war in der Lage, Menschen mit nur einem einzigen Blick einzuschüchtern. Tetzlaf ging das am sprichwörtlichen Arsch vorbei, als wäre sein gesamter Charakter teflonbeschichtet. Auf der einen Seite beneidete ihn Welke darum, auf der anderen Seite trieb er ihn mit dieser nach außen getragenen Unantastbarkeit an den Rand des Wahnsinns. Er wollte sich einfach nicht einer – wie Welke fand – altersgerechten Anpassung unterziehen. Das galt sowohl für dienstliche Belange, die sich in seiner Beurteilung widerspiegelten, als auch für sein Privatleben. Was das Berufliche betraf, hatte ihm seine Einstellung recht gegeben. Er wurde zwar deutlich später befördert, mittlerweile war er aber ebenfalls Hauptkommissar geworden und machte keinen Hehl daraus, dass ihm dieser Dienstgrad völlig ausreichte. Welke wusste, Tetzlaf hatte eine Tochter. Er hatte anerkennend beobachtet, wie er sich in jeglicher Hinsicht für die Kleine aufgeopfert hatte. Irgendwann war diese undankbare Göre dann zur Mutter gezogen, weil sie sich an die einfachsten Verhaltensregeln nicht halten wollte, und hatte ihm über das Jugendgericht Vorwürfe an den Kopf geschmissen, die fast an Misshandlung grenzten. Anstatt sich mit ihrem beschämenden Verhalten auseinanderzusetzen, bestand seitdem das einzige Interesse der Tochter darin, über Anwälte mehr Unterhalt zu fordern. Das Leben war oftmals nicht gerecht. Von dem eigenen Kind in dieser Form behandelt zu werden, war hart. Tetzlaf sprach kaum darüber. Welke wusste, dass ihn das belastete. Er selbst hatte sich immer Kinder gewünscht. Doch wenn er solche Geschichten mitbekam, war er froh, dass es nicht geklappt hatte. Der alte Hauptkommissar seufzte und sah auf seine Uhr.

Heimke schlich zur Küchenzeile, während sein Chef ihn betrachtete. Dabei musste er automatisch an Steiger denken, der jedes Mal, wenn Heimke ihm über den Weg lief, die Pimpinellen bekam.

»Manchmal glaube ich, ihr seid eine biblische Plage. So ’ne Art Prüfung«, knurrte er.

Heimke drehte sich um. »Was?«

Welke winkte ab. »Vergiss es. Wo, verflucht, ist Tetzlaf?«

Ehe Heimke etwas erwidern konnte, öffnete sich die Tür. Tetzlaf betrat den Raum und ließ sich erschöpft auf einen Stuhl fallen.

»Na, Tetzlaf?« Welke warf ihm einen vielsagenden Blick zu. »Wieder mächtig Verkehr heute, was?«

Tetzlaf pustete aus. »Die Ruhrallee …« Er rieb sich verlegen den Nacken.

»Ah, dieses Mal die Ruhrallee.« Welke verdrehte die Augen. »Wie überraschend, dass die am meisten befahrene Straße im gesamten Stadtgebiet plötzlich und unerwartet zum morgendlichen Berufsverkehr einen Rückstau bildet. Sachen gibt's …«

»Wie Weihnachten. Kommt auch jedes Jahr immer wieder überraschend.«

Tetzlaf fuhr herum und betrachte Heimkes triumphierendes Lächeln. »Willst du Kerbtier hier die Backen aufreißen?«

Heimke grinste und biss anschließend in ein Vollkornbrötchen.

Welkes Augen sprangen zwischen den beiden hin und her. Tetzlaf war das absolute Gegenteil von Heimke. Obwohl er mit Anfang 40 beinahe zehn Jahre älter war, hatte er volles dunkles Haar, stets sorgfältig frisiert, das an den Schläfen mit grauen Strähnen durchsetzt war. Er ließ keine Gelegenheit aus, sich in jeder spiegelnden Oberfläche zu betrachten und den Sitz seiner Frisur zu überprüfen. Tetzlaf kleidete sich seinen Vorstellungen gemäß modisch und war davon überzeugt, einen großen Schlag bei Frauen zu haben. Für ihn war Heimke mit seinem blassen und unscheinbaren Äußern, seinem pubertierenden Bartwuchs, seiner Nickelbrille und seinen erzkonservativen Vorstellungen ein Typ Marke Buchalter, der Hänseleien geradezu heraufbeschwor. Dazu presste er sich immer in viel zu enge Hemden, die seine horizontal aufgeschichteten Speckrollen unvorteilhaft hervorhoben. Hemden, die ihm mit Sicherheit allesamt Mutti rauslegte. Darüber hinaus war er Katholik und gehörte Tetzlafs Meinung nach somit einer Organisation an, vor der man die Menschheit schützen sollte. Mehrfach hatte er Welke bei seinen Schlichtungsversuchen gegenüber gesagt, dass Heimke für ihn die grausame Wahrheit dafür war, dass die Natur offenbar Freude an Erbärmlichkeit hatte und nicht automatisch auf eine evolutionäre Verbesserung ausgerichtet schien. Ihn störte dabei weniger die Tatsache, dass er seinen ästhetischen Anforderungen nicht genügte, darüber hinaus eine Weichwurst war und niemals ein echter Bulle werden würde. Es störte ihn, dass er nichts dagegen tat.

»Schnauze, verflucht noch mal!«, donnerte Welke und knallte einige zusammengetackerte Seiten auf den Tisch.

Tetzlaf warf einen Blick drauf. »Was ist das?«

»Sach ma, willst du mich in den Wahnsinn treiben? Wonach sieht das denn aus? Nach einem Reiseprospekt?« Welkes dicker Zeigefinger pochte auf die Überschrift des Dokumentes, auf dem in großen Buchstaben ›Todesermittlungsverfahren‹ zu lesen war.

Tetzlaf beugte sich nach vorn, unterdrückte ein Gähnen, betrachtete das Deckblatt und lehnte sich wieder zurück. »Stefan Bahlke? Was ist mit dem? Ich meine, außer der Tatsache, dass er tot ist.«

»Genau das wirst du herausfinden.«

Emotionslos sah Tetzlaf in Welkes Gesicht, das violett schimmerte.

»Warum machst du einen solchen Zinnober und schmeißt mir den Vorgang nicht in mein Fach?«

Welke schloss die Augen und atmete tief ein und aus. Er öffnete die Lider und seine Haut wurde wieder blasser und zeigte nun ein dezentes, weniger bedrohlich wirkendes Rot.

Tetzlaf glotzte ihn ausdruckslos an.

»Der Typ ist in Rüttenscheid aus der dritten Etage

gesprungen und hat ein Auto tiefer gelegt. Er verstarb einige Stunden später im Krankenhaus. Die Kriminalwache war vor Ort und hat dabei festgestellt, dass die Wohnungstür des Mannes eingetreten wurde. Im Rahmen der Zeugenbefragung haben die Kollegen ermitteln können, dass unmittelbar nach dem Sturz ein unbekannter Mann zunächst den Hausflur hinaufstürmte und die Tür eingetreten hat. Ein Nachbar hatte ihm auf sein Schellen hin geöffnet. Kurz darauf konnte dieser Zeuge eine Frau beobachten, die wie ein Kerl wirkte und die unmittelbar nach dem Eintreten die Treppe hinuntergerannt kam, gefolgt von dem Typen, der die Tür eintrat.«

Tetzlaf wirke teilnahmslos. »Warum hat die K-Wache nicht die Mordbereitschaft alarmiert?«

»Weil nach der Befunderhebung zunächst von einem Suizidversuch ausgegangen wurde. Keine Kampfspuren in der Wohnung. Ein Stuhl akkurat vor das Fenster gestellt, keine Verletzungsmuster, die auf ein Fremdverschulden hingewiesen haben. Darüber hinaus ein Dutzend Augenzeugen, die angegeben haben, dass der Vogel breit grinsend auf dem Fenstersims gestanden und dann die Flügel ausgebreitet hat. Der Typ, der die Tür mit seinem Fuß geöffnet hat, tat das erst nach dem Suizid. Die Jungs von der K-Wache haben eine Spusi im Bereich der Tür durchgeführt und die Bude im Anschluss absichern lassen und dann versiegelt.«

»Und warum regst du dich dann so auf?« Tetzlaf sah zu Heimke, in Erwartung eines verständnisvollen Schulterzuckens. Irgendeine Regung, mit der er seine Zustimmung über Tetzlafs Bemerkung zum Ausdruck brachte. Welke hielt es ebenso für möglich, dass er nur seinem Blickkontakt auszuweichen versuchte oder ihn schlichtweg zu einem Hinterwandinfarkt bringen wollte. Heimke starrte nur zurück und fuhr sich mit der Zunge über die Schneidezähne, offenbar auf der Suche nach einigen Körnern in den Zwischenräumen. Mit mäßigem Erfolg.

Welke schüttelte resigniert den Kopf. »Du fährst ins Krankenhaus, sprichst mit dem Arzt und schaust dir die Leiche an. Und das sofort. Ich will unmittelbaren Rapport. Dann kümmerst du dich um den Beschluss für die Obduktion.«

»Okay. Mach ich. Verrätst du mir trotzdem, warum …«

»Später«, unterbrach ihn Welke und wandte sich zu Heimke. »Heimchen, leg dir 'ne Milchschnitte und deine Matschhose raus. Wir machen einen Spaziergang, sobald Tetzlaf Meldung gemacht hat.«

Heimke blickte seinen Chef an. »Einen Spaziergang? Wohin?«

Welke erhob sich. »Ich muss dich enttäuschen. Nicht zu 'ner Hüpfburg. Zu einem ehemaligen Kollegen, der hier ganz in der Nähe wohnt und der mir einige Fragen zu beantworten hat.« Zum Beispiel, warum er in der Gegend Türen eintrat, dachte er sich.

*

Die Schmerzen waren beinahe nicht auszuhalten gewesen und Steiger hatte bereits vermutet, dass man ihm ein Placebo anstatt wirksamer Tabletten mitgegeben hatte. Sich hinlegen konnte er nicht, so hatte er es sich auf seinem alten Fernsehsessel zwischen Tapetenresten und Farbeimern, so gut es ging, bequem gemacht. Irgendwann hatte ihn dann nach einer fast letalen Dosis Schlaftabletten ein unruhiger Schlaf übermannt. Die Schmerzen waren unterschwellig in seine Träume gedrungen, hatten sich dort mit dem Sedativum verbündet und ihm teils bizarre Szenen beschert.

Nachdem er mitten in der Nacht wach geworden war, hatte er eine erneute Ration des Schmerzmittels mit abgestandener Cola hinuntergespült. Der Geschmack der Tabletten hatte sich bitter auf seine Zunge gelegt. Danach war er wieder zu Bett gegangen, in der Hoffnung, noch etwas Schlaf zu bekommen. Zunächst entfaltete das Medikament die gewünschte Wirkung, wenn auch nur verhalten. So war er wenige Stunden später wieder aufgestanden, hatte die Unterlagen der Kranken- und Unfallversicherung herausgesucht und sich die Zeit mit unerträglichen Scripted-Reality-Shows irgendwelcher privater Sender vertrieben. Das Niveau der diversen Sexhotlines, die ihn in den Werbepausen zu einem Anruf nötigen wollten, war deutlich höher als der Inhalt der Programme. Das Display seines Telefons zeigte ihm an, dass Annabelle am Abend zuvor bereits mehrmals angerufen hatte. Er konnte keinen klaren Gedanken fassen und beschloss, sich zunächst einen Schlachtplan auszuarbeiten, mit dem er Welke entgegentreten konnte. Außerdem musste er in die Klinik, sich dieses Monstrum von Stützverband richten lassen. Schlaftrunken schleppte er sich ins Bad und lehnte sich, während er pinkelte, mit der Stirn gegen die angenehm kühlen Wandkacheln. Während er sich die Hände wusch, sah er im Spiegel das Gesicht eines ausgeknockten Kirmesboxers. Steiger warf sich kaltes Wasser ins Gesicht und trocknete sich ab. Es schellte.

Er kämpfte sich einen Weg durch die Diele, die mit Müllsäcken voller Tapetenreste und dem Tapeziertisch zugestellt war, entfernte den Absperrriegel und öffnete die Wohnungstür.

Annabelle hatte den Mund geöffnet, und Steiger war sicher, dass sie soeben zu einer Salve an Vorwürfen ansetzen wollte. Seine blasse Gesichtsfarbe, der Verband an seinem Arm und das bizarre Konstrukt, welches seinen Oberkörper umschloss, froren ihren Gesichtsausdruck ein. Sie stand einfach mit geöffnetem Mund vor ihm und starrte ihn an.

Obwohl sein Zustand eigentlich ein anderes Denken forderte, kam er nicht umhin, festzustellen, dass sie atemberaubend aussah. Beinahe bedauerte er es, sie mit seinem jämmerlichen Erscheinungsbild, welches er ohne Frage in diesem Moment bot, um ihre sorgsam zurechtgelegten Worte gebracht zu haben. Er fand sie leicht erregt besonders attraktiv. Allerdings genoss er auch ihre Sprachlosigkeit. Ihr Gesicht war leicht gerötet. Es würde kälter werden, hatte der Wetterbericht vorhergesagt und ihr leicht zerzaustes Haar ließ ihn vermuten, dass der Wind aufgefrischt hatte. Er sah ihr deutlich an, sein Schweigen dauerte ihr zu lange, sie schien auf eine Erklärung zu warten, trotzdem stand sie nur da und sagte nichts.

»Du solltest den Mund zumachen. Sonst frieren dir die Mandeln fest.« Er drehte sich um und schritt in Richtung Küche.

»Bist du von der Leiter gefallen?« Sie öffnete die Knöpfe ihres Mantels, während sie eintrat und die Tür hinter sich schloss.

»Nein. Auf die Schnauze.«

Annabelle warf ihren Mantel achtlos über eine kleine Trittleiter und setzte sich. »Kommt da noch was?«, fragte sie, da Steiger keine Anstalten machte, ein paar Worte folgen zu lassen.

Er setzte sich mit schmerzverzerrtem Gesicht. »Ich hatte dich ja angerufen, nachdem ich bei dem alten Lübke war.«

Sie nickte. »Du wolltest zu diesem Bahlke.«

»Genau. Der Typ hat exakt in dem Moment, als ich bei ihm auflief, einen Seemannsköpper aus seinem Wohnzimmerfenster gemacht.«

»Du meinst, er ist tot?«

Steiger zuckte mit den Schultern. »Keine Ahnung. Er schlug auf die Haube eines Autos auf. Als ich bei ihm war, lebte er noch. Nur würde ich kein halbes Gehalt darauf wetten, dass das weiter der Fall ist. Und als ich zu seinem Fenster hochschaute, sah ich für einen flüchtigen Augenblick eine Person.«

»Konntest du sie erkennen?«

»Nein. Ich bin hoch und habe die Tür eingetreten. Der Typ konnte mir zunächst entkommen. Entweder war er in der Wohnung und ist hinter mir raus, oder er hat sich auf dem Dachboden versteckt. Jedenfalls sind wir durch halb Rüttenscheid gerannt. Dabei bin ich gestürzt. Das Schlüsselbein ist im Arsch.«

»Der Typ ist also entkommen?«

Steiger verzog das Gesicht. »Danke der Nachfrage. Mir geht es den Umständen entsprechend.«

»Tut mir leid. Echt. Das war taktlos. Ich …«

Steiger überging ihren Entschuldigungsversuch. »Zunächst konnte ich ihn auf einem Flachdach stellen. Dort hat er mich mit einem Messer angegriffen. Das Ergebnis siehst du hier.« Er hob den bandagierten Arm etwas an. »Wir haben gekämpft und er ist von dem Dach gefallen. Irgendein Anwohner hatte zwischenzeitlich die Polizei benachrichtigt, weil er uns auf dem Dach rumturnen sah. Man hat mich zunächst für einen Einbrecher gehalten und festgenommen.«

»Und der andere?«

»Verschwunden.«

»Wir wissen also nicht, wer er war?«

»Nein. Meiner Meinung nach kommt nur eine Person in Betracht. Andreas Bröcking.«

Sie zog die Stirn in Falten. »Wie kommst du drauf?«

»Ganz einfach. Er ist der Einzige, der ein Motiv hat. Und etwas hegt meinen Verdacht. Der Typ hatte eine Perücke auf und war geschminkt.«

»Wie geschminkt? War er als Frau verkleidet?«

»Ja, wenngleich auch als sehr hässliche. Verkleidet mit einer roten Langhaarperücke. Und ich fresse einen Besen, wenn die Tote von damals keine langen roten Haare hatte. Und was bedeutet das, Annabelle?«

»Dass du Marie gefunden hast.«

*

Sie überquerten die Straße. Skeptisch blickte Welke nach oben und betrachtete die kompakte Wolkendecke. Der Regen hatte aufgehört. Alles war trist und grau. Der Himmel, die Bäume und die nassen Fassaden. Auf den Ästen einer großen und knorrigen Platane saßen einige Krähen und sortierten mit ihren Schnäbeln die nassen Federn. Sollte er jemals den Entschluss fassen, Depressionen zu bekommen, dann zu dieser Jahreszeit, dachte er sich.

»Wir gehen zu Steiger?« Heimke schniefte geräuschvoll in ein Papiertaschentuch.

»Hm«, brummte Welke, zog den Kragen seines Mantels hoch, der irgendwie nicht richtig stehen bleiben wollte und vergrub seine Hände wieder in den Taschen.

»Und warum?«

Welke sah kurz in Heimkes ratloses Gesicht. Bevor er ihm antworten konnte, klingelte sein Handy. Er blieb stehen. Ein kurzer Blick auf das Display zeigte ihm einen unbekannten Teilnehmer an. Er ging ran. »Hallo, Robert. Wir müssen sprechen.«

Heimke betrachtete seinen Chef und zog fragend eine Braue hoch.

»Wo ich gerade bin?« Welke blickte auf das Wohnhaus. »Fast bei dir.«

Die beiden Polizisten machten einer attraktiven Blondine Platz, die aus dem Eingangsbereich trat, auf sie zukam und sich mit einem Lächeln bedankte.

Welke legte auf und beschleunigte seinen Schritt. Die Augen wanderten die Fassade hinauf. Ehe er die Schelle an der Haustür drücken konnte, ertönte der Türsummer.

Steigers Wohnungstür stand offen. Die beiden Beamten traten ein.

»Geradeaus in die Küche«, hörten sie Steiger.

Welke schritt voran.

»Kaffee?«, fragte Steiger.

Welke sah auf den Tisch und betrachtete die beiden Tassen. »Du hattest Besuch?«

»Ja. Annabelle Cüppers war gerade da. Wir hatten einiges zu besprechen. Du müsstest sie eigentlich gesehen haben.«

Welke überlegte, schüttelte dann den Kopf. »Ich mache uns einen«, antwortete er. »Wo sind die Tassen?«

Steiger nickte in Richtung eines Hängeschranks. »Die Pads sind in der Dose neben der Maschine.«

Welke nahm den Wasserbehälter aus dem Gerät und reichte ihn Heimke. Dessen Gesichtsausdruck ließ unschwer erkennen, dass Welke ihn in Unkenntnis gelassen hatte. Er hielt sich zurück und füllte den Behälter.

»Nebenan steht ein Stuhl.« Steiger sah Heimke an und deutete nach hinten.

Es dauerte etwas, bis Welke die drei Tassen nacheinander gefüllt und sie auf den Tisch gestellt hatte.

Wortlos tranken die Männer einige kleine Schlucke ab. Während Welke und Steiger den Eindruck vermittelten, alle Zeit der Welt zu haben und mit sich im Reinen zu sein, sprangen Heimkes Augen erwartungsvoll zwischen den beiden ehemaligen Kollegen hin und her.

»Warum bist du hergekommen, Hermann?«, unterbrach Steiger schließlich die Stille.

»Gestern Abend hat ein Typ Namens Stefan Bahlke in Rüttenscheid auf dem Fenstersims seiner Wohnung in der dritten Etage die Hände an die Hosennaht gelegt und auf einem geparkten Fahrzeug vor seinem Haus Kopfkarate gemacht. Ein Zeuge beobachtete einen Mann, der anschließend die Tür zu der Wohnung dieses Bahlke eintrat. Wenige Minuten später wird in unmittelbarer Nähe ein Kerl namens Robert Kettner unter – sagen wir mal – höchst merkwürdigen Umständen verletzt auf dem Dach eines Lebensmittelgeschäftes festgenommen.«

Steiger grinste. »Und du kombinierst daraus, dass ich …«

»Warum hast du die Tür eingetreten, Robert?«

»Ich habe herausbekommen, dass Bahlke ein ehemaliger Kommilitone von Cüppers und Gassmann war. Ich tauchte exakt in dem Moment bei ihm auf, wo er … aus dem Fenster fiel. Als ich nach oben sah, erkannte ich eine Person in dem Raum.«

»Und dann bist du rauf und hast die Tür eingetreten?«

»Ja. Der Typ konnte abhauen. Also bin ich hinterher. Den Rest kennst du sicher aus der Anzeige, welche die Kollegen geschrieben haben.«

Wieder nickte Welke bedächtig. »Du glaubst, dass Bröcking der Täter ist, stimmt's?«

»Du hast mit Lübke gesprochen, habe ich recht, Hermann?«

»Ja, Robert. Ich kenne ihn seit Langem. Als ich ihn das letzte Mal sah, war er Mitte 60.«

»Dann weißt du auch, dass Bröcking der Einzige ist, der ein nachvollziehbares Motiv hat. Sofern er tatsächlich zu Unrecht verurteilt wurde. Die Tat verjährt in wenigen Monaten. Erkennst du nicht die Zusammenhänge? Denk an die Zeitungsanzeigen. Drei der ehemaligen Beteiligten sind tot. Das sind einfach zu viele Zufälle, meinst du nicht auch?«

Welke erhob sich und drückte sein lädiertes Kreuz durch. »Ganz selten im Leben wird man mit Ereignissen konfrontiert, die, gemessen am menschlichen Sachverstand, kein Zufall sein können. Und doch sind sie es.«

Steiger schüttelte den Kopf. »Ich bin zu lange in dem Geschäft, als dass mir einer diese Geschichte als Zufall verkaufen kann. Du musst Bröcking finden. Ich bin mir sicher ...«

»Robert! Ich brauche Bröcking nicht zu finden. Er hat damit nichts zu tun.«

»Und woher weißt du das so genau?«

Welke sah seinen ehemaligen Kollegen einen Moment lang an, bevor er antwortete: »Weil Bröcking in Haft sitzt. Und das seit beinahe sechs Jahren.«

Es kam selten vor, dass Steiger sprachlos war. Das Gefühl völliger Überraschung erfüllte ihn derart, dass er für einen Moment sogar seine Schmerzen vergaß.

Welke setzte sich wieder. »Er sitzt seit fünf Jahren und einigen Monaten. Verurteilt zur anschließenden Sicherungsverwahrung, falls es dir spontan in den Sinn kommen sollte, dass er Hafturlaub gehabt haben könnte.«

Vor Verblüffung verschlug es ihm die Sprache und Steiger brauchte einen Augenblick, um sich aus seiner Starre zu lösen. »Sicherungsverwahrung? Weswegen?« Er fühlte sich entwaffnet.

»Vergewaltigung, Robert. Er ist also ein Wiederholungstäter. Glaubst du weiter an ein Fehlurteil vor 30 Jahren?«

»Und der Kerl in Bahlkes Wohnung?«

Welke zog eine Braue hoch. »Du meinst den Vogel mit der Perücke?«

»Ja. Hey! Ich bilde mir das oder vielmehr den Typen nicht ein.« Steiger hob demonstrativ seinen bandagierten Arm.

Welke atmete tief aus. »Ich sage auch nicht, dass du dich geirrt hast. Ich vermute eher, dass du einer Fehleinschätzung unterliegst.«

»Einer Fehleinschätzung? Der dritte Mann, der einen angeblichen Suizid zum Opfer fällt? Und zufällig sehe ich einen Fremden. Wieder rein zufällig Selbstmord?«

»Weil er randvoll Lysergsäurediethylamid war.«

»Was?« Steiger starrte Welke mit offenem Mund an.

»Das ist LSD, Robert«, mischte sich Heimke das erste Mal ein. »Die eigentlich richtige Bezeichnung ist Lysergsäurediethylamid 25. Das hat etwas mit der Strukturklasse der chemischen Verbindung zu tun, die …« Welke und Steiger sahen ihn dermaßen ungläubig an, dass Heimke abrupt endete und instinktiv etwas den Kopf einzog.

Welke wandte sich wieder Steiger zu. »Bahlke ist stockschwul, Robert. Ich weiß nicht genau, was die rothaarige Transe und er für ein Spielchen vorhatten. Leger gesagt, will ich es auch nicht wissen, mir es nicht mal ansatzweise vorstellen, weil mir allein bei dem Gedanken daran der Arsch wehtut. Bahlke ist nicht der Erste, der davon überzeugt ist, dass ihm während eines Trips Flügel wachsen. Und sind wir mal ehrlich: Wenn ich mich mit jemandem treffe, um im Drogenrausch irgendwelche sexuellen Faxen auszuleben, und der andere dabei draufgeht, dann habe ich kein aufrichtiges Interesse daran, dass dies öffentlich gemacht wird. Schon gar nicht, wenn ich als Prinzessin Lillifee verkleidet bin.«

Steiger fuhr sich müde mit der Hand über die Stirn. »Sicher?«

Welke zuckte mit den Schultern. »Wir werden ihn nicht mehr fragen können. Er lag mit einem offenen Schädel-Hirn-Trauma im Klinikum. Selbst wenn er es überlebt hätte, wäre er nichts weiter als ein Häufchen sabbernden Elends gewesen.«

Der große Hauptkommissar zog den Stuhl etwas zu Steiger, als wäre dessen niedergeschlagener Gesichtsausdruck für ihn Aufforderung, durch Nähe Trost zu spenden.

Welke rutschte auf dem Stuhl nach vorn, schlug ihm leicht auf den Oberschenkel und ließ seine Hand einen flüchtigen Moment auf Steigers Bein ruhen. Beinahe wirkte er so, als wüsste er nicht, was er sagen sollte. Er hatte wieder dieses väterliche Gesicht aufgesetzt, obwohl es einen unmissverständlichen Ausdruck zeigte und klar in seiner Botschaft war, dass er Steigers Interpretation nicht teilte. »Sieh mal, Robert. Die ganze Geschichte ist merkwürdig. Ohne Frage. Ich glaube, du hast dich da in etwas reingesteigert.« In seiner Stimme klang etwas Warmes. Verständnisvolles. Steiger sah ihn ausdruckslos an. Mehrfach hatte er sich die Frage gestellt, ob er sich die ganze Verschwörungsgeschichte nicht eingeredet hatte. Dass er sich so geirrt haben sollte, schockierte ihn.

»Cüppers und Gassmann haben sich das Leben genommen. Es gibt aus polizeilicher und aus rechtsmedizinischer Sicht keine Zweifel. Wenn ich ganz viel Fantasie aufbringe, würde ich mich sogar dazu durchringen und glauben, dass diese Zeitungsanzeigen in irgendeiner Form Auslöser für die Freitode waren. Und ja, vielleicht hatten die beiden Schuld auf sich geladen. Vielleicht hat die ganze Bagage Bröcking damals beschissen. Wir werden es nicht mehr herausbekommen. Aus der ganzen Geschichte können wir kein Tötungsdelikt zum Nachteil von Cüppers, Gassmann und Bahlke ableiten. Unser Rechtssystem baut auf Beweise, auf Sach- und Personenbeweise auf, und nicht auf Vermutungen. Zumal der Einzige, der ein Motiv hätte, in Haft sitzt. Natürlich werden wir alles Erdenkliche tun, um die Identität des Mannes herauszubekommen, der dich angegriffen hat. Weil es bezüglich Bahlkes Unfall jede Menge Fragen gibt. Miss der Sache nicht mehr Bedeutung bei, als sie verdient.«

Welke erhob sich. Heimke tat es ihm gleich. »Wir werden die Ermittlungen hinsichtlich des Perückenträgers übernehmen. Ich habe mit dem Regionalkommissariat gesprochen. Die gefährliche Körperverletzung zu deinem Nachteil wird also von uns subsumiert. Du wirst eine Vorladung zur Zeugenvernehmung erhalten.«

Welke reichte Steiger die Hand. »Sieh zu, dass du deine Schulter wieder hinkriegst«, sagte er zum Abschied.

»Wir finden allein raus. Und bleib erreichbar, falls sich Fragen auftun.«

Steiger sah den Männern nach, bis ihn das Geräusch der ins Schloss fallenden Tür aus seiner Trance riss.

Er ergriff sein Handy.

»Claudia? Robert hier. Wir müssen jemandem einen Besuch abstatten. Sofort!«

KAPITEL 11

Der Besucherraum der Justizvollzugsanstalt Werl war funktional eingerichtet. Stühle und Tische hatte man am Boden befestigt. Claudia war als Rechtsanwältin gekommen. Bröcking hatte ihrer Anfrage zugestimmt, womit sie als Verteidigerin erschienen war und nicht als normaler Besucher. Das Gespräch durfte deshalb nicht durch einen Beamten mitgehört werden. Sie waren spät dran. Es hatte eine Diskussion über Steigers Rolle gegeben und es hatte sie einiges an Überzeugung gekostet, den Vollzugsbeamten klarzumachen, dass Steiger ein Mitarbeiter ihrer Kanzlei war. Er hatte vorsorglich das ärztliche Attest mitgebracht, trotzdem war ein Verband in einem Hochsicherheitsbereich etwas, was für eine gewisse Unruhe bei den Beamten sorgte. Metallene Gegenstände konnte man mit einem Detektor feststellen. Bei anderen unerwünschten Gegenständen oder Substanzen gestaltete sich das weitaus schwieriger. Steiger und Claudia vernahmen ein rasselndes Geräusch. Unmittelbar darauf wurde ein Schlüssel ins Schloss eingeführt, umgedreht, dann öffnete sich die Holztür.

Bröcking hatte die typische Anstaltskleidung an. Einen dunklen Pullover, eine blaue Jeans und Schuhe ohne Schnürsenkel. Sein dunkelblondes Haar war schüttern, im Bereich der Schläfen ergraut, die glatte Gesichtshaut wirkte blass. Seine blauen Augen, die rastlos zwischen den Gesichtern seiner Besucher hin und her sprangen, ließen einen nicht zu unterschätzenden, scharfen Verstand erahnen. Und großes Misstrauen. Emotionslos bedankte er sich bei dem Beamten mit einem angedeuteten Kopfnicken, ohne ihn tatsächlich anzusehen. Er setzte sich auf den Stuhl, wartete, bis der Beamte die Tür geschlossen hatte, und ergriff, ohne sich mit belanglosen Höflichkeitsfloskeln aufzuhalten, das Wort.

»Frau Wind, nehme ich an? Ich wusste nicht, dass Sie in Begleitung kommen.« Seine Stimme war wider Erwarten kräftig.

»Das ist Herr Kettner. Er ist Privatdetektiv und arbeitet für mich in dem Fall, den ich mit Ihnen besprechen möchte.«

Bröckings Augen verharrten kurz auf Steiger. Dann wandte er sich wieder Claudia zu. »Sie möchten mit mir über Marie Diekmann reden?«

»Ja.« Claudia legte ihre Unterlagen auf den Tisch.

»Woher kommt Ihr Interesse an dem Fall? Schließlich liegt er beinahe 30 Jahre zurück.«

»Es gibt Gründe, an Ihrer Täterschaft zu zweifeln. Darum bin ich hier.«

»Was für eine Rolle würde das spielen, Frau Wind?«, fragte er teilnahmslos. »Die Tat verjährt in wenigen Monaten. Selbst wenn Sie Erkenntnisse hätten und wir uns auf diesen Eventualfall zumindest fiktiv einlassen würden, was würde dadurch gewonnen? Oder anders … was würde ich dadurch gewinnen? Meine derzeitige Haft und die daran anschließende Fortdauer der Freiheitsentziehung blieben durch eine Änderung der Sachlage unberührt.«

»Immerhin baut die Begründung der Wiederholungstäterschaft auf die erste Tat auf. Insofern wäre zumindest rechtstheoretisch die derzeitige Sicherungsverwahrung infrage zu stellen.«

Bröcking lächelte. Auf eine milde, beinahe sanfte Art.

»Sie wissen genauso gut wie ich, Frau Wind, dass es zu einer Verurteilung mit anschließender Sicherungsverwahrung bei einer Sexualstraftat keiner Wiederholungstat bedarf.«

Claudia zog nachdenklich die Stirn kraus und legte den Kopf zur Seite. »Wissen Sie, was mir durch den Kopf geht, Herr Bröcking? Ich hätte erwartet, dass Sie es begrüßen würden, dass jemand Ihre damalige Verurteilung zumindest infrage stellt. Ich behaupte nicht, von Ihrer Unschuld überzeugt zu sein. Ihr oppositionelles Verhalten überrascht mich.«

Bröcking zuckte scheinbar desinteressiert mit den Schultern. »Das liegt vielleicht daran, dass ich nach all den Jahren eine andere Perspektive habe.«

»Würden Sie mir das erklären?«

Bröcking beugte sich nach vorn und legte die Arme auf den Tisch. Er konzentrierte sich ganz auf seine Fingerkuppen, die er gegeneinander gelegt hatte, während er antwortete. »Ich bin nicht in den starren Strukturen eines normalen, intakten Familienlebens herangewachsen, die einem eine Richtung aufweisen, an der man sich orientieren kann. Und zu der man sich zurückflüchten darf, wenn man merkt, dass man vom vorgegebenen, zumindest markierten Wege abkommt. Sie wissen … dieser klischeehaft beschriebene sichere Hafen. Ich habe nie einen solchen Ankerplatz gehabt. Ich bin Zeit meines Lebens auf hoher See getrieben. Aufgewachsen bin ich in einer dieser sozialen Brennpunkte. Wo arbeitslose Väter besoffen auf der Straße lungern und deren Blagen Klebstoff schnüffeln. Chancenlos. Ohne Perspektive. Genau auf den Ort zusteuernd, in dem wir uns hier befinden.«

Bröcking breitete die Arme aus und deutete übertrieben wie ein Theaterschauspieler auf die Wände des Besucherraums.

»Vielleicht hatte ich mir selbst etwas vorgemacht. In dem ich mir einbildete, die Fähigkeit zu besitzen, meinen eigenen Weg zu gehen. Durchaus möglich, dass ich aus diesem Grund ein Jurastudium begann. Wer weiß? Vielleicht ist das alles hier um uns herum tatsächlich von vornherein mein vorherbestimmtes Schicksal gewesen. Eine Welt, aus der ich nie wirklich herausgekommenen wäre. Gelenkt durch eine höhere Macht, welche die Fäden in der Hand hält und die es zu keinem Zeitpunkt ernsthaft zugelassen hätte, dass ich meiner Vorherbestimmung entgehe.«

Claudia lehnte sich zurück und überkreuzte die Beine. »Sie mögen sich vormachen, eine andere Sichtweise entwickelt zu haben. Ich persönlich würde es als aufgeben bezeichnen.«

Bröcking zuckte mit den Schultern. »Ist das letztendlich nicht eine Frage des persönlichen Standpunktes?«

Claudia zog die Stirn in Falten. Wäre es Ihnen selbst nicht Genugtuung zu wissen, dass man Sie rehabilitieren könnte?«

Verbitterung zeichnete sich in seinem Gesicht ab. Er wirkte, als müsste er nach den richtigen Worten suchen, bevor er antwortete. »Ich habe insgesamt zehn Jahre meines Lebens im Gefängnis verbracht. Es spielt keine Rolle, ob mir irgendjemand glaubt, dass ich jeden einzelnen dieser nicht enden wollenden Tage unschuldig gesessen habe. Meine Zelle ist exakt vier Meter lang und anderthalb Meter breit. Wenn man nicht bereit ist, sich darauf einzulassen, erdrücken einen diese Wände. Man hat zu viel Zeit, um nachzudenken. Seine Taten zu reflektieren, mag hart sein und die eigentlich gerechte Strafe darstellen. Darüber nachdenken zu müssen, vorgeworfene Delikte nicht begangen zu haben, büßen zu müssen und nichts dagegen unternehmen zu können, kann einen seelisch umbringen. Ich habe kein Ziel, Frau Wind. Für mich gibt es kein Maßband, an dem ich jeden Tag einen Zentimeter abschneiden kann, der mich gedanklich näher an einen Entlassungstermin bringt. Meine Wirklichkeit spielt sich hier drin ab.«

Bröcking tippte sich an die Schläfe.

»Es ist meine Freiheit und mein Gefängnis zugleich. Würde ich mir mein Schicksal permanent vor Augen führen, wäre ich bereits wahnsinnig. Das hat nichts mit Aufgeben zu tun. Sie sind mir weiter eine Antwort schuldig, warum Sie dieser Fall interessiert.«

»Laut Akte gab es drei Zeugen. Und alle sind tot. Angeblich durch Suizid.«

Bröcking wirkte ausdruckslos. »Sie glauben nicht an Selbstmord, habe ich recht?«

Claudia zog eine Braue hoch. Die Skepsis in ihrem Blick war deutlich. »Sie scheinen sich da sicher zu sein?«

Bröcking nickte bedächtig. »Weil es nur logisch ist. Lassen Sie uns mal hören, was unser … Ermittler dazu sagt. Was ist Ihre Meinung, Herr Kettner?«

Steiger veränderte leicht seine Sitzposition in der Hoffnung, dass sein Schlüsselbein sich gnädig zeigte und den Schmerz in einem erträglichen Rahmen hielt. »Ich denke, man hat Sie verarscht. Zunächst dachte ich, Sie alle hätten die Nutte auf dem Gewissen und man hat Ihnen die Schuld in die Schuhe geschoben. Ich vermutete, dass Sie in irgendeiner Weise nach all den Jahren und kurz vor der Verjährungsfrist Beweise aufgetrieben haben, mit denen Sie die anderen an den Eiern kriegen konnten.«

Bröcking schmunzelte, als amüsierte ihn das Ganze. »Was hat Ihre Vermutung in eine andere Richtung gedrängt?«

Steiger rutschte unruhig auf dem Stuhl hin und her. Er fand keine besonders entlastende Stellung. »Selbst wenn Sie so gewichtige Beweise hätten vorbringen können, um die anderen so kurz vor der Zielgeraden dranzukriegen … deswegen bringt man sich nicht um. Das ist für mich nicht nachvollziehbar.«

»Sie meinen, Herr Kettner, dass jemand nachgeholfen haben muss?« Auf seinen Lippen lag ein Anflug eines Lächelns.

Automatisch hob Steiger seine Schultern. Etwas, was er sofort bereute. »Ja«, presste er zwischen den Zähnen hindurch, bis der Schmerz verebbte. »Das Problem ist, dass die Polizei und auch die Rechtsmediziner ein Fremdverschulden ausschließen. Und das in allen drei Fällen. Ich bin davon ausgegangen, dass es Ihnen gelungen war, die anderen in den Freitod zu treiben, oder dass Sie die Fähigkeit besitzen, Morde so unglaublich gut zu vertuschen, dass nahezu jeder darauf reinfällt.«

Bröckings angedeutetes Lächeln wuchs und verriet, dass er Gefallen an Steigers Theorie fand. Er nickte und es wirkte anerkennend. »Sie dachten, ich habe die drei ermordet?«

Steiger zog abschätzend die Mundwinkel nach unten. »Sie waren der Einzige, der ein nachvollziehbares Motiv hatte. Bis Sie mir durch die Tatsache, dass Sie hier einsitzen, den Spaß an meiner These nahmen.«

Bröcking lehnte sich ruhig zurück. »Ich hoffe, Sie nehmen es mir nicht übel.«

Claudia sah zu Steiger, während er sprach, wandte sich nun wieder Bröcking zu. Dieser zuckte plötzlich zusammen und hielt sich mit der linken Hand den Bauchbereich.

»Ist mit Ihnen alles in Ordnung, Herr Bröcking? Soll ich den Aufseher rufen?«

Bröcking schüttelte den Kopf, das Gesicht weiterhin schmerzverzerrt. »Nein. Danke.« Seine Mimik entspannte sich wieder, sodass er sich langsam aufrecht hinsetzte. Er sah deutlich blasser aus. »Eine leichte Kolik. Nichts Schlimmes.« Claudia sah ihr Gegenüber einschätzend an, bevor sie fortfuhr. »Was glauben Sie, Bröcking? Warum haben die anderen sich das Leben genommen? Ein nach beinahe 30 Jahren plötzlich auftretendes, kollektives Schuldgefühl?«

»Eher unwahrscheinlich. Da gebe ich Ihnen recht, Frau Wind.«

Claudia strich sich ihr langes blondes Haar aus dem Gesicht. »Wer also könnte ein Interesse daran haben, die Beteiligten in den Freitod zu treiben? Und was beinahe wichtiger ist ... wer hat ein solches Wissen, das geeignet ist, drei Männer in den Tod zu treiben?«

Bröcking zog fragend eine Braue nach oben. »Sie meinen, es gibt weitere Mitwisser?«

Claudia öffnete ihre Mappe, entnahm zwei Kopien der Todesanzeigen und legte sie auf den Tisch. Bröcking beugte sich vor und betrachtete sie, ohne die Blätter in die Hand zu nehmen.

»Was Sie nicht wissen können, Herr Bröcking, ist die Tatsache, dass alle Annoncen vor dem Tod der betreffenden Personen aufgegeben wurden. Jemand wusste demnach, dass den Beteiligten nur ein einziger Ausweg blieb, wenn er sie mit seinem Wissen konfrontiert.«

»Ein unbekannter Zeuge? Oder vielleicht sogar einen weiteren Tatverdächtigen? Meinen Sie so etwas in der Richtung, Frau Wind?«

Sie zog eine Braue hoch. »Sie glauben nicht daran?«

»Ich kann das Motiv nicht erkennen.«

»Habgier?«, warf sie ein.

Bröcking nickte. »Wäre sicher ein nachvollziehbarer Grund. So kurz vor der Verjährung hätte ein solcher Erpressungsversuch sicher Substanz.«

»Eine durchaus vorstellbare Konstellation«, ergriff Steiger das Wort. »Einer der drei Toten hat Mister Unbekannt um eine unfreiwillige Geldspende gebeten. Und da sich der Erpresser nicht zu erkennen gab, hat unser Phantomas sie alle drei beseitigt. Um auf Nummer sicher zu gehen. Und irgendetwas sagt mir, dass Sie diesen vierten Mann kennen.«

»Respekt, Herr Kettner.« Bröcking tat mit einer Geste so, als ziehe er seinen Hut. »Alexander Gießler war von vornherein die treibende Kraft.«

Claudia und Steiger sahen sich irritiert an.

»Wer, um alles in der Welt, ist Gießler?«, fragte Steiger.

»Ihnen sagt der Name Gießler nichts? Alexander Gießler?« Bröcking stieß ein verächtliches Schnauben aus. »Gießler war derjenige, der damals die Party schmiss und die Damen bestellte.«

»Er war ebenfalls ein Student, wenn ich richtig informiert bin?«, warf Claudia ein. »Hatte er so betuchte Eltern?«

Bröcking nickte und wirkte beinahe anerkennend. »Sie sind richtig informiert. Sein Vater war Rechtsanwalt in Düsseldorf. Man kann sagen, einer der Großen. Der ganz Großen.«

Steiger sah Claudia mit einem flüchtigen Blick an. »Ist das zufällig der Anwalt, der Sie damals verteidigte?«

»Sie sind offenkundig auch sehr gut informiert. Das ist richtig, Herr Kettner.«

»Wer hat ihn engagiert? Sie selbst hätten ihn sich nicht leisten können, oder?«

Bröcking lächelte. »Enttäuschen Sie mich bitte nicht, Herr Kettner.«

Steiger atmete schwer aus. Die Überraschung war ihm deutlich anzusehen.

Bröckings Hand lag weiter auf seinem Oberbauch. »Ich weiß nicht, wer Diekmann damals umbrachte. Gießler war immer ein Egoist. Nie hätte er sich vor den anderen gestellt. Sie hatten allesamt nichts, wovon er hätte profitieren können. Was für ein Interesse sollte sein Vater gehabt haben, mich zu verteidigen?«

»Sie meinen, dass Gießler da mit drinsteckte?« Das Erstaunen war nicht aus Steigers Gesicht gewichen.

Bröcking nickte. Die Anspannung lag weiter in seinen Zügen. »Sein Vater war Topanwalt. Was, glauben Sie, hätte es für ihn bedeutet, wenn sein Sohn eines Tötungsdeliktes an einer Prostituierten angeklagt worden wäre? Hätte einer der anderen Diekmann auf dem Gewissen, dann hätte man kein Bauernopfer finden müssen.«

»Verstehe«, antwortete Steiger. »Und trotzdem haben Sie sich auf einen Deal mit dem Gericht eingelassen. Warum?«

Bröcking verzog verächtlich das Gesicht. »Den Anzug, den ich bei der Verurteilung trug, hatte ich mir geliehen. Die einzigen abgewetzten und verschlissenen Lederschuhe, die ich besaß, passten farblich nicht dazu. Es gab nur eine Person, die mir zur Seite stand, und das war meine Mutter. Seit meiner frühesten Kindheit alleinerziehend. Gezeichnet von finanziellen Sorgen, von jahrelanger, harter Arbeit als Putzkraft. Was hätte ich mir erlauben können? Ich hätte einen Pflichtverteidiger bekommen. Als sich Gießlers Vater anbot, mich kostenlos zu verteidigen, war das ein Strohhalm, an den ich mich klammerte. Seine Uhr kostete mehr, als meine Mutter im Jahr verdiente.«

Steiger schüttelte den Kopf »Das ergibt keinen Sinn. Wenn ich über solche Informationen verfüge, warte ich nicht 30 Jahre, um dann daraus Kapital schöpfen zu können.«

Bröcking zog ein abwägendes Gesicht. »Natürlich ist es denkbar, dass die Familie Gießler bereits viel früher erpresst wurde. Glauben Sie mir, das hätte der alte Gießler nicht mitgemacht. Er hätte alles daran gesetzt, den Erpresser zu finden. Nicht weil es ihm an Zahlungsmoral und der Möglichkeit gemangelt hätte. Unter einem solchen Damoklesschwert zu leben, hätte nicht nur seinen Sohn in Gefahr gebracht. Ein Auffliegen seiner Machenschaften hätte ihn als Rechtsanwalt diskreditiert. Ein zu großes Risiko. Neben der persönlichen Schmach.«

Steiger dachte nach. »Wenn Gießler damals alleiniger Täter war und er die anderen als Zeugen kaufte, hätten diese bei einer Neuauflage nichts zu befürchten gehabt. Was bliebe, wäre ein Meineid. Der dürfte längst verjährt sein. Gießler hätte somit nichts gegen sie in der Hand.«

»Nun …« Bröcking erhob sich. »Letztendlich bleibt das alles offenbar Spekulation. Ich persönlich sehe mich nicht in der Lage, aus meiner bescheidenen Perspektive eine Bewertung vornehmen zu können. Ohnehin würde ich nicht davon profitieren, wenn Sie mit Ihrer Hypothese recht hätten. Ich fürchte, dass ich Ihnen nicht weiterhelfen kann.«

Bröcking klopfte an die Tür. Wenige Sekunden später öffnete sie der Vollzugsbeamte.

»Es war nett, mit Ihnen beiden geplaudert zu haben.«

»Warten Sie!« Claudia erhob sich. »Ich möchte Sie bitten, sich von mir vertreten zu lassen. Kostenlos.«

Bröcking überlegte, wobei er Claudia in die Augen sah.

»Sie können unsere Zusammenarbeit jederzeit kündigen. Nur, sollte ich etwas herausfinden oder weitere Fragen haben, ist es für mich einfacher, Sie darüber zu informieren. Sie wissen … die Hürden sind für einen Rechtsanwalt weniger hoch.« Sie öffnete ihre Mappe und zog ein Papier hervor. »Eine Mandantenvollmacht. Das Übliche. Mit dem Hinweis auf Kostenfreiheit und einer vierzehntägigen Gültigkeit. Sozusagen auf Probe. Ich sehe, was ich herausbekomme. Dann entscheiden Sie weiter.«

Bröckings Augen ruhten einen Moment auf Claudias Gesicht. Sein Ausdruck konnte nicht gleichgültiger sein, und für einen Moment war sie sich sicher, dass er ablehnte. Er zog das Papier zu sich und las es in einer Ruhe durch, die deutliches Misstrauen signalisierte, als suche er zwischen den Buchstaben irgendwelche Fallstricke.

Claudia hielt ihm einen Stift hin. Gerade als sie den Arm wieder senken wollte, griff Bröcking nach dem Kugelschreiber. Er wechselte ihn in die linke Hand, ließ ihn wie ein Taschenspieler kunstvoll durch seine Finger wandern, bis er ihn mit Zeigefinger und Daumen fixierte und seine Unterschrift daruntersetzte. »Wir sehen uns. In spätestens 14 Tagen«, sagte er und schritt durch die Tür.

*

Jürgen Kolewski schob energisch die Ärmel seines Dienstpullovers nach oben und setzte aus purer Gewohnheit ein Gesicht auf, als gelte es, die beiden Personen vor sich körperlich zu züchtigen. Statt sich von seiner bloßen Erscheinung, die mit einem Gardemaß von zwei Metern und drei Zentimetern auf die meisten durchaus beeindruckend wirkte, einschüchtern zu lassen, lächelte ihn die Frau selbstbewusst an. Anders als bei der Einlasskontrolle, war bei ihr nichts mehr von der Bissigkeit zu erkennen, die sie an den Tag gelegt hatte, als er den Kerl mit seinem bandagierten Oberkörper nicht einlassen wollte.

Sie öffnete ihre Spange und fuhr sich anschließend mit der Hand durch ihr Haar.

»Verraten Sie mir Ihren Namen?«, fragte sie.

»Warum?« Seine tiefe Stimme klang misstrauisch.

Ihr Lächeln blieb auf ihren Lippen. »Weil es der Anstand gebietet, dass man jemanden mit Namen anspricht, wenn man sich entschuldigen möchte.«

Kolewskis Augen verengten sich etwas. Er sah sie prüfend an. »Kolewski«, sagte er schließlich in einem neutralen Ton.

»Herr Kolewski«, begann sie und stützte sich mit beiden Armen auf den Wachtresen. »Ich hatte einen beschissenen Tag. Die Reise hierher war eine Katastrophe … ich hatte nicht das Recht, Sie so anzugehen. Kurzum …«, sie streckte ihm die Hand hin. »Es tut mir leid.«

Kolewski starrte sie einen weiteren flüchtigen Moment lang grimmig an. Dann entspannten sich seine Gesichtszüge und er ergriff ihre Hand. »Angenommen«, murmelte er.

»Das ist sehr freundlich, Herr Kolewski. Ganz aufrichtig? Ich beneide Sie dafür, dass Sie so ruhig und sachlich geblieben sind. Mehr als ich es verdient habe. Das hat mich, das muss ich zugeben, im Nachhinein sehr beeindruckt.«

Diesmal lächelte Kolewski und er wirkte dabei etwas verlegen.

»Darf ich Sie etwas fragen? Kennen Sie Andreas Bröcking?«

Kolewski nickte. »Warum wollen Sie das wissen?«

Claudias Miene verriet ohne Zweifel, dass sie nach den richtigen Worten suchte. Einige Sekunden lang sah sie Kolewski an. Dann öffnete sie ihre Mappe und legte die Mandantenvollmacht auf den Tresen. »Er hat mich beauftragt, die anstehende Sicherungsverwahrung zu überprüfen. Gleichzeitig muss ich jede Information aus ihm herauskitzeln. Ich werde aus ihm nicht schlau.«

Kolewskis Nicken wirkte verständnisvoll. »Da sind Sie nicht die Einzige. Letztens hat die Anstaltspsychologin allen, die mit Bröcking zu tun haben, die gleiche Frage gestellt.«

»Die Anstaltspsychologin? Weshalb? Bröcking hat mir nichts davon erzählt? Das ist von enormer Wichtigkeit.«

Kolewski zuckte mit den Schultern. »Ist nun mal ein komischer Vogel, der Bröcking.«

Claudia holte einen Stift hervor und schlug ihre Schreibmappe auf. »Wie heißt die Dame?«

»Feldkamp. Frau Dr. Feldkamp.«

Claudia schrieb mit. »Haben Sie eine Erreichbarkeit für mich? Oder warten Sie! Können Sie mich mit der Dame verbinden?«

Kolewski schüttelte mit dem Kopf. »Das geht nicht. Wir können Besucher grundsätzlich nicht …«

»Es wäre möglicherweise denkbar, dass Frau Feldkamp einige wichtige Fragen an uns hat, die ihr helfen, Bröcking zu verstehen, meinen Sie nicht?«

Jürgen Kolewski schaute auf die zierliche Frau vor ihm. Ihr Lächeln, welches sich als überaus standhaft herausstellte, gab ihrem Gesicht etwas Weiches und ließ nichts von den harten Zügen erahnen, die sie zweifelsfrei an den Tag legen konnte, wenn sie ihre Krallen ausfuhr. Der Kerl, mit dieser seltsamen Verbandskonstruktion hinter ihr, warf ihm einen hilflosen Blick zu. Der Justizvollzugsbeamte atmete gespielt übertrieben aus und tapste in einen Nebenraum. Claudia und Steiger sahen durch die getönte Trennscheibe, wie er den Telefonhörer an den Kopf hielt. Mehrmals nickte er, wobei er einige Male in Richtung der beiden sah, dann legte er den Hörer neben das Telefon.

Kolewski stützte beide Hände auf die Theke. »Frau Dr. Feldkamp lässt fragen, ob Sie eventuell einige Minuten Zeit für Sie hätten. Sie würde sich sofort auf den Weg machen und Sie beide abholen.«

Andrea Feldkamp trug einen schwarzen Hosenanzug, dazu hohe Schuhe, die ihre ohnehin langen Beine zusätzlich betonten. Ihre dunkelbraunen Haare waren hochgesteckt. Sie wirkte nicht aufreizend, eher spiegelte ihre Garderobe eine gewisse Neutralität wider. Claudia schätzte sie auf Ende 20, Anfang 30. Und für eine Gefängnispsychologin war sie erstaunlich attraktiv. Vor einigen Jahren hatte Claudia sich selbst im Spiegel mit größter Zufriedenheit betrachtet und anderen Frauen kaum Beachtung geschenkt. Mittlerweile bemerkte sie, dass sie immer öfter kritisch in die spiegelnden Fensterscheiben der U-Bahn blickte, wenn gut aussehende junge Dinger ihren Wagen betraten. Feldkamp begrüßte sie mit den üblichen Höflichkeitsfloskeln, dankte artig für die Zeit, welche Claudia und Steiger für sie einräumen konnten, und führte ihre Gäste durch mehrere Flure der Anstalt zu einem Bürokomplex. Claudia warf Steiger unterwegs einen strafenden Blick zu, da dieser auffallend lange dem – das musste sie zugeben – reizvollen Hinterteil der jungen Psychologin eine Menge Aufmerksamkeit zukommen ließ. Rüde drängte sie sich an ihm vorbei und versperrte ihm die Sicht.

Das Büro lag im dritten Stock des Traktes. Feldkamp öffnete die Tür mit einem Schlüssel und bat ihre Gäste einzutreten. Dann schloss sie die Tür und trat zu ihrem Schreibtisch. Hinter ihrem Arbeitsplatz befand sich eine Fensterfront, die einen Blick auf die hohe Gefängnismauer und auf dahinter liegende Einfamilienhaussiedlung ermöglichte. Claudia konnte sich nicht vorstellen in unmittelbarer Nachbarschaft zu Mördern, Totschlägern und Serienvergewaltigern zu wohnen. Sie wunderte sich, dass sich eine Vollzugsanstalt in einer derart zentralen Lage befand. Wobei ihr klar war, dass das Gefängnis vor den meisten Häusern erbaut worden sein musste.

»Ich bin froh, mit Ihnen sprechen zu können.« Feldkamps Stimme klang weich und sanft, gleichzeitig auch sachlich. Vielleicht lag es an der Intonation, an der Art, wie sie einzelne Worte formulierte.

»Ich habe die Aufgabe, ein forensisch-psychiatrisches Gutachten über Andreas Bröcking zu erstellen. Allerdings muss ich gestehen, dass er in der Vergangenheit generell nur schwer zugänglich war und gerade in den letzten Wochen sein ambivalentes Verhalten eine Beurteilung seiner Person nahezu unmöglich macht.«

Claudia lächelte ihre Gesprächspartnerin an. »Dann haben wir exakt das gleiche Problem.«

»Wo sehen Sie Gemeinsamkeiten, Frau Wind?«

»Ich bin seine Anwältin. Trotzdem verschließt er sich mir. Das in einer Form, die ich nicht einschätzen kann. Vielleicht schildern Sie mir zunächst, was Sie von Bröcking halten. Denken Sie, dass er tatsächlich die Taten begangen hat und eine Gefahr für die Allgemeinheit darstellt?«

Andrea Feldkamp schüttelte in der Art den Kopf, als gelte es, ein Missverständnis aufklären zu wollen. »Frau Wind, für mich spielt es zunächst eine untergeordnete Rolle, ob ein

Patient eine Tat begangen hat. Die Beweisführung ist Sache der Polizei und der Staatsanwaltschaft. Bitte lösen Sie sich von dem Gedanken, dass ich Teil einer Maschinerie bin, die zielgerichtet darauf hinarbeitet, Ihren Mandanten für alle Ewigkeit wegsperren zu wollen. Ich bin Medizinerin. Mein Anliegen ist ein anderes. Ich versuche eine objektive Einzelfallbewertung im Rahmen einer Patientenanalyse zu erstellen, um das derzeitige und das zukünftige Rückfallrisiko einzuschätzen.«

»Ich unterstelle mal …«, unterbrach Claudia sie, »es möchte sicher kein Gutachter bei einer solch gewichtigen Entscheidung irgendwann mal mit der Tatsache konfrontiert werden, dass ein von ihm bewerteter Straftäter durch eine Fehlentscheidung entlassen wurde und ein weiteres Verbrechen beging.«

»Natürlich«, räumte Dr. Feldkamp ein. »Der Gedanke an ein solches Worst-Case-Szenario darf die Objektivität nicht trüben. Wenn ein Gericht bei einem Urteilsspruch die besondere Schwere der Schuld erkennt und eine Unterbringung über die abgeleistete Haftstrafe hinaus für erforderlich erachtet, dann wird die sogenannte Sicherungsverwahrung aufgrund diverser Gutachten verhängt. Während der Haft werden weitere, psychologische Bewertungen getroffen und auch unmittelbar vor dem Antritt der Sicherungsverwahrung wird die Gefährlichkeit eines Häftlings geprüft, um zu sehen, ob die Voraussetzungen für die Verwahrung weiter bestehen. Daher kann man auch nicht bei der Urteilsverkündung einen festgelegten Rahmen für die Dauer der Sicherungsverwahrung benennen. Meine Aufgabe ist also eine Bewertung der Person Bröcking mit dem Ziel einer individuell ausgerichteten Therapiemöglichkeit innerhalb der Sicherungsverwahrung.«

Claudia schlug ihre Mappe auf und zückte einen Kuli. »Was genau dürfen wir uns darunter vorstellen?«

»Ich bemühe mich, eine Risikoeinschätzung im Rahmen einer Gefahrenanalyse vorzunehmen, um den derzeitigen Stand des Patienten zu dokumentieren. Sie müssen sich das so vorstellen: Zur Bewertung werden die Risiken in Faktorengruppen aufgeteilt. Zunächst ist die sexuelle Delinquenz des Patienten von Bedeutung. Hier insbesondere deren Vorgeschichte. Dann erfolgen eine Feststellung der psychosozialen Anpassung und die Zukunftspläne des Probanden. Für jede der genannten Gruppen gibt es tabellarisch aufgeführte Risikofaktoren.«

»Das heißt?«, fragte Steiger.

»Wenn wir als Beispiel die psychosoziale Anpassung nehmen, so behandeln wir hier Themen wie sexuelle Abweichung von der Norm. Wir bezeichnen es als Deviation.«

»Verstehe. Also, ob er auf abgedrehte Nummern steht«, antwortete er in seiner flapsigen Art.

Feldkamp ignorierte seine Bemerkung mit stiller Höflichkeit und wandte sich wieder Claudia zu. »Was Ihr Kollege anführt, nennen wir paraphile Tendenzen. Das können sadomasochistische Fantasien sein, über das Normale hinausgehender Voyeurismus oder ein gesteigerter, suchtverdächtiger Pornografiekonsum. Darüber hinaus Prostituiertenbesuche und auch das Masturbationsverhalten. Wir hinterfragen Beziehungsprobleme und ob der Patient selbst Opfer sexueller Gewalt oder anderer körperlicher oder psychisch verletzender Übergriffe wurde.«

»Sie versuchen also, rückwirkend die Entwicklung bis zur Tat nachzuvollziehen?«, stellte Claudia fest.

»Ja. Und darüber hinaus.«

Steiger schien kurz zu überlegen. »Und wenn der Patient nicht mitspielt?«

»Exakt das ist mein Problem, Herr Kettner. Wir können die Schwere einer sexuellen Präferenzstörung nur einschätzen, wenn wir Zugang zum Probanden finden. Das gestaltet sich bei Herrn Bröcking zugegebenermaßen sehr schwer.«

Claudia warf Feldkamp einen fragenden Blick zu. »Wenn ich Sie also richtig verstehe, erhoffen Sie sich von mir Hinweise, die Ihnen bei der Beurteilung helfen könnten? Das dürfen Sie kaum ernsthaft von mir erwarten.«

»Selbstverständlich nicht«, antwortete die Psychologin lächelnd. »Ich erhoffe mir eher von diesem Gespräch, Sie als Anwältin davon überzeugen zu können, Bröcking zur Mitarbeit zu bewegen. Tatsache ist, er wird lange Zeit in der Verwahrung bleiben. Und zum gegenwärtigen Zeitpunkt stellt sich die Frage nach einer zukünftigen Entlassung überhaupt nicht. Wenn in Bröcking ein Fünkchen Hoffnung glimmt, jemals wieder in Freiheit zu kommen, dann ist eine Zusammenarbeit unabdingbar. Ich denke, das ist auch im Interesse seines Rechtsbeistandes.«

Claudia schlug ihre Mappe auf. »Wir haben Hinweise, dass die Ersttat, die beinahe 30 Jahre zurückliegt, nicht oder nicht allein von Bröcking begangen wurde. Sie verstehen, dass ich auf Einzelheiten nicht eingehen kann.«

»Natürlich.«

»Problematisch ist für mich, dass die Tat in wenigen Monaten verjährt. Sollte Bröcking unschuldig sein oder nicht allein gehandelt haben, so werden wir den eigentlichen Täter oder die Mittäter nicht mehr zur Rechenschaft ziehen können. Darüber hinaus wäre es denkbar, die ausgesprochene Sicherungsverwahrung anzufechten. Selbst wenn Bröcking die Vergewaltigung, für die er derzeit einsitzt, tatsächlich begangen hat. Was mich irritiert, ist, dass Bröcking auf der einen Seite beide Taten vehement bestreitet, gleichzeitig kein Interesse an einer Zusammenarbeit zeigt.«

»Wir scheinen tatsächlich ähnliche Probleme zu haben, Frau Wind. In beiden Fällen steckt für Bröcking eine zumindest theoretische Chance auf eine Rehabilitierung, und gleichzeitig verweigert er jegliche Kooperation. Obwohl er hochintelligent ist.«

Claudia legte nachdenklich den Kuli an ihre Lippen. »Stellt sich die Frage, wie wir uns eventuell gegenseitig unterstützen können, ohne unsere Interessen dabei außer Acht zu lassen.«

»Es muss irgendjemanden auf diesem verdammten Planeten geben, der etwas über Bröcking sagen kann. Was ist mit Verwandten, Freunden, sofern er überhaupt welche hat?«, warf Steiger ungeduldig ein.

Feldkamp beugte sich nach vorn und stützte die Ellenbogen auf die Arbeitsplatte. Sie wirkte nun wie eine Ärztin, die dem Patienten seine Diagnose erklärte. »Standardmäßig versuchen wir auch fremdanamnestische Angaben zur Beurteilung heranzuziehen. Auch hier gelangen wir in eine Sackgasse, da Bröcking weder über eine Familie oder über andere uns bekannte Kontakte verfügt. Ich habe mit einem der Vollzugsbeamten gesprochen, der einen etwas besseren Draht zu ihm hat. Viel weiter bin ich nicht gekommen.«

Steiger kratzte sich den unrasierten Hals. »Hat er in all den Jahren keinen Besuch erhalten? Man liest immer wieder von Frauen, die zumindest regen Briefkontakt mit Gefangenen pflegen. Was ist mit ehemaligen Mithäftlingen?«

»Soweit mir bekannt, hat er nur wenige Male Besuch bekommen.« Feldkamp blätterte in der Akte, die vor ihr lag. »Ein Mann aus Kanada. Thomas Lesko. Mehr haben wir über ihn nicht.«

Steiger warf Claudia einen flüchtigen Blick zu. »Haben Sie den Mann gesprochen?«

»Nein. Natürlich habe ich nachgefragt. Wir kennen seine Adresse nicht.«

»Werden denn die Personaldaten der Besucher nicht dokumentiert?«

»Selbstverständlich. Früher wurden die Ausweise eingescannt. Aber ein Urteil vom Verwaltungsgericht Aachen aus dem Jahr 2009 hat diese Praxis für unrechtmäßig erklärt, da es darin einen Verstoß gegen die informelle Selbstbestimmung erkannte. Seitdem werden die Daten manuell eingetragen. Inwieweit Daten eines kanadischen Ausweisdokumentes überhaupt maschinenlesbar sind, ist natürlich eine andere Sache. Auf jeden Fall erfolgt die Eintragung seitdem wieder manuell. Wir haben von Lesko lediglich den Namen und das Geburtsdatum.«

Steigers Instinkt war geweckt. »Gibt es Aufzeichnungen von seinem Besuch? Wir haben in dem Besucherraum keine Überwachungskamera gesehen?«

»Nein. Besuche werden in Werl nicht videoüberwacht. Lediglich an der Pforte findet eine Kameraaufzeichnung statt.«

»Und wie lange werden die Aufnahmen dort gespeichert?«, fragte er weiter.

Feldkamp hob ihren Telefonhörer an und wählte eine vierstellige Nummer. »Feldkamp. Psychologischer Dienst. Ah, Herr Kolewski. Ich habe eine Frage. Der Eingangsbereich wird videoüberwacht. Wie lange zeichnen Sie die Bilddaten auf? Mehrere Tage? Okay. Darf ich Sie um einen Gefallen bitten?«

*

»Mal sehen«, sagte Kolewski konzentriert und bediente den Videoplayer des Computers. Er zeigte eine grob-pixelige Schwarz-Weiß-Aufnahme des Eingangsbereichs. Die Kamera befand sich oberhalb der Pforte, sodass man die Eingangstür und einen Teil des Langenwiedenwegs sah.

»Was sagten Sie? Welches Datum?«, fragte Kolewski.

»26. November. Das war ein Mittwoch«, las Feldkamp von Ihrem Notizzettel ab.

»November …«, murmelte Kolewski, während er die Aufzeichnungen rückwärtslaufen ließ. Das Band beschleunigte und der Film verlief zu einem flackernden Streifen. »So, gleich haben wir es.« Kolewski bediente erneut den Player, dann erkannten die Anwesenden im unteren rechten Bildausschnitt das Datum.

»Haben Sie 'ne Ahnung von der Uhrzeit?«, fragte Steiger.

»Nein«, erwiderte Kolewski, ohne seinen Blick von dem Monitor zu lösen. »Das ist nicht weiter tragisch. Die Besuchszeit ist mittwochs von 12 bis 15 Uhr. Also durchaus überschaubar.«

Kolewski spulte weiter und stoppte den Film. Am Bildrand erkannten alle Beteiligten, dass die Aufzeichnung 11.30 Uhr anzeigte, als der Vollzugsbeamte das Video im Suchlauf abspielte. Zunächst änderte sich kaum etwas, bis die ersten Besucher eintrafen. Einige Besucher verließen bereits wieder die JVA, als ein Taxi am äußersten Bildrand erschien. Ein älterer Mann stieg aus und näherte sich dem Eingang.

Kolewski tippte mit dem Zeigefinger auf den Monitor. »Ich meine, das ist er.« Sofort änderte er die Einstellungen und der Film lief nun in normaler Geschwindigkeit. Lesko hatte einen langen, hellen Mantel an und eine Schirmmütze auf, die er in seine rechte Außentasche steckte. Er nahm die

Kopfbedeckung ab und fuhr sich mit der rechten Hand über sein Haar, als würde er so den Sitz seiner Frisur überprüfen. Anschließend schob er den rechten Ärmel des Mantels hoch und sah auf seine Uhr. Dann verschwand er aus dem Aufnahmewinkel. Kolewski spulte wieder vor. Bereits 20 Minuten später erschien Lesko erneut. Wieder schob er den Ärmel seines Mantels hoch und überprüfte die Uhrzeit. Anschließend entfernte er sich.

»Kolewski fuhr seinen Drehstuhl nach hinten. »Das war es.«

Steiger rieb sich nachdenklich das Kinn. »Der Typ war nur etwas über eine Viertelstunde zu Besuch. Ist das nicht höchst ungewöhnlich?«

»Er muss durch die Schleuse und anschließend zum Besucherraum«, antwortete Kolewski. »Der Gefangene wird erst in den Besucherraum geführt, wenn der Gast da ist. Wenn man diese Zeiten abzieht, war er höchstens fünf Minuten bei Bröcking.«

»Das ist in der Tat merkwürdig«, schloss sich Claudia Steigers Meinung an. »Können Sie etwas zurückspulen? Vielleicht ist ja das Kennzeichen des Taxis drauf. Oder der Name der Taxigesellschaft.«

Kolewski spulte bis zur entsprechenden Stelle. Es war nur die Beifahrerseite des Fahrzeuges zu erkennen, auf der sich kein Hinweis befand. Kolewski ließ den Film erneut ablaufen und reduzierte die Geschwindigkeit, sodass einzelne Bildsequenzen zu erkennen waren. Er stoppte an der Stelle, kurz bevor Lesko sich umdrehte und aus dem Aufnahmewinkel verschwand.

»Kann man das Bild vergrößern?«, fragte Claudia.

Kolewski nickte und zoomte Leskos Gesicht heran, welches deutlich an Schärfe verlor.

»Haben Sie weitere Aufzeichnungen? So wie ich hörte, hat er Bröcking öfters besucht«, kam es von Steiger.

Kolewski schüttelte den Kopf. »Nein. Die Bänder werden nach drei Wochen automatisch überspielt.«

Claudia blickte Steiger an. »Zumindest wissen wir, wie er aussieht.«

Dieser verzog das Gesicht. »Ja. Das bringt uns auch nicht viel weiter.«

Steiger beugte sich nach vorn und betrachtete das Standbild aus der Nähe. »Kann man das Bild ausdrucken?«

»Nein«, entgegnete der Vollzugsbeamte.

Claudia drehte sich zu Feldkamp. »Ich würde zu gern wissen, wer Lesko genau ist. Sie nicht auch, Frau Doktor?«

Feldkamp hatte die Arme vor der Brust verschränkt und sah weiterhin mit in Falten gelegter Stirn auf den Bildschirm. »Er ist der Einzige, der Bröcking in all den Jahren besucht hat. Und eventuell der Einzige, der uns etwas über ihn erzählen könnte«, stimmte sie zu.

»Kann man die Sequenz speichern oder auf einen Stick überspielen?«, fragte Steiger.

Kolewski schüttelte den Kopf. »Zumindest nicht von diesem Gerät aus. Das ist lediglich ein Festplattenrekorder, der Bilder aufnimmt und wieder überspielt. Daten werden von unserem Techniker gesichert.«

»Verstehe«, sagte Steiger. »Dürfen wir uns die Aufnahme ein weiteres Mal ansehen?«

Kolewski zuckte mit den Achseln und beugte sich wieder vor. Die Aufzeichnung lief rückwärts und nahm an Geschwindigkeit zu. Der Vollzugsbeamte stoppte und die Szene begann erneut. Steiger trat etwas nach hinten, hob sein Smartphone hoch und drückte die Aufnahmetaste. Unmittelbar nachdem die Sequenz durch war, ließ er das Gerät unauffällig in seiner Außentasche verschwinden.

Claudia tippte dem großen Mann leicht auf die Schulter. »Vielen Dank, Herr Kolewski.« Ihr Lächeln schien ihm zu schmeicheln.

Claudia versprach, sich mit Feldkamp in Verbindung zu setzen, sobald sie etwas herausbekommen hatte. Sie reichte ihr ihre Visitenkarte, verabschiedete sich und ließ sich zusammen mit Steiger von Kolewski zum Ausgang führen.

KAPITEL 12

Steiger stand an seinem doppelverglasten Fenster und sah nach draußen über einen Teil der beinahe 600.000 Seelen umfassenden Stadt. Ohne dass er sich dagegen wehren konnte, tauchten seine Gedanken wieder in die Geschichte, die ihn innerlich zu zerreißen drohte. Unbewusst beobachtete er die dicken Regentropfen, welche die Scheiben hinunterliefen und das Licht der angrenzenden Straßenlaternen in allen Regenbogenfarben brachen. Es war Dezember, es wurde dementsprechend früh dunkel und man bekam bereits am späten Nachmittag das Gefühl, dass es Abend war. Nur der allgegenwärtige Verkehr, der Lärm der Motoren, das Hupen der Autofahrer passten nicht zu der Ruhe, die man mit dieser Tageszeit verband. Der Schlafmangel der vorangegangenen Nacht machte sich zunehmend bemerkbar und legte eine bleierne Müdigkeit auf seine Glieder. Er fühlte sich, als ob er 130 Kilo auf die Waage bringen würde. Nur müde zu sein, bedeutete nicht automatisch, auch Schlaf zu finden. Nach dem Besuch bei Bröcking hatte Claudia ihn ins Klinikum gefahren. Der junge Assistenzarzt hatte ganze Arbeit geleistet und dieses Mal wurde der Stützverband seinem Namen gerecht. Die Schmerzen hielten sich in Grenzen. Außerdem hatte er ihm andere Schmerztabletten mitgegeben, die zuverlässiger und besser wirken würden. Er sollte sie nach Möglichkeit nur bei Bedarf und vor dem Schlafengehen nehmen. Bisher kam er ohne sie klar. Steiger drehte sich um und sah durch den Raum. Sein Blick streifte das schwarze Kabel der nackten Lampenfassung, die an den drei Drähten der Zimmerdecke befestigt war und an der getrocknete Kleisterreste hingen. Die Energiesparlampe warf ihr unnatürliches Licht auf die wenigen Umzugskartons, die an einer Längswand gestapelt standen, und flackerte leicht. Steiger mochte diese Quecksilberdinger nicht. Er sehnte sich nach der guten alten Glühbirne, dessen Lichtfarbe ihm vertraut war, die ihre Helligkeit sofort nach dem Einschalten abgab und nicht Minuten brauchte, um die Umgebung mit ihrer depressiv machenden Wirkung einzunehmen. Die Luft in der Wohnung war schlecht und gesättigt von dem Dunst der frisch tapezierten und feuchten Wände. Es roch nach Farbe, nach Kleister und neuen Möbeln. Es würde lange dauern, bis er aus dieser Baustelle so etwas wie ein Zuhause geschaffen hatte. Er überlegte, ob er einige der Kartons ausräumen sollte, soweit seine Verletzung das zuließ. Deren Inhalt würde nichts an der Fremdartigkeit seines Heimes ändern. Es waren Dinge, die er nach dem Brand seiner alten Wohnung angeschafft hatte. Gegenstände ohne Erinnerungen, die nur einen materiellen Wert besaßen. Vielleicht, dachte er, sollte er über den Verlust all seiner persönlichen Sachen froh sein. Sie waren sentimental behaftet, hatten ihn gleichzeitig gedanklich immer wieder in die Vergangenheit gezogen und Wunden aufgerissen. Er fragte sich, warum man sich überhaupt durch das Anhäufen von Nippes belastete. Aber ganz ohne Besitz würde auch er nicht auskommen. Steiger atmete tief aus und betrachtete ein weiteres Mal das Chaos in seiner Wohnung. Der Arzt sagte, dass er mit einer beschwerdefreien Beweglichkeit nicht so früh rechnen könne. Nach dem Ausheilen des Bruches würde er zunächst sicher regelmäßiger Gast bei einem Physiotherapeuten werden. Steiger solle in Wochen rechnen, nicht in Tagen. Er fluchte vor sich hin. Er hatte genug damit zu tun, halbwegs über die Runden zu kommen. Es half nichts. Er würde wohl oder übel einen Malerbetrieb mit der Fertigstellung beauftragen müssen. Der Regen nahm zu und er meinte, die eine oder andere Flocke zu erkennen. Steiger kippte ein Fenster und etwas frische Luft strömte hinein. Die Ereignisse vom Nachmittag in der JVA Werl wollten nicht aus seinem Kopf. Eine innere Unruhe ließ ihn keinen klaren Gedanken fassen. Unzählige Male hatte er sich die wenige Sekunden dauernde Videosequenz angesehen. Irgendetwas war ihm bei der Betrachtung aufgefallen. Etwas, was sich seinem Bewusstsein noch verschloss. Während er dastand und vor sich hin starrte, störte das Knurren seines Magens die bisherige Ruhe seiner Wohnung. Steiger begab sich in die Küche, öffnete den Kühlschrank und entschied aus Mangel an Alternativen dazu, die Reste der Lasagne aufzuwärmen, die er zusammen mit Annabelle während der Renovierung bestellt hatte. Während sich der Geruch des Essens in der Wohnung verteilte, wurde ihm bewusst, dass er heute so gut wie nichts gegessen hatte. In Gedanken ging er die Ereignisse des Tages ab. Bröcking kam ihm in den Sinn. Das, was er über Gießler gesagt hatte, klang stimmig. Zumindest, was die Motivlage betraf. Der Rest passte nicht. Gießler ein Mörder? Rein theoretisch könnte das natürlich sein. Steiger glaubte nicht daran. Allein die Tatsache, dass ein bis dato unauffälliger Mann gleich drei Tötungsdelikte verübt hatte, war nur schwer vorstellbar. Dass er darüber hinaus die Professionalität aufbrachte, alle drei Morde als lupenreine und nicht infrage zu stellende Suizide zu tarnen, unmöglich.

Das Geräusch einer kleinen Explosion riss ihn aus seinen Gedanken. Schnell öffnete Steiger die Mikrowelle und entnahm ihr den Teller. Der gesamte Innenraum der

Maschine war mit Hackfleischsoße gesprenkelt. Nachdem er das Gerät mit einer Küchenrolle gereinigt hatte, setzte er sich und aß. Dabei kehrten seine Gedanken zu dem Fall zurück und er ließ den Besuch in der JVA vor seinem geistigen Auge vorbeiziehen. Vorausgesetzt, etwas war wirklich faul an der Geschichte, blieb eigentlich nur eine einleuchtende Vermutung. Gießler hatte jemanden beauftragt, der die Drecksarbeit für ihn erledigte. Über die notwendigen Geldmittel verfügte er ja. Stellte sich die Frage, wie das zu beweisen war. Er öffnete das Video von Thomas Leskos Besuch in der Justizvollzugsanstalt. Steiger führte die nächste Gabel zum Mund, pustete auf das heiße Gericht, als er plötzlich innehielt. Er stand auf, zog das Telefon aus der Ladestation und scrollte in seinem digitalen Telefonbuch zum Buchstaben C.

»Hallo, Robert«, meldete sie sich.

»Hi, Claudia. Wir müssen nochmals zu Bröcking.«

»Wie kommst du denn auf das schmale Brett?«

»Ich glaube, Bröcking hat uns nichts gesagt, weil er da mit drinsteckt.«

»Das erkläre mir bitte mal.«

Es schellte. »Hör zu. Es hat geklingelt. Ich werde dich nach dem Krankenhaus anrufen und dir alles erklären.« Steiger verabschiedete sich, legte den Hörer beiseite und ging zur Tür. Kurz warf er einen Blick durch den Spion, dann öffnete er.

»Du siehst müde aus.« Annabelle gab ihm einen Kuss auf die Wange und schritt an ihm vorbei in die Küche. Das angenehme Gefühl, welches ihre weichen Lippen hinterlassen hatten, dauerte noch einige Augenblicke lang an. Steiger setzte sich ihr gegenüber.

»Erzähl«, begann sie mit ernster Miene.

Steiger berichtete ihr von dem Gespräch in der JVA und schilderte ihr seine Vermutungen. Gemeinsam sahen sie sich den Film auf seinem Handy an.

»Wie willst du den Kerl finden? Wer kann mit Gewissheit sagen, ob er wirklich Lesko heißt?«

Steiger nickte und fuhr sich über sein Gesicht. »Daran habe ich auch gedacht. Wenn der Typ sich als Lesko ausgibt und mit gefälschten Ausweispapieren durch die Gegend rennt, wird er sich aller Wahrscheinlichkeit nach auch anderswo mit diesen Dokumenten ausweisen. Da niemand ihn mit einem Verbrechen in Verbindung bringt, gibt es keinen nachvollziehbaren Grund, seine Identitätslegende abzulegen.«

»Macht Sinn. Wie willst du die Sache angehen?«

Steiger hob eine Mineralwasserflasche an und stellte fest, dass sie leer war. Annabelle stand auf, holte ein Glas aus dem Hängeschrank und öffnete den Kühlschrank.

»Wasser ist alle. Ist Orangensaft auch okay?«

Steiger nickte. »Ich spule zunächst das Standardprogramm ab«, sagte er.

Sie hielt ihm das Glas hin. »Was heißt das?«

»Bah, schmeckt das Zeug bitter.« Er verzog das Gesicht und schob das Glas weg. »Ich frag zum Beispiel bei den Taxiunternehmen nach. So oft werden die keine Fahrten zur JVA haben. Vielleicht erinnert sich einer der Fahrer an einen ausländischen Fahrgast, den er dorthin fuhr oder den er dort abholte.«

»Gute Idee«, erwiderte Annabelle. »Man könnte so gegebenenfalls herausfinden, wo der Taxifahrer ihn abgeholt hat.«

Steiger grinste. »Ich sehe, du bekommst allmählich ein Gespür für meine Arbeit. Du könntest mir dabei etwas helfen. Wir müssen telefonisch die Mietwagenunternehmen abklappern. Dann die Flughäfen.«

»Die Flughäfen? Sie runzelte die Stirn. »Geben die Airlines denn Auskunft?«

Steiger schüttelte den Kopf. »Natürlich nicht. Manchmal gelingt es, den einen oder andern zu überlisten. Wenn eine junge Frau am Telefon sagt, dass sie versehentlich einen Koffer nachgesandt bekam, der einem gewissen Thomas Lesko gehörte, der als Beispiel mit einem Etikett der Air Canada oder einer anderen Gesellschaft versehen ist, erfahren wir vielleicht, wann er gelandet ist. Man muss seine Fantasie etwas spielen lassen. Dann recherchieren wir im Internet. Vielleicht sind Gießler und Lesko bei Facebook? Twitter oder dergleichen? Haben anderweitig Spuren hinterlassen, die in irgendeine Richtung zeigen und uns damit einen Ermittlungsansatz bieten. Es gibt unzählige Möglichkeiten, etwas herauszubekommen.«

Annabelle lächelte anerkennend. »Vorschlag: Ich kümmere mich darum und du ruhst dich aus, okay? Schläfst dich mal richtig aus.«

Steiger verzog das Gesicht. »Schlafen. Ja. Hätte ich mal Lust drauf. Glaube mir … das liegt nicht am Wollen.« Er lächelte gequält.

»Versuch es trotzdem. Ausgeruht bist du der Sache nützlicher.« Annabelle stand auf und zog sich die Jacke an. »Ich muss los. Hab eine Verabredung mit meiner Bekannten.«

Steiger begleitete sie. Sie öffnete die Wohnungstür, trat aber nicht in den Hausflur. Stattdessen hielt sie inne und drehte sich zu ihm um. Ihre Gesichter waren sich ganz nah. Wieder nahm Steiger ihren Duft auf und als er in ihre Augen blickte, war er da. Jener Moment, vor dem er sich gefürchtet und den er sich gleichzeitig so herbeigesehnt hatte.

Sie legte den Kopf etwas schief und unmittelbar bevor ihre Lippen die seinen berührten, schloss sie die Augen. Sie nahm sein Gesicht in ihre Hände, die seine Wangen warm umschlossen. Als sie sich von ihm löste, hielt sie ihn einen Moment fest. Ihre so intensiv grünen Augen schienen ihn zu durchdringen. Eine Botschaft lag in diesem Blick, die sich ihm verschloss.

»Das Leben verletzt. Immer und immer wieder aufs Neue. Und manchmal verletzt man selbst. Egal, was kommen mag, dieser Kuss war echt.« Sie streichelte ihn und in der Art, wie sie ihn ansah, lag etwas Bedrückendes. »Auf Wiedersehen, Robert«, sagte sie. Dann drehte sich Annabelle schlagartig um und lief die Treppen hinunter, ohne zurückzublicken. Steiger schloss die Tür und lehnte sich mit dem Rücken an die Wand. Ihr Duft erfüllte den Raum. Eine tiefe Erschöpfung erfasste ihn. Er schleppte sich ins Schlafzimmer, legte sich auf den Rücken und sah zur Zimmerdecke. Sie hatte ihn nie Robert genannt, war das Letzte, was er dachte, bevor er durch einen dichten Nebel in einen tiefen, traumlosen Schlaf fiel.

Steiger erwachte nur langsam. Als tauchte er aus den Tiefen eines Ozeans hoch zur Oberfläche. Er öffnete leicht die Augen. Tonnenschwere Gewichte, die an seinen Lidern zu hängen schienen, zogen sie wieder nach unten. Etwas irritierte ihn. Er brauchte einen Moment, um herauszufinden, was ihn störte. Steiger fror. Unruhig drehte er sich hin und her und wollte die Decke etwas höher ziehen, bis er bemerkte, dass sie sich bereits an seinem Kinn befand. Er hob die Lider wieder und starrte irgendwo ins Dunkel. Die Art, wie er fror, war ihm fremd. Es war nicht jene Kälte, die man empfand, wenn man sich im Schlaf aufgedeckt hatte. Dieses langsame und allmähliche Auskühlen der Extremitäten, auf die der Körper reagierte, in dem er Arme und Beine anzog. Es war auch nicht diese Form des Frierens, die sich einstellte, wenn sich eine Erkältung ankündigte und die Wärme aus Händen und Füßen abzog. Ihm war nasskalt. Es fühlte sich an, wie nach einem langen Lauf, als würde er mit seinem durchgeschwitzten Shirt im Durchzug stehen und abkühlen. Wieder öffnete er die Augen und dieses Mal gelang es ihm, sie halbwegs offenzuhalten. Seine Hand tastete ungezielt über die Ablagefläche seines Beistelltisches, bis seine Fingerkuppen den Schalter der Nachttischlampe fanden. Obwohl nur von geringer Leistung reichte die Lichtstärke, um einen Schmerzreflex in seinem Sehnerv auszulösen. In seinem Schädel dröhnte es. Steiger zog sich das Kissen über den Kopf. Die Kälte veränderte sich. Das Gefühl wich einem anderen Empfinden. Nässe. Steiger fühlte sich nass. Langsam und benommen richtete er sich auf und zog die Bettdecke beiseite. Er hatte seine Jeans an. Und zwischen seinen Beinen war sie tief dunkel gefärbt. Steiger stand auf und schaltete die Zimmerbeleuchtung ein. Auf dem Bettbezug war ein großer runder Fleck zu sehen. Ungläubig sah er an sich herunter. Er hatte sich eingenässt. Fassungslos stand er auf und hatte dabei Mühe, sich aufrecht zu halten, sodass er sich am Türrahmen abstützen musste. Der gesamte Raum drehte sich und das Tempo des Kopfkarussells nahm nur allmählich ab. »Verfluchte Kacke«, entfuhr es ihm. Breitbeinig lief er zum Bad, zog seine Hose aus, die ekelerregend kalt an seinen Beinen klebte, und ließ die Wanne ein. Er fühlte sich elendig und für einen Moment breitete sich Übelkeit aus. Während das einlaufende Wasser in seinem Kopf dröhnte, sackte er auf den Rand der Wanne. Steiger hielt sich schwankend fest, kämpfte gegen einen Würgereflex an und es gelang ihm gerade so, den bitteren Gallensaft wieder hinunterzuschlucken, der sich brennend seine Speiseröhre hinaufgearbeitet hatte. Er beugte sich nach vorn, Speichel tropfte ihm aus dem Mund auf die Bodenfliesen und kalter Schweiß schoss aus seinen Poren. Sein Kreislauf beschrieb eine Achterbahnfahrt und diese ging gerade in voller Fahrt abwärts. Er erhob er sich mit zitternden Knien, ging taumelnd zurück ins Schlafzimmer und zog das Bettzeug ab. Anschließend suchte er sich frische Wäsche und wankte zurück Richtung Badezimmer, als er abrupt stoppte und auf die Uhr schaute, die ihre Leuchtziffern an die Wand warf. »Oh, mein Gott!«, entfuhr es ihm. Steiger hatte beinahe 24 Stunden durchgeschlafen.

Eine Stunde später saß er im Besucherraum des Präsidiums und wartete ungeduldig darauf, dass Welke zurückkehrte. Er war beinahe froh, es bis hierhin geschafft zu haben, obwohl der Fußweg keine fünf Minuten betrug. Mehrmals hatte er eine Pause einlegen und auf einer der Parkbänke Platz nehmen müssen, da er sich fühlte, als hätte er die Biervorräte Essens auf einmal geleert. Annabelles Handy war ausgeschaltet, und die Sekretärin in der Kanzlei hatte ihm mitgeteilt, dass Claudia einen Termin hatte, von dem sie erst am Abend zurückkehren würde. Die bleierne Müdigkeit ebbte allmählich ab. Eine unerklärbare Tiefenerschöpfung, die ihn fest in ihrer Umklammerung hielt, blieb. Helmut, schwergewichtige Institution der Präsidiumswache, hatte ihm einen Kaffee gebracht. Der alte Oberkommissar hatte sich in den geschätzten hundert Jahren, die er an der Pforte saß, nicht verändert. Ein Dinosaurier, dessen Gesprächsthemen sich beinahe ausschließlich um Frauen im gebärfähigen Alter und seine baldige Pensionierung drehten, welcher er seit 40 Jahren freudig entgegensah. Helmut war sicher ein Grund, warum man beim Betreten des alten Hauses das Gefühl bekam, die Zeit würde stillstehen. Er hatte Steiger vorgeschlagen, er solle einen Arzt aufsuchen, ihm sogar angeboten, einen Krankenwagen zu rufen, was Steiger abgelehnt hatte.

Eine Hand rüttelte leicht an seiner Schulter und riss ihn aus seinem Halbschlaf.

»Mein Gott, Steiger«, hörte er Heimke erschüttert. »Was ist denn mit dir passiert?«

Steiger verzog das Gesicht. »Tust du mir einen Gefallen, Heimchen?« Er hörte sich selbst schwer sprechen. »Lass bitte meine Schulter los. Ich habe mir das Schlüsselbein gebrochen.« Heimkes Hand zuckte zurück, als hätte er einen Stromschlag erlitten. Steiger erkannte an dem Gesichtsausdruck des jungen Beamten, dass er fürchterlich aussehen musste. Er fuhr sich mit der Hand über die Stirn und stellte fest, dass er schwitzte.

»Hast du was Ansteckendes?«, fragte Heimke und Steiger fiel auf, dass er etwas nach hinten ausgewichen war.

»Hey! Ich hab dich erkannt.« Tetzlaf erschien in seinem Blickfeld und zwinkerte. »Du bist ein gesuchter Massenmörder, der sich von rohen Kindereingeweiden ernährt.« Tetzlaf trat näher heran und sah Steiger aus nächster Nähe an. »Respekt. Gerade mal Nachmittag und du hast den Arsch voll.« Tetzlaf grinste ihn an.

Steiger gähnte lang anhaltend und erwiderte dann seinen Blick. »Tetzlaf, du Kassenpatient. Tu mir einen Gefallen und verschone mich mit deinen Gehirnblähungen. Wo ist Hermann?«

Dessen Grinsen blieb bestehen. »Der fährt die Karre auf den Hof.«

Langsam und schwankend erhob sich Steiger. Er atmete

mehrfach tief aus, als könne er so die Benommenheit abschütteln.

Tetzlaf wurde ernst. »Scheiße. Du siehst echt kacke aus. Ist alles in Ordnung?«

»Hab mich nie besser gefühlt. Ich glaube, die haben sich im Krankenhaus mit den Tabletten vertan und mir irgendwelche Leck-mich-am Arsch-Pillen angedreht. Bring mich bitte in sein Büro.«

Die Tür flog auf. »Hör zu, Robert!« Welke hob mahnend den Zeigefinger, während er mit hochrotem Kopf den Dienstraum betrat, um seinen Schreibtisch schritt und erkennbar verärgert seine Jacke über die Lehne des Stuhls schmiss. »Ich habe dir offensichtlich nicht deutlich genug klar gemacht, dass …« Welke runzelte die Stirn und verkniff sich weitere Maßregelungen. »Wie siehst du denn aus?«

»So, wie ich mich fühle. Als hätte mich 'ne Dampfwalze gerammt.«

Welkes Gesicht zeigte Besorgnis.

»Hör mir zu«, fuhr Steiger mit müder Stimme fort.

Welke stand auf und holte eine Flasche Mineralwasser und ein Glas aus einem Schrank. »Was ist los mit dir?«

»Ich vermute, ich vertrage dieses Medikament nicht, was die mir gegeben haben.«

»Soll Tetzlaf dich zu einem Arzt …«

Steiger winkte ab. »Es wird langsam besser.«

Welke reichte ihm das Glas. »Du bist nicht etwa weiter an dieser Marie-Geschichte dran?«

Steiger trank einen Schluck und stellte den Rest auf den Schreibtisch. »Warum waren wir beide früher so erfolgreich?«

»Weil ich auf dich aufgepasst habe, dass du keinen Scheiß machst, Robert?«

Steiger winkte ab. »Davon mal abgesehen.«

»Weil ich ein Genie bin? Dazu blendend aussehe und ich mit meinem Scharfsinn jeden zu einem Geständnis gebracht habe?«

»Auch, Hermann. In erster Linie waren wir erfolgreich, weil wir nicht losgelassen haben, wenn wir uns in etwas verbissen hatten.«

Welke setzte sich wieder. »Das stimmt«, kam es knapp.

»Und wie oft hat man uns erzählen wollen, dass wir einem Hirngespinst nachlaufen?«

Welke lehnte sich zurück und verschränkte die Arme vor der Brust.

»Wir haben uns auf unseren Instinkt verlassen, Hermann. Zugegeben … wir hatten nicht immer recht. Wir waren gut, weil wir da weitergemacht haben, wo andere aufgegeben hatten. Und wenn es nicht der Sache diente, dann zumindest uns selbst. Weil wir uns sicher waren, dass wir alles versucht hatten.«

»Im Nachhinein betrachtet, war vieles dummes Zeug, Robert.«

»Mag sein. Doch wir konnten ruhigen Gewissens in den Spiegel sehen.«

Welke betrachtete seinen ehemaligen Kollegen. »Okay. Offenbar hat dieser Fall – aus welchen Beweggründen auch immer – den alten Pit Bull Terrier in dir geweckt. Das ändert nichts an der Tatsache, dass du objektive Beweise für deine Theorie brauchst. Und die kann ich beim besten Willen nicht erkennen.«

»Ich war bei Bröcking.«

Welke zog eine Braue hoch. Er sagte nichts, sondern sah sein Gegenüber skeptisch an.

»Wusstest du, dass der Typ, der vor 30 Jahren die Party geschmissen hatte, zu der das Opfer eingeladen war, zufälligerweise der Sohn eines Staranwaltes aus Düsseldorf war? Genau der Anwalt, der Bröcking damals vertreten hatte.«

Welke sagte weiterhin nichts.

»Bröcking beschrieb ihn als selbstherrlichen Typen, der sich nur mit Leuten ernsthaft eingelassen hatte, von deren Beziehungen er profitieren konnte. Warum sollte also ein Topanwalt ein Interesse daran haben, einen jungen Studenten aus der Unterschicht zu vertreten?«

Welke verzog das Gesicht. Er wirkte weiterhin skeptisch. »Ich will nicht infrage stellen, dass der Sohn dieses Anwaltes mit in der Sache hing. Das Problem ist, dass man das beweisen müsste. Das wird nicht nur aufgrund der Tatsache, dass es 30 Jahre her ist, schwierig. Alle Personen, die etwas dazu hätten sagen können, sind tot.«

»Und warum sind sie tot, Hermann?«

Welke schmiss sich nach hinten, dass die Lehne seines Stuhls bedrohliche Geräusche von sich gab. »Robert. Komm mir bitte nicht wieder mit deinen Verschwörungstheorien. So langsam wird es albern.«

»Bröcking hatte Besuch, Hermann. Von einem Typen, der sich als Thomas Lesko ausgab, angeblich aus Kanada. Bröcking hat seit Jahren nicht mal minimalste Sozialkontakte. Er isoliert sich von allen Mithäftlingen. Ausgerechnet unmittelbar vor dem Ableben aller weiteren Beteiligten, erscheint ein Unbekannter und besucht ihn.«

Welke beugte sich nach vorn, legte die Brille auf den Tisch und fuhr sich mit beiden Händen müde über das Gesicht. Er verlor langsam die Geduld. Dann setzte er das Gestell wieder auf und sah seinen Exkollegen mit gespielter Verzweiflung an. »Ich habe eigentlich bereits Feierabend. Mach es also bitte nicht so spannend.«

»Der Sohn des Anwaltes hieß, beziehungsweise heißt

Gießler. Ich vermute, wie du bereits erkannt hast, dass er damals an der Tat beteiligt war. Wäre das ans Licht gekommen, wäre er erledigt gewesen. Sein Vater hatte ein Bauernopfer gesucht und es in Bröcking gefunden. Er hatte die übrigen Zeugen geschmiert oder in anderer Form zu einer Falschaussage genötigt. Bröcking hatte keine Chance. Als er das erkannt hatte, hatte man ihm einen Deal angeboten. Geständnis gegen Strafmilderung. Später hat einer der drei Zeugen Gießler erpresst. Die Tat steht kurz vor der Verjährung und ich kann mir vorstellen, dass dies bei Gießler mächtig für Unruhe gesorgt hat. Gießler hat jemanden beauftragt, der sich darum kümmerte.«

»Du meinst diesen Lesko?«

»Vermutlich.« Steiger kramte sein Smartphone heraus, öffnete die Galerie und hielt Welke die Aufnahme unter die Nase »Lesko. Bei seinem letzten Besuch. Ich hab dir den Film zugemailt.«

Steiger steckte das Gerät weg und fuhr nach einer kurzen Pause fort. »Lesko hat Bröcking in der JVA aufgesucht. Wahrscheinlich, um herauszubekommen, was er weiß. Bröcking ist hochintelligent. Ihm ist bewusst, dass er nicht rauskommen wird. Daher hat er Lesko für seine Rache instrumentalisiert. Immerhin hat er genügend Zeit, sich Gedanken über Rache zu machen. Ich denke, Lesko hat Gießler Bröckings Aussage präsentiert. Dieser hat Lesko angewiesen, sich um Cüppers, Gassmann und Bahlke zu kümmern. Auf welche Art und Weise auch immer. Das ist auch der Grund, warum Bröcking uns den Besuch von Lesko verschwieg. Hätte er uns von ihm erzählt, so hätte er sich der Gefahr ausgesetzt, dass Lesko eventuell gefunden wird und gegen ihn aussagt.«

Welke stöhnte. »Du glaubst die Scheiße wirklich selbst, die du da erzählst?«

»Mein Gott, Hermann! Was muss ich denn alles tun, damit einer in diesem Verein hier die Wahrheit erkennt?«

»Ich brauche Beweise, Robert. Anhaltspunkte, die mir eine Rechtsgrundlage für weitere Ermittlungen bieten.«

»Willst du mich verarschen, Hermann? Was habe ich dir denn gerade erzählt?«

Welke schlug mit der flachen Hand auf den Schreibtisch. Sein Kaffee schwappte über und ergoss sich über das soeben ausgedruckte Bild. »Eine abenteuerliche Geschichte! Eine Ansammlung von Theorien. Das ist es, was du mir erzählt hast. Ich habe drei Tote. Einer ist nachweislich im Drogenrausch vor Zeugen aus seinem Fenster gehüpft, zwei weitere haben sich ebenfalls unter Ausschluss jeglicher Zweifel das Leben genommen. Und du willst mir erzählen, dass ein Langzeitinhaftierter ohne Verbindung in die Außenwelt, einen perfiden Racheplan mithilfe eines unbekannten Auftragskillers aus dem Ausland durchgeführt hat. Dieser wurde durch den damaligen Mörder engagiert. Das kannst du einem erzählen, der sich jeden Morgen die Haare mit dem Hammer frisiert.«

Steiger wischte sich erneut den Schweiß von der Stirn und bemerkte dabei sein nasses Shirt, welches am Rücken klebte.

»Es gibt gewisse Gesetzmäßigkeiten, Hermann. Wenn dir 'ne Bowlingkugel auf deinen Hammerzeh fällt, dann tut es weh. Dass hier etwas faul ist, erkennt ein Blinder mit einem Krückstock. Was ist mit den Todesanzeigen? Wie passen die ins Bild?« Steiger war aufgebracht und wirkte wie ein Pubertierender in der Trotzphase.

»Das weiß ich nicht. Und ich werde mir auch keine Gedanken darüber machen«, sagte er entschiedener als beabsichtigt. Welke griff sich ins Haar, rang nach verständnisvollen Worten. Steiger schwieg und starrte vor sich hin.

Welke hasste diese wortlose Beklommenheit. Er versuchte, mit einem angedeuteten Lächeln zu beschwichtigen.

»Robert. Ich möchte dem Mädchen nichts. Sie hat ihren Vater verloren. Etwas, was sie nicht akzeptieren will. Ihre Vergangenheit war prägend. Wenn du als Teenager die Mutter verlierst und das auf diese Art und Weise, dann ist das verdammt hart. Vor allen Dingen, wenn dich dein Spiegelbild jeden Tag an diesen Unfall erinnert. Dich niemals mit der Situation abschließen lässt und dir immer und immer wieder deine Schuld vor Augen führt.«

»Das ist Blödsinn, Hermann. Sie konnte ihren Vater nicht aus seinen Depressionen holen. Du weißt so gut wie ich, dass man einem Menschen, der ernsthaft vorhat, sich das Leben zu nehmen, nicht davon abhalten kann.«

»Das meine ich nicht. Vielleicht fühlte sie sich durch den tragischen Unfall, den sie verursacht hat, umso mehr für ihren Vater verantwortlich. Ich meine … das ist ja auch nachvollziehbar. Und umgekehrt wird der alte Cüppers sich Zeit seines Lebens beim Anblick seiner Tochter selbst Vorwürfe gemacht haben. Wenn du dein Kind so siehst, mitbekommst, wie es unter den Entstellungen leiden muss … sicher nicht einfach.«

»Was faselst du da? Was für eine Schuld? Was meinst du mit Entstellungen?«

»Steiger. Ich habe ja Verständnis, dass du etwas durch den Wind bist …«

»Nein, Hermann. Nein. Ernsthaft. Was für eine Schuld?«

»Der Autounfall.« Welkes Antwort klang beinahe wie eine Frage.

»In Spanien? Als der Vater mit der Familie verunglückte?«

Welke schüttelte den Kopf. Er wirkte fassungslos.

»Robert. Der Vater ist nicht verunglückt. Er war bei dem Verkehrsunfall nicht dabei.«

Steiger setzte sich aufrecht hin. »Warte. Ganz langsam. Annabelle hat mir erzählt, ihr Vater hätte den Wagen gelenkt. Es kam zu einem Unfall infolge dessen die Mutter ums Leben kam. Etwas, was Cüppers nie verwunden hat.«

Welkes Gesicht veränderte sich. Er wirkte irritiert. Beinahe misstrauisch. »Robert. Annabelle hat den Wagen gefahren. Das Auto ist bei überhöhter Geschwindigkeit aus der Kurve getragen worden und hat sich mehrfach überschlagen. Annabelles Mutter war nicht angeschnallt und wurde aus dem Fahrzeug geschleudert.« Seine Worte waren wie die Explosion einer Megatonnenbombe. Er wollte Welke nicht glauben, doch irgendetwas in dessen Stimme verriet ihm, dass er die Wahrheit sagte. Trotzdem weigerte sich sein Verstand, das Gehörte zu akzeptieren. »Das kann nicht sein. Ich meine, Annabelle hat mir ...« Seine Stimme stockte und er wirkte, als ob er nach den richtigen Worten suchte. Steiger nahm das Glas mit zittriger Hand und trank einen Schluck. Seine Kehle blieb wie zugeschnürt. Er stellte das Glas ab und Welke goss etwas nach, wobei er seinen ehemaligen Weggefährten sorgenvoll betrachtete.

»Daher die Narben, Robert.«

Steiger sah auf und blickte Welke mit offenem Mund an. Er rang nach Worten. »Was für Narben?«

Welkes Augen verengten sich zu Schlitzen. Mit todernstem Gesichtsausdruck, beinahe flüsternd fragte er: »Bist du sicher, dass es dir gut geht?«

Steiger nickte mit versteinerter Miene. »Beantworte bitte einfach meine Frage, Hermann. Was für Narben?«, stammelte er.

Welke atmete unheilverkündend aus. »Das arme Kind

hat das ganze Gesicht zerschnitten, Robert. Und die Hälfte des linken Augenlides verloren.«

*

Der Geruch war säuerlich. Genau wie der Geschmack seines Speichels. Als er unbewusst mit leicht schmatzenden Geräuschen kauende Bewegungen vollzog, die einzigen, zu denen er fähig war, spürte er kleine, weiche Fremdkörper von krümeliger Konsistenz auf der Zunge. Sie schien angeschwollen zu sein. Seine Lider waren halb geöffnet. Kraftlos versuchte er die Reste seines hochgewürgten Mageninhaltes aus seinem Mund zu spucken. Speichel lief über seine Wange. Der Rotz in seiner Nase war dünnflüssig und rann Richtung Lippen. Vergeblich bemühte er sich, das Sekret hochzuziehen, zurück in seine Stirnhöhle. Stattdessen hörte er ein schnorchelndes Geräusch und spürte die Blasen, die sich unterhalb seiner Nasenlöcher bildeten, unter seiner Atmung wuchsen und wieder in sich zusammenfielen. Der Gestank des Erbrochenen war unerträglich. Magensäure, Galle und Alkohol. Die Nässe auf dem Laken, auf dem er lag, war kalt. Er fror.

Die Raumbeleuchtung war eingeschaltet, er konnte nicht erkennen, ob es Tag oder Nacht war. Das Fenster lag auf der anderen Seite. Irgendwo hinter sich hörte er gedämpfte Schritte, die langsam in seine Richtung kamen. Er spürte, wie sich die Matratze, auf der er lag, nach unten bog. Er versuchte etwas zu sagen, doch er brachte nur ein Röcheln hervor. Die Reste der hochgewürgten und halb verdauten Nahrung lagen gefährlich weit hinten in seinem Rachen, sodass er aufpassen musste, sie nicht zu verschlucken oder in seine Luftröhre zu bekommen. Die wabernden, wellenförmigen Bewegungen, welche der Fremde auf der wassergefüllten Unterlage seines Bettes verursachte, kamen von der Seite. Eine Hand fasste ihn rüde an der Schulter und riss ihn herum. Er rollte auf den Rücken und seine Augen blickten nun direkt in die Deckenlampe, deren Strahlen sich wie ein Laser durch seinen Sehnerv direkt in sein Schmerzzentrum brannten. Er wurde an den Fesseln gepackt und vom Bett gezogen. Hart prallte er mit dem Rücken auf den Boden, sodass seine Atmung aussetzte. Das Gefühl des Erstickens machte ihn panisch und steigerte sich bis hin zur absoluten Todesangst. Dann fanden seine Lungen allmählich wieder zu einem gleichmäßigen Rhythmus und er beruhigte sich langsam etwas. Er fragte sich, was geschehen war. Jegliche Gedanken an ein Davor waren wie ausgelöscht. Das Letzte, an das er sich erinnerte, war ihr Duft und er meinte ihn weiter im Zimmer zu riechen. Trotz all der Kotze in seinem Gesicht. Ein Ruck durchfuhr ihn. Der Unbekannte hatte beide Handgelenke ergriffen und zog ihn hinter sich her, raus aus dem Schlafzimmer. Sein Kinn fiel auf die Brust und das Einzige, was er sah, waren seine Beine. Anders als auf dem Teppich bremste seine Haut auf dem alten Parkettboden, sie quietschte regelrecht. Jetzt erst bemerkte er, dass er nackt war. Hart stießen sein Gesäß und seine Fersen auf den Holzstufen der Treppe auf. Ungeachtet dessen schleifte ihn der Fremde weiter über den Marmorboden des Eingangsbereiches hinunter ins Untergeschoss und ließ seine Arme einfach fallen. »Packt er's?«, hörte er sie. Ihre Stimme klang eiskalt.

»Ja. Kein Problem. Er ist okay«, sagte der Unbekannte.

Sie schien nicht überzeugt. »Er sieht nicht so aus. Du hast gesagt, dass er es schafft.«

»Das wird er auch. Er kommt langsam zu sich. Also mach

dir keine Gedanken. Nicht mehr lange und es dämmert. Fahr los und bereite alles vor. Ich komme bald nach.« Der Fremde hielt ihr die Autoschlüssel hin. »Meinst du nicht, es wäre besser, wenn …«

»Nein!«, unterbrach sie ihn harsch. Er soll das Gleiche durchmachen, was er ihr angetan hat.«

Einen Moment war nichts zu hören. Dann entfernten sich die Schritte der Frau.

*

Welkes Stimme drang wie durch Watte zu ihm. Steiger hob den Kopf und sah durch Welke hindurch. Sein Blick ging ins Leere. Wer auch immer das Messer führte, welches soeben seine Seele durchdrang, schien gnadenlos.

Dann wurden die verschwommenen Umrisse des Gesichtes vor ihm schärfer und er blickte in die gutmütigen Augen des alternden Hauptkommissars. Steiger öffnete den Mund und wollte etwas sagen, blieb aber stumm.

Es war Welke, der für ihn sprach. »Es ist nicht Annabelle, habe ich recht?«

Steigers Augen blickten beinahe ausdruckslos, und sein Gesicht wirkte wie in Stein gemeißelt. Die Wahrheit lastete schwer auf seinen Schultern. Er benötigte eine Weile, um antworten zu können. »Warum? Was macht das für einen Sinn?«

Welke strich sich einige Male über seinen grau melierten Vollbart. Mitleid lag in seinem Ausdruck. Eine Weile sahen sie sich wortlos an.

»Wer auch immer sie ist, du hast … hattest sie gern, habe ich recht?« Welke fand, Steigers Erschöpfung hatte zugenommen.

Dieser versuchte, seine Gedanken zu sammeln. »Was wird

hier gespielt, Hermann?« Steigers Stimme klang mechanisch, ohne einen Anflug von Betonung. Erneut ergriff er das Glas und nahm gedankenverloren einen Schluck.

»Ich habe keine Ahnung, Robert. Irgendjemand benutzt dich. Für was auch immer. Die Welt ist voller Schweinehunde.«

Langsam fand Steiger zurück in die Realität. Begann zu begreifen, was er nicht wahrhaben wollte.

»Was willst du tun, Robert?«

Eine lange Zeit starrte dieser den großen Mann vor sich an. Dann schüttelte er den Kopf mit trägen Bewegungen. »Ich weiß es nicht. Ich muss nachdenken.«

Welkes Nicken war verständnisvoll. »Heimchen wird dich nach Hause bringen. Ruh dich aus. Zumindest versuche es. In deinem jetzigen Zustand wirst du nichts erreichen.«

Welke stand auf, öffnete die Tür einen Spalt und rief Heimkes Namen.

»Wir reden morgen, Robert. Ich melde mich bei dir.«

KAPITEL 13

Steiger suchte in jedem Winkel seines Gehirns nach einer rational nachvollziehbaren Erklärung. Nach einer Möglichkeit, aus diesem Traum zu erwachen, aus dem er sich nicht allein befreien konnte. Es war ihm, als kreiste er in einem Ereignishorizont, kurz davor, in die unendliche Singularität eines schwarzen Lochs zu fallen.

Wer war sie wirklich? Und warum gab sie sich als jemand anderes aus? Worauf begründete sich ihr Interesse an dem Fall und was steckte tatsächlich dahinter? Und warum war sie zu ihm gekommen? Je mehr er darüber nachdachte, desto verworrener wurde die Sache.

Er setzte sich auf die Bettkante, da er erneut von einer Schwindelattacke überfallen wurde. Die Anfälle kamen in immer größeren Abständen und nahmen an Heftigkeit ab. Sein Puls begann wieder zu rasen. Seine Poren öffneten sich erneut und der Schweiß rann ihm das Gesicht hinunter. Langsam erhob er sich und ging in den Nebenraum, wo er seine Kleidung noch in einigen Umzugskartons gestapelt aufbewahrte, um Platz zu sparen. Er starrte durch das leere Zimmer, bis sein Blick an dem kleinen, kitschigen Weihnachtsbaum hängen blieb, den Annabelle – oder wie auch immer dieses verlogene Miststück heißen mochte – ihm geschenkt hatte. Er hob ihn hoch und öffnete einen der großen Müllsäcke. Einen Moment zögerte er, als würde er ein unschuldiges Kätzchen ertränken, dann ließ er das Bäumchen fallen und verschloss den Sack. Er wusste, dass er die Erinnerungen an sie nie wieder aus diesem Raum bekommen würde. Irgendetwas blieb immer zurück. Er holte sich ein paar Wechselsachen und schleppte sich ins Bad. Mehrfach hatte er Claudia angerufen und ihr auf die Mailbox gesprochen. Er fand es irgendwie unmoralisch, sich ihre Gegenwart ausgerechnet in dem Moment zu wünschen, wenn er wegen einer anderen Frau am Boden war. Er war dazu verdammt, auf ewig seinen eigenen, einsamen Weg zu bestreiten, weil eine höhere Macht ihm alles, was ihm etwas bedeutete, entriss. Und wieder verspürte er das Gefühl einer inneren Hinrichtung. Es war ihm, als wären die wenigen guten Zeiten in seinem Leben nichts weiter als eine Illusion. Er konnte die Augen eine Zeit lang vor der Realität verschließen. Irgendwann kam unweigerlich der Punkt, wo ihn die Wirklichkeit aus seinen Träumen riss. Er öffnete den Hahn und hielt seine linke Hand unter den Strahl, um sich mit eingeschränktem Erfolg etwas von der kalten Flüssigkeit ins Gesicht zu schleudern. Anschließend fuhr er sich mit der nassen Hand über den Nacken. Die belebende Wirkung blieb aus. Steiger blickte in den Spiegel. Tetzlaf hatte recht. Er sah wirklich scheiße aus. Aschfahl und grau. Ein Kerl, der Anfang 40 war und wie Mitte 50 rüberkam. Das Alter ging an niemandem spurlos vorbei. Es in einer solchen Deutlichkeit vor Augen geführt zu bekommen, war etwas, auf das er verzichten konnte. Seine Augen wirkten wie stumpfes Glas. Sie waren nicht unterlaufen. Die dunklen Ränder wirkten, als seien sie mit einem Kohlestift gezeichnet worden. Als er den Kopf etwas senkte, bemerkte er den Faltenwurf seines Halses, jetzt, wo sämtliche Vitalität aus seinem Gesicht gewichen war und nicht mehr von solchen Details ablenkte.

Die Schmerzen seines lädierten Schlüsselbeins, die latent vorhanden waren, ihn bei einer falschen Bewegung geradezu durchbohrten und die in den gesamten Schulterbereich ausstrahlten, hatten wieder zugenommen. Er würde den Teufel tun und sich diese Tabletten erneut einschmeißen. Ihm fiel ein, dass er sich den Beipackzettel nicht durchgelesen hatte. Ein ehemaliger Kollege, so erinnerte er sich, hatte mal von einer Paracetamolallergie gesprochen, die ihn an den Rand eines akuten Leberversagens gebracht hatte. Medizin war nichts anderes als Gift. Nur dosiert und von Ärzten verschrieben. Vorsichtig versuchte er sich sein durchgeschwitztes Shirt über den Kopf zu ziehen. Eine schmerzhafte Angelegenheit. Solange er seinen rechten Arm nicht zu stark bewegte, ging es. Trotzdem machte ihn diese an sich harmlose Verletzung klar, was es bedeutete, gewohnte Arbeiten mit der linken Hand durchführen zu müssen.

Steiger ging in die Küche, um sich einen Kaffee zu machen. Er war ein Koffeinjunkie und hoffte auf die zuverlässige, anregende Wirkung. Während die Maschine mit einem Brummen heißes Wasser durch die Pads presste, fiel sein Blick auf die Tablettenschachtel. Steiger schnappte sich den kleinen Karton und versuchte, den Medikamentennamen ansatzlos fehlerfrei auszusprechen. Es gelang ihm nicht. Der Kaffee war durch. Er schaltete das Gerät aus, nahm die Tasse, setzte sich und öffnete die Verpackung des Schmerzmittels. Als er den gefalteten Beipackzettel herauszog, fielen die beiden Blisterstreifen auf den Boden. Steiger fluchte. Er schloss die Augen, atmete ein paar Mal tief ein, bevor er den Stuhl etwas zurückschob und die Tabletten aufhob. Langsam drehte er die Plastikhülle und betrachtete die Rückseite, die mit Aluminiumfolie überzogen war. Sie war unversehrt. Steiger stutzte. Er hatte das Medikament nicht genommen.

*

Welke stand auf, trat an sein Fenster, die Hände auf dem Rücken verschränkt, und betrachtete das Viertel. Die Sonne würde bald aufgehen und – wenn der Wetterbericht stimmte – die Fassaden der Altbauten rund um das Haumannviertel mit ihren gebündelten Strahlen in ein warmes Licht tauchen. Zumindest so lange, bis – wie angekündigt – gegen Mittag eine weitere Schicht dunkler Wolken, die der Wind bereits zügig Richtung Osten trieb, die Gegend in ein depressives Grau hüllen würde. Wie immer war er, lange bevor das Präsidium zum Leben erwachte, im Büro.

Er hatte die Berichte der Todesermittlungsverfahren der letzten Nacht von der Kriminalwache abgeholt und gesichtet. Viel war nicht passiert. Zwei Leichensachen. Standard. Eine alte Dame, die in einem Altenheim vom Pflegepersonal in ihrem Bett tot aufgefunden worden war. Ein weiterer Fall hatte sich auf der Unfallambulanz des Universitätsklinikums zugetragen. Ein Patient war unter Reanimationsmaßnahmen eingeliefert worden und verstarb trotz aller Bemühungen. Der Mann war kardiologisch vorbelastet gewesen, so viel hatte man über die Angehörigen herausbekommen. Der zunächst angeforderte Notarzt hatte den Beamten gegenüber den Verdacht eines Herzinfarktes geäußert. Ein Telefonat mit dem Hausarzt am Vormittag würde Klarheit bringen. Nichts Spektakuläres. Der Staatsanwalt würde in beiden Fällen vermutlich bereits am Mittag die Freigabe der Verstorbenen erteilen.

Welke sah auf die Uhr. In spätestens einer halben Stunde würden die ersten Kollegen müde in ihre Büros sickern. Dann war jener Moment gekommen, in dem verschiedene Duschgels, Deos und Rasierwasser den Geruch der Putzmittel verdrängten. Für Welke war es an der Zeit, den ersten Kaffee aufzusetzen. Während er den Filter in die Maschine setzte und Pulver einfüllte, kehrten seine Gedanken erneut zu dem gestrigen Tag zurück.

Er wusste, Steigers Verletzung saß tief. Es hatte lange gedauert, bis er sich zugetraut hatte, Steigers Stimmungen einzuschätzen. Die meisten wussten bei ihm nicht, woran sie waren. Man sagte Welke nach, dass er Steiger wie kein Zweiter kannte und der Einzige war, der hinter dessen Fassade blicken konnte. Welke selbst war davon nicht überzeugt. Auf jedes belastende Erlebnis hatte sein ehemaliger Kollege generell mit ausdrucksloser Miene reagiert. Introvertiert. Wortkarg, kein Freund überflüssigen Geschwätzes. Er war stets sein eigener Seelenklempner gewesen. Steiger hatte nie einen besonders guten Ruf bei seinen Vorgesetzten genossen, weil er eine eigene Vorstellung von Polizeiarbeit vertreten und den Entscheidungen des höheren Dienstes generell kritisch gegenüber gestanden hatte. Dass in seinem Gesicht bei einem Tadel oder einer Zurechtweisungen stets eine klare und deutliche Leck-mich-am-Arsch-Botschaft zu erkennen gewesen war, hatte die Situation zu keiner Zeit verbessert.

Das Verhältnis zwischen Welke und Steiger war von einer ungewöhnlichen Unkompliziertheit geprägt und selbst nach Phasen absoluter Funkstille war dieses Gefühl augenblicklich wieder da. Und tatsächlich war Steiger einer der wenigen Kollegen, der seiner Meinung nach über besondere Fähigkeiten verfügte. Er hatte sich nie um dienstliche Belange, Vorgaben und Verfügungen gekümmert. Seine Art des Arbeitens begründete sich aus seiner Intuition, der Begabung, sich wie kaum ein anderer in sein polizeiliches Gegenüber hineinversetzen zu können. Selten hatte Welke es erlebt, dass Steiger seine erste Einschätzung korrigieren musste. Er hatte ein fast fotografisches Gedächtnis und war sinnbildlich in der Lage, ein vierblättriges Kleeblatt auf einer Wiese mit einem einzigen Blick auszumachen. Das Gesicht eines Straftäters brannte sich förmlich in seine geistige Festplatte. Welkes Meinung nach war Steiger in der Lage, anhand des Händedrucks und der Körperhaltung den Charakter eines Festgenommen zu erkennen und daran seine Vernehmungstaktik festzumachen. Dazu schien er, eine Lüge an ihrem Geruch zu erkennen. Eine Eigenart, die in einem krassen Widerspruch zu seinem emotionslosen Gebaren stand und welche die meisten ihm nicht zugetraut hätten. Diejenigen, die ihn nur oberflächlich kannten, reduzierten ihn auf diesen scheinbar gefühlsarmen Teil seiner Persönlichkeit. So war Steiger nun mal. Er hatte seinen eigenen Platz im Universum und zeigte kein Interesse daran, sein Ansehen in ein anderes Licht zu rücken.

Welke hatte gespürt, dass seine Informationen Steiger geschockt hatten, und es hatte ihn betroffen gemacht, ihn so zu sehen.

Welke schloss den Deckel der Maschine und drückte die Einschalttaste. Dabei kämpfte er gegen sein schlechtes Gewissen. Denn ihm wurde klar, dass er Steiger etwas von dem Vertrauen vorenthalten hatte, was dieser bei ihm gesucht und zu Recht auch eingefordert hatte. Er hatte es ihm verwehrt, indem er ihn und sein Anliegen infrage gestellt, ihm schlichtweg nicht geglaubt hatte. Er trug eine Mitschuld an dieser Tragödie, wie ihm soeben bewusst wurde. Hermann Welke ging zurück in sein Büro, setzte sich wieder hinter seinen Schreibtisch und schob den billigen Adventskranz beiseite, den eine Dame des Geschäftszimmers ihm freundlicher Weise hingestellt hatte. Zusammen mit den selbstgemachten Zimtplätzchen und dem Spritzgebäck, die auf unerklärbare Weise bereits eine Viertelstunde später verschwunden waren. Welke entsperrte den Bildschirm seines Rechners mit seinem Passwort und rief POLAS auf, eines der unzähligen Rechercheprogramme der Polizei. Dort gab er in die Eingabefelder den Namen Andreas Bröcking ein. Augenblicklich erschien der Datensatz. Welke entnahm den Einträgen, dass Bröcking noch einige Monate im geschlossenen Vollzug in Werl saß. Aktenführende Dienststelle war das Polizeipräsidium Essen. Der Hauptkommissar rief die Lichtbilder auf und startete einen Druckauftrag. Kurz darauf spuckte das Gerät eine vergrößerte Porträtaufnahme von Bröcking aus. Welke notierte sich die Aktennummer und loggte sich aus dem Programm aus. Er ergriff den Telefonhörer und drückte einige Zahlentasten.

Sechs Freitöne später nahm jemand ab. »Welke hier. Guten Morgen. Ich habe um die frühe Stunde eigentlich niemanden bei euch erwartet. Warum ich es dann versucht habe?« Welke musste über die Aussage der Frau aus der Kriminalaktenhaltung schmunzeln. Die Polizei war generell ein lustiges und ironisches Völkchen und jede Frau, die einige Jahre in der Behörde beschäftigt war, wusste, wie man mit diesen teils grobschlächtigen Eigenbrötlern am besten umging. In denen man ihnen verbal direkt gegen das Schienbein trat.

Welke ließ sich erst gar nicht auf ein Wortspielchen ein. »Es geht um folgende Akte.« Er gab die Zahlenkombination durch. »Würde es dir etwas ausmachen, mir die Akte rauszusuchen? Ich würde sie gleich abholen.« Die Frau am anderen Ende murmelte etwas davon, dass sie ja eigentlich um diese Zeit nicht im Dienst sei, es ausnahmsweise für Welke tun werde und auch nur, weil er es sei. Artig bedankte er sich, beendete das Gespräch und legte auf. Dabei stieß er seine Tasse um. Mit einer Reaktionsschnelligkeit, die man ihm nicht zugetraut hätte, spreizte Welke die Beine, bevor der Kaffee die Möglichkeit hatte, sich großflächig auf seiner Hose zu verteilen. Er fluchte auf eine Art, die seiner Mutter nach geeignet war, um direkt in die Hölle zu kommen. Dann griff er sich einen Stapel Papierhandtücher und tupfte zunächst die durchnässten Dokumente auf seinem Schreibtisch ab, bevor er den Boden säuberte. Kurz überflog er den Papierkram und stellte fest, dass keine wichtigen Dokumente Schaden genommen hatten und machte sich auf den Weg zur Kriminalaktenhaltung. Irgendetwas in ihm sagte ihm, dass er es seinem alten Kollegen schuldig war.

*

Steiger hätte einen Eid darauf geleistet, dass er die Tabletten genommen hatte. Er war sich absolut sicher. Als Annabelle zuletzt bei ihm gewesen war.

Sie hatten in der Küche gesessen und sich über das Gespräch mit Bröcking unterhalten. Sie war aufgestanden und hatte ihm diese bittere Saftplörre …

Steiger stutzte. Das Glas befand sich noch auf dem Tisch. Ein Verdacht keimte in ihm auf. Er zog es zu sich und roch daran. Es war unauffällig. Steiger stand auf, öffnete den Kühlschrank und entnahm die Saftflasche. Der Inhalt roch ebenfalls unauffällig. Die Flasche war beinahe voll, und er erinnerte sich daran, sie tags zuvor gekauft zu haben. Er füllte eine Tasse, nippte an dem Getränk und spuckte es anschließend in die Spüle. Es schmeckte süß und absolut normal. Anders als der Inhalt des Glases.

Steiger hob das Glas an und hielt es gegen das Licht. Er blickte von oben auf die Flüssigkeit und erkannte eine kaum wahrnehmbare, ölige Substanz, die wie ein Fettauge auf der Oberfläche einer Rinderbrühe schwamm und die er nur gesehen hatte, weil sie die Lichtstrahlen der Lampe in ihre Spektralfarben spaltete. Wut stieg in ihm auf. Er nahm das Glas und stellte es ins Eisfach, um die Spur zu sichern.

Langsam begann er sich einen Reim auf die Sache zu machen. Annabelle musste mit Gießler unter einer Decke stecken. Sie hatten ihn benutzt. Geschickt hatte Annabelle ihn, oder wie auch immer sie tatsächlich hieß, mit dem Fall konfrontiert. Sie wussten, dass Steiger gute Kontakte zur Polizei pflegte und ihnen die Informationen beschaffen konnte, welche sie benötigten. Daher hatten sie ihn ausgewählt. Sie wussten ebenfalls, dass er sich Zugang zu Bröcking verschaffen würde, wenn man ihn in diese Richtung führte, um herauszufinden, ob Cüppers, Gassmann oder Bahlke sich an ihn gewandt und ihn mit Informationen versorgt hatten, die Gießler gefährdeten. Und er war ihnen wie ein dummes, blökendes Schaf in die Falle getappt. Er hatte alles perfekt ausgeführt und sie über den aktuellen Ermittlungsstand der Polizei unterrichtet. Dass Claudia und er zufälligerweise auf diesen mysteriösen Lesko aufmerksam wurden, war etwas, was sie nicht eingeplant hatten. Somit hatte Annabelle die Reißleine gezogen und ihn außer Gefecht gesetzt. Steiger war sich jetzt sicher, dass sie für seinen miesen Zustand verantwortlich war, um Lesko einen Vorsprung zu verschaffen. Es war an der Zeit, Gießler auf die Füße zu treten.

KAPITEL 14

Steiger schnallte sich ab und klopfte dem Fahrer auf die Schulter. Das Taxi hielt relativ abrupt. Er entrichtete den Fahrpreis, stieg aus und sah dem davonfahrenden Wagen einen Moment lang nach. Sein prüfender Blick wanderte die leicht ansteigende Straße bis zu jenem Haus entlang, das Ziel seiner Anreise war. Der frische Wind, der durch den Straßenzug pfiff, blähte seine offene Jacke wie einen Ballon auf und strömte eisig in seine Bronchien. Er tat ihm gut, weckte seine Lebensgeister und half ihm, seine Gedanken zu ordnen. Die Gegend war einer der besten in der Stadt, zumindest gemessen an den Quadratmeterpreisen. Beinahe jedes Haus befand sich sichtgeschützt hinter hohen, akkurat geschnittenen Hecken oder hinter Mauern und war durch ein mehrere tausend Quadratmeter großes Grundstück vom dem des Nachbarn getrennt. Und selbst wenn man durch eines der metallenen Zufahrtstore einen Teil des Privatgeländes einsehen konnte, so reichte dieser Ausschnitt in der Regel nicht, das Wohngebäude auszumachen. Man blickte auf eine gepflasterte oder mit einer dicken Kiesschicht ausgelegte Zufahrt, die sich durch sorgfältig gemähte und nahezu unkrautfreie Rasenflächen schlängelte und irgendwo auf dem Gelände verlor. Die noble Gegend wirkte auf Steiger abweisend und unbelebt. Als er den Gehweg entlang lief, erkannte er, dass die Klingelleisten, die beinahe ausnahmslos außen vor den Gebäuden angebrachten waren, keine Namensschilder aufwiesen. Er war sich sicher, auf den wenigen Metern, die er bisher zurückgelegt hatte, von unzähligen Überwachungskameras begleitet worden zu sein. Es war eine Frage der Zeit, bis der erste Sicherheitsdienst auftauchte und sich den Unbekannten, der soeben aus einem Taxi gestiegen war, genauer ansah. Kein Privatwagen war auf der Straße zu sehen. Sie alle standen vermutlich in den unzähligen Großraumgaragen. Nur eine überschaubare Anzahl an Mülltonnen zierte den Fahrbahnrand.

Obwohl er in der Vergangenheit bereits einige Male in der Gegend war, war er immer wieder fasziniert. Weder sprachloses Staunen noch Neid plagten ihn. Vielmehr würdigte er die Leistungen der Architekten und Landschaftsgärtner. Die Größe seiner vergleichsweise geradezu winzigen Wohnung war geeignet, ein Gefühl des Alleinseins hervorzurufen. Wie musste es erst in einem solchen Gebäude sein? Steiger fragte sich, ob es hier so etwas wie Nachbarschaft gab. Trafen sich die Anwohner hin und wieder, schmissen ein paar Steaks auf den Grill und unterhielten sich über belanglose Dinge wie Fußballergebnisse? Er glaubte nicht daran und konnte sich nur die eine oder andere Cocktailparty vorstellen, auf der man über politische Dinge sprach oder mit seiner neuesten Anschaffung protzte, um sich an dem Neid des anderen zu ergötzen. Also eine ganz normale Party, bei der man Kontakte pflegte und knüpfte, um an anderer Stelle daraus Profit zu schlagen. Er lief weiter. Der Wind schlug ihm in kräftigen Böen entgegen und seine Augen tränten leicht. Je näher er dem Haus kam, desto lauter wurde die anfänglich leise Stimme, die ihn warnte. Steiger hatte es sich angewöhnt, auf diese Stimme zu hören. Ihrer Aussage zumindest Aufmerksamkeit zu schenken. Er wusste, dass es eine gewagte Aktion war. Immerhin beabsichtigte er einen Anwalt, den er für einen Mörder, zumindest für einen Mittäter hielt, direkt mit seinen Vermutungen zu konfrontieren. Er wusste aus Erfahrung, dass es am ergiebigsten war, jemanden unvorbereitet anzugehen. Einen Gegner warnen, hieß, ihn bewaffnen. Trotzdem, sofern Gießler überhaupt zu sprechen war, würde er es mit jemandem zu tun bekommen, den er nicht unterschätzen durfte. Er hatte mit Sicherheit einige Feinde, verfügte jedoch auch über jede Menge Einfluss. Sollte er in die Geschichte verwickelt sein, so würde er Steiger anhören, da war er sich sicher. Steiger blieb stehen und zog sein Telefon hervor. Während er darauf wartete, dass sich die Verbindung aufbaute und Claudia abnahm, hörte er hinter sich das ungedämmte Geräusch eines schweren Dieselmotors. Ein Müllwagen bog in Schrittgeschwindigkeit in die Straße und die Müllmänner sprangen von den Trittbrettern. Geschickt führten sie die Tonnen an die Hebevorrichtung. Daraufhin folgte das so typische Geräusch, an dem man das Fahrzeug der Entsorgungsbetriebe mit verbundenen Augen erkennen konnte. Das Einschalten der hydraulischen Presse und das mehrmalige Anschlagen der Kunststofftonnen. Die Männer schoben die Behälter zurück an den Straßenrand und sprangen wieder auf die Stellflächen am Heck des Fahrzeuges.

Nach dem sechsten Freizeichen meldete sich Claudias Mailbox. Steiger fluchte innerlich. Er brüllte eine Nachricht, da der schwere Wagen hinter ihm beschleunigte, und steckte das Telefon wieder weg. Steiger ging weiter und konzentrierte sich ganz auf die vor ihm liegende Aufgabe. Dabei folgten seine Augen der Straße bis zu dem Haus, in das er wollte. Zu seiner Überraschung öffnete sich das Tor und eine dunkle Limousine erschien. Bevor Steiger die Situation richtig erfasste, donnerte der Müllwagen an ihm vorbei und nahm ihm die Sicht. Er drehte sich zur Seite, ignorierte den Schmerzimpuls unter seinem Verband und erhaschte soeben einen Blick auf den Fahrer der Limousine, bevor diese stark beschleunigte und mit leicht ausbrechendem Heck und quietschenden Reifen verschwand. Es gab keinen Zweifel, wen er soeben gesehen hatte. Und diese Erkenntnis traf ihn mit voller Wucht. Weil er sich bisher geweigert hatte zu glauben, was sein Verstand ihm längst als Tatsache präsentierte.

*

Wenige Kilometer weiter hallten Hermann Welkes Schritte über den Flur des Präsidiums. Vor seinem Büro hielt er seinen elektronischen Codierschlüssel, den jeder ›Dongel‹ nannte, an den drehbaren Griff seiner Tür. Die Schließanlage antwortete mit einem Signalton und ein grün leuchtender LED-Kranz um den Knauf signalisierte ihm, dass das Schloss entriegelt war. Welke zog seine Jacke aus und hängte sie über einen Garderobenständer. Er öffnete das Fenster seines Büros im dritten Stock, beugte den Oberkörper etwas hinaus und genoss die frische und kühle Luft. Der kalte Dezemberregen, der vor wenigen Minuten gegen die Scheiben des Präsidiums gepeitscht hatte, war in einen feinen Sprühregen übergegangen, deren kalte Tropfen wie Nadeln auf seiner Haut stachen und angenehm belebend wirkten. Der Wind war kräftig und trieb die schmutziggrauen Wolken zügig in Richtung Osten. Weiter hinten erkannte er die sich drehenden, orangefarbenen Rundumlichter eines Abschleppwagens und zwei Damen in einer städtischen Uniform, die jede Bewegung des Mannes, der einen Wagen auf die Ladefläche des Lkw zog, kritisch beobachteten. Die Essener Motorshow hatte in der vergangenen Woche ihre Pforten für Tuningbegeisterte geöffnet. Das führte nicht nur zu einer Verkehrsthrombose in den umliegenden Straßen. Die ohnehin katastrophale Parkplatzsituation hatte Ausmaße angenommen, die nicht mehr tragbar waren. Welke schätzte, gemessen an der Anzahl der gelben Nummernschilder, dass sich die Hälfte der Einwohner der Niederlande in Rüttscheid befinden musste. Mehrere Male atmete er tief ein, dann schloss er das Fenster wieder, setzte sich hinter seinen Schreibtisch und stellte seine mitgebrachte Kaffeetasse ab. Welke drückte den Einschaltknopf seines Radios, dessen Lautsprecher mit blechernem Klang zum Leben erwachten und aktuelle Musik abspielten, für die er sich eindeutig zu alt fühlte. Während er in eines seiner Butterbrote biss, öffnete er den Mailaccount an seinem Dienstrechner. Das meiste war belangloses Zeug, was seiner Meinung nach nur mittels einer Rundmail versandt wurde, damit hinterher niemand sagen konnte, er wäre nicht benachrichtigt worden. Anschließend stapelte er einige nicht bearbeitete Akten und sortierte die tägliche Dienstpost. Genauso, wie seine handgeschriebenen Notizzettel, die ihn durch sein heutiges Tagesprogramm leiteten. Die Wichtigen klebte er wie immer an den Rand seines Bildschirms.

Er lehnte sich zurück und widmete sich seinem Frühstück. Seine kleine Morgenpause, mit der er sich für ein paar Minuten aus seiner Tagesroutine schlich, obwohl es mittlerweile selbst ein Teil dieser Routine geworden war. Radio Essen wies auf die üblichen Staus auf den Autobahnen des Sektors hin und verkündete darüber hinaus zwei Standorte des Straßenverkehrsamtes, die kostenpflichtige Fototermine für besonders eilige Verkehrsteilnehmer anboten. Welke hatte den frühen Morgen zunächst bei einer Tasse

Kaffee mit den Kollegen verbracht. Die alltägliche Frühbesprechung, bei der man sich über aktuelle Fälle und dienstliche Angelegenheiten unterhielt und die Scheißhausparolen des Flurfunks hinsichtlich ihres Wahrheitsgehaltes analysierte, um sie in heiterer Runde zu Verschwörungstheorien zu veredeln. Wer stand zur Beförderung an oder hatte sich auf eine freie Stelle beworben … interne Boulevardnachrichten.

Der Tag hatte zu hektisch begonnen, weshalb er die Ruhe seines Büros umso mehr genoss. Welke lehnte seinen massigen Körper gegen die Lehne seines sündhaft teuren Schwerlaststuhls, der ihm nach einer Attestvorlage von der Verwaltung genehmigt und zur Verfügung gestellt wurde, und streifte unter dem Tisch seine Schuhe von den Füßen. Als er gerade ein weiteres Brot aus seiner Kunststoffdose nehmen wollte, läutete das Telefon. Welke beugte sich vor und betrachtete das Display. Ein Gespräch von außerhalb. Er stellte die Frischhaltebox beiseite und nahm den Hörer ab.

»Welke.«

»Claudia hier. Hermann, haben Sie heute Morgen mit Robert gesprochen?«

Welke sah zur Seite auf Bröckings Akte. Er hatte sie bei all dem morgendlichen Trubel vergessen.

»Bei mir hat er sich nicht gemeldet. Warum fragen Sie?«

»Er hat mir auf die Mailbox gesprochen. Steiger ist bei Gießler.«

»Bei Gießler? Ist der Typ denn ganz bei Trost?«

»Ich werte das mal als rhetorische Frage. Tatsache ist, seitdem erreiche ich ihn nicht. Das kommt mir komisch vor, weil er mich um Rückruf gebeten hat und sagte, dass es dringend ist. Sein Handy ist ausgeschaltet.«

Welke nahm die Brille ab und rieb sich mit zugekniffenen

Augen die Nasenwurzel. »Er glaubt weiter an diese Mordtheorie und dass Gießler Dreck am Stecken hat.«

»Ja. Trotzdem gibt es da etwas, was auch mich stutzig macht.«

Er setzte das Gestell wieder auf. »Und das wäre?«

»Ich war bei der Staatsanwaltschaft und wollte die Akte von Bröcking. Sie wissen … die Sache von damals.«

»Machen Sie es nicht so spannend, Claudia.«

»Die Akte wurde vor Kurzem ausgeliehen. Und Sie dürfen drei Mal raten, von wem?«

*

Steiger schritt die dunklen Granitstufen hinauf, die zu einer schweren Holztür führten. Sie war lediglich angelehnt. Er drückte mit der Kraft zweier Finger gegen das Türblatt. Durch den Spalt drang etwas Tageslicht in den Flur, der eher einer Halle glich und mit hellem poliertem Stein ausgelegt war. Offenbar Marmor. Die Wände waren mit einer cremefarbenen und wahrscheinlich sündhaft teuren Stofftapete verkleidet und unter der weißen Decke erkannte er Stuckarbeiten. An der gegenüberliegenden Wand hing ein riesiger Kristallspiegel mit einem breit verzierten, patinafarbenen Holzrahmen. Einen kurzen Moment betrachtete sich Steiger. Das, was das wenige Licht preisgab, reichte nicht, um sein Spiegelbild detailliert darzustellen. Er sah einen Unbekannten, jemand, dessen gesamte Körpersprache verriet, dass er nicht entdeckt werden wollte. Er trat etwas weiter in den Raum. Das Gesicht, was sich aus dem Dunklen schälte und seinen Blick in dem Kristallglas erwiderte, war das eines Einbrechers. Eine Treppe führte rechtsseitig in die erste Etage. Links befand sich der Abgang zum Kellergeschoss. Alte Schreinerkunst hatte das Geländer veredelt. Das Holz war nachträglich abgeschliffen worden und die helle Maserung passte hervorragend zum Rest des Raumes. Auf Zehenspitzen schlich er weiter in den Flur. Unter normalen Umständen strahlte der geschmackvoll gestaltete Eingangsbereich des Hauses eine gewisse Behaglichkeit aus. Er empfand die Situation als beklemmend, was jedoch nichts mit der Tatsache zu tun hatte, dass er der Eindringling war. Eine unsichtbare Macht erfüllte das Gebäude, als würde jeden Moment die Klaue eines Untieres nach ihm greifen und ihn in einen tiefen Abgrund reißen. Steiger verließ sich voll und ganz auf seinen Instinkt, als er mit kleinen Schritten weiter in den Raum drang. Immer wieder blieb er stehen, lauschte in die Stille, während seine Augen gleichzeitig nach einer Möglichkeit suchten, wo er sich verbergen konnte. Er machte sich gerade strafbar, schoss es ihm durch den Kopf, und diese Erkenntnis steigerte seine Nervosität. Er fragte sich, was er sich davon versprach, der Gefahr auszusetzen, dass man ihn ertappte. Hätte es nicht genügt, an der Tür zu klingeln? Um dann, seinem Plan folgend, Gießler mit seinem Verdacht zu konfrontieren in der Hoffnung, eine Reaktion zu provozieren?

Steiger verwarf seine Einwände. Denn irgendwas war hier faul. Und dieses Gefühl begleitete ihn und hinderte ihn daran, auf dem Absatz kehrtzumachen. Links und rechts des Flures gingen weitere Gänge ab. Die Außenmaße der Villa waren immens, er konnte nicht sagen, wie viele Zimmer es im Erdgeschoss gab. Sein Herzschlag beschleunigte sich, als er sich entschied, zunächst die linke Hälfte des Hauses zu begehen. Er spürte seinen Puls in seinem Hals, hörte sein Blut in seinem Kopf rauschen, vernahm all die ansonst harmlosen Umgebungsgeräusche, die ein Haus verursachte und die unter der Anspannung von seiner Großhirnrinde als bedrohlich bewertet wurden. Er wusste, dass diese Reaktionen nur von vorübergehender Dauer waren und sich bald auf ein beherrschbares Maß reduzieren würden. Langsam öffnete er die nächste Tür. Ein riesiger Raum erstreckte sich nach rechts und musste zur Rückseite des Hauses führen. Die Temperatur des Zimmers war hoch und eine angenehme Wärme kam ihm entgegen. Dezente Sekundärbeleuchtung tauchte die Einrichtung in ein diffuses, gleichzeitig warmes Licht. Anders als der eher helle Eingangsbereich, zeigte sich dieser Raum wie ein Ausschnitt aus einem englischen Zimmer um die Jahrhundertwende. Hier roch er das alte Haus, die schweren und dunklen Antikmöbel. Ölgemälde und Aquarelle dominierten, die voranging Landschaftsporträts und Jagdszenen zu Pferd mit Hundemeuten zeigten. Dunkle Orientteppiche bedeckten einen großen Teil des Echtholzparketts und eine dunkelgrüne Ledergarnitur stand um einen glänzenden ovalen Intarsientisch, dessen kunstvolles Muster auf den indischen Raum hinwies, soweit Steiger dies beurteilen konnte. Im hinteren Wohnbereich zeigte der Raum afrikanische Einflüsse. Dunkle Holzfiguren, abstrakt geschnitzt, zeigten vollschlanke Frauen und an einer Wand hingen diverse Masken und Jagdtrophäen, in Form von präparierten Antilopenköpfen, Springböcken und unbekannten bunten Vögeln. Dazu einige gerahmte und verblichene Schnappschüsse, aufgenommen auf dem Schwarzen Kontinent. Steiger trat näher heran und betrachtete die Schwarz-Weiß-Aufnahmen, die im Laufe der Jahre einen deutlichen Gelbstich bekommen hatten. Auf einigen Bildern erkannte er einen Jungen, der einen großen Fisch mit beiden Händen hielt. Steiger vermutete, dass es ein Hecht war und dass es sich bei den beiden Personen um Alexander Gießler und seinen Vater handelte. Das helle Gebäude, hoch oben hinter dem See, zeigte die Villa Hügel. Durch ein großes Panoramafenster verlor sich der Blick über den Baldeneysee und die ihn umgebene Hügellandschaft. Neben einer Sitzgruppe loderte ein offener Kamin. Das Holz darin musste von guter Qualität sein, denn es knisterte kaum merklich. Steiger trat etwas näher heran. Die Entfernung zur Couch war offenbar bewusst gewählt. Die Wärme der Feuerstätte war angenehm und nicht zu stark. Die Holzscheite glühten hellrot in ihrem Kern und unmittelbar um die Feuerstelle lag eine dicke Schicht aus Asche. Er schloss daraus, dass jemand vor nicht allzu langer Zeit Brennmaterial nachgelegt hatte.

Zwei Champagnergläser standen auf dem Tisch. Er konnte keine Perlen der Kohlensäure erkennen. Wahrscheinlich wurde der Schaumwein am Abend zuvor getrunken. Die dazugehörige Flasche war leer. Steiger vermutete, dass es ein sündhaft teures Zeug war, und weigerte sich auszumalen, was vielleicht danach geschehen war. Sein Blick fiel auf den Abdruck der Lippen, die ihn vor Kurzem geküsst hatten. ›... und manchmal verletzt man selbst. Egal, was kommen mag, dieser Kuss war echt.‹ Plötzlich sah er sie vor seinem geistigen Auge. Ihre sanfte Stimme lag wie ein leises Windspiel in seinen Ohren. Als er einen Moment die Augen schloss, war es ihm, als rieche er ihren Duft. Wer war sie wirklich?, fragte er sich und hatte das Gefühl, als ob jemand einen Schneidbrenner an seine Seele hielt. Was auch immer gewesen war, was auch immer er empfunden hatte, es war bedeutungslos. Er riss sich aus seinen schmerzvollen Gedanken. Ihr Bild verblasste nur allmählich. Ein typisches Knallen aus dem Kamin holte seine Gedanken ins Jetzt. Er betrachtete erneut die Flammen. Ein offenes Feuer ließ man nicht unbeaufsichtigt. Demnach musste jemand im Haus sein. Steiger drehte sich um und lief zurück in den Eingangsbereich, vorbei an der Treppe, als er auf ein Geräusch aufmerksam wurde. Es kam von unten. Vorsichtig setzte er den ersten Fuß auf die Stufe. Verlagerte sein Gewicht, um zu prüfen, ob das alte Holz unter seinem Gewicht ein verräterisches Knarren verursachte. Die Treppe beschrieb am Absatz eine Kurve. Wieder vernahm er das Geräusch. Und dieses Mal wusste er, was er hörte. Jemand stöhnte.

*

Welke schlug den Aktendeckel auf, entnahm dem vorgehefteten DIN-A5-Umschlag den Fingerabdruckbogen, der mittig gefaltet war und in dem sich einige Lichtbilder befanden. Nachdenklich betrachtete er die typischen Schwarz-Weiß-Fotos, auf denen eine männliche Person während einer erkennungsdienstlichen Behandlung zu sehen war. Natürlich wusste er, dass es sich bei dem Mann, der neben einer Messlatte stand, die ihm eine Größe von 187 Zentimetern bescheinigte, um Andreas Bröcking handelte. Trotzdem drehte er den schmalen Streifen um und vergewisserte sich durch die aufgeklebten Eintragungen auf der Rückseite. Im Anschluss betrachtete er die Porträtaufnahmen. Das Datum der ED-Behandlung lag fast sieben Jahre zurück. Es wurde unmittelbar nach der Festnahme gemacht. Welke schätzte, dass sich Bröcking nicht allzu viel verändert hatte. Sein Haar war bereits zum Zeitpunkt der Aufnahme schütter, und er ging davon aus, dass seine Figur auch gegenwärtig eher hager war. Es kam relativ selten vor, dass jemand in Knast zunahm.

Meistens waren das Junkies, die dort in den für sie nicht

alltäglichen Genuss regelmäßiger und vor allen Dingen einigermaßen gesunder Mahlzeiten kamen. Die ständigen Inhaftierungen und die darin enthaltene medizinische Versorgung päppelten sie wieder auf, und so war es dem Strafvollzug zu verdanken, dass die Lebenserwartung der Drogensüchtigen nicht geringer war als ohnehin.

Welke widmete sich aufmerksam dem Merkblatt, das der damals zuständige Sachbearbeiter gefertigt hatte. Demnach hatten die Ermittlungen ergeben, dass Bröcking dem Opfer in den Abendstunden in einer Kleingartenanlage ganz in der Nähe seines Wohnortes aufgelauert hatte. Er kannte sich dort aus. In ihrer verantwortlichen Zeugenvernehmung gab die Geschädigte an, von Bröcking unter Vorhalt eines Messers in eine Gartenlaube gezogen worden zu sein, die er zuvor offenbar aufgebrochen hatte. Dort vergewaltigte er sie mehrfach. Der Täter hatte eine Sturmmaske getragen. Als er von ihr abließ, zog er sich die Haube bei seiner Flucht vom Kopf, sodass sie ihren Peiniger für einen flüchtigen Augenblick lang sehen konnte.

Die Ermittlungen hatten die Beamten recht schnell auf die Spur von Bröcking gebracht. Als einschlägig vorbestrafter Täter blieb er im Fahndungsraster hängen. In einer Lichtbildvorlage erkannte die Frau Bröcking eindeutig wieder.

Als Nächstes überflog Welke die Kopie des Untersuchungshaftbefehls. Der zuständige Richter hatte in seiner Begründung die Ergebnisse der Staatsanwaltschaft aufgenommen, welche wiederum der Haftbefehlsanregung der Polizei gefolgt war. Den nachfolgenden Vermerken war zu entnehmen, dass Bröcking die Tat bis zuletzt bestritten hatte. Soweit Welke dies den Informationen der Akte entnehmen konnte, beruhte die Anklage in erster Linie auf der Aussage des Opfers. Das Spurenbild war mager. Während der Tat hatte Bröcking ein Kondom benutzt. Die Frau legte eine Verhaltensweise an den Tag, das die zuständigen Ermittler immer wieder vor Problemen stellte, wenngleich es aus der Sicht der Betroffenen nachvollziehbar war. Viele Frauen empfanden diese Demütigung als schambehaftet und brachten die Tat nicht sofort zur Anzeige. Wenn sie es überhaupt taten. Vielmehr gaben sie dem Drang nach und wuschen sich und ihre Kleidung oder entsorgten sie. Meistens vertrauten sie sich erst Tage später einer Freundin an, die eine Veränderung im Verhalten des Opfers ausgemacht und dieses zur Rede gestellt hatte. Allerdings beraubten sie durch dieses Verhalten und die daraus resultierende Zeitverzögerungen der Polizei ihrer Möglichkeiten. Die gynäkologische Untersuchung zur Sicherung von Sperma und Epithelzellen war eines der wichtigsten Standbeine in der Beweismittelführung. Auch die Opferbekleidung war bei einem so engen Körperkontakt nahezu immer mit der Täter-DNA behaftet. All diese Beweise waren im Fall Bröcking weggefallen, sodass man ihm die Tat ohne die eindeutige Wiedererkennung nicht hätte nachweisen können.

Hinzu war gekommen, dass der Eigentümer die Gartenlaube zwischenzeitlich gesäubert hatte, nachdem er den Einbruch bemerkt und die Polizei benachrichtigt hatte. Da nichts entwendet worden war und man den Schaden mit etwas Hartgeld hatte beseitigen können, hatten die Beamten der Spurensicherung nicht das komplette Programm gefahren, zumal Laubenaufbrüche an der Tagesordnung waren und erst später ein Bezug zu der Vergewaltigung hatte hergestellt werden können. Welke entnahm dem Spurensicherungsbericht, dass keine auswertbaren Fingerspuren gesichert wurden. Lediglich eine leere Getränkedose wurde sichergestellt, die nach Aussage des Eigentümers nicht von ihm stammte.

Das ausgewertete DNA-Muster wurde nachträglich mit dem von Bröcking verglichen. Es stammte eindeutig nicht von ihm. Zunächst dachte man an einen Mittäter, was die Frau abstritt. Letztendlich wertete man es als einen Versuch Bröckings, durch eine falsche Fährte von sich abzulenken. Der zuständige Staatsanwalt und der vorsitzende Richter hegten keinen Zweifel an dem Wahrheitsgehalt der Aussage der Geschädigten. Das psychologische Gutachten bescheinigte Bröcking eine nur eingeschränkte Empathiefähigkeit. Der Sachverständige berichtete, dass Andreas Bröcking unter einer Entwicklungshemmung litt, die ihren Ursprung aller Wahrscheinlichkeit in seiner Kindheit hatte und die ihn daran hinderte, Mitgefühl zu empfinden. Dieser Eindruck hatte sich auch den vernehmenden Beamten aufgedrängt.

Welke lehnte sich zurück und dachte nach. Die Beweislage war tatsächlich mehr als dünn, und er hätte als Ermittler in einem solchen Fall keinen Cent darauf gewettet, dass der Angeklagte tatsächlich verurteilt werden würde. Warum es der Verteidigung damals nicht gelungen war, mehr herauszuholen, verstand Welke nicht. Die Frau hatte angegeben, den Täter nur flüchtig gesehen zu haben. Sie stand zu diesem Zeitpunkt unter dem Eindruck der Vergewaltigung. Ob man in diesem Zustand tatsächlich in der Lage war, jemanden eindeutig Tage später zu identifizieren, zweifelte Welke an. So war es nun mal. Vor Gericht und auf hoher See, war man in Gottes Hand.

Welke blätterte weiter. Er las sich die Vernehmung der Geschädigten durch. Bröcking selbst hatte von seinem Recht Gebrauch gemacht und sich nicht zur Sache geäußert.

Ansonsten fand sich in der Akte nichts Auffälliges. Die Ersttat war nicht mehr aufgeführt. Die beiden Verbrechen lagen zu weit auseinander, sodass die Kriminalakte bei dem ersten Fall bereits aufgrund eines Fristablaufes ausgesondert und vernichtet worden war.

Es folgten weitere Datenblätter, ein Auszug aus dem Bundeszentralregister sowie die Haftnotierungen, aus denen hervorging, in welche JVA Bröcking eingeliefert worden war.

Welke kam so nicht weiter. Die Kriminalakte beinhaltete Auszüge der eigentlichen Verfahrensakte, reduziert auf wenige Daten, die per Erlass geregelt waren. Sie eigneten sich dazu, sich ein polizeiliches Bild der Personen zu machen, das bei zukünftigen Ermittlungsverfahren half, eine Bewertung zu treffen. Welke nahm sich einen kleinen Notizzettel und einen Stift. Er würde den Sachbearbeiter des Falls ansprechen. Vielleicht konnte sich dieser an die Tat erinnern und weitere Erkenntnisse beisteuern. Außerdem dachte er daran, den damals zuständigen Staatsanwalt anzurufen.

Erneut schlug er die Akte auf und ging sie durch. Er notierte sich den Namen des Kollegen, der damals die Sachbearbeitung durchgeführt hatte. Soweit sich Welke erinnerte, arbeitete dieser in einem anderen Kommissariat.

Welke blätterte bis zum Haftbefehl und schrieb sich das Aktenzeichen der Staatsanwaltschaft auf, als er plötzlich in der Bewegung verharrte. Ungläubig starrte er das Dokument mit offen stehendem Mund an. »Heilige Scheiße!«, entfuhr es ihm. »Das kann nicht sein«, sagte er laut und ergriff den Telefonhöher.

*

Am Ende der Treppe befand sich eine schwere Brandschutztür. Steiger blieb stehen und wischte sich die Handinnenflächen an seiner Hose ab. Seine Beklommenheit hatte zugenommen. Er verstieß nicht nur gegen jeden Grundsatz der Eigensicherung, in dem er sich allein in einem ihm völlig unbekannten Haus bewegte und vor allem dessen Eigentümer er eines Verbrechens verdächtigte. Er war obendrein verletzt und sein Argumentationsfundament, auf dem er sein illegales Eindringen begründen konnte, war dünn und sandig. Wenn man ihn stellte, konnte man ihn jeglicher Straftat bezichtigen. Er würde schwerlich dagegenhalten können. Leise trat er an die Tür. Wieder war ein deutliches Stöhnen zu hören, das eindeutig aus dem Raum vor ihm kam. Er ging in die Hocke und warf einen Blick durch das Schlüsselloch. Steiger konnte nichts erkennen. Langsam legte er die Hand auf die Klinke. Einige Male atmete er tief ein und aus, dann drückte er sie in Zeitlupe herunter. Durch den Spalt, der sich auftat, sah er einen hell beleuchteten Raum. Seine Nase nahm den Duft auf, den er sonst nur aus Autohäusern kannte. Eine Mischung aus Reifengummi und den Ausdünstungen hochwertigen Fahrzeuginterieurs. Das Rauschen seines Blutes nahm zu und auch sein Herzschlag glich dem Schlagzeugsolo einer Heavy Metal Band. So sehr er auch versuchte, in die Tiefgarage zu hören, er vernahm nur die omnipräsenten Reaktionen seines Körpers. Steiger hielt den Atem an, als könne er so seine Empfindungen beeinflussen, sie unterdrücken und auf ihre Autonomie einwirken. Er musste seinen Sinnen den Platz einräumen, den sie brauchten, um die Lage einzuschätzen. Erneutes Stöhnen. Obwohl er meinte, nur seinen Herzschlag zu vernehmen, war es beinahe überraschend klar. Und nah. Sehr nah. Vorsichtig drückte er die Tür weiter auf. Unbewusst pressten sich seine Zahnreihen fast schmerzhaft aufeinander, als wartete sein Instinkt auf ein verräterisches Quietschen der Scharniere, ein Schaben über den hell gefliesten Boden. Eine gefühlte Ewigkeit dauerte es, bis die Öffnung so groß war, dass er den Kopf hindurchstecken konnte. Wieder lauschte er. Wenn sich jemand näherte, weil er auf ihn aufmerksam geworden war, dann würden ihn seine Schritte verraten. Steiger verharrte. Nichts. Kein Laut, kein Geräusch. Er ging in die Knie, denn er wusste, ein Gegner würde ihn automatisch in Kopfhöhe erwarten und aller Wahrscheinlichkeit nach auch in diesem Bereich angreifen. Vorsichtig schob er sich durch die Lücke, die so knapp war, dass er so gerade eben hindurchpasste, ohne anzustoßen. Die Garage erstreckte sich nach links. So weit, dass er sie nicht komplett einsehen konnte. Ein gutes Dutzend Fahrzeuge reihte sich aneinander. Steiger erkannte einen Porsche und einen Ferrari darunter. Wieder erklang das Wehklagen. Es kam eindeutig aus dem Teil des Raumes, der außerhalb seines Blickwinkels lag. Er erhob sich und nahezu geräuschlos lehnte er die Tür an. All seine Sinne waren angespannt. Selbst der latente Schmerz seines lädierten Schlüsselbeines war ausgeschaltet. Mit einem Mal wurde ihm bewusst, dass er völlig unbewaffnet war. Dazu in einer körperlichen Verfassung, die jegliche Auseinandersetzung von vornherein ausschloss. Er blickte sich um und suchte vergeblich nach einem Gegenstand, den er notfalls zur Verteidigung benutzen konnte. Auf einmal schallte ein lauteres Stöhnen zu ihm, begleitet von einem Röcheln. Es musste ein Mann sein, dem er sich näherte. Steiger setzte alles auf eine Karte, trat um den Mauervorsprung und sah einen Geländewagen mit geöffnetem Kofferraum, in dem ein Mann lag. An den Händen und Füßen gefesselt. Steiger trat näher heran, als ihn ein Stromschlag von unvorstellbarer Härte traf.

*

Das Anklopfen und das Herunterdrücken der Türklinke waren nahezu eine Bewegung. Welke ging hektisch um seinen Schreibtisch herum und schüttelte Claudia mit ernster Miene die Hand.

»Danke, dass Sie so schnell kommen konnten.«

»Was ist passiert?« Sie zog ihren Mantel aus und warf ihn kurzerhand auf den freien Stuhl neben sich, bevor sie sich setzte.

»Bitte sehr.« Auch Welke nahm wieder Platz und überreichte ihr eine Akte. Sie warf einen flüchtigen Blick auf die erste Seite und sah dann zu dem alten Hauptkommissar. »Was ist das?«

Welke ergriff seinen Kuli und drehte an beiden Enden, während er Claudia anschaute und mit fast düsterem Gesichtsausdruck zu sprechen begann: »Vor einigen Tagen wurde eine Prostituierte ermordet an der Ruhr aufgefunden. Die Tat wurde recht schnell geklärt. Der Mörder beging Selbstmord und hinterließ einen Abschiedsbrief, in dem er die Tötung einräumte. Die Spurenlage untermauerte seine Schuld. Also nichts Spektakuläres, wenn wir mal von der Tatsache absehen, dass der Täter Richter beim Landgericht Essen war.«

»Ein Richter?«

Welke nickte bedächtig. »Suizid durch Medikamentenintoxikation. Rohypnol. Er konnte zwar stabilisiert werden, verstarb später an multiplem Organversagen im Klinikum.«

Claudia zog die Stirn in Falten. »Ich kann nicht …«

Welke unterbrach sie, in dem er die Hand hob. »Der Richter hieß Bernhard Wehner. Vielleicht kennen Sie ihn?«

Claudia wirkte fassungslos. Sie nickte.

»Wehner galt bei allen Personen als Inbegriff des rechtschaffenen Menschen. Konservativ, von hoher moralsicher Wertevorstellung, der sein Amt nach besten Wissen und Gewissen ausübte. Seine Tat war für niemanden nachvollziehbar.«

»Man kann jedem nur vor den Kopf schauen«, erwiderte Claudia schulterzuckend. »Das brauche ich Ihnen nicht zu sagen.«

Welke warf ihr Bröckings Akte hin.

»Bröcking?«

»Ja, Claudia. Schlagen Sie bitte die Seite auf, die ich gekennzeichnet habe.«

Claudia blätterte bis zu einem großen Eselsohr.

Welke wartete, bis sie die Stelle gefunden und den Text gelesen hatte. »Wie Sie sehen, ist das der Haftbefehl. Und sehen Sie sich bitte an, wer ihn unterzeichnet hat.«

»Wehner?«

»Ja. Und wie ich in Erfahrung bringen konnte, war Wehner es, der Bröcking schließlich zur Haftstrafe und der Sicherungsverwahrung verurteilte.«

»Das ist in der Tat ein außergewöhnlicher Zufall.«

Welke schüttelte den Kopf und verschränkte die Arme. »Nein. Das glaube ich nicht. Sehen Sie hier!« Er drehte den Monitor so, dass Claudia darauf blicken konnte, und öffnete eine Bilddatei. Sie zeigte Andreas Bröcking.

»Ich habe mir die Mühe gemacht, das Bild zu bearbeiten. Ich konnte nur auf unser vorinstalliertes Bearbeitungsprogramm zurückgreifen und habe zugegebenermaßen nur rudimentäre Computerkenntnisse. Sehen Sie mir die schlechte Qualität also bitte nach. Ich bin mir sicher, dass es seinen Zweck erfüllt. Schauen Sie sich das bitte mal an.« Welke bediente den Computer.

Ihre Augen weiteten sich und ihre Nackenhaare stellten sich auf, als sie auf das retuschierte Bild blickte. »Das ist unmöglich!«

*

Es hatte mehrere Minuten gedauert, bis sein motorisches Nervensystem die Reizüberflutung überwunden und zu einer normalen Impulsgabe zurückgefunden hatte. Die epilepsieähnlichen Krämpfe hatten nur allmählich nachgelassen. Während der Kontakt mit dem Elektroschocker auf seiner Haut zunächst zu einer Dauerverkrampfung seiner Muskulatur geführt hatte, infolge dessen er unmittelbar zu Boden gestürzt war, erfolgte das anschließende, willkürliche Zusammenziehen der Fasern in rhythmischer Folge mit abnehmender Tendenz. Der Schmerz, der unmittelbar eingesetzt hatte, war derart brutal gewesen, dass jegliches, rationales Denken ausgeschaltet gewesen war. Schemenhaft hatte Steiger in Erinnerung, dass ihn jemand gepackt und fortgeschleift hatte.

Er spürte einen Druck auf seiner linken Köperseite, vornehmlich im Bereich des Beckens, seiner Schulter und seiner Schläfe. Außerdem war ihm kalt. Steiger schloss daraus, dass er auf dem Boden lag. Er wollte die Augen öffnen und bemerkte, dass seine Lider nicht geschlossen waren. Der Raum war stockdunkel. Langsam drehte er sich und stützte sich auf den Knien und Händen auf. Vor seinem Gesichtsfeld erschienen bunte, tanzende Lichter, die er nicht fixieren konnte. Jedes Mal, wenn er ihnen mit seinem Blick folgen wollte, verschwanden sie, um an anderer Stelle wiederaufzutauchen. Ihn übermannte ein Gefühl, als blickte er in einen Abgrund schwindelerregender Tiefe. Als er sich aufsetzte, war es ihm für einen Moment, als wollte sich der Inhalt seines Magens die Speiseröhre hocharbeiten. Sein lädiertes Schlüsselbein übernahm wieder die Kontrolle über seine Schmerznerven. Er war völlig verschwitzt, obwohl es in dem Raum nicht warm war. Deutlich nahm er seine Körperausdünstungen wahr. Salziger Schweiß rann in seine Augen und brannte unangenehm. Als er sich mit der Hand über seine Stirn fuhr, merkte er etwas Klebriges direkt unter seinem lichter werdenden Haaransatz. Gleichzeitig spürte er die Erhebung, die sich druckempfindlich zeigte. Er hatte sich die Birne aufgehauen, fuhr es ihm durch den Sinn. Ein Muskel unter seinem linken Auge zuckte willkürlich und wollte sich nicht beruhigen. Steiger sah die Hand vor Augen nicht. Er begab sich auf die Knie und verharrte einen Moment, um die Stabilität seines Kreislaufs zu überprüfen, und suchte seine Taschen ab. Offenbar hatte man ihm sein Handy abgenommen. Langsam richtete er sich auf. Das säuerliche Gefühl im Magen blieb, verstärkte sich zu seiner Erleichterung nicht. Steiger hatte einen metallenen Geschmack in seinem Mund und als er seine Lippe berührte, stellte er fest, dass sie aufgeplatzt und geschwollen war. Automatisch kontrollierte er die Festigkeit seiner Schneidezähne, in dem er mit Zeigfinger und Daumen an jedem Einzelnen rüttelte. Vorsichtig streckte er den linken Arm aus und tastete sich mit kleinen Schritten nach vorn, bis er eine Wand berührte. Sie fühlte sich kahl und kalt an, und er vermutete, dass er sich in einem Kellerraum befand.

Mit der Fußspitze tastete er nach Stolperfallen, arbeitete sich Zentimeter um Zentimeter vorwärts, bis er plötzlich das kalte Metall eines Türblatts fühlte. Vorsichtig schmiegte er seine Wange daran und lauschte. Seine Hand suchte die Klinke, fand sie und drückte sie erfolglos nach unten. Wer auch immer ihn hier eingesperrt hatte, hatte sie abgeschlossen. Steigers Finger suchten links und rechts des Rahmens nach dem Lichtschalter. Für einen flüchtigen Augenblick keimte so etwas wie Hoffnung in ihm auf, als er ihn erfühlte. Doch nichts geschah. Erneut verspürte Steiger Schwindel, drehte sich um und rutschte langsam mit dem Rücken an der Tür gelehnt zu Boden. Er schloss die Augen und konzentrierte sich auf seine Atmung. Das Karussell in seinem Schädel beruhigte sich langsam. Er drehte sich und presste erneut sein Ohr an die Tür. Das Einzige, was er hörte, war ein leises Brummen, was von außerhalb des Raums zu ihm drang. Gestank machte sich breit. Er kannte diesen Geruch, und obwohl in einem verborgenen Winkel seines Unterbewusstseins eine Alarmglocke schrillte, schenkte er ihr vorerst keine Beachtung.

Doch die ununterbrochene olfaktorische Belästigung sorgte dafür, dass die Signale seines Unterbewusstseins langsam ihren Weg zu ihm fanden. Unter der Tür strömte etwas in den Raum. Er tastete mit seinen Fingern und bemerkte einen circa einen Zentimeter großen Spalt. Steiger führte sein Gesicht näher an den Boden und als er tief einatmete, wusste er, was ihm soeben in die Nase gestiegen war. Hektisch richtete er sich auf. Er musste handeln. Sofort. Sonst war er in wenigen Minuten tot.

*

Claudia sah Welke mit weit aufgerissenen Augen ungläubig an. »Die Ähnlichkeit ist verblüffend. Wie sind sie daran gekommen?«

Welke lächelte. »Ganz ehrlich? Das ist meiner Schusseligkeit zu verdanken.«

Durch das Hochziehen einer Braue forderte sie eine Erklärung. Sogleich öffnete Welke eine Schublade und zog ein Blatt hervor, welches er vor ihr auf die Tischplatte legte.

»Ich habe ein Bild von Bröcking ausgedruckt und kurz darauf Kaffee verschüttet. Die Plörre hat sich großzügig über meinen Schreibtisch ergossen.« Welke hob ein Blatt Papier in die Höhe, das im oberen Bereich deutlich bräunliche Verfärbungen aufwies. »Als ich Bröckings Akte studierte, fiel mein Blick auf das Foto. Wie Sie sehen, hat sich das Getränk großzügig über den Kopf verteilt. Der Kaffeefleck bedeckt dabei zur Hälfte Bröckings Schädel, hat ihm also zu einer neuen Frisur verholfen. Steiger hat mir ein Video von Lesko zugemailt. Als ich es aufrief, fiel die Ähnlichkeit auf. Das Ergebnis sehen Sie auf meinem PC.«

Welke drehte den Bildschirm wieder in die korrekte Position.

»Ich tippe auf ein bisher unbekanntes Familienmitglied. Vielleicht ein Cousin aus dem Ausland, von dem wir bisher nichts wussten. Von dem niemand etwas wusste. Ermittlungsersuchen ins Ausland laufen über die große Schiene. LKA, BKA, Auswärtiges Amt. Das kann Tage dauern, zumal wir keinen Beweis dafür haben, dass Lesko wirklich kanadischer Herkunft ist.«

Claudias Augen hafteten abwechselnd auf Bröckings Bild und der Fotomontage. Sie schüttelte den Kopf. Es wirkte so, als kostete es sie Kraft, ihren Blick von den Aufnahmen zu lösen und Welke anzusehen. »Das ist kein Verwandter, Herrmann.«

Welke blickte verwundert. »Nicht?«

»Nein. Ich vermute, ich weiß, wer das ist«, sagte sie leise.

*

Seine Finger fuhren die metallene Zarge entlang. Die Tür schwang nach innen auf. Somit bestand keine Chance, sie einzutreten. Hektisch zog er seine Jacke aus und legte sie vor die Tür. Er wusste nicht, ob der Stoff die Abgase tatsächlich etwas zurückhalten konnte. Jede zusätzlich gewonnen Minute war kostbar. Steiger lauschte regungslos wie ein Luchs, versuchte, Geräusche durch das Drehen des Kopfes einzufangen. Er hielt die Luft an, um sich besser konzentrieren zu können, spürte seine pulsierende Halsschlagader und vernahm gedämpft das Brummen des Fahrzeugmotors in einer gleichmäßigen Frequenz. Seine Augen suchten in dieser totalen Schwärze weiter nach einer Lichtquelle. Zu seiner Enttäuschung drang nicht ein winziges bisschen Helligkeit in sein Verlies. Steiger konzentrierte sich auf seine Atmung. Er musste sich zur Ruhe zwingen, seine Gedanken, die ihm wild und chaotisch durch den Kopf schossen, im Zaum halten. Er fühlte sich nicht nur orientierungslos, er hatte auch jegliches Empfinden für Zeit verloren. Bisher verspürte er keine Anzeichen von Übelkeit, oder Benommenheit. Er wusste, es war nur eine Frage der Zeit, bis die Giftstoffe seine Sinne trüben würden. Wieder begann er mit seinen Händen die Wände abzutasten. Steiger hoffte auf ein Fenster, auf irgendwelche Gegenstände, die ihre Form und Gestalt in seinen Händen verrieten und die ihm helfen konnten, aus diesem Gefängnis zu entkommen. Behutsam berührten seine Fingerspitzen etwas an dem Mauerwerk direkt über seinem Kopf. Es waren Kabelkanäle, welche die Wand, unmittelbar zum Übergang zur Decke, entlangliefen. Instinktiv folgte er den Leitungen, fühlte die Halterungen, die ungefähr alle 50 Zentimeter angebracht waren. Nach wenigen Schritten bemerkte er den rechten Winkel zur nächsten Wand. Steiger lief in kleinen Schritten weiter, die zittrigen Finger nach wie vor an den Leitungen. Plötzlich stießen seine Kuppen gegen einen Widerstand. Er nahm beide Hände, untersuchte das Objekt, welches an der Wand angebracht war und in dem die Kabel seitlich verschwanden.

Das war ein Sicherungskasten. Irgendetwas in der Art. Mit hektischen Bewegungen fuhren seine Handinnenflächen über die kühle und glatte Oberfläche des Gehäuses. Sein Daumen stieß gegen eine Erhebung, verlor sie wieder und kehrte zu der Stelle zurück. Steiger ertastete den Griff erneut und zog den Kasten auf. Die winzigen grünen und roten Leuchtdioden der Alarmanlage, die unruhig unzählige Male in der Sekunde pulsierten, tauchten den Raum in ein schwaches Licht. Steiger blickte sich um, trat etwas zur Seite, um den Lichteinfall nicht zu behindern. Er kniff seine Augen zusammen, als könnte er so die Dunkelheit besser durchdringen. Die Konzentration der Abgase stieg weiter und sein Köper begann durch erste, leichte Hustenreize auf das drohende Sauerstoffdefizit hinzuweisen.

Panik stieg auf. Nur mit Mühe konnte er sie unterdrücken. Er versuchte, seine Gedanken zu ordnen. Steiger wusste nicht, ob seine Augen ihm einen Streich spielten oder ob der giftige Qualm bereits tatsächlich seine Wahrnehmung beeinflusste. Ihm war, als würde sich an der gegenüberliegenden Wand ein dunkler Schatten befinden. Steiger schritt darauf zu. Je länger er auf die Stelle starrte, desto mehr verschmolz sie mit der Dunkelheit. Mehrmals musste er zur Seite sehen und die Stelle erneut anvisieren, damit sie für wenige Augenblicke wieder erkennbar war. Mit nach vorn ausgestreckten Armen lief er darauf zu. Seine Fingerspitzen stießen gegen die Wand. Früher, als er es erwartet hatte. Wieder fühlte er nur nackten, kalten Beton. Mit großen, kreisrunden Wischbewegungen erforschte er das stumpfe Mauerwerk, schritt etwas nach links, dann wieder nach rechts. Als er schluckte, spürte er seine ausgetrocknete Kehle und er begann zu husten.

»Nur nicht durchdrehen«, sprach er zu sich. Plötzlich glitten seine Fingerkuppen über etwas Glattes. Glas. Eindeutig Glas. Er hatte ein Fenster gefunden. Zu seinem Ärger befand sich kein Griff an den Rahmen. Und warum drang kein Licht in den Raum? War er so lange bewusstlos gewesen, dass es mittlerweile dunkel war? Er glaubte es nicht. Steiger verstand nicht allzu viel von Elektroschockern, wusste aber, dass diese Geräte einen Gegner mit ihrer fürchterlichen Spannung nur für wenige Minuten außer Gerecht setzten. Möglicherweise war das Glas eingefärbt worden, um den Inhalt des Raumes vor neugierigen Blicken zu schützen. Erneut untersuchte er das Fenster. Es war nicht zu öffnen. Sein Überlebenswille trieb ihn zur Eile an. Steiger hob seinen Fuß, fühlte die Ferse seines Bikerboots und zog den Stiefel aus. Mehrfach schlug er mit dem schweren Absatz gegen das Glas, bis es splitterte und die Scherben auf den Kellerboden prasselten. Er schob seine Hand durch die geschlagene Öffnung, schnitt sich an einer der spitzen Zacken und als er seinen Arm etwas zur Seite bewegte, stieß er mit seinem Ellenbogen gegen etwas Hartes. Eine Metallstrebe. Ein Gefühl geradezu grausamer Enttäuschung übermannte ihn. Das Fenster war vergittert.

*

Die Lagerhalle war lediglich diffus beleuchtet und auch das nur im vorderem Bereich. Das künstliche Licht drang durch ein Fenster eines abgetrennten Büroraumes. Es war nicht erkennbar, was sich darin abspielte. In der gesamten Halle standen Europaletten und mannshohe Wände aus Karton, dick umwickelt mit Plastikfolie. Heimkes Herzschlag beschleunigte sich. Es war eine Scheiß-Situation. Sie näherten sich aus dem Hellen, waren somit gut zu erkennen. Klassischer Präsentierteller, dachte er. Langsam zog er mit seiner linken Hand seine Waffe aus seinem Holster, führte sie nach vorn und legte die Handfläche der rechten Hand stützend unter das Griffstück. Sein Zeigefinger lag gerade ausgestreckt neben dem Lauf, den er vor sich in Richtung Boden ausrichtete. Einen flüchtigen Moment lang blickte er nach rechts. Vergewisserte sich, dass Tetzlaf auf gleicher Höhe war. Dieser hatte ebenfalls die Automatik gezogen, hielt sie im Anschlag und sah hochkonzentriert über Kimme und Korn. Langsam, Schritt für Schritt, näherten sich die beiden Kriminalbeamten. Sie waren nur wenige Meter entfernt. Auf Schussdistanz.

»Polizei!« Tetzlafs laute Stimme klang selbstbewusst. »Kommen Sie mit erhobenen Händen langsam raus!« Keine Reaktion. Tetzlaf senkte die Waffe etwas ab. »Polizei«, brüllte er erneut. »Kommen Sie raus, oder wir setzen den Diensthund ein.«

Zunächst tat sich nichts. Die beiden Polizisten verharrten in ihrer Vorwärtsbewegung, suchten mit zusammengekniffenen Augen nach einem Anhaltspunkt, anhand dessen sie die Lage einschätzen konnten. Die Sicht wurde durch die umherstehenden Waren verdeckt. Langsam gingen sie weiter.

Plötzlich sprangen zwei Männer aus der Tür, rollten über den Boden ab und versteckten sich irgendwo hinter den Kartons im Lagerraum. Abrupt blieben die beiden Beamten stehen. Ihre Waffen zeigten nun nicht mehr zum

Boden. Hektisch suchten Heimkes Augen den Bereich vor sich ab. Sein Blick lag nun unmittelbar über dem Lauf seiner Waffe. Der Kommissar lauschte. Sein Gehör suchte nach verräterischen Geräuschen, die ihm eine Richtung wiesen. Ansatzlos sprang einer der Männer hinter den Kartons hervor. Obwohl Heimke jeden Moment mit einer Aktion rechnete und seine Sinne zum Zerreißen gespannt waren, durchfuhr ihn ein Gefühl, vergleichbar mit einem Stromschlag. Sein Gehirn reagierte, brauchte den Bruchteil einer Sekunde, um die Situation zu analysieren, weitere Millisekunden, um den Nerven den Befehl zu erteilen, Muskel und Sehnenapparat in einem Zusammenspiel zum Krümmen des linken Zeigefingers zu bewegen und den Abzugshahn durchzuziehen. Die Treibladung presste das Projektil, das einen geringfügig größeren Durchschnitt als der Lauf der Waffe besaß, mit einer lautstarken Explosion durch das Metallrohr. Die Kugel erhielt durch die spiralförmig eingebrachten Züge und Felder die Rotationsbewegung um seine Längsachse, die ihr eine stabile Flugbahn gewährleistete. Der Schlitten der Waffe flog zurück, spuckte die Patronenhülse aus und gab ihre Kraft nach hinten in die Hände des Schützen ab. Sogleich beschleunigte der Verschluss in einer optisch nicht wahrnehmbaren Zeitspanne nach vorn und nahm die nächste Patrone mit, die sich durch den Federdruck des Magazins nach oben schob, um sie im Zusammenspiel mit der Schließfeder zwischen Lauf und Schlagbolzen zu platzieren. Eine gespenstische Stille stellte sich ein. Der Geruch verbrannten Schießpulvers lag in der Luft und zog langsam nach vorn ab. Der Mann sackte in die Knie und ließ die Pistole fallen, bevor er nach vorn kippte und regungslos liegen blieb. Heimkes Waffenhaltung war unverändert. Seine

Augen sprangen über die Zieleinrichtung der Walther PPK und den am Boden liegenden Täter hin und her. Nichts passierte. »Rauskommen!«, schrie Tetzlaf, so laut er konnte. Die Situation blieb statisch. Heimke hatte das Gefühl für Zeit verloren. Er wusste nicht, ob es Sekunden oder Minuten waren, die bisher vergangen waren. Nach wie vor starrte er gebannt über seine Automatik, bereit, ein zweites Mal zu feuern. Sein Herz trommelte und seine Nebennieren schütteten ohne Unterlass Adrenalin in seine Blutbahn.

Unvermittelt sprang der zweite Täter hervor. Wieder krümmte sich Heimkes Zeigefinger, um dann schlagartig abzubremsen. Neben sich hörte er zwei Schüsse in schneller Folge. Dann brach auch der andere Mann zusammen.

»Scheiße!«, schrie Tetzlaf.

Das Licht ging an und Heimke nahm den Ohrschutzbügel ab.

»Tja, Frank. Der wäre dann auch hinüber.«

Tetzlaf sah kurz auf die Leinwand, anschließend setzte er die Schutzbrille ab und drehte sich zu seinem Schießausbilder um. »Ich hab echt gedacht, der zieht 'ne Waffe.«

Der Ausbilder nickte. »Daher trainieren wir das ja. Der Kerl hat einfach nur die Hände gehoben. Wenn das in einer Echtlage passiert, hast du ein gewaltiges Problem.«

Tetzlaf war anzusehen, dass er verärgert war. »Klasse. Und wenn ich mir die Zeit nehme, mir in aller Seelenruhe anzusehen, ob der eine Knarre hat oder mit einem bunten Fähnchen winkt, hab ich bereits ein Loch im Schädel.«

»Da würde es am wenigsten Schaden anrichten«, entfuhr es Heimke.

Tetzlaf zeigte ihm den Mittelfinger.

»Tröste dich«, sagte der Ausbilder. »Bist nicht der Einzige, dem das passiert. Füllt die Magazine und wir gehen eine andere Übung durch.«

Das Telefon läutete. Heimke nahm ab. Sekunden später beendete er bereits das Gespräch und sah Tetzlaf an. »Das war Welke. Wir haben einen Einsatz. Und es ist dringend.«

*

»Thomas Lesko. Den Geburtsdaten ist zu entnehmen, dass er Bröckings Zwillingsbruder ist.« Welke ließ sich wieder in seinen Stuhl fallen.

Das Telefon schrillte und augenblicklich hob er ab. »Ihr seid auf dem Weg? Sehr gut. Pass auf, Heimchen. Du erinnerst dich an die Sache, in der Steiger ermittelt? Er war auf dem Weg zu Gießler. Ich bin mir sicher, er hat irgendetwas herausgefunden. Unmittelbar nachdem er dort eintraf, hat er sich telefonisch gemeldet und um dringenden Rückruf gebeten. Es war wichtig.« Welke blickte zu Claudia, die ihm zu verstehen gab, dass er alles korrekt wiedergegeben hatte.

»Steiger meldet sich nicht. Sein Handy ist aus. Irgendetwas stimmt nicht. Seht nach, was da los ist. Findet ihn und bringt ihn zu mir. Ich melde mich gleich wieder.«

Welke knallte den Hörer auf die Gabel. »Haben Sie was vor?«, fragte er, ohne Claudia anzusehen.

»Ich bin bereit, wenn Sie es sind.«

»Dann wollen wir unseren guten Robert mal wieder aus der Scheiße holen«, murmelte Welke vor sich hin, während er die Tastatur seines Computers malträtierte, die unter den wuchtigen Hieben seiner großen Finger beinahe zerbrechlich wirkte.

*

»Das muss die Hütte sein.« Tetzlaf lenkte den Opel Insignia an den rechten Fahrbahnrand und parkte unter den mächtigen Ästen einer beeindruckenden Trauerweide. Er schaltete den Motor aus und reckte sich, wobei er herzhaft gähnte.

Heimke beugte sich nach vorn und betrachtete das Gebäude. »Nicht schlecht. Was die hier für Mietpreise aufrufen?«

Tetzlaf verdrehte die Augen. »Miete? In der Gegend? Wovon träumst du denn?« Er zog den Schlüssel ab und stieg aus. »Und selbst wenn man hier was mieten könnte, würde dein lausiges A-10er-Gehalt gerade eben für ein transportables Baustellenklo reichen«, spottete er. Heimke widersprach ihm da ausnahmsweise nicht. Ein Oberkommissar Anfang 30, ledig und in Steuerklasse 1 kam nur mit viel Sonderzuzahlungen auf knapp etwas über 2.000 Euro netto. Dafür durfte er in Dinge fassen, die bei den meisten Menschen Würgreflexe verursachten, musste sich mit Vergewaltigern, Mördern und anderem Abschaum rumärgern und sich mit Opfern, Angehörigen und deren unvorstellbarem Leid auseinandersetzen. Er ließ sich beschimpfen, bespucken und hielt oft genug die Knochen hin. Sein Dienstherr stand bei jeder seiner Entscheidungen hinter ihm. Nicht um sich für ihn einzusetzen. Eher, um ihn die Klippen hinunterzustoßen, wenn er eine Fehlentscheidung traf oder an dem psychischen Druck zerbrach. In dem Punkt war er mit Tetzlaf einer Meinung, wenn dieser sagte, dass die Dienstalmosen ein Schlag in die Fresse waren. Die meisten Menschen würden sich das, was sie regelmäßig zu sehen bekamen, nicht mal für das Doppelte antun. Tetzlaf verschloss das Fahrzeug mit der Funkfernbedienung und ging auf das Gebäude zu. Er sah Heimke nicht an, während der weitersprach. »Ich fasse zusammen. Welke will, dass wir schauen, ob Steiger hier ist. Und wenn ja, sollen wir ihn einpacken und zu ihm bringen.« Es war seiner Stimme anzuhören, dass ihn dieser Auftrag nicht begeisterte. Tetzlaf hasste es, irgendwo hingeschickt zu werden, ohne genau zu wissen, worum es ging.

»So hat's der Meister befohlen.« Heimke nickte, obwohl Tetzlaf ihn keines Blickes würdigte.

Dieser blieb vor einer Tür stehen, die sich links neben einem brusthohen, schmiedeeisernen Tor befand. »Ganz schön dekadenter Karton. Nichts für'n Wachtmeister. Schätze, dass der Bau gut und gern 400 Quadratmeter hat.« Er riss sich von dem Anblick der Villa los und drückte die Klingel. Dabei schaute er in die tennisballgroße Kamera, die sich darüber befand.

»Es ist eindeutig zu groß. Ich meine, wer will so eine Bude schrubben?«

Tetzlaf lachte unwillkürlich auf und seinem Gesichtsausdruck war anzusehen, dass er für Heimkes Bemerkung nur Hohn übrig hatte.

»Du glaubst also allen Ernstes, dass derjenige, der sich so einen Karton leisten kann, selbst mit 'nem Staubsauger durch die Zimmer hüpft?«, rief er über seine Schulter hinweg. Tetzlafs spöttischer Unterton war unüberhörbar und er schüttelte breit grinsend den Kopf. Wieder drückte er die Klingel. »Hast du was gehört?« Das erste Mal, seit sie ausgestiegen waren, sah er Heimke an.

Tetzlaf griff in seine Jackentasche, holte eine Schachtel Zigaretten raus und zündete sie sich an. Tief inhalierte er den Rauch und blies ihn anschließend in Richtung seines Kollegen.

Heimke wedelte mit der Hand vor seinem Gesicht. »Musst du permanent rauchen?«

Tetzlaf zog erneut an dem Filter, während er mit der anderen Hand die Schachtel verschwinden ließ. »Nein. Muss ich nicht. Mach ich freiwillig.« Er drehte sich um und rüttelte an der Tür. »Ist keiner da«, stellte er fest. Dann stieg er ungelenk über das Tor. Die Zigarette klemmte dabei in seinem Mundwinkel und er hatte ein Auge zugekniffen.

Heimke sah seinen Partner verständnislos an. »Was machst du da?«

Frank Tetzlaf ignorierte ihn, reckte den Hals und betrachtete erneut das Anwesen.

»Kannst du mir bitte sagen, auf welcher Rechtsgrundlage hin du ungefragt privaten Grund betrittst?«

Langsam drehte sich Tetzlaf um und blickte genervt zu seinem Partner. »Matthias. Ich habe dich in der Vergangenheit bereits gebeten, dass du dein Rückgrat und deine kleinen unrasierten Eier mitnehmen sollst, wenn du mit mir rausfährst.«

»Du beantwortest meine Frage nicht, Frank.«

Tetzlaf hob die Arme und blickte beinahe theatralisch zum Himmel. »Frage, Heimchen. Wenn man den Verdacht hat, dass irgendetwas nicht stimmt, vielleicht sogar vermutet, dass etwas geschieht, was mit unserem Rechtssystem nicht zu vereinbaren ist … Was macht man dann? Richtig. Man ruft die Polizei. Es ist deren Job nachzuschauen, ob etwas nicht koscher ist, verstehst du? Und wer ist die Polizei?« Er schnippte mit den Fingern und zeigte auf Heimke. »Du bist die Polizei, Heimchen.« Tetzlaf trat näher heran und lehnte sich mit den Armen lässig auf das Tor. »Wahrscheinlich parkst du auch einen Streifenwagen bei einem Tätereinsatz 500 Meter weiter weg, weil für den Bereich um den Tatort ein Haltverbot besteht.« Er grinste seinen Kollegen gehässig an.

»Verarschen kann ich mich alleine! Was hast du vor, Tetzlaf?«

Dieser strich sich seinen Scheitel in die korrekte Position. »Ich werde mir das Anwesen zeigen lassen.«

»Du lässt dir das Anwesen zeigen? Sag mal, hast du Haschkekse geraucht?«

Tetzlaf verdrehte die Augen und schaute zu Heimke. »Was meinst du, wofür das runde Ding über der Klingel ist? Das ist eine Überwachungskamera. Und es wird nicht die einzige sein. Ich gehe mit dir jede Wette ein, dass es nicht mal zehn Minuten dauern wird, bis der erste Sicherheitsdienst aufschlägt. Wenn wir Glück haben, hat der sogar einen Schlüssel zum Haus. Mach, was du willst, Heimchen. Von mir aus kannst du dir hier die Beine in den Bauch stehen und …« Tetzlaf fuhr herum. Der akustische Alarm war ohrenbetäubend. Er schmiss die Kippe weg. »Da hast du deine Rechtsgrundlage«, brüllte er gegen den schrillen Signalton, während er auf das rote Rundumlicht über dem Eingang blickte. Frank Tetzlaf zog seine Waffe. Kurz winkte er Heimke zu sich, der bereits sein Diensthandy gegen sein Ohr presste und Verstärkung anforderte. Dann schritten sie los.

*

Claudia klammerte sich an den Haltegriff des Dachhimmels.

Welke warf ihr einen flüchtigen Blick zu und konzentrierte sich wieder auf die Fahrbahn. Er trat etwas zu fest auf die Bremse, da sich auf der Alfredstraße ein Rückstau gebildet hatte. Während er sich zur Seite beugte, versuchte er den Grund zu erkennen, da er jedoch zunächst nichts sah, lehnte er sich zurück. Auf Claudia musste er wirken, als würde er abwägen, ob er sich aufregen oder die Situation gelassen ertragen sollte. Er entschied sich für Letzteres, weil er einen Löschzug der Feuerwehr erkannte, die offenbar von ihrer Sonderschaltung Gebrauch gemacht und die Ampelanlage zu ihren Gunsten geschaltet hatte. Es würde einige Minuten dauern, bis der Verkehr wieder ins Rollen kam. Sein Handy klingelte. Mit ungelenken Bewegungen fingerte er das Gerät aus seiner Jacke. »Ich höre!« Eine Zeit lang lauschte er dem Gespräch. »Okay. Schickt Truppen da hin. Und versucht, seine Spur zu verfolgen. Und zwar lückenlos. Ich will wissen, wo er sich seitdem aufgehalten hat, wann er wo und was gegessen und wann er es wieder ausgeschissen hat. Er wird sich ja hier nicht in Luft aufgelöst haben.« Welke legte auf. Er sah ernst aus. »Lesko ist vor fünf Wochen mit Air Canada in Düsseldorf gelandet. Die Kollegen haben beim Bundesgrenzschutz angerufen. Die haben einen guten Draht zu den Fluggesellschaften. Das ist nicht alles. Gießler ist verschwunden. Die Kollegen haben in seiner Kanzlei angerufen. Dort ist er bisher nicht aufgetaucht, was recht ungewöhnlich ist, wie seine Sekretärin schilderte. Sie kriegt ihn auch nicht über sein Privathandy, auf dem er eigentlich immer zu erreichen ist.«

Claudia sah Welke an. »Das heißt, dass …«

»Wir mit unseren Vermutungen richtig liegen könnten und Steiger vielleicht in größeren Schwierigkeiten steckt, als wir annehmen.«

*

Heimke presste das Mobiltelefon gegen sein Ohr und krächzte gegen den Lärm der Sirene irgendetwas von Verstärkung, während er in leicht gebückter Haltung seinem

Kollegen in einem Abstand von wenigen Metern folgte. Tetzlaf lief links an dem Gebäude vorbei in Richtung Rückseite. Er rannte an einem Bootsanhänger vorbei, überquerte die gepflasterte und steile Zufahrt zur Garage unterhalb des Hauses, deren breites Rolltor vermuten ließ, dass sich hinter ihm mehr als nur ein japanischer Familienkombi befand. Das nach hinten gelegene Gartengrundstück mit seinem alten Baumbestand aus Eichen und Ahorn und niederem Gehölz hatte einen fast parkähnlichen Charakter, und der Blick über den angrenzenden Wald rüber zum tief liegenden Baldeneysee war derart beeindruckend, dass ihn die Männer sogar in dieser Situation zur Kenntnis nahmen. Bei klarem Wetter konnte man von hier aus kilometerweit blicken. An der Villa schloss eine gepflegte Rasenfläche an, in deren Mitte ein japanischer Springbrunnen aus hellem Pagodengestein zu erkennen war. Tetzlaf hielt solche Gebilde allgemeinhin für dekadent, vorausgesetzt sie waren von guter Qualität, was äußerst selten vorkam. Ansonsten waren sie seiner Meinung nach einfach nur kitschig und dienten dazu, einen gewissen Wohlstand vorzugaukeln. Dieser Brunnen war hochwertig, wahrscheinlich echt und er wurde vermutlich in diesem sichtgeschützten Garten einzig und allein dazu aufgestellt, seinen Besitzer zu erfreuen. Tetzlaf ging weiter. Es roch nach verrottendem Laub, nach feuchter Walderde und nach dem angenehmen Duft von mediterranem Nadelgehölz, welches in Gebäudenähe stand. Er musste sich ein paar Meter vom Haus entfernen, um zu dem großen Panoramafester aufschauen zu können. Von dem angrenzenden Balkon aus, der vom Garten aus über eine Holztreppe mit Edelstahlgeländer zu erreichen war, konnte man das gesamte rückwärtige Grundstück einsehen. Tetzlaf fühlte sich wie ein Stück Rotwild, das zu einem Hochstand aufblickte.

Die beiden beigefarbenen Vorhänge waren geöffnet. Gedämpftes Licht drang nach außen. Wieder winkte Tetzlaf Heimke heran, ohne sich zu ihm umzusehen, während er mit angehaltenem Atem und zusammengepressten Lippen langsam die Holztreppe hinaufschritt. Er hatte ein mulmiges Gefühl. Trotz des Lärms der Alarmanlage, vernahm er die dumpf und hohl klingenden Geräusche seiner Schuhe auf den Hartholzplanken. Sein Verstand signalisierte ihm, dass niemand anderes seine Schritte hören konnte, trotzdem erfasste er automatisch das kalte metallene Geländer, um seine Tritte zu entlasten. Er nahm die letzten Stufen und konzentrierte sein Augenmerk auf die Fensterfront, die sich mit jedem Zentimeter weiter in sein Sichtfeld schob.

Tetzlaf!«, hörte er Heimke dicht hinter sich. »Die Verstärkung wird jeden Moment eintreffen. Wir sollten warten und das Objekt dann in Ruhe begehen.«

Obwohl gegen Heimkes Vorschlag nichts einzuwenden war, ignorierte er dessen Einwand und setzte seinen Aufstieg einige Stufen fort.

»Was siehst du?«

Tetzlaf legte die Hand an die Stirn, berührte die Scheibe und starrte hinein. »Scheint das Wohnzimmer zu sein.«

»Kannst du jemanden sehen?«

»Nein. Durchsucht ist offensichtlich auch nichts.«

Tetzlaf trat auf den Balkon. Er winkelte den Arm an und legte seine Hand gegen die Stirn, als schützte er sich gegen die Sonne, während er sie gegen die Scheibe drückte. »Da ist niemand.«

Heimke starrte ebenfalls in das Zimmer. Er schritt etwas nach links und rüttelte an der Terrassentür. »Verschlossen. Vielleicht sollten wir …«

»Keine Bewegung, Polizei!«

Langsam drehten sich Frank Tetzlaf und Matthias Heimke um.

»Wurde auch allmählich Zeit«, grummelte Tetzlaf.

*

Welkes Dienstwagen schoss mit quietschenden Reifen um die Ecke. Der Passat legte sich so schwungvoll in die Kurve, dass das ESP Mühe hatte, das schwere Fahrzeug in der Spur zu halten. Kurz vor dem Kurvenausgang trat Welke auf das Gaspedal. Das automatische Doppelkupplungsgetriebe schaltete ohne spürbare Zugkraftunterbrechung einen Gang hinunter. Der Drehzahlmesser schnellte in die Höhe und der kräftige Vierzylinder brüllte auf, um das Auto augenblicklich nach vorn zu katapultieren. Mit einer Reaktionsgeschwindigkeit, die man ihm nicht zugetraut hätte, trat er auf die Bremse, riss das Lenkrad herum und wich einigen Krähen aus, die sich an dem Kadaver eines Marders gütlich taten, den irgendein Fahrzeugreifen fest mit dem Asphalt verbunden hatte. Claudia krallte sich an den Haltegriff und schloss für einen Moment die Augen.

30 Sekunden später bog der zivile Streifenwagen in die Zielstraße ein. »Was zum Teufel …?«

Welke bremste den Wagen und seine Beifahrerin hatte Mühe, die Vorwärtsbewegung kontrolliert abzufangen. Ihre Blässe verriet, dass ihr Magen gegen Welkes Fahrstil protestierte.

Mittig der Straße stand ein ganzer Löschzug der Feuerwehr, die blauen Rundumlichter und die dröhnenden Dieselmotoren wirkten in dieser sonst ruhigen Gegend deplatziert. Wie Eindringlinge. Links und rechts erkannte er einige Streifenwagen, einen Rettungswagen und weiter hintern sah er den Opel von Tetzlaf und Heimke. Näher würden sie an das Haus nicht herankommen. Welke fuhr rechts ran, um mit der halben Fahrzeugbreite auf dem Bordstein zu parken. Er öffnete die Tür, holte zweimal Schwung und hielt sich an der A-Säule fest, um auszusteigen. Claudia stand bereits auf dem Gehweg, folgte dann Welke, der geradewegs auf die Szene zu marschierte, die wie ein heilloses Durcheinander wirkte. Unzählige Feuerwehrmänner standen an der Einfahrt des Hauses. Ein Diensthundeführer befand sich auf dem gegenüberliegenden Fußgängerweg und wirkte nur unzureichend beruhigend auf seinen Schäferhund ein, der versuchte, sich den Beißkorb mit den Vorderpfoten vom Kopf zu streifen.

Welke lief auf einen jungen Uniformierten zu, der ein Handy seitlich an den Kopf gepresst hielt. Er musste Anfang 30 sein, groß, schlank, mit blondem Haar, was nach Welkes Geschmack eindeutig zu lang war. Er war nur von vorn zweifelsfrei als Mann zu erkennen. Metrosexuell, nannte das Tetzlaf, und Welke erinnerte sich, dass er immer mal googeln wollte, was das genau hieß. Der Schutzpolizist bemerkte den großen Mann und die zierliche Frau und drehte sich in deren Richtung.

»Wo ist der Einsatzleiter?«, brüllte Welke gegen den Lärm der Motoren. Es kam ihm nicht in den Sinn, dass man ihn nicht als Kollegen erkennen könnte.

Tatsächlich stutzte der junge Mann einen Augenblick. Dann zeigte er kurz in Richtung des Hauses. »Links runter!«, rief er, drehte sich weg und konzentrierte sich wieder auf das Telefonat.

Welke gab Claudia ein Zeichen, ihm zu folgen, drängte sich an einigen Feuerwehrmännern vorbei und hielt auf eine Personengruppe zu, in der er Heimke und Tetzlaf erkannte.

Auf dem Rücken eines Feuerwehrmannes stand ›Einsatzleiter‹. Kurz nickte er dem Mann zu. ›Brockmann‹, las er von dessen Namensschild ab.

»Was ist hier los? Wo ist Steiger?«

Heimke zog die Mundwinkel nach unten und zuckte mit den Schultern. »Keine Ahnung. Jedenfalls nicht hier.«

Welke presste die Lippen aufeinander und sah Claudia besorgt an. »Was ist mit dem Alarm? Wart ihr in der Hütte?«, fragte er angespannt.

»Vermutlich Fehlalarm«, erwiderte Heimke.

»Fehlalarm?«

»Klären wir gerade ab«, nahm der Einsatzleiter der Feuerwehr das Gespräch an sich. »Es sind zwei Alarme gleichzeitig aufgelaufen. Einbruchs- und Feueralarm. Zumindest von außen ist kein Brand erkennbar. Unsere Wärmekamera zeigt ebenfalls keine Auffälligkeiten. Der Sicherheitsdienst ist mit einem Schlüssel unterwegs und steht auf der A 52 im Stau.«

»Man kommt von hinten durch die Pampa ans Gebäude«, erklärte Tetzlaf, der sich mit einer fast bedächtigen Ruhe einen Kaugummi aus einem Papier wickelte und sich den Streifen auf die Zunge legte. »Von dort kann man ins Wohnzimmer sehen. Alles dem äußeren Anschein nach unauffällig.« Er sah Heimke an, als warte er auf eine Bestätigung.

Welke massierte sein bärtiges Kinn. Abrupt schubste er Tetzlaf beiseite, setzte sich in Bewegung, lief um das Haus und schritt in einem Tempo die Treppen zum Balkon hinauf, dass seine Kollegen Mühe hatten, ihm zu folgen.

Einen Moment lang stand der Hauptkommissar schwer atmend vor dem Fenster. Dann drehte er sich um. »Wir gehen rein. Sofort.«

Heimke schaute irritiert zu Tetzlaf, bevor er wieder Welke ansah. »Sofort? Warum? Ich meine …«

Welke lief an ihm vorbei und schlug ihm die Pranke auf die Schulter, dass dieser leicht einknickte. »Hier stimmt was nicht, Heimchen. Das schmeckt man deutlich. Man vergisst vielleicht, das Licht zu löschen. Niemand verlässt ein Haus, wenn ein offener Kamin lodert.«

Welke lief die Treppe hinunter, geradewegs auf den Einsatzleiter der Feuerwehr zu. »Herr Brockmann, machen Sie die Bude auf. Schlüssel Größe 45«, sagte er und zeigte auf die Einsatzstiefel des Feuerwehrmanns. »Ich nehme es auf meine Kappe.« Dieser nickte und hob sein Funkgerät.

*

Sein Körper flehte ihn um Schlaf an. Die zunehmende Benommenheit verdrängte seine Schmerzen und betäubte seine Sinne. Sein Gehirn begann in den Sparmodus zu wechseln, seine Leistung herunterzufahren und seine Wahrnehmung zu dämpfen. Die ersten Fantasiebilder tauchten auf, schufen konturenlose Szenen, die sprunghaft wechselten und ihm eine scheinbare Realität vorgaukeln wollten. Schizophren. Irrational. In seinem Kopf entstand ein Flüstern. Stimmen bildeten sich, wurden klarer und versprachen ihm, dass alles gut war, wenn er sich nur hinsetzte und sich ausruhte. Sein Verstand rebellierte, lehnte sich gegen diese Verlockung auf. Er musste wach bleiben. Eine einzige, unbedachte Bewegung, eine minimale Abweichung seines Standpunktes, und er würde in dieser völligen Dunkelheit sterben.

Steiger spürte, wie sein Herzschlag zunahm. Er musste sich beruhigen, die Angst, die ihn umklammerte, zurückdrängen. Er fühlte sich wie ein Verschütteter, der in seinem dunklen Gefängnis unter der Last langsam zu Tode gedrückt wurde. Je aufgeregter er war, desto mehr Luft forderten seine Lungen. Langsam atmete er. Konzertierte sich auf das Heben und Senken seines Brustkorbes. Er schmeckte die tödlichen Abgase, und seine Augen brannten. Tränen rannen seine Wangen hinab. Speichel sammelte sich in seinem Mund und lief langsam den Rachen hinab. Seine Beine waren wie Gummi und er bemerkte, wie sie nachgaben. Das stetig steigende Sauerstoffdefizit formte pathologische Reflexe, weshalb einzelne Muskelgruppen Anzeichen einer beginnenden Spastik zeigten. Immer wieder wippte er leicht auf den Zehenspitzen, um seine Beine daran zu erinnern, dass sie stehen bleiben mussten, nicht einknicken durften. Wenn er nicht ersticken wollte, durfte er nicht auf den Boden sinken.

Steiger begann ein Schlaflied zu summen, ohne dass es ihm wirklich bewusst geworden war. Es war ein Kinderlied, das ihm seine Mutter immer dann vorgesungen hatte, wenn sich in der Nacht die Schatten in seinem Zimmer in Ungeheuer verwandelt hatten. Steiger hörte den ohrenbetäubenden Lärm der Alarmanlage. Er wusste, dass sie kommen würden. Früher oder später würden sie ihn finden, wenn es ihm gelang, seine Panik zu unterdrücken. Solange er den Alarm hörte, bestand Hoffnung. An diesen Gedanken klammerte er sich.

*

Ein Hauptbrandmeister setzte das Stemmeisen an und lehnte sich mit seinem gesamten Gewicht gegen die Tür, sodass es knirschte. Nachdem er ein zweites Mal angesetzt hatte, gab die Holzzarge splitternd nach und die Tür schwang auf. Er trat etwas zur Seite und sofort stürmten mehrere Polizeibeamte mit gezogenen Waffen ins Haus. Welke folgte ihnen durch das Wohnzimmer in eine großzügige Diele. Die Beamten teilten sich auf. Während ein Trupp geradeaus weiterlief, um das Erdgeschoss zu durchsuchen, eilten einige Polizisten in die obere Etage. Welke blieb in der Diele, am Treppenabgang zum Keller, stehen. »Verdammt, wo bleibt dieser Sicherheitsfuzzi? Der Krach ist ja nicht auszuhalten«, blökte er gegen den schrillen Alarmton, der ihm im Haus nicht minder laut erschien.

Als hätte dieser nur auf Welkes Zeichen gewartet, trat der Mann exakt in diesem Moment in Begleitung eines weiteren Polizisten in die Diele. Der Sicherheitsmann, deutlich erkennbar in einer dezenten Bekleidung mit Uniformcharakter, erwiderte kurz Welkes Nicken.

»Wo ist die Alarmanlage?«

Der Mann schlug eine Mappe auf und überflog einen Grundrissplan mit seinem Zeigefinger. »Im Keller. Ein Nebenraum in der Tiefgarage.«

Welke sah Heimke und Tetzlaf an. »Ab nach unten«, sagte er, zog seine Dienstwaffe, trat die ersten Stufen hinunter und blieb plötzlich auf halben Weg stehen. Er legte den Kopf in den Nacken und atmete äußerst konzentriert einige Male mit geschlossenem Mund durch die Nase ein und aus. »Was ist das?«

Heimke, direkt neben ihm, nickte. »Ich riech es auch.«

»Keiner geht weiter!« Welke drängte sich an seinen Kollegen vorbei und lief die Treppe hoch.

»Herr Brockmann«, Welke rief den Einsatzleiter heran, der darauf gewartet hatte, dass die Polizei die Täternachschau beendete. »Im Keller riecht es. Könnte Brandgeruch sein.«

Brockmann sprach in sein Funkgerät und wenige Sekunden später tauchten vier seiner Kollegen auf. Die Feuerwehrmänner drängten sich an den Polizeibeamten vorbei. Der erste Mann hielt eine Wärmebildkamera vor sich und richtete den Infrarotstrahl auf die Stahltür am Ende des Abgangs. »Keine außergewöhnliche Wärmeentwicklung«, sagte er nach hinten. »Gib mir mal das Ex-Ox-Meter.«

Sein Kollege reichte ihm ein Gerät, welches er auf den Bereich vor sich ausrichtete. »Hoher CO-Wert.« Er drehte sich um und sprach an seine Kollegen vorbei. »Weiß jemand, was hinter der Tür ist?«

»Ja«, erklärte Welke und eine böse Vorahnung beschlich ihn. »Dahinter befindet sich die Tiefgarage.«

*

Das Poltern war ohrenbetäubend. Mehrere Male rammte etwas Schweres das Stahltürblatt und die Vibrationen und der dumpfe Lärm drangen ungefiltert in den Raum, wo sie durch die kahlen Wände verstärkt wurden. Nach der gruftähnlichen Stille fühlte sich Steiger wie im Inneren einer Trommel. Seine Lippen pressten sich weiter krampfhaft fest um den schmalen Kabelkanal, den er von der Wand gerissen und durch das schmale Loch des Fensters geschoben hatte. Plötzlich schlug die metallene Tür auf und Steiger hörte das Krächzen eines Funkgerätes und die typischen Geräusche eines Lungenautomaten. Unmittelbar darauf durchschnitt ein schmaler Lichtstrahl die Wand aus trüben Abgasen. »Person im Objekt«, hörte er. Das Gefühl der Erleichterung war überwältigend. Er drehte etwas den Kopf und nur mit Mühe widerstand er dem Drang, seinen Mund von dem Plastikrohr zu lösen und in das Licht zu rennen, was sich hinter den Männern abzeichnete.

Jemand trat von hinten an ihn heran und fasste ihn an der Schulter. »Bleiben Sie ganz ruhig. Atmen Sie weiter!« hörte er den Mann mit roboterhaft verzerrter Stimme.

»Sauerstoff«, rief eine weitere Person von hinten. Dann spürte Steiger, wie sich etwas von unten seinem Gesicht näherte. »Ich lege Ihnen eine Sauerstoffmaske an. Halten Sie kurz die Luft an, bis ich Ihnen sage, dass Sie weiteratmen können.« Die Maske rieb über sein Kinn und der Feuerwehrmann schob sie gleichmäßig über seinen Mund und die Nase. »Ganz ruhig«, wiederholte er und seine Worte übten tatsächlich die Wirkung aus, die sie erzielen sollten. »Atmen Sie! Atmen Sie ganz tief ein. Ganz tief.«

Für einen flüchtigen Moment weigerte sich Steiger seine Lungen zu füllen. Als würde sein Unterbewusstsein seinem Verstand nicht trauen. Dann strömte der Sauerstoff in seine Lungen. Mehrere Male holte er tief Luft.

»Wir gehen raus. Keine Angst. Ich stütze Sie.«

Steiger spürte den Durchzug an Stirn und Wangen und erkannte, wie der Nebel sich lichtete. Trotzdem sah er nichts wirklich deutlich und nahm seine Umgebung durch seine gereizten Augen nur schleierhaft wahr. Der Mann, der hinter ihm stand, erfasste ihn mit einer Hand am Oberarm, während er mit der anderen Hand weiter die Sauerstoffmaske fest auf sein Gesicht presste. Er wusste um die irrationalen Verhaltensweisen, die Personen unter dem Einfluss von Panik und toxischen Gasen an den Tag legen konnten. Der Feuerwehrmann würde den Teufel tun und ein unnötiges Risiko eingehen. Steiger wurde von der anderen Seite erfasst und stöhnte kurz auf.

»Sind Sie verletzt?«

Steiger nickte. »Schulter«, war das Einzige, was er mit gepresster Stimme hervorbrachte.

»Halten Sie durch. Wir sind gleich draußen.«

Die Griffe der Männer lösten sich und offenbar loteten sie aus, in wieweit ihr Patient selbstständig in der Lage war zu laufen. Kurz sackten Steigers Beine weg und er musste all seine restliche verbliebene Energie aufwenden, um einigermaßen selbstständig gehen zu können. Die Retter hatten das große Garagentor geöffnet. Zwei Feuerwehrleute rannten mit einem großen Ventilator auf die Einfahrt zu. Sanitäter übernahmen Steiger und legten ihn auf eine Trage. Hände zogen einen breiten Spanngurt um seinen Oberkörper und jemand führte ihm ein Sauerstoffmessgerät über seinen rechten Zeigefinger. Für einen flüchtigen Moment sah Steiger das trübe Grau des Himmels. Dann schob sich ein Gesicht in sein Blickfeld. In ihren weichen Zügen war Besorgnis zu erkennen. Trotzdem lächelte sie. Sie sagte nichts, sah ihn nur an. Steiger hob die Hand. Er hatte das unbändige Bedürfnis, sie zu berühren, die blonde Strähne, die sich aus ihrer Frisur gelöst hatte, hinter ihr Ohr zu legen und ihre Wange zu halten. Unendlich froh, dass sie bei ihm war. Ein innerer Frieden übermannte ihn und verdrängte alles um ihn herum. Selbst das laute Geräusch der Alarmanlage drang nur gedämpft zu ihm durch. Plötzlich zog Claudia den Kopf aus seinem Blickfeld. Dafür erschien ein anderes. Groß, rund, mit einer Brille und einem leicht struppigen, grau melierten Vollbart. Welke grinste wie ein Honigkuchenpferd. Steiger ließ die Hand sacken. Zwei Männer in Weiß drängten den großen Mann beiseite. Unmittelbar darauf wurde die Trage ruckartig einen Meter nach oben katapultiert und rastete in dieser Höhe ein.

»Er muss ins Krankenhaus«, hörte Steiger jemanden sagen und zeitgleich setzte sich die Trage in Bewegung. Er nahm sich die Sauerstoffmaske vom Gesicht und wollte sich aufrichten, doch der Spanngurt hinderte ihn daran. Steiger suchte nach dem Verschluss, als einer der Sanitäter seine Hand auf Steigers Brust legte und ihn hinunterdrückte. »Liegen bleiben«, sagte der Mann in einer Art, welche die Grenze zwischen Höflichkeit und Befehlston verwischte. Steiger wollte protestieren, doch die kräftige Hand blieb weiter auf seinem Oberkörper, während eine andere erneut die Sauerstoffmaske zurechtrückte.

»Lass gut sein, Robert«, hörte er Claudia hinter sich. »Wir fahren hinter dir her.«

Die Trage wurde in den Krankenwagen geschoben und die Tür geschlossen.

»Halten Sie den Arm ruhig.« Steiger fühlte einen Einstich in seiner Armbeuge. »Nur ein Venenkatheter«, sagte der Mann in der roten Jacke, die ihn als Notarzt auswies. Dieser hob eine Spritze in die Hohe, die mit einer klaren Flüssigkeit gefüllt war, und drückte die restliche Luft heraus, bevor er sie mit dem Zugang verband. »Zur Beruhigung«, hörte er den Arzt. Dann übermannte Steiger eine geradezu angenehme Gleichgültigkeit.

KAPITEL 15

Welke beugte sich nach vorn, stützte die Ellenbogen auf die Knie und rieb sich mit beiden Händen das Gesicht. Er erhob sich, nahm seine Brille von dem Stuhl neben sich und setzte sie wieder auf. Claudia saß ihm gegenüber und vertrieb sich die Zeit mit einer Frauenzeitschrift. Das Tempo, mit dem sie die Seiten umblätterte, verriet, dass sie sich entweder nicht auf den Inhalt konzentrieren konnte oder er sie schlichtweg langweilte. Welke stand auf und ging zu einem Zeitungsständer an der Wand. Wahllos nahm er einen der Prospekte, setzte sich wieder und begann zu blättern. Flüchtig sah er über das Blatt zu Claudia. Sein Blick blieb auf ihrem Gesicht hängen. Sie grinste. Auf eine deutlich ironische Art.

Welke runzelte irritiert die Stirn. Er drehte das Prospekt und betrachtete die Überschrift. ›Männergesundheit. Diagnose und Behandlung bei Prostataleiden und Erektionsstörungen‹, las er ab. Er verzog das Gesicht und legte die Broschüre neben sich. Während er überlegte, ob er sich rechtfertigen sollte oder nicht, ging die Tür des Wartezimmers auf und der behandelnde Arzt trat herein in Begleitung einer jungen, bildhübschen Assistenzärztin, die ihre blonden Haare zu einem Zopf gebunden hatte.

Claudia und Welke erhoben sich.

»Wie geht es ihm?«, begann sie.

Der Arzt vergrub beide Hände in den Taschen seines strahlend weißen, gebügelten Kittels. Er sah Claudia mit seinen stahlblauen Augen, die sich unter auffallend buschigen Brauen befanden, etwas zu lang an. »Dem Patienten geht es gut. Wenn man von seinem lädierten Schlüsselbein mal absieht. Die Blutgasanalyse ist unauffällig. Ich muss gestehen, dass ich einen solchen Fall nicht hatte und auch nicht mehr haben werde. Jemand, der in einem mit Rauchgas gefüllten Raum durch einen Kabelkanal Frischluft schnorchelt … Auf so eine Idee muss man kommen. Es hat offensichtlich funktioniert. Herr Kettner klagte über etwas Schwindel und Kopfschmerzen, ist ansonsten von guter Konstitution. Wir würden ihn gern zumindest eine Nacht zur Beobachtung hierbehalten …«

»Vergessen Sie es«, unterbrach Welke ihn und machte eine abwinkende Handbewegung. »Er ist das sturste Rindvieh, das mir je untergekommen ist.«

Der Mediziner nickte emotionslos. »Wie dem auch sei. Vielleicht gelingt es Ihnen ja trotzdem, ihn zu überzeugen. Sie können zu ihm.« Der Pager im Kittel des Mediziners piepste. »Wenn Sie mich bitte entschuldigen würden?«

Steiger saß mit entblößtem Oberkörper auf einem Krankenbett, während zwei Schwestern damit beschäftigt waren, seinen Verband zu erneuern. Er blickte auf und wirkte dabei so, als ob er nicht nur mit einer Schelte rechnete, sondern sie auch verdient hätte. Welkes Blick sprach Bände und Claudias Gesichtsausdruck, sie hatte die Arme demonstrativ vor der Brust verschränkt, signalisierte ihm, dass er bei ihr ebenfalls mit keiner Nachsicht zu rechnen hatte.

Geduldig warteten die zwei, bis die Krankenschwestern ihre Arbeit beendet hatten. Sie halfen ihm in ein Krankenhaushemd, da die Polizei seine Oberbekleidung sichergestellt hatte in der Hoffnung, dass es bei dem Täterkontakt zu einer Spurenübertragung gekommen war. Steiger roch an seiner neuen Kleidung und verzog das Gesicht. Es war nicht erkennbar, ob er es tat, weil er der Meinung war, dass sie nicht gewaschen wurde, oder ob es der untaugliche Versuch einer Ablenkung war, weil er es einfach vermeiden wollte, die beiden anzusehen. Welke verschränkte die Arme hinter dem Rücken und zog in dem Moment fordernd eine Braue hoch, als Steiger aufblickte.

»Es ist dieser Gießler, Hermann. Er hat die anderen auf dem Gewissen. Ich bin mir sicher, dass Gießler erpresst wurde. So kurz vor der Verjährung wollte er kein Risiko eingehen. Daher hat er diesen Lesko beauftragt. Ein cleverer Schachzug. Jemand aus dem Ausland zu nehmen.«

Welke blickte ernst. »Warum sollte er das Risiko eingehen und einen ehemaligen Polizisten mit ins Boot holen? Worin liegt der Sinn?«

Steiger fuhr sich mit einem Finger zwischen Kragen und Hals. Der Stoff war ungewohnt hart, seine Haut nur T-Shirts und Pullover gewohnt.

»Sie haben mich benutzt. Ich dachte erst, Annabelle ist die Partnerin von Gießler. Das ist nicht der Fall. Annabelle hat mich um den Finger gewickelt, da alle Beteiligten wussten, dass ich Beziehungen zur Polizei pflege und sie über den Stand der Ermittlungen informieren konnte. Das war auch der Grund, warum Lesko mit Bröcking Kontakt aufnahm. Er wollte wissen, ob die Polizei bereits an ihn herangetreten war und was sie in Erfahrung bringen konnte. Als ich ihr von der zufälligen Kenntnis über Lesko erzählte, hat sie mich betäubt. Sie wusste, dass sie Gefahr liefen, aufzufliegen. Annabelle arbeitet mit Lesko zusammen.«

Welke atmete tief aus. »Lassen wir deine Theorie zunächst unkommentiert im Raum stehen. Warum bist du zu Gießler? Und was ist dort passiert?«

»Was sollte ich machen? Mir hat keiner geglaubt. Und wenn ich mich recht erinnere, auch du nicht. Ich wollte ihn zur Rede stellen. Ihn mit meiner Vermutung konfrontieren. Aus der Reserve locken, wenn du so willst.«

»Offensichtlich hast du ihn unterschätzt«, warf Welke ein.

Steiger pflichtete ihm nickend bei. Etwas, was er sofort bereute. Er kniff die Augen zusammen, als er zu seinem ehemaligen Kollegen sah. »Als ich im Haus war, hörte ich etwas Verdächtiges. Ich arbeitete mich zur Tiefgarage vor. In einem Wagen lag ein Mann. Gefesselt. Ich gehe davon aus, dass es Lesko war. Er hatte seinen Zweck erfüllt und Gießler wollte ihn offenbar beseitigen. Wer vermisst einen unbekannten Ausländer? Insbesondere wenn dieser einiges dafür getan haben wird, sich in Deutschland so unerkannt wie möglich zu bewegen. Gießler hat mich mit einem Elektroschocker außer Gefecht gesetzt und in diesen Raum gesperrt. Ich habe durch Zufall in der Dunkelheit den Sicherungskasten der Alarmanlage gefunden. Als ich die Abgase wahrnahm, habe ich die Kabel aus der Wand gerissen in der Hoffnung, damit einen Sabotagealarm auszulösen. Du musst Gießler suchen lassen, Hermann. Er wird Lesko erledigen, wenn er es nicht bereits getan hat.«

Welke schüttelte bedächtig den Kopf. »Gießler wird Lesko nichts tun.«

Steiger verzog verächtlich das Gesicht. »Und woher wissen Herr Erster Kriminalhauptkommissar das mal wieder so genau?«

»Weil ich den Größten hab und am längsten kann!«, höhnte dieser.

Steiger sah verärgert an Welke vorbei zu Claudia. Sein Kiefer mahlte.

»Weil Bröcking einen Zwillingsbruder hat, Robert«, sagte Claudia. »Und du darfst drei Mal raten, wer das ist!«

*

Welke schmiss sich in seinen Bürosessel, dessen Federung Schwierigkeiten hatte, das Gewicht aufzufangen. Deutlich war ein Zischen und ein Ächzen zu hören. Er holte eine Akte aus seiner Schublade, entnahm ein Blatt und warf sie anschließend Steiger hin.

»Ich habe mir die aktuelle Akte von Bröcking vorgenommen und mir ein Bild von ihm ausgedruckt«, begann Welke und hob das soeben entnommene Papier in die Höhe, das eine männliche Person bei einer erkennungsdienstlichen Behandlung zeigte. Der Mann stand neben einer Messlatte. Es war unverkennbar Andreas Bröcking.

»Heute Morgen habe ich meinen Kaffeepott umgestoßen. Die Plörre hat sich großzügig auf meinem Schreibtisch ausgebreitet und sich dabei über den oberen Teil des Ausdrucks verteilt. Ich wollte den Wisch eigentlich wegwerfen, als mir etwas auffiel. Hier!« Welke spielte die kurze Videodatei ab. Lesko stieg aus dem Taxi, blickte auf die Uhr und näherte sich der Kamera. Welke hielt den Film in dem Moment an, wo Lesko unbewusst in die Kamera blickte. Anschließend zog Welke ein weiteres Blatt aus seiner Schublade und legte es Steiger ebenfalls vor. Dieser betrachtete die Aufnahme mit offen stehendem Mund.

»Was zum Teufel ...?«

»Gell?« Welke grinste breit. »Da staunst du, was?«

Steiger hob den Kopf. Sein Mund stand offen. »Du meinst, Lesko ist sein Bruder?«

Welke nickte. »Zunächst dachte ich an einen Verwandten.

In der Personalakte findet sich kein Hinweis auf Geschwister. Natürlich habe ich routinemäßig beim Standesamt angerufen. Auch dort konnte man mir nicht weiterhelfen. Claudia hat mich drauf gebracht.«

»Wenn ein Kind adoptiert wird ...«, übernahm sie das Gespräch, »wird die Geburtsurkunde auf die Adoptiveltern übertragen. Sie werden dort als leibliche Eltern aufgeführt, um dem Kind eine völlige Eingliederung in die neue Familie zu ermöglichen. Es gibt diverse Gesetzeserlasse, um das Kind und die neue Familie zu schützen. In den Geburtenbüchern ist die Adoption vermerkt, es werden bei der Ausstellung einer Geburtsurkunde nur die rechtlichen Eltern, also die Adoptiveltern eingetragen. Der Schutz des Adoptionsgeheimnisses wird hoch angesiedelt. Es kann von diesem Geheimnis durchaus auf Antrag bei vorliegendem öffentlichem Interesse abgesehen werden, ein Strafverfahren führt nicht zwingend zu einer Offenbarung. Inwieweit die Strafverfolgungsbehörden bei der Ersttat davon Kenntnis hatten, ist nicht festzustellen. Zumindest in Bröckings letztem Verfahren wurde dieser Umstand nicht berücksichtigt.«

Welke nickte und ergriff wieder das Wort. »Ich habe mich auf Rat unserer geschätzten Frau Rechtsanwältin mit dem Standesamt in Verbindung gesetzt und um eine Sichtung des Abstammungsbuches gebeten. Es hat mich einige Überzeugungsarbeit und etwas Drohung mit dem Hinweis auf rechtfertigenden Notstand und der Unterrichtung der Staatsanwaltschaft gekostet ... Wie dem auch sei. Letztendlich haben wir das Ergebnis: Thomas Lesko, geborener Michael Bröcking, zur Welt gekommen am ... halt dich fest ... 31. Dezember 1961. Bröckings Geburtsdatum ist der 1. Januar 1962.«

Steiger kratzte sich nachdenklich am Hinterkopf. »Zwillinge?«

»Ganz offensichtlich«, antwortete Welke. »Vielleicht wirfst du mal einen Blick in die Akte. Ich habe die entsprechende Seite markiert.«

Für einen Moment blieb Steigers fragender Blick auf Welke gerichtet, bevor er den Aktendeckel aufschlug und die Dokumente bis zur entsprechenden Stelle durchblätterte.

Welke wartete nicht, bis Steiger den Bericht zu Ende gelesen hatte. »Du siehst, dass ich den Namen des Richters markiert habe. Wehner war derjenige, der Bröcking zur Sicherungsverwahrung verurteilte. Wehner ist tot. Selbstmord aus Scham. Er gestand in einem Abschiedsbrief die Vergewaltigung und Ermordung einer jungen Frau. Exakt die Delikte, die man Bröcking in seiner Vergangenheit vorgeworfen hat.«

Steiger schlug die Akte zu. »Und was bedeutet das unterm Strich?«

Welke richtete seinen Zeigefinger auf seinen ehemaligen Kollegen. Steiger legte die Mappe auf den Tisch. »Bröcking rächt sich an allen Beteiligten, die ihn ins Gefängnis brachten. Der Richter, der ihn verurteilte, und die Männer, die ihn damals durch eine mögliche Falschaussage belasteten. Die tote Nutte diente nicht nur dazu, Wehner die Tat in die Schuhe zu schieben. Sie könnte symbolisch für die Prostituierte Marie Diekmann stehen. Ich komme darauf, da er ja anscheinend auch bei den Todesanzeigen auf eine Symbolik zurückgreift. Ich meine diese komischen Pfennige für den Fährmann. Worauf ich hinweisen sollte, ist der Umstand, dass die Frau, die ihn bei der zweiten Tat beschuldigte, zwischenzeitlich eines natürlichen Todes starb. Ebenso sind der Staatsanwalt und der Vorsitzende, die ihn vor fast 30 Jahren hinter Gitter brachten, mittlerweile verstorben. Zu welchem Schluss kommen wir also?«

»Du meinst Gießler …?«

Welke lehnte sich zurück und legte die Hände in den Schoß, wobei er nickte. »Richtig. Gießler ist das letzte Opfer«, sprach er Steigers Gedanken zu Ende.

»Du erinnerst dich an Bröckings ablehnende Haltung?«

Steiger sah zu Claudia.

»Im Nachhinein macht das Sinn, Robert. Es hat mich von Anfang an gewundert, dass Bröcking absolut desinteressiert schien. Ich meine, da kommt eine Anwältin, die zumindest seine Ersttat infrage stellt … also die Tat, die möglicherweise maßgeblich zur Verhängung der Sicherungsverwahrung geführt hat, und er wirkte so, als ginge ihn das alles nichts an.«

»Hm«, brummte der schwergewichtige Hauptkommissar. »Weil er seinen Bruder schützen musste. Bröcking wollte unter allen Umständen vermeiden, dass wir auf Lesko aufmerksam werden. Gießler ist das letzte Opfer.«

Steiger legte nachdenklich seinen Zeigefinger auf die Lippen. Dann schüttelte er energisch den Kopf. »Ich versuche das mal aus Sicht eines ganz normalen Menschen zu sehen. Vielleicht hat Lesko tatsächlich irgendwann mal von seinen Adoptiveltern erfahren, wer er ist und wo er herkommt. Und möglicherweise haben sie ihm auch gesagt, dass er einen Zwillingsbruder hat, was in ihm den Wunsch weckte, etwas über seine echte Familie und seinen Bruder zu erfahren. Bis hierhin halte ich das für absolut nachvollziehbar.«

»Da gebe ich dir recht«, warf Welke ein.

»Es ist etwas anders zu erfahren, dass dieser völlig unbekannte Bruder wegen eines Tötungsdeliktes vorbestraft und wegen einer Vergewaltigung in Haft sitzt, also als so gemeingefährlich eingeschätzt wurde, dass er zu einer Sicherungsverwahrung verurteilt wurde. Selbst wenn wir unterstellen, dass Lesko von diesen Erkenntnissen nicht abgeschreckt wurde und er seinen Bruder trotzdem kennen lernen wollte … den eigentlich fremden Bruder zu rächen, indem man die angeblichen Verantwortlichen tötet oder in den Selbstmord treibt … Leute! Bleibt mal auf dem Teppich. Ich krieg ein solches Szenario nicht glaubhaft vor meine Augen.«

Welke kniff die Lippen zusammen. »Ja. Zugegeben. Unwahrscheinlich. Das bedeutet nicht automatisch unmöglich. Wir alle kennen die Geschichten von kotzenden Pferden vor Apotheken.«

»Du glaubst mir nicht?«

Welke schmiss seinen Kuli auf den Schreibtisch und seine dunklen Augen funkelten unter seinen dichten Brauen. »Das tue ich, verflucht! Du wirst mir zugestehen, dass das eine verflucht verworrene Geschichte ist, die ich selbst nur zur Hälfte kapiere. Und ich habe das Vergnügen, das Ganze entwirren und irgendeinem Entscheidungsträger bei der Staatsanwaltschaft vortragen zu müssen, ohne mich zum Affen zu machen.« Man sah ihm an, wie ihm das Blut in den Kopf schoss, um sein Gesicht violett zu färben.

Steiger schmiss die Akte auf den Tisch. »In der Zeit ist Gießler vielleicht tot.«

»Schluss, Jungs!« Die beiden Männer lösten ihre Blicke nur zögerlich voneinander und sahen Claudia mit grimmiger Miene an. Keiner von beiden sagte etwas.

»Hermann hat recht, Robert. Du weißt so gut wie ich, dass er eine nachvollziehbare Begründung liefern muss. Die KTU wird Tage brauchen, um Gießlers Villa unter die Lupe zu nehmen. Die ganze Aufarbeitung, um daraus einen glaubhaften Fall zu konstruieren, wird uns ins nächste Jahr führen. Es braucht Zeit. Jede Menge Bedenkzeit, die wir nicht haben. Also spart euch euer Machogehabe und lasst uns gemeinsam nachdenken.«

»Okay«, lenkte Welke ein und tippte mit dem Finger auf seinen Monitor. »So wie es aussieht, ist dieser Lesko unser Mann. Ihn gilt es zu finden.«

Steigers Ausdruck verriet Pessimismus. »Ein Ermittlungsersuchen über die große Schiene? BKA, Auswärtiges Amt? Wie lange soll das dauern?«

Welke antwortete nicht sofort. »Nein. Das bringt sicher nichts. Wir müssen Klinken putzen gehen. Die Aufnahme ist nicht besonders gut, die Lichtbildstelle soll uns trotzdem einige Abzüge von Lesko ausdrucken. Ich denke, wir konzentrieren uns zunächst auf die umliegenden Hotels. Mietwagenfirmen.«

»Die Ähnlichkeit ist wirklich verblüffend. Obwohl sie keine eineiigen Zwillinge sein können«, unterbrach Claudia und schien dabei mehr mit sich selbst zu reden.

Steiger stutzte. »Wie kommst du denn da drauf?«

Claudia zuckte mit den Schultern. »Fiel mir gerade nur auf. Während Lesko volles Haar hat, ist Bröcking fast kahl. Und trotzdem ähneln sie sich wie aus dem Gesicht geschnitten. Wären sie eineiige Zwillinge, müssten beide 'ne Platte haben, oder?«

Die beiden Männer blickten auf das Standbild.

»Stimmt«, erwiderte Welke. »Sieht aus, als hätte er einen Fiffi auf. Vielleicht sind sie eineiig. Nicht ganz unwichtig. Wenn er den Pelz absetzt, sieht er wahrscheinlich eher wie Bröcking aus. Was meinst du, Robert?«

Dieser reagierte nicht, sondern starrte wie geistesabwesend auf den Monitor.

»Lass das von vorn laufen!« In seiner Stimme klang deutliche Aufregung.

»Was ist los?«, knurrte Welke.

»Du sollst den Film abspielen!«

Mit verärgertem Gesicht starrte Welke Steiger einen Moment lang an. Dann schob er die Ärmel seines Pullovers hoch und startete das Video erneut.

»Was ist Robert?«, fragte Claudia neugierig.

Dieser löste seinen Blick von dem Bildschirm und betrachtete mit offen stehendem Mund Claudia und Welke.

»Das ist nicht Lesko! Ich weiß, wer das ist.«

*

»Ganz sicher? Danke, Sie haben uns sehr geholfen.« Welke legte auf und sah Claudia und Steiger skeptisch an. »Die JVA Werl bestätigt. Bröcking ist definitiv Rechtshänder. Ich habe denen nichts gesagt. Wenn das stimmt, wird das ein Skandal …«

Das Telefon unterbrach ihn. »Welke! Heimchen, erzähl …« Der große Kriminalhauptkommissar unterbrach seinen Gesprächspartner nicht ein einziges Mal. Seine Miene zeigte Besorgnis. »Gut«, sagte er schließlich. »Findet heraus, wo sie wohnt, und kümmert euch um ihre Bude. Und besorgt Beschlüsse für den Provider. Ich will wissen, wo sich ihr Handy wann eingeloggt hat. Und ich möchte über jeden weiteren Schritt informiert werden.« Welke legte auf und sah Claudia und Steiger ernst an. »Du hattest recht, Robert. Exakt an dem Tag, als du mit der rothaarigen Transe auf dem Dach ein Tänzchen hattest, wurde im Evangelischen Krankenhaus in Mülheim an der Ruhr ein gewisser Thomas Lesko zunächst stationär aufgenommen. Er hat sich am gleichen Tag selbst entlassen. Eingeliefert und abgeholt wurde er durch eine blonde, junge Frau. Sie hat für seine Bekleidung eine Unterschrift geleistet. Und nun kommt es. Haltet euch fest. Ihr Name lautet Marlene …«

»Diekmann«, fuhr ihm Steiger in die Parade. »Die Tochter von Marie Diekmann.«

Welke staunte. »Woher …?«

Steiger grinste und tippte sich an die Schläfe. »Annabelle hat eine Tätowierung auf ihrem Unterarm. Zwei Buchstaben. Ein ›M‹ und ein ›D‹. Ich bin nicht gleich darauf gekommen, weil ich zuerst das D für ein O gehalten habe.«

»Nicht schlecht.« Claudia nickte anerkennend. »Sie hat ihn in eine andere Stadt gefahren, weil sie annehmen mussten, dass die Polizei in den umliegenden Krankenhäusern nachfragt.«

»Richtig«, pflichtete Steiger ihr bei. »Sie wusste, dass ich mit einem Mann nach Bahlkes Fenstersturz gekämpft hatte, und sie hat von mir erfahren, dass wir durch Zufall auf Lesko gekommen sind. Dieser hat befürchtet, dass wir ihren Plan aufdecken und ihn finden. Also hat sie mich betäubt und ihn dann aus dem Krankenhaus abgeholt. Dann haben sie Gießler überwältigt.«

»Um ihre Rache zu vollenden.« Welke kniff die Lippen zusammen. »Wo und wonach sollen wir suchen? Alle auf Gießler zugelassenen Fahrzeuge stehen in der Garage.«

Steiger atmete tief und hörbar aus, sein Gesichtsausdruck verriet, dass er keine Vorstellung hatte.

»Sie haben irgendetwas mit ihm vor.« Die beiden Männer sahen Claudia an. »Wenn sie ihn nur erledigen wollten, hätten sie es an Ort und Stelle tun können. Ich glaube, sie verfolgen eine Absicht.«

»Offensichtlich. Dazu bedarf es keiner hellseherischen Fähigkeiten«, murmelte Welke und kratzte sich seinen Bart.

So, wie er es immer tat, wenn er nachdachte. »Die Frage ist nur, verschafft uns das Zeit? Und wo bringen sie ihn hin? Was meinst du, Robert?« Welke betrachtete seinen ehemaligen Partner. Dieser reagierte nicht. Seine Aufmerksamkeit galt den Anzeigen und dem alten Zeitungsartikel. »Robert? Ich habe dich etwas …«

»Psst!« Steiger hob eine Hand. »Gib mir eine Lupe.«

Welke stutzte, öffnete seinen Schreibtisch und reichte Steiger das Vergrößerungsglas. Dabei sah er Claudia fragend an. Ihr Ausdruck signalisierte, was Welke dachte. Beide kannten diesen beinahe tranceähnlichen Zustand, in den Steiger verfallen war. Sie sahen an seinen Augen, an den hektischen Bewegungen, dass sein Gehirn auf Hochtouren lief. Er schien eine Entdeckung gemacht zu haben.

Steiger löste sich aus seiner Konzentration und blickte auf. Einen Moment ging sein Blick ins Leere. Dann wandte er sich Welke und Claudia zu. »Ich weiß, wo Gießler ist«, sagte er und tippte auf das Foto des alten, verblichenen Zeitungsartikel.

Welke beugte sich vor. »Mach es nicht so spannend.«

»Der Pfennig«, stammelte Steiger.

Welke runzelte die Stirn. »Dieser … Charonspfennig? Den man dem Fährmann geben muss?«

Steiger nickte wie in Zeitlupe. Er drehte den Zeitungartikel, den sie unzählige Male betrachtet hatten, und reichte Welke das Glas. »Das Boot, Hermann. Es ist das Boot.«

Welke zog eine Braue hoch und justierte seine Brille in die richtige Position. Er drehte das Blatt und sah durch die Lupe auf das Foto. Nach einer Weile nahm er seine Lesehilfe ab. »Kacke!«, entfuhr es ihm.

»Wären die Herren so gütig, mir zu verraten, was …?«

Welke legte das Glas auf das Papier und schob Claudia

den Artikel zu. Sein Finger ruhte auf der alten Schwarz-Weiß-Aufnahme. »Das Boot«, wiederholte er.

Für einen Augenblick hatte Claudia das Gefühl, dass die beiden den Verstand verloren hatten. Dann wanderten ihre Augen zu dem Punkt, auf dem Welkes Finger lag. Er zeigte auf den Bug der kleinen Jacht. Sie hob die Linse an und betrachtete die Stelle. Es war der Name des kleinen Schiffes. Fährmann.

KAPITEL 16

Welke trat das Gaspedal durch und der Dieselmotor schrie unter der hohen Drehzahllast gegen das Martinshorn an. Der Passat schoss die wellige Straße entlang und gab jede Unebenheit, und davon gab es reichlich, fast ungefiltert an die Fahrgäste weiter. Die schweren Regentropfen trommelten auf das dünne Blech des Daches. Die Scheibenwischer fuhren in höchster Stufe über das Glas und hatten Mühe, den Wassermassen zu trotzen. Die Böen schlugen gegen den Wagen und mehrfach bemerkte Welke das unangenehme Gefühl, dass die Reifen den Kontakt zum Asphalt verloren hatten und auf einer der Großpfützen schwammen.

Während sich Steiger auf dem Beifahrersitz mit der linken Hand am Haltegriff des Dachhimmels festhielt, hatte sich Claudia auf der Rückbank ausgestreckt und versuchte, den Kräften zu trotzen, die sie nicht auf dem Sitz halten lassen wollten.

In der nächsten Kurve kam der Passat leicht ins Schlingern, die Vorderräder drehten einen flüchtigen Augenblick lang durch und erinnerten ihn daran, dass es durchaus so etwas wie physikalische Gesetze gab. Wenige Meter weiter erhielten die Pneus Gripp und brachten den schweren Wagen wieder auf Spur. Ein Blitz tauchte den Himmel für Sekundenbruchteile in ein gleißendes Licht, und für einen Moment war der Blick frei auf die fast schwarze Wolkendecke, die sich wie ein Weltuntergangsvorbote auf die Stadt zuwälzte.

»Wir sind gleich da. Festhalten!« Welke riss das Lenkrad herum, der Wagen schlitterte erneut um eine Biegung und nahm die Zufahrt zum Regattaturm. Er drosselte das Tempo und der Passat kam auf dem großen Parkplatz vor einem halben Dutzend Streifenwagen zum Stehen. Bevor Welke die Tür geöffnet hatte, waren Claudia und Steiger bereits ausgestiegen. Die Kälte traf sie nach dem warmen Innenraum wie ein Hieb. Der Wind schlug in unberechenbaren Böen um sich und der Regen peitschte ihnen ins Gesicht. Zwei weitere Wagen trafen ein. Die Beamten bildeten einen Halbkreis um den großen Hauptkommissar. Binnen Sekunden tropfte der Regen von den Gesichtern der Polizisten. Welke kam direkt zur Sache.

»Wir suchen ein Boot. Eine kleine Jacht. Sie trägt höchstwahrscheinlich den Namen ›Fährmann‹. Auf dem Boot …« Ein Blitz krachte über ihre Köpfe, und Welke sah besorgt nach oben. Die Druckwelle des unmittelbar darauf hallenden Donners war körperlich spürbar. »Auf dem Boot befindet sich möglicherweise ein Entführungsopfer«, fuhr er fort. »Wie die Jolle aussieht, wissen wir nicht genau. Wir besitzen lediglich eine 25 Jahre alte Schwarz-Weiß-Fotografie. Das Opfer heißt Alexander Gießler. Keine Beschreibung. Wir gehen davon aus, dass die Täter den Mann heute Nachmittag mit einer Tötungsabsicht auf das Boot brachten. Haltet die Augen auf. Sucht jeden Bootsanleger auf, grast die Uferregion ab und achtet auf die Wasseroberfläche.«

»Kann man den Liegeort eingrenzen? Das Ufer ist 14 Kilometer lang«, warf ein Kollege ein.

»Nein. Wir haben keine Informationen und wir können nicht mal ausschließen, dass der Kahn auf dem See treibt. Hummel kann bei dem Sauwetter nicht hoch, wir haben den Bereitschaftsdienst der DLRG angefordert. Sie haben an der Lanfermannfähre mehrere Boote und werden uns unterstützen. Solltet ihr Feststellungen haben, benachrichtigt bitte umgehend die Leitstelle. Und denkt an Eigensicherung! Wir wissen nicht, was uns auf dem Kutter erwartet, sollten wir ihn finden. Seid also vorsichtig. Mehr Informationen haben wir nicht. Wenn keine Fragen mehr sind, dann los!«

Die Kollegen stiegen ein und augenblicklich entfernten sich die Streifenwagen. Während zwei Fahrzeuge direkt auf den Rad- und Wanderweg neben dem See in entgegengesetzter Richtung fuhren, beschleunigten die anderen, um zum gegenüberliegenden Ufer zu fahren.

Welke zog sein Handy aus der Tasche und wählte Tetzlafs Nummer. »Wie lange braucht ihr? Fünf Minuten? Gut. Wir warten auf euch am Regattaturm.« Er beendete das Telefonat und blickte sich um. »Wo ist Steiger?«

Claudia hatte sich ihre Kapuze tief ins Gesicht gezogen. Nasse Haarsträhnen behinderten ihr die Sicht. Sie zuckte mit den Schultern. »Zum See«, sagte sie und zeigte zum Gewässer.

Wieder knalle ein Blitz und die beiden zogen instinktiv den Kopf ein, da sie das Gefühl hatten, dass sich das Gewitter direkt über ihnen entlud. Welke marschierte los, vorbei an dem alten Regattaturm, zum Anleger Hügel. Die Weiße Flotte hatte dort festgemacht. Wie jeden Advent lagen die weihnachtlich geschmückten Schiffe an der Uferpromenade. Über 30 Kunsthandwerker hatten ihre Stände unter Deck aufgebaut und als Welke näher kam, hörte er weihnachtliche Musik aus dem Inneren der erleuchteten Schiffe, die in Anbetracht des Unwetters heftig schwankten.

Das Regenwasser lief Welke über sein Gesicht. Während seine Regenjacke den sintflutartigen Niederschlägen standhielt, war seine Hose durchnässt und sein Haar klebte an seinem Kopf. Er blickte sich zu allen Seiten um, sah links vorbei an der langen Sitztribüne und wandte sich dann nach rechts, in Richtung des ETUF-Geländes. Er erkannte nichts. Die dicken Regentropfen trommelten auf den asphaltierten Weg, sodass die Grenze zum Gewässer nahezu verschmolz. Welke lief zurück zum Wagen. »Steigen Sie ein«, sagte er knapp zu Claudia, die ihm unauffällig gefolgt war. Welkes Brille beschlug in Sekunden. Er nahm sie ab, wischte sie kurz trocken und startete dann den Motor. »Ich hasse das, wenn er das tut«, knurrte er.

»Was hassen Sie?«

»Wenn dieser Kerl sich einfach vom Acker macht, ohne Bescheid zu sagen. Das tat er früher regelmäßig. Ich könnte ihn umbringen.« Welke entschied sich für den rechten Weg. »Da vorne befinden sich Segelboote auf dem Trockenen. Vielleicht ist es eine Segelschule oder etwas in der Art. Jedenfalls lagern da Jachten.« Er nickte in die entsprechende Richtung. Wenige Meter weiter erkannten sie ein grünes Metalltor, vor dem ein Streifenwagen stand. Auf dem Gelände dahinter befand sich eine Vielzahl von kleinen Segelbooten.

Die beiden stiegen aus. Zwei Uniformierte kamen von dem Gelände auf sie zu. Einer der beiden reichte Welke seine Stabtaschenlampe. »Negativ«, sagte er knapp, nachdem er über das Tor geklettert war.

Welke gab ihm die Lampe zurück. »Habt ihr meinen Kollegen gesehen?«

Der Beamte schüttelte den Kopf.

Welke und Claudia stiegen wieder ein. Welke wendete, als ein junger Mann wild gestikulierend auf sie zu rannte.

»Was will der denn?«, grummelte er, fuhr dem Mann entgegen, hielt neben ihm und versenkte die Seitenscheibe.

Der Mann beugte sich und blickte in den Wagen. »Sind Sie Herr Welke? Von der Kripo?«

Welke nickte kurz.

»Ihr Kollege schickt mich. Er sagt, sie sollen die Feuerwehr mit einem Schlauchboot rufen.«

»Was? Wo ist … mein Kollege?«

Der Mann richtete sich etwas auf und zeigte direkt auf den See. Welkes Blick folgte dem Finger des Mannes. »Claudia. Kneifen Sie mich. Ich glaub das nicht!« Mit offenem Mund starrte Welke auf die weihnachtlich geschmückte MS Heisingen, die soeben an ihnen vorbeifuhr und auf deren Bug Steiger winkend stand.

Das Schiff schaukelte heftig. Der Baldeneysee war mit durchschnittlich 3,14 Metern relativ flach, sodass alle Boote der Weißen Flotte kaum Tiefgang hatten. Mit annähernd 38 Metern Länge und 5,20 Metern Breite war die MS Heisingen eher schmal und nicht dafür gebaut, bei starkem Seegang in voller Fahrt über den See zu schippern. Steigers Hand umfasste krampfhaft das nasse Geländer des Bugs, dessen eisige Kälte ihm jedes Gefühl nahm. Er sah auf seine Finger, als wollte er sich vergewissern, dass sie weiter die Metallstreben umschlossen. Der Regen und die Gischt peitschten ihm ins Gesicht, und der Sturm, der an Stärke zunahm, raubte ihm den Atem, dass er den Kopf zur Seite nehmen musste, um Luft zu holen. Immer wieder drehte er sich zum Kapitän, der durch die große Scheibe der Steuerkabine auf dem Oberdeck konzentriert nach vorn sah. Das alte, beinahe 30 Jahre alte Schiff bäumte sich auf, stemmte sich mit heftigen Auf- und Abwärtsbewegungen gegen die ungewöhnlich hohen Wellen. Es hatte Steigers ganzer Überredungskunst bedurft, den Bootsführer davon zu überzeugen, die Leinen zu lösen und die Maschinen anzuwerfen. Steiger hatte sein bestes Pokerface aufgesetzt, als er sich als

Kriminalbeamter ausgab. Letztendlich hatte ein Anruf bei der Leitstelle über die Notrufnummer den Kapitän davon überzeugen können, dass die Polizei tatsächlich am See nach einer Person suchte und es sprichwörtlich um Leben und Tod ging. Und als am gegenüberliegenden Ufer die blauen Rundumlichter der suchenden Streifenwagen zu erkennen waren, hatte der Kapitän die Dieselmotoren angeschmissen und den Kahn mitsamt den Weihnachtsstandbesuchern im Inneren des Schiffes in Bewegung gesetzt. Zunächst war Steiger sich nicht sicher gewesen, als er auf der Tribüne neben dem Regattaturm gestanden und seine Augen die unruhige Wasseroberfläche wie ein Radarstrahl abgetastet hatten. Die Laternen des Wanderweges rund um den Baldeneysee waren nicht ausreichend stark genug, das über 300 Meter breite Gewässer auszuleuchten. Es war der flüchtige Moment, wo ein Blitz den Stausee in ein helles, kaltes Licht getaucht und seiner Aufmerksamkeit für den Bruchteil einer Sekunde erlaubte hatte, den dunklen Rumpf auf der fast schwarzen Oberfläche in der Mitte des Sees wahrzunehmen. So flüchtig, dass er zunächst zweifelte.

Wieder sprang der Bug über den Kamm einer Welle. Steiger rutschte auf den glatten Planken aus, stürzte zur Seite, hielt sich eisern fest und rappelte sich wieder auf. Das Ausflugsschiff verfügte über keinen leistungsstarken Scheinwerfer und so tasteten seine Augen die schwarze Wasseroberfläche ab.

Wieder durchschnitt ein Blitz die Dunkelheit. Der gezackte Lichtbogen schnellte durch den vorwärts wachsenden Blitzkanal wie ein Peitschenhieb in Richtung Erde und teilte die dicke Wolkendecke, um im letzten Moment nach einem Einschlagspunkt zu suchen, wo er seine gewaltige Entladung von durchschnittlich 20.000 Ampere ins Ziel bringen konnte. Wie aus dem Nichts tauchte sie direkt vor ihm auf. Der dunkle Rumpf der kleinen, wild umherschaukelnden Segeljacht hob sich kaum von der aufgewühlten Oberfläche des Sees ab. Geistesgegenwärtig riss der Kapitän das Ruder zur Seite. Träge und mit einer beinahe unerträglichen Verzögerung reagierte das große Ausflugsschiff auf die Kursänderung. Sie waren zu schnell. Eindeutig zu schnell und Steiger war sicher, dass sie die Segeljacht touchieren würden. Die MS Heisingen zog weiter nach rechts und schoss haarscharf an dem Segelboot vorbei. Steiger lief zur Backbordseite, sprang auf den schmalen Sims, der entlang der großen, seitlichen Panoramafenster entlangführte und rannte in Richtung des Bootes, welches sich fast in Höhe des Hecks befand und sich weiter zügig entfernte.

Steiger wusste, er hatte nur eine Chance. Und diese Möglichkeit würde in wenigen Sekunden vorüber sein. Die herrenlos treibende Jacht drehte sich und zeigte in dem Moment mit dem Bug zu ihm, als er sich mit aller Kraft abstieß.

Der Aufprall war mörderisch. Der Rumpf war im Bereich des Vorschiffes aus lackierten Bohlen gefertigt. Seine Sohlen fanden auf dem nassen und glatten Untergrund keinen Halt. Steiger rutschte aus, stürzte und landete auf dem verletzten Schulterbereich. Ein enormer Schmerz durchfuhr ihn, als hätte ein Blitz in ihm eingeschlagen. Er schlitterte auf dem Rücken gefährlich nahe an den Rand des Bootes und konnte sich reflexartig soeben an der schmalen Reling festhalten. Langsam öffnete er die Augen. Mehrere Male atmete er tief ein und aus, kämpfte gegen den Schmerz, gegen die hellen Flecken vor seinen Augen, und drehte sich vorsichtig auf die unverletzte Seite. Er sah der MS Heisingen nach, betrachtete durch einen Schleier aus Niederschlag die Passagiere und vernahm die sich langsam entfernende Musik aus dem Inneren des Schiffes. *Stille Nacht, heilige Nacht.*

Steiger zog die Beine an, versuchte aufzustehen, doch das Schaukeln war zu groß. Er krabbelte, nur gestützt durch seinen gesunden Arm, zum Dach der kleinen Kabine und zog sich hoch. Sein Blick wanderte über die kleine Segeljacht hin zu dem Mast, als ihm das Blut in den Adern gefror.

*

Welke und Claudia stiegen aus. Fassungslos starrten sie auf die Szene und wirkten dabei wie Augenzeugen in einem schlechten Science-Fiction-Film, die gerade die Landung eines Ufos beobachtet hatten. Steiger klammerte sich an der hüfthohen Reling des auf und nieder schwankenden Ausflugsschiffes fest, das sich in voller Fahrt in Richtung Seemitte bewegte. Er stürzte, hielt sich an dem Geländer fest, rappelte sich auf und suchte den Blickkontakt zum Kapitän.

Wieder entlud sich ein Blitz mit ohrenbetäubendem Knall und tauchte den See in ein gleißendes Licht.

»Da!« Claudia zeigte auf das heftig schaukelnde Segelboot, unmittelbar vor der MS Heisingen.

»Ich sehe es«, erwiderte Welke. »Die werden den Kahn rammen.« Angespannt beobachteten sie, wie der Schiffsführer versuchte, den Kurs zu ändern. Wie in Zeitlupe drehte sich das Schiff und änderte die Richtung. Plötzlich rannte Steiger los und verschwand augenblicklich aus ihrem Sichtbereich in Richtung Backbord.

»Wo will er hin?«

Welke sah Claudia nicht an. »Ich habe keine Ahnung«, antwortete er. Während die MS Heisingen an ihnen vorbeifuhr, hörte Welke trotz des Unwetters das Aufheulen des

Dieselmotors. »Er wendet«, rief Welke und zeigte unbewusst in die entsprechende Richtung. »Wo ist Steiger?«, rief er außer Atem.

»Vielleicht auf der anderen Seite?« Claudia legte schützend ihre Hand vor die Augen.

»Nein«, entgegnete Welke, während sein Blick auf dem Kapitän in der Ruderkabine lag, der wild gestikulierend in ihre Richtung schaute und zur Seemitte zeigte. »Der Höllenhund ist auf der Jacht!«

*

Gießlers Hände waren auf dem Rücken mit einem Kabelbinder gefesselt. Er trug eine Perücke, rotes, langes Haar. Annabelles Worte erschienen vor Steigers geistigem Auge: ›… dass der Täter genau das durchmachen sollte, was er seinem Opfer angetan hat. Nicht mehr, nicht weniger.‹ Das fingerdicke Seil war zu einer Schlinge geformt, die seinen Hals umschloss. Der Knoten saß unmittelbar im Genick, war aber nicht auf Zug gestellt. Steiger erkannte, dass sich zwischen Hals und dem Knoten einige Zentimeter Platz befanden. Gießler hatte keine Chance, seinen Kopf selbstständig aus der tödlichen Falle zu ziehen. Er stand nur auf den Zehenspitzen, versuchte verzweifelt, die Schlingerbewegungen auszugleichen und zu verhindern, dass er sich um die eigene Achse drehte. Sein Gesicht war dunkelrot und seine beinahe violette Zunge quoll hervor. Deutlich vernahm Steiger ein Grunzen. Es war nicht zu erkennen, ob Gießler seine Umgebung bewusst wahrnahm oder ob der Selbsterhaltungstrieb die Kontrolle übernommen hatte. Er sah, dass der Mann mit seinen Kräften am Ende war. Steiger blickte nach oben, folgte dem straff gespannten Seil. Es war in geschätzten drei Metern Höhe fest am Mast befestigt. Unerreichbar.

Steiger stolperte auf Gießler zu, umschloss dessen Taille mit seinem gesunden Arm und versuchte ihn anzuheben. Für einige Augenblicke gelang es ihm, Gießler zu entlasten, hörte, wie dieser panisch Luft einsog. Doch der Mann war zu schwer, um ihn so weit anzuheben, dass er die Möglichkeit hatte, seinen Kopf aus der Schlinge zu nehmen. Das Boot schwankte und Steiger hatte Mühe, das Gleichgewicht zu halten. Er würde in dieser Position nur kurze Zeit durchhalten. Unter Schmerzen hob er seinen rechten Arm, nestelte an dem Knoten. Gießlers Henker hatte gründlich gearbeitet. Das nasse Seil hatte sich unter dem Gewicht unlösbar zugezogen.

»Hör mir zu!«, schrie Steiger. »Stell dich auf meinen Rücken! Stell dich mit den Füßen drauf.«

Langsam ließ er Gießler los. Sofort erfasste diesen wieder Panik. Er begann zu winseln und Rotz lief aus Mund und Nase. Steiger kniete sich hin. »Stell dich auf mich«, schrie er aus Leibeskräften. Gießler nahm ihn nicht wahr. Steiger schob sich näher an den Mann. »Du sollst dich auf mich stellen, verdammt!«

Gießlers Bewegungen waren unkontrolliert und hektisch. Steiger bemerkte, dass er ihn offenbar erreicht hatte, denn er versuchte tatsächlich, seiner Anweisung zu folgen. Die Jacht tanzte auf den Wellen, und mehrfach rutschte er ab, was seine Todesangst verstärkte, weil sein gesamtes Körpergewicht dabei von der Schlinge gehalten wurde. Gießler zappelte, trat um sich und traf Steiger mit voller Wucht an der verletzten Schulter. Sofort sackte dieser unter einem Aufschrei zusammen. Für einen Moment war er unfähig, sich erneut aufzurichten. Zu groß war der Schmerzimpuls und instinktiv rollte er sich aus Gießlers Bereich. Im Augenwinkel sah er, wie Gießlers Bewegungen träger wurden. Dessen Kräfte waren aufgebraucht. Es trat das ein, was seine Peiniger beabsichtigt hatten. Gießler begann, sich langsam zu strangulieren. Auf Knien bewegte sich Steiger wieder auf Gießler zu, stützte sich nur mit seinem linken Arm auf den Boden und schob sich ein weiteres Mal gegen dessen Schienbeine. »Stell dich auf mich!«, schrie er und dieses Mal gelang es Gießler, aufs Steigers Rücken zu stehen.

Das Gewicht wog schwer. Nach wenigen Sekunden begannen Steigers Kniescheiben zu schmerzen. Sein Arm, auf der flachen Hand gestützt, zitterte. Er hatte nicht nur das Gewicht des Mannes zu tragen, sondern musste dazu gegen das Schaukeln des Bootes ankämpfen.

»Heb deinen Kopf aus der Schlinge«, sagte Steiger. Gießler wollte antworten, es gelang ihm nicht und er verfiel in einen heftigen Hustenanfall.

Wieder schlugen Wellen gegen den Rumpf. Gießler schwankte bedrohlich und er lief Gefahr, sich zu drehen und von Steigers Rücken zu rutschen.

Steigers Schultermuskulatur begann zu krampfen. Vergeblich versuchte er, den verletzten Arm unterstützend einzusetzen, bäumte sich gegen die Last auf, die ihn niederdrückte, während der gefesselte Gießler sich darauf konzentrierte, nicht das Gleichgewicht zu verlieren. Seine schlingernden Bewegungen verstärkten den Druck, gaben ihn ungleichmäßig nach unten ab. Mehrfach drohte Steigers Arm wegzurutschen und allmählich erfasste ihn der bange Gedanken, nicht durchzuhalten. Es nicht zu schaffen.

Das Boot drehte sich seitlich zum Wind und erneut wurde es mit Wucht von einer Welle getroffen. In diesem Augenblick knickte Steigers Arm ein. Gießler fiel in die

Schlinge. Er drehte sich und quiekte wie ein Schwein beim Schlachtgang.

Mühsam rappelte sich Steiger auf, als der Schiffsrumpf von der nächsten Woge erfasst wurde. Der Aufprall der Wassermassen kam einem Schlag gleich. Steiger verlor das Gleichgewicht, ruderte mit den Armen und taumelte zurück. Die Ferse seines Stiefels blieb an einer metallenen Klampe hängen und er stürzte nach hinten.

Die Wassermassen schlugen über ihm zusammen. Er hörte das Rauschen und Gurgeln der unzähligen Luftblasen und nahm seinen eigenen, unterdrückten Angstschrei wahr. Binnen Sekunden arbeitete sich die Kälte des Sees durch seine winterliche Bekleidung, umklammerte seinen Brustkorb. Panisch ruderte er mit den Armen, gelangte zur Wasseroberfläche, prustete, atmete unkontrolliert und fiel zu flach ein, bis seine Kleidung ihn nach unten zog und er reflexartig die Luft anhielt. Mit weit aufgerissenen Augen, wild um sich strampelnd, sank er Richtung Grund. Der Atemreiz wurde übermächtig. Steiger fühlte, wie die ersten Luftblasen aus seiner Nase entwichen, wie seine Lungen ruckartige Bewegungen vollzogen und sich mit Gewalt füllen wollten.

Immer heftiger wurden seine Bewegungen, doch sie waren wirkungslos, wie die Fausthiebe eines angeschlagenen Boxers, der unkontrolliert am Ziel vorbeischlug. Schlagartig wurde er ruhig. Er wusste, dass er den Kampf verlieren und dass er sterben würde. Ein gleißendes Licht erschien und verdrängte die Schwärze um ihn herum. Es kam von oben. Ein unruhiger Schein, der sich durch das Wasser arbeitete und sich auf sein Gesicht legte. Steiger öffnete den Mund und ließ langsam die verbrauchte, sauerstoffleere Luft entweichen, während er weiter auf den hellen

Punkt über sich starrte. Ruhe erfasste ihn. Plötzlich schlug etwas durch die Oberfläche. Der Lärm und das sprudelnde Wasser rissen ihn aus seiner Lethargie. Unmittelbar darauf wurde er erfasst und mit einem gewaltigen Ruck nach oben gezogen. Mit unglaublicher Beschleunigung bäumte sich sein Lebenserhaltungstrieb ein letztes Mal auf. Seine Arme und Beine gerieten in Bewegung, ruderten, drängten gegen das Wasser, bis sein Kopf die Oberfläche durchschlug. Das Geräusch dieses ersten Atemzuges würde er nie vergessen. Immer wieder atmete er ein, spürte, wie ihn die Schwerkraft nach unten ziehen wollte und den Gegendruck, der ihn ruckartig immer wieder nach oben zog. Eine Hand ergriff sein Kinn und er fühlte die kraftvollen Schwimmbewegungen seines Retters. Plötzlich erfasste ihn etwas am Revers. Er wurde nach oben beschleunigt, hatte für einen flüchtigen Moment das Gefühl zu schweben, bis er auf einen weichen Untergrund aufschlug. Weitere Hände erfassten ihn und zogen auch seine Beine ins Schlauchboot. Steiger drehte sich zitternd zur Seite, als etwas neben ihn aufprallte. Es war der Körper eines Mannes, dessen Gesicht ihm vertraut war. Der Mann war klatschnass und fror erkennbar entsetzlich. Doch er lächelte ihn an. Plötzlich erkannte er ihn und Steiger war derart verblüfft, dass er für einen kurzen Moment seine Schmerzen und die unerträgliche Kälte vergaß.

»Heimchen? Du? Leck mich am Arsch!«

»War ganz schön knapp, Steiger«, sagte Matthias Heimke, der sich langsam aufsetzte und Steiger kumpelhaft auf die Schulter schlug. Steiger entfuhr ein Schmerzschrei.

»Steiger … tut mir leid. Sorry. Ich hab vergessen …« In Heimkes Gesicht spiegelte sich Entsetzen wider.

Jemand schmiss dicke Decken über die beiden und als Steiger sich etwas aufrichtete, sah er die MS Heisingen, die unmittelbar neben der Segeljacht trieb. Ein großer Kerl mit Vollbart half dem Mann, den Steiger als Gießler erkannte, zusammen mit einigen uniformierten Polizisten auf das schwankende Schiff. Claudia stand neben Welke und blickte besorgt in Steigers Richtung. Aus der Nähe waren mehrere Martinshörner zu hören, die sich in Richtung See bewegten. Ein junger Mann der DLRG reichte Steiger eine weitere Decke, die er vorsichtig um dessen Schultern legte. Anschließend erwachte der Außenbordmotor zum Leben und der Bug des Rettungsbootes richtete sich zum Ufer aus.

*

Steiger und Heimke saßen in einem der Rettungswagen und genossen den heißen Tee, den man ihnen gereicht hatte. Beide hatten ihre nasse Kleidung gegen zwei viel zu große Spurensicherungsanzüge getauscht, die Tetzlaf ihnen gebracht hatte. Die Rettungssanitäter hatten sie in zwei Wärmefolien gehüllt und ihnen zusätzlich zwei Wolldecken gereicht. Sie zitterten um die Wette und nur allmählich kehrten ihre Lebensgeister zurück. Durch die Heckscheibe des Wagens erkannten sie das Ausflugsschiff der Weißen Flotte, welches soeben anlegte. Wenige Augenblicke später verließen die ersten Passagiere das Schiff. Ihren Gesichtern war anzusehen, dass sie unter dem Einfluss des Erlebten standen. Niemand schien sich zu beschweren. Dann folgte Welke, dahinter weitere Polizeibeamte, die Gießler stützten und zu einem weiteren Krankenwagen führten. Steiger erhob sich, stieß die Tür auf und lief zu dem Rettungswagen.

Gießler wurde soeben auf die Trage gelegt, als Steiger sich den Weg durch die umherstehenden Personen bahnte und sich über ihn beugte. Er sah ihn an. Kurz wanderten seine Augen zu den tiefen Wundmalen, welche der Strick an Gießlers Hals verursacht hatte und die ihn für den Rest seines Lebens an diesen Tag erinnern würden.

»Ich habe deinen verdammten Arsch gerettet! Du bist mir eine Antwort schuldig, hörst du?« Steiger näherte sich Gießlers Gesicht. Dieser lag zitternd auf der Trage. Er wirkte gebrochen.

»Bröcking hatte recht, stimmt's? Du hast Marie auf dem Gewissen. Antworte!«

Welke legte seinem alten Gefährten die Hand auf die Schulter. »Lass gut sein, Robert.«

Steiger befreite sich durch einen Ruck. »Antworte!«

Gießler wollte etwas sagen, seine Lippen formten nur tonlose Worte. Langsam nickte er.

»Sie hatte eine Tochter. Wusstest du das? Ein kleines Kind.«

»Das reicht.« Der kräftige Sanitäter machte sich Platz und schob die Trage in den Wagen.

Eine Zeit lang sah Steiger, eingehüllt in einer Decke, dem davonfahrenden Krankenwagen nach, bis jemand sanft seinen Arm ergriff und ihn aus seinen Gedanken riss. Steiger betrachtete Claudias Gesicht. Sie strich ihm das nasse Haar aus der Stirn. Ihre Augen blickten in die seinen und plötzlich war da etwas, was ihm vertraut war. Etwas, was ihn vor langer Zeit berührt hatte. Sie zog ihn zu sich und nahm ihn in den Arm. Drückte seinen Kopf an ihre Schulter und hielt ihn fest. »Ich bring dich nach Hause, Robert.«

KAPITEL 17

Die Tür des Besucherraums ging auf. Der schlanke, fast hagere Mann sah seine Gäste an. Für einen flüchtigen Moment lag ein Anflug von Unsicherheit in seinen Augen. Sie wirkten an diesem Tag ungewöhnlich matt und lagen tief in den Höhlen, unter denen dunkle, fast schwarze Ränder zu erkennen waren. Die Falten, links und rechts seiner Mundwinkel waren von einer gewissen Härte, bescherten ihm eingefallene Wangen und er wirkte dadurch deutlich älter, als Steiger es bei der letzten Begegnung in Erinnerung hatte. Das schüttere Haar war streng nach hinten gekämmt und auch seine Gesichtshaut schien grauer. Er wirkte gelassen und seine Haltung entspannt.

Er ergriff das Wort. »Herr Kettner, wenn ich mich richtig erinnere? Ich muss gestehen, dass ich Sie in Begleitung von Frau Wind erwartet habe.«

»Mein Name ist Welke. Kriminalpolizei. Setzen Sie sich, Herr Bröcking. Oder ist es Ihnen lieber, dass ich Sie mit Lesko anrede?«

Dieser verzog irritiert das Gesicht und kniff misstrauisch die Augen zusammen. »Würden Sie mich bitte aufklären, Herr Welke?«, fragte er, nachdem er langsam auf einem Stuhl Platz genommen hatte.

Welke lehnte sich zurück und faltete in seiner typischen Art seine Hände unter seinem Bauchansatz. »Wir können uns natürlich eine Zeit lang von der Grundlinie aus die Bälle zuspielen. Spätestens, wenn wir gleich Ihre Fingerabdrücke genommen haben, würde jegliches Leugnen einfach nur albern. Ich würde es also begrüßen, wenn ich Ihnen keine Geheimnisse entlocken muss. Vorweg, als Beschuldigter haben Sie Rechte. Sie brauchen keine Angaben …«

Lesko hob abweisend die Hand und unterbrach seinen Gesprächspartner. »Sparen Sie sich diese Formalien. Ich kenne meine Rechte.«

Welke beugte sich wieder nach vorn und legte die Unterarme auf die Tischplatte. Konzentriert führte er die Fingerspitzen gegeneinander. Er sah sein Gegenüber nicht an, als er weitersprach. »Ihr Motiv. Das ist es, was ich nicht nachvollziehen kann.« Der Hauptkommissar hob den Kopf. »Sie kannten Ihren Bruder eigentlich nicht. Er war ein Fremder. Warum nimmt man all das hier auf sich?«

Ein Lächeln bildete sich auf Leskos Mund, als er leise, beinahe andächtig antwortete. »Zeit, Herr Welke, ist etwas Besonderes. Man kann sie wissenschaftlich oder philosophisch betrachten. Und manche tun es kosmologisch. Für die einen ist sie nichts weiter als eine physikalische Größeneinheit, eine Abfolge von Ereignissen im Rahmen der Kausalität. Andere sprechen ihr tatsächlich ihre Existenz ab, werten sie als einen Trugschluss, der lediglich in unseren Köpfen spukt. Ein neurowissenschaftliches Hirngespinst, welches von uns unterschiedlich wahrgenommen wird. Mal vergeht sie schnell, ein anderes Mal bleibt sie scheinbar stehen. Letztendlich ist Zeit, egal wie man sie definiert oder von welchem Standpunkt aus man sie betrachtet, nichts weiter als die Erkenntnis, dass sie untrennbar mit der Endlichkeit unseres Lebens verknüpft ist. Sie ist mit allen Reichtümern dieser Welt nicht zu bezahlen. Und das führt sie uns rücksichtslos vor Augen.«

Welke nickte. »Der Preis, den wir für die Fähigkeit zur Selbsterkenntnis zu zahlen haben. Tja, irgendwas ist immer. Bevor wir jetzt anfangen, auf Sokrates Spuren zu wandeln …«

»Wir wissen alle um den Umstand der eigenen Vergänglichkeit«, unterbrach ihn Lesko mit einer Handbewegung. »Da der Zeitpunkt in den allermeisten Fällen nicht vorhersehbar ist, stellt er für den Großteil der Menschen in der Regel keine Bedrohung dar. Vielleicht abstrakt. Meistens nicht direkt. Unmittelbar. Für mich ist der Begriff der Endlichkeit etwas sehr Konkretes.«

»Was hat die Tatsache, dass Sie offenbar meinen, nicht mehr lange zu leben, mit Ihrer Entscheidung zu tun?«

Lesko warf Steiger einen anerkennenden Blick zu. »Es war eine tiefgreifende Erfahrung, sich selbst gegenüberzusitzen. Ich sah in mein eigenes Gesicht. Sah einen Teil von mir. Man sagt Zwillingen ein unsichtbares Band nach, und ja, ich habe es gespürt. Und ich habe die Ehrlichkeit gefühlt, die in den Worten meines Bruders lag.«

In Welkes Gesicht war ein Anflug von Herablassung zu erahnen. »Ich reiße Sie ja nur ungern aus Ihren Wunschvorstellungen. Ihr Bruder ist ein mehrfach verurteilter Gewaltverbrecher, ein Wiederholungstäter, der unter anderem in Sicherheitsverwahrung kommt … kommen sollte, weil er sich weigert, das Unrecht seiner Taten einzusehen, diese Straftaten sogar von sich weist.«

Lesko nickte kaum merklich. Sein Lächeln blieb bestehen. »Ich bin nicht so naiv, wie Sie es mir unterstellen wollen. Und Sie können sich sicher sein, dass mich die Taten, die meinem Bruder zu Unrecht angelastet wurden, zunächst in eine tiefe Sinnkrise geführt hatten. Die Tatsache, dass Andreas Bröcking wie aus dem Nichts erschien, obwohl er nachweislich sicher verschlossen im Gefängnis saß, hat die eigentlichen Täter massiv verunsichert. Cüppers war es, der letztendlich die Wahrheit aussprach und der die letzten Zweifel in mir beseitigte. Erlauben Sie mir die Frage, wie Sie das Rätsel so schnell lösen konnten.«

»Gewisse Verhaltensweisen werden zu einem Automatismus. Obwohl man sie tagtäglich durchführt, haben sie sich aus unserem Bewusstsein geschlichen«, antwortete Steiger.

Wieder war der Anflug eines amüsierten Lächelns auf Leskos Lippen zu erkennen. »Und welche Handlung hat mich oder meinen Bruder verraten?«

»Eine kleine Nachlässigkeit. Ich könnte mir vorstellen, dass es einer gewissen Nervosität geschuldet war. Es gibt eine Videoaufzeichnung, auf der Sie beim Betreten der Haftanstalt zu erkennen sind. Sie zeigen dabei eine Eigenschaft, die nur wenige Menschen teilen. Es hat mit Ihrer Uhr zu tun.«

Lesko legte die Stirn in Falten. »Meine Uhr?«

Steiger nickte. »Es gibt wenige Menschen, die ihre Uhr am rechten Handgelenk tragen. In der Regel sind es Linkshänder. Als Sie bei dem letzten Besuch die Mandantenvollmacht von Frau Wind unterschrieben hatten, wechselten Sie den Kuli von der rechten in die linke Hand. Weil Sie Linkshänder sind. Nachdem Sie die Rolle mit Ihrem Bruder getauscht hatten, hatte dieser sich die Uhr einer lebenslangen Gewohnheit folgend an das linke Handgelenk gebunden. Und genau das ist auf dem Video zu sehen. Sie schauen beim Betreten des Gefängnisses auf Ihre Uhr, die Sie rechts tragen. Ihr Bruder sieht ebenfalls darauf, als er das Gebäude verlässt. Nur trägt er sie am linken Gelenk. Wir haben uns mit der Haftanstalt in Verbindung gesetzt. Dort bestätigte man uns, dass Andreas Bröcking Rechtshänder ist.«

Lesko klatschte anerkennend einige Male in die Hände.

Steiger deutete eine Verbeugung an. »Durch die Perücke fiel die Ähnlichkeit nicht auf. Ich vermute, Sie haben

Ihre Ausweisdokumente in Kanada neu beantragt und sich bei der Ausstellung der Papiere mit Ihrer Verkleidung und stimmigen Lichtbildern vorgestellt. Und da Sie 1961 geboren wurden und Ihr Bruder 1962, ist bei der routinemäßigen Überprüfung des Passes niemand auf die Idee gekommen, sie könnten Zwillingsbrüder sein. An sich ein beinahe perfekter Plan.«

Welke schob sich die Brille etwas höher. »Wie konnten Sie Cüppers in den Freitod treiben?«

»Treiben würde ich es nicht nennen. Er hatte sich freiwillig zu diesem Schritt entschieden. Das ist wohl zutreffender. Cüppers erhielt ein Versprechen. Seine Tochter würde nichts erfahren. Sie litt an der Schuld des tragischen Tods der Mutter, an dem sie tagtäglich durch ihre Entstellungen erinnert wurde. Ihr Vater war der einzige Halt in ihrem Leben und er hat sie die ganze Zeit über in Watte gehüllt. Cüppers konnte nicht zulassen, dass sie von seinem abscheulichen Verrat erfuhr.«

Welke sah Lesko streng über seine Brille hinweg an. »Und bei den anderen haben Sie mit Drogen nachgeholfen, um deren Freitod vorzutäuschen?«

Dieser sagte nichts. Er zuckte nur emotionslos mit den Schultern.

»Warum sind Sie nicht zur Polizei gegangen?«, hakte Steiger nach.

Lesko lachte kurz auf. »Und womit? Sie enttäuschen mich.«

Steiger überkreuzte die Beine und legte die linke Hand stützend unter seinen rechten Unterarm, um sein Schlüsselbein etwas zu entlasten. »Ich verstehe es trotzdem nicht. Was ist mit Ihren Wertevorstellungen? Ihrem Unrechtsbewusstsein? Konnten Sie tatsächlich diese Taten vor sich selbst, von mir aus auch vor Gott rechtfertigen?«

Lesko wandte sich wieder Welke zu. »Ein Pankreaskarzinom ist eine hinterhältige, tückische Krankheit. Bevor sie erkannt wird, hat sie dich bereits in eine tödliche Umklammerung genommen, aus der es in der Regel kein Entkommen gibt. Die Überlebenszeit nach der Diagnosestellung beträgt im Mittel drei bis fünf Monate. Ich habe bereits sechs Monate hinter mir und mir geht es erstaunlich gut. Ich bin, wenn Sie so wollen, ein Glückspilz. Anlass zur Hoffnung sollte man davon nicht ableiten. Die Fünfjahresüberlebensrate beträgt 0,2 Prozent. Täglich spüre ich, wie sich die Schlinge enger um meinen Hals legt. Es ist nicht nur so, dass man von jetzt auf gleich mit der Erkenntnis konfrontiert wird, in kürzester Zeit von der Bühne treten zu müssen. Es ist die Art, die Gewissheit, wie man geht. Jede durchlebte Kolik, die dir eine glühende Klinge in die Eingeweide treibt, erinnert dich daran, dass dir ein qualvolles Sterben garantiert ist. Ein unwürdiges Siechtum, in dem Morphium der einzige Verbündete sein wird, der bis zum Schluss zu dir hält und dir die Hoffnung auf ein schmerzloses Hinübergleiten lässt. Manchmal bin ich mir nicht sicher, was besser ist. Ein kurzer Kampf oder ein langsames Dahinsiechen.«

»Deshalb hatte Ihr Bruder so rapide abgenommen. Um keinen Verdacht zu erregen«, stellte Welke fest.

Lesko nickte. Sein Blick wanderte zu Steiger, den er für einen Augenblick so ansah, als sinniere er über dessen Frage. »Mit der Göttlichkeit ist das so eine Sache«, begann er, wobei seine Augen, in denen eine gewisse Ernsthaftigkeit lag, weiter auf Steigers Gesicht ruhten. »Nach der Diagnose habe ich ihn in meiner Verzweiflung angefleht. Gehofft, er würde mir helfen. Er hörte mich nicht. In unserer Galaxie befinden sich schätzungsweise eine Milliarde Sterne. Und um jeden einzelnen dieser Sonnen kreisen unzählige Planeten. Unsere Vorstellungskraft reicht bei Weitem nicht aus, uns dies nur annähernd vor Augen zu führen. Allein in dem für uns sichtbaren, winzigen Ausschnitt des Universums finden wir über einhundert Milliarden solcher Galaxien. Wollen wir uns ernsthaft über die Existenz eines transzendenten Wesens unterhalten, das von diesem nichtigen kleinen Planeten in unserer Milchstraße, von jedem einzelnen von uns Menschen Kenntnis hat? Dass es einen Gott gibt, der unser Schicksal lenkt, an unseren Sorgen und Ängsten Anteil nimmt?« Lesko zog fragend eine Braue hoch.

»Und sollten wir uns trotzdem auf ein solch naives Szenario einlassen … Selbst in der Bibel steht Auge um Auge …«

»Was nach Gandhi dazu führt, dass irgendwann die ganze Welt erblindet«, fuhr Steiger ihm ins Wort.

»Von mir aus glauben Sie, an was und an wen Sie wollen, Herr Kettner. Moral, Mitgefühl, diese ganze religiöse Selbstlüge, all das sind meiner Auffassung nach evolutionäre Eigenschaften, die uns daran hindern, uns auf engstem Raum den Schädel einzuschlagen. Ich habe keine Angst vor dem Tod und ich bin davon überzeugt, dass es keine Rolle spielt, wie man gelebt hat. Wie man stirbt, das ist es, was belastet.«

»Hört sich eher so an, als versuchen Sie Ihre Rache vor sich selbst zu legitimieren.«

»Sie nennen es Rache. Für mich ist es Gerechtigkeit, die meinem Bruder nie widerfahren ist. Die Schuldigen wurden ihrer gerechten Strafe zugeführt.«

»Ein Fehlurteil rechtfertigt für Sie Mord? Mehrere Morde?«

Lesko zuckte mit den Schultern. Sein Lächeln war verschwunden. Bitterkeit lag in seinen Zügen. »Man kann jemanden auf unterschiedlichste Arten das Leben nehmen. Und damit meine ich nicht ausschließlich die physische Zerstörung. Das, was meinem Bruder angetan wurde, ist dem gleichzusetzen. Seine ... unsere Mutter ging daran zugrunde. Sie starb in den Gedanken, dass ihr Sohn ein verurteilter Vergewaltiger und Totschläger ist. Mit diesem Wissen ging sie ins Grab. Man hat meinen Bruder nicht nur unzähliger Lebensjahre beraubt. Man wollte ihn für immer aus der Gesellschaft entfernen. Er wäre für den Rest seines Lebens in dem Gedanken weggesperrt worden, unschuldig zu sein. Dieser Gedanke ist für mich schrecklicher als der Tod.«

Lesko erhob sich langsam und klopfte an die Tür.

»Machen Sie sich erst gar nicht die Mühe, nach meinem Bruder und nach Marlene zu suchen. Ich bin ein sehr vermögender Mann und ich habe ausreichende Vorkehrungen getroffen, dass man die beiden nie finden wird. Ich werde mich anwaltlich vertreten lassen.«

Die Tür öffnete sich und Lesko wandte sich seinen ungebetenen Gästen zu. »Sie wissen genauso gut wie ich, dass ich haft- und verhandlungsunfähig bin. Bald, sehr bald, gehöre ich nicht mehr in ein Gefängnis, sondern auf eine Palliativstation. Da wir davon ausgehen dürfen, dass ich die Anklage nicht mehr erleben werde, schätze ich, dass dies unser letztes Gespräch war.«

Die Tür wurde geöffnet.

»Leben Sie wohl meine Herren.«

*

Welke steckte den Schlüssel ins Zündschloss. Er startete den Motor nicht, sondern sah nachdenklich zu den hohen Mauern der Justizvollzugsanstalt. Auch Steigers Blick war geradeaus gerichtet. »Wie wird es weitergehen?«

Welke atmete resigniert aus. »In letzter Konsequenz können wir Lesko nur Gefangenenbefreiung vorwerfen. Er hat zwar viel erzählt, direkte Taten hat er nicht eingeräumt. Dazu ist er zu clever. Nicht um seinetwillen. Wenn er tatsächlich todkrank ist, würde das für ihn keine Rolle mehr spielen. Ob sich ein Richter bei seinem Krankheitsbild – sofern es zutrifft – auf eine Untersuchungshaft einlassen wird, bezweifle ich. Man wird ihm höchstens seinen Reisepass abnehmen und er wird sich täglich melden oder andere Auflagen erfüllen müssen. Von einer Vernehmungsfähigkeit brauchen wir in dem Zusammenhang erst gar nicht reden. Das Einzige, was wir wirklich haben, sind zwei versuchte Tötungsdelikte. Zu deinem und zu Gießlers Nachteil. In diesen Fällen dürften wir Lesko als Täter ausschließen können. Das sollte über die Besuchsdaten zu klären sein. Ob wir die anderen Fälle tatsächlich hieb- und stichfest bekommen und an Bröcking oder Lesko heranführen können … ich weiß es nicht. Es gibt in diesem ganzen Fallkomplex zu viele Variablen. Die Beweislage ist dünn, die Asche der Toten bereits unter der Erde. Sollten wir tatsächlich etwas herausbekommen, wird es verdammt viel Zeit brauchen.«

Welke kramte zwei Salbeibonbons aus seiner Jacke. Er warf Steiger eins auf den Schoß.

»Und was Gießler betrifft … Ein Kopfnicken als Geständnis in einer psychischen Ausnahmesituation … Sobald er den ersten Schock überwunden hat, wird er die notwendigen Maßnahmen einleiten, um ungeschoren aus der Nummer zu kommen. Wir haben nichts, was ein Wiederaufnahmeverfahren begründen könnte.«

Welke lutschte gedankenverloren an dem Bonbon.

»Irgendwie ein außergewöhnlicher Fall, Robert. Egal,

wie er letztendlich ausgeht, mir scheint, irgendwie gibt es nur Verlierer.«

Steiger sagte nichts. Sein Blick verlor sich irgendwo in der Weite. Eine Zeit lang starrten die beiden Männer wortlos durch die Windschutzscheibe des Wagens, auf der erste Tropfen zu erkennen waren. Dann richtete sich Welke nach vorn und ließ den Motor an. »Es ist spät geworden«, brummte er müde. »Ich fahr dich nach Hause.«

Steiger drehte den Kopf und sah seinen Exkollegen an. »Tu mir einen Gefallen, Hermann. Fahr mich nach Essen-Eiberg. Und wenn du vorher eine Tankstelle anfahren könntest? Ich brauch 'ne Kiste Bier.«

»Nach Eiberg?«

Steiger nickte. »Ja. Ich muss einem alten Mann gegenüber ein Versprechen einlösen.«

ENDE

Weitere Krimis finden Sie auf den folgenden Seiten und im Internet:

WWW.GMEINER-SPANNUNG.DE

MIKE STEINHAUSEN
Schlagwetter

978-3-8392-1617-0 (Paperback)
978-3-8392-4521-7 (pdf)
978-3-8392-4520-0 (epub)

»Atemlos, temporeich und mit ganz viel Lokalkolorit.«

Im Essener Norden fallen Sperlinge tot vom Himmel. Kurz darauf sackt eine Straße ein. Während die Behörden eine Schlagwetterexplosion vermuten, gerät der Ex-Bulle Robert Kettner nach einer zufälligen Begegnung ins Visier russischer Agenten. Unter Mordverdacht stehend, gejagt vom Feind und der Polizei, führen ihn seine Ermittlungen auf die Spur eines perfiden Plans: Ein Attentat auf die Zeche Zollverein.

GMEINER SPANNUNG

WWW.GMEINER-VERLAG.DE
Wir machen's spannend

STEFAN KELLER
Kölner Wahn

978-3-8392-1749-8 (Paperback)
978-3-8392-4761-7 (pdf)
978-3-8392-4760-0 (epub)

»Der fünfte Fall für Privatdetektiv Marius Sandmann«

Ein Obdachloser verbrennt im Keller eines Mietshauses. Die Polizei glaubt an einen Unfall – Privatdetektiv Marius Sandmann an Mord. Er stößt auf Gemälde, die der Obdachlose gemalt hat. Beeindruckende, beängstigende, brutale Bilder. Musste er ihretwegen sterben?

Als Sandmann sich auf die Suche nach Angehörigen dieses Outsider-Künstlers macht, entdeckt er ein schreckliches Familiengeheimnis und zieht die Aufmerksamkeit eines Mörders auf sich, der 20 Jahre unentdeckt geblieben ist.

Das Neueste aus der Gmeiner-Bibliothek

Unsere Lesermagazine

Bestellen Sie das kostenlose KrimiJournal in Ihrer Buchhandlung oder unter www.gmeiner-verlag.de

Informieren Sie sich ...

www ... auf unserer Homepage:
www.gmeiner-verlag.de

@ ... über unseren Newsletter:
Melden Sie sich für unseren Newsletter an unter www.gmeiner-verlag.de/newsletter

f ... werden Sie Fan auf Facebook:
www.facebook.com/gmeiner.verlag

Mitmachen und gewinnen!

Schicken Sie uns Ihre Meinung zu unseren Büchern per Mail an gewinnspiel@gmeiner-verlag.de und nehmen Sie automatisch an unserem Jahresgewinnspiel mit »mörderisch guten« Preisen teil!